T0272157

# El mapa de Emily Wilde de las tierras extrañas

Traducción: María del Carmen Boy Ruiz

UMBRIEL

Argentina • Chile • Colombia • España
Estados Unidos • México • Perú • Uruguay

Título original: *Emily Wilde's Map of the Otherlands*
Editor original: Del Rey, Random House,
a division of Penguin Random House LLC, New York
Traducción: María del Carmen Boy Ruiz

1.ª edición: junio 2024


Plaza de los Reyes Magos, 8, piso 1.° C y D – 28007 Madrid
www.umbrieleditores.com

ISBN: 978-84-19030-98-6
E-ISBN: 978-84-10159-20-4
Depósito legal: M-9.883-2024

Fotocomposición: Urano World Spain, S.A.U.
Impreso por: Romanyà Valls, S.A. – Verdaguer, 1 – 08786 Capellades (Barcelona)

Impreso en España – *Printed in Spain*

# 14 de septiembre de 1910

El pie no me cabía en la maleta, así que lo envolví en un paño y lo metí a la fuerza en el viejo morral que a veces me llevaba a las expediciones. Me resulta sorprendente —o quizá no, como era de esperar, ya que se trata del pie de un hada— que no esté sucio ni tenga mal olor. Por supuesto, lleva mucho tiempo momificado y es probable que un observador fortuito lo confunda con una pata de cabra, tal vez con una ofrenda inverosímil extraída de la tumba de un antiguo faraón. Aunque no huela mal desde que lo traje a mi despacho en ciertas ocasiones me ha llegado un aroma a flores silvestres y hierba machacada traídas por una brisa cuyo origen no lograba identificar.

Contemplé el morral, ahora abultado, y me sentí completamente ridícula. Créeme cuando digo que preferiría no ir cargando con un pie por el campus. Pero los restos feéricos, momificados o no, son conocidos por esfumarse según les apetece, así que solo me queda asumir que, en especial, los pies sienten ese espíritu viajero. Tendré que llevarlo conmigo hasta que haya agotado su utilidad. Santo cielo.

El suave tañido del reloj de pie me avisó de que llegaba tarde al desayuno con Wendell. Por experiencia sé que si me salto las citas del desayuno, él mismo me traerá la comida en cantidades tan ingentes que el departamento entero olerá a huevos y, después, tendré que soportar al profesor Thornthwaite durante el resto del día recriminándome que tiene el estómago delicado.

Me detuve para volver a recogerme el pelo —me ha crecido demasiado, ya que me he pasado las últimas semanas sumida en una de mis épocas obsesivas en las que pienso en poco más que en el objeto de mi investigación—. Y la cuestión de la puerta de Wendell me ha consumido mucho más que cualquier otro misterio académico que recuerde. Mi pelo no es la única área de mi aspecto que he descuidado últimamente: mi vestido marrón está arrugado y no las tengo todas conmigo de que esté limpio; lo encontré en el fondo del armario, sobre un montón de otras prendas que dudo que estuvieran lavadas.

—Vamos, querido —le dije a Shadow. El perro se levantó de la cama junto al radiador de aceite con un bostezo antes de estirar sus patas descomunales. Me detuve un instante para echarle un vistazo a mi despacho con satisfacción: cuando me concedieron la titularidad hace poco, también heredé un despacho mucho más espacioso, ahora a tres puertas de la de Wendell (como es natural, ha encontrado la manera de quejarse por esta distancia adicional de seis metros). El reloj de pie ya estaba en la estancia, al igual que las grandes cortinas de damasco que cubren la ventana de guillotina que da al estanque del Knight College —ahora salpicado de cisnes— y el magnífico escritorio de roble con sus cajones forrados de terciopelo negro. He añadido unas estanterías, por supuesto, y una escalera para alcanzar los volúmenes más altos, mientras que Wendell insistió en abarrotar el espacio con dos fotografías de Hrafnsvik que yo ni siquiera sabía que había tomado, una de mí de pie en el jardín nevado con Lilja y Margret y otra de un paisaje del pueblo; un jarrón con flores secas que, de alguna manera, nunca pierden su aroma y el cuadro de Shadow que volvimos a enmarcar hace poco y que encargó para mi vigésimo octavo cumpleaños —está bien, no puedo quejarme de esto—. Mi bestia sale muy favorecida.

Pasé junto a varios estudiantes hundidos en los sillones de la sala común del departamento de driadología, un espacio abierto tras los despachos del claustro que presume de tener una chimenea acogedora —apagada en este cálido día de septiembre—, así como una hilera impresionante de ventanas más altas que varios hombres con pequeñas medias lunas de cristal tintado en la parte de arriba frente al esplendor gótico de la Biblioteca de Medicina; su proximidad es objeto de innumerables comentarios irónicos relativos a que los driadólogos son susceptibles a sufrir lesiones extrañas. En una esquina hay una urna de bronce llena de sal —la leyenda del campus dice que empezó como una broma, pero muchos estudiantes han acudido con el rostro pálido a la vasija a llenarse los bolsillos después de haber recibido la primera clase sobre espectros. Tampoco es que haya mucho de qué preocuparse, ya que por lo general no tenemos hadas merodeando por el departamento para escuchar lo que los mortales dicen de ellas (a excepción de Wendell). Hay que pisar con cuidado las gruesas alfombras repartidas por el suelo, puesto que están repletas de bultos por las monedas escondidas debajo. Como la sal, es muy probable que esta tradición se originase por una broma divertida más que por una intención seria de mantener a las hadas alejadas de nuestros pasillos, y ahora se ha convertido en gran medida en una especie de ritual de buena suerte en la que los estudiantes dejan medio penique en el suelo antes de un examen o de defender una tesis. (También es sabido que los estudiantes menos supersticiosos saquean estas humildes reservas como dinero para el pub).

Shadow emitió un gruñido alegre cuando salimos al exterior —por lo general, es un perro tranquilo— y se precipitó hacia la hierba iluminada por el sol rastreando caracoles y otros comestibles.

Lo seguí a un paso más sosegado mientras disfrutaba del sol en la cara y el contraste con el viento fresco que anuncia la llegada del otoño. Justo detrás del edificio principal de driadología se encuentra la magnífica Biblioteca de Driadología, cubierta de hiedra, que da a un césped salpicado de árboles conocidos en esta parte de Gran Bretaña como los favoritos de las hadas: el tejo y el sauce. Había varios estudiantes echándose la siesta bajo el más grande, un sauce grande y viejo que se cree (erróneamente, me temo) que es el hogar de un leprechaun dormido que un día despertará y llenará de oro los bolsillos del durmiente más cercano que encuentre.

Sentí una agradable sensación de familiaridad al adentrarme en la sombra de esa biblioteca. Puedo oír a Wendell burlándose de mí por sentir afecto por una biblioteca, pero no me importa; no es como si leyera mis diarios personales, aunque no deja de tomarme el pelo por continuar el hábito de escribir en ellos después de abandonar Ljosland. Parece que soy incapaz de dejarlo; he descubierto que me ayuda mucho a organizar mis pensamientos.

Continué admirando la biblioteca mientras el camino doblaba una esquina —algo imprudente, sin ir más lejos, puesto que me choqué con un hombre que caminaba en dirección contraria con tanta fuerza que casi pierdo el pie.

—Lo siento mucho —comencé a decir, pero el hombre se limitó a desestimar mi disculpa con un gesto brusco. Llevaba una buena cantidad de lazos en las manos que parecía en proceso de atar.

—¿Tiene más? —preguntó—. Estos no bastarán.

—Me temo que no —respondí con cautela. El hombre iba vestido de forma extraña para este tiempo, con una capa larga forrada de piel y unas botas enormes que le llegaban a las rodillas. Además de los lazos en las manos, tenía una cadena larga de ellos enroscada varias veces alrededor del cuello y le sobresalían más de los bolsillos. Formaban un conjunto ecléctico que variaba tanto en color como en tamaño. Entre los lazos y su altura considerable, el hombre parecía un palo de mayo con forma humana. Tal vez se encontrase en la última etapa de la mediana edad; tenía la mayor parte del pelo castaño de un tono o dos más claros que su piel, como desteñido por el clima, y una barba blanca desaliñada.

—¿No bastarán para qué? —inquirí.

El hombre me dedicó una mirada de lo más inexplicable. Había algo familiar en ese gesto que no logré identificar, aunque estaba segura de que no había visto antes a esta persona desconocida. Sentí un estremecimiento recorrerme el cuello como el frío roce de la punta de un dedo.

—El camino es eterno —me dijo—. Pero no debe dormirse… Yo cometí ese error. Gire a la izquierda donde los fantasmas con ceniza en el pelo, luego a la izquierda en el bosque de encinas y atraviese el valle donde mi hermano morirá. Si pierde el rumbo, solo se perderá a usted misma, pero si pierde el camino, perderá todo cuanto jamás pensó que tenía.

Lo miré fijamente. El hombre desvió los ojos a los lazos a modo de despedida y prosiguió su camino. Por supuesto, me volví para ver qué dirección tomaba y me sorprendí un tanto al descubrir que había desaparecido.

—Hum —mascullé—. ¿Qué te parece eso, cariño?

Shadow, sin embargo, apenas le había prestado atención al hombre; en ese momento tenía la vista puesta en una urraca que había bajado al césped para arrancar un gusano. Tomé nota del encuentro y seguí andando por los terrenos frondosos del campus.

La cafetería favorita de Wendell se encuentra a orillas del río Cam junto al puente Pendleigh. Está a quince minutos de nuestros despachos y si fuera por mí, comeríamos en un lugar mejor situado, pero es muy exigente con el desayuno y afirma que el Café de Arquímedes —contiguo al departamento de matemáticas— es el único lugar donde saben cómo pochar huevos.

Como es habitual, Wendell es fácil de localizar; su cabello dorado atrae las miradas como un faro con sus destellos intermitentes mientras el viento zarandea las ramas de un lado a otro. Estaba sentado en nuestra mesa de siempre bajo el cerezo, con su complexión elegante encorvada, el codo sobre la mesa y la frente apoyada en la mano. Contuve la sonrisa.

—Buenos días —canturreé, no me molesté en ocultar el tono petulante de mi voz. Lo había cronometrado bien, ya que habían atestado la mesa hacía poco: el beicon y los huevos humeaban, al igual que el café de la taza de Wendell.

—Mi querida Emily —dijo cuando me senté sin preocuparse por levantar la cabeza de la mano, aunque me dedicó una sonrisa torcida—. Parece que vienes de un combate de lucha libre con uno de tus libros. ¿Puedo preguntar quién ganó?

Lo ignoré.

—Me ha ocurrido algo peculiar cuando venía hacia aquí —respondí y le describí el encuentro con el hombre de los lazos misterioso.

—A lo mejor mi madrastra al fin ha decidido enviar a sus asesinos tras de mí —dijo con un tono que sonó más desdeñoso que otra cosa, como si hubiera algo anticuado en el asunto de los asesinos.

Por supuesto, no me molesté en señalar que el desconocido no había mencionado a Wendell ni parecía estar relacionado con él o sus problemas de ninguna manera a sabiendas de que haría oídos sordos, así que me limité a contestar:

—No parecía muy amenazador.

—A lo mejor era un envenenador. La mayoría de ellos son extraños, criaturas irritables, con una gran debilidad por hablar con acertijos. Debe de ser por estar tanto tiempo encorvado para calcular las medidas respirando los vapores. —Le echó un vistazo a su café con un aire taciturno, luego le echó otra cucharada de azúcar y se lo bebió entero.

Llené un plato con huevos y salchichas para Shadow y lo dejé bajo la mesa, donde el perro se había acomodado felizmente; luego colgué el morral con indiferencia en el respaldo de mi silla. Wendell seguía sin darse cuenta del poderoso artefacto feérico que había traído conmigo al desayuno y eso me divertía.

—¿Hueles eso? —dije con inocencia cuando, de nuevo, capté el aroma a flores silvestres que manaba de ninguna dirección en particular.

—¿Olor? —Le estaba rascando las orejas a Shadow—. ¿Estás probando un perfume nuevo? Si es así, me temo que ha quedado eclipsado por tu aroma habitual a tinteros y bibliotecas.

—No me refería a mí —dije con un tono un poco alto.

—¿A qué, entonces? Tengo los sentidos incapacitados por completo por este maldito dolor de cabeza.

—Creo que no es así como funciona —dije divertida. Aunque solo un poco; es cierto que tenía un aspecto horrible. Su piel, de normal rosada, tenía una palidez grisácea y los ojos oscuros estaban acentuados por las ojeras. Murmuró algo ininteligible mientras se masajeaba la frente, enredando los rizos dorados que le habían caído sobre los ojos. Reprimí el impulso familiar de alargar la mano para colocarlos en su sitio.

—Debo decir que nunca he entendido este ritual anual de intoxicarse a uno mismo —dije—. ¿Qué atractivo tiene? ¿No deberían ser los cumpleaños una ocasión para disfrutar?

—Creo que a los mortales les gusta acallar el recordatorio de que su muerte se aproxima de manera inexorable. Solo me dejé llevar un poco…

Maldito Byers y sus juegos de beber. Y luego sacaron un pastel... ¿O fueron dos pasteles? En cualquier caso, nunca más.

Sonreí. A pesar de la costumbre de Wendell de quejarse cuando está cansado, le duelen los pies y tiene una miríada de otras dolencias —normalmente cuando se enfrenta a la necesidad de trabajar duro—, es raro verlo con una aflicción real, y en cierta manera me resultó gratificante.

—Me las arreglé para celebrar mi trigésimo cumpleaños, así como el trigésimo primero el mes pasado, sin beber hasta embriagarme. Es posible.

—También te retiraste a las nueve. Reid, Thornthwaite y el resto de nosotros lo celebramos durante más tiempo que tú. Lo tuyo es solo una categoría diferente de exceso, Em. —Algo, quizá un espasmo en uno de los dedos del pie de hada, debió de alertarlo sobre mi morral, pues clavó su mirada empañada sobre él con sospecha—. ¿Qué tienes ahí? ¿Y a qué vienen tantas sonrisitas? Tramas algo.

—No sé a qué te refieres —dije y apreté los labios para contener dicha sonrisita.

—¿Has hecho que te encanten otra vez? ¿Debo empezar a trazar otro plan de rescate?

Lo fulminé con la mirada. Me temo que no he superado el resentimiento hacia él por haberme salvado de la corte del rey de la nieve en Ljosland a principios de año, así que me he prometido a mí misma que yo seré quien lo salve a él de cualquier problema con las hadas en el que nos veamos envueltos la próxima vez. Sí, reconozco que es ilógico dado que eso requeriría que Wendell acabase en una situación peligrosa, en cuyo caso lo ideal sería evitarla, pero ahí está. Estoy bastante decidida.

—Te lo explicaré mañana —digo—. Por ahora, digamos que he tenido avances con mi investigación. Estoy pensando hacer una presentación sobre ella.

—¿Una presentación? —Parecía divertido—. Para un público de uno. ¿No puedes hacer nada sin agitar un puntero y con un montón de diagramas?

—Un público de dos —repliqué—. Supongo que debería invitar a Ariadne, ¿no?

—Se ofenderá si no lo haces.

Clavé el cuchillo en la mantequilla y la unté en la tostada a toques innecesariamente bruscos. Ariadne es la hija mayor de mi hermano. Llegó a Cambridge el tercer trimestre con un amor profundo por la driadología que mi hermano, como era de esperar, ha añadido a la extensa lista de cosas que tiene en mi contra. Con solo diecinueve años, es fácilmente la estudiante más brillante a la que he dado clase nunca, con un entusiasmo impresionante para conseguir lo que quiere, ya sea un puesto de asistente de investigación, tutorías fuera de hora o acceso a la sección de la Biblioteca de Driadología reservada para el claustro, donde guardamos los textos más raros, la mitad de los cuales están encantados. Me temo que la costumbre de recordarme la frecuencia con la que le escribe a Thomas tiene más que ver con esto que sus habilidades de persuasión; por más que me digo a mí misma que la opinión que tenga mi hermano de mí no podría importarme menos —es doce años mayor que yo y lo contrario a mí en todos los aspectos—, no puedo evitar imaginarme su ceño fruncido cada vez que ella menciona su correspondencia y, teniendo esto en cuenta, preferiría no darle más motivos que añadir a la lista.

—¿Es sobre mi puerta? —Una esperanza jovial animó el rostro demacrado de Wendell.

—Por supuesto —dije—. Lo único que lamento es que me haya llevado todo este tiempo desarrollar una teoría factible. Pero te lo revelaré todo mañana. Me quedan unos cuantos detalles más por concretar… y, en cualquier caso, esta tarde tienes dos clases.

—No me lo recuerdes. —De nuevo, enterró la frente en la mano—. Después de sobrevivir a ellas (si es que sobrevivo), me iré a casa y me sepultaré bajo las almohadas hasta que cesen estas malditas punzadas.

Acerqué el cuenco de naranjas en su dirección. Parecía que había comido poco, lo cual no es propio de él. Tomó una, la mondó y la observó un instante antes de dejarla a un lado.

—Ten —dije y le tendí mi tostada con mantequilla. Al menos, consiguió obligarse a comerla y eso pareció asentarle el estómago de alguna manera, lo suficiente como para atacar los huevos que le serví en el plato.

—¿Dónde estaría sin ti, Em? —dijo.

—Probablemente todavía dando tumbos por Alemania buscando tu puerta —respondí—. Mientras tanto, yo estaría durmiendo a pierna suelta sin la propuesta de matrimonio de un rey de las hadas pendiendo sobre mi cabeza.

—Dejaría de pender si la aceptases. —Colocó su mano sobre la mía y me acarició los nudillos con el pulgar de forma provocativa—. ¿Debería escribirte un ensayo sobre el tema? Puedo ofrecerte una lista exhaustiva de razones para aceptarla.

—Ya me lo imagino —dije con sequedad. Un escalofrío lento me subió por el brazo—. ¿Y cuál sería la primera? ¿Que disfrutaré de una eternidad de suelos limpios y estanterías sin polvo, así como de librarme de regañinas constantes para que recoja lo que ensucie?

—Ah, no. Sería que nuestro matrimonio impediría que salieses en desbandada hacia tierras salvajes en busca de otros reyes de las hadas con los que casarte sin comprobar primero si están hechos de hielo.

Intenté agarrar la taza de café —no pretendía vaciarla en su regazo de verdad, aunque no se me podría haber culpado si se me hubiera escapado la mano—, pero él ya la había apartado con un gesto demasiado rápido para contraatacar con mis reflejos mortales.

—No es justo —me quejé, pero él se limitó a reírse de mí.

Hemos adoptado la costumbre de bromear sobre su propuesta de matrimonio, aunque está claro que no lo dice menos en serio, tal y como me ha informado más veces de las que me molesto en contar. Por mi parte, desearía ver todo esto con un cariz más humorístico... De hecho, me quita el sueño. Siento nudos en el estómago incluso mientras escribo estas palabras y, en general, preferiría evitar pensar en el asunto para que no cunda el pánico. Supongo que en parte es que pensar en casarme con alguien hace que quiera aislarme en la biblioteca más cercana y esconderme entre los estantes; el matrimonio siempre se me ha antojado como un asunto sin sentido, en el mejor de los casos como una distracción de mi trabajo y, en el peor, como una gran distracción de mi trabajo sumado a una vida de obligaciones sociales tediosas.

Sin embargo, también soy muy consciente de que debería de haber rechazado a Wendell hace mucho tiempo y que permitir que siga teniendo esperanzas de esta manera es cruel. No quiero ser cruel con Wendell; pensarlo me produce una sensación extraña y molesta, como si me arrebataran el aire de los pulmones. Pero la realidad es que tendría que ser una completa idiota para casarme con un hada. Puede que haya un puñado de historias en las que dichas uniones acaban bien y una montaña de ellas en las que acaba en locura o en una muerte prematura y desagradable.

También, por supuesto, soy constantemente consciente de la ridiculez de ser el objeto de una propuesta de matrimonio por parte de un monarca de las hadas.

—Dame una pista al menos —dijo después de pasar varios minutos dando cuenta de nuestra comida.

—No hasta que hayas empezado ese ensayo.

—Por mucho que aprecio que no puedas dejar de pensar en casarte conmigo —dijo—, me refería a ese avance tuyo. ¿Has estrechado las posibles localizaciones de mi puerta?

—Ah. —Bajé el crepe—. Sí. Aunque, mientras que mi investigación señala a muchas localizaciones posibles, sería más acertado decir que he dado con una que parece particularmente prometedora. ¿Cómo de familiarizado estás con la obra de Danielle de Grey?

—¿De Grey? No mucho. Algo rebelde, desapareció hace décadas después de adentrarse en un reino de las hadas. Su investigación se ha desacreditado mucho, ¿no?

—La han desacreditado a ella. La arrestaron en cuatro países distintos; la más señalada fue por robar una espada feérica de la hacienda de un duque francés. Rompió una maldición que sufría su familia en el proceso, y no es que él se lo agradeciera nunca. Siempre he pensado que su investigación es ejemplar. Es una pena que ya no se cite. Lo intenté una vez en la escuela de posgrado y mi supervisor me informó de que no sería diplomático.

—No es de extrañar. Los académicos son una panda de conservadores. De Grey suena mucho más divertida.

—Sus ideas son innovadoras. Ella creía fervientemente que las hadas de distintas regiones mantienen un contacto más estrecho de lo que asumen los académicos... Por aquel entonces se conocía como la teoría de las rutas comerciales. También elaboró un sistema de clasificación que aún sería útil hoy en día si hubiese ganado terreno. Cuando desapareció, estaba investigando una especie de fauno.*

Wendell compuso una mueca.

—Odio a los faunos... Los tenemos en mi reino. Son unas bestiecillas despiadadas... Y no en un sentido interesante. No sé por qué los driadólogos montan tanto revuelo por ellos. ¿Qué demonios tienen que ver con mi puerta?

Me incliné hacia delante.

—De hecho, tenéis varias especies de faunos en vuestro reino, ¿no es así?

Suspiró.

—No me pidas que las nombre, te lo suplico. Tengo tan poco contacto con esas criaturas como puedo.

Saqué un libro del bolsillo; por supuesto, no había guardado nada más en el morral por si acaso al pie le daba por saltar en cuanto abriese la solapa. Lo abrí por la página que tenía marcada y se lo tendí.

—¿Este te resulta familiar?

—Esta —dijo Wendell con aire ausente mientras miraba el dibujo. Mostraba una criatura borrosa y peluda con patas de cabra y pezuñas; muchos faunos varían entre el bipedismo y una postura agazapada y simiesca. De la cabeza del fauno se alzaban dos cuernos majestuosos afilados como la punta de un cuchillo—. Sí. Viven en las montañas al este de mi corte.

—De Grey los denominó faunos arbóreos... No porque habitan en los bosques, sino porque sus cuernos se parecen a los anillos de los árboles, su complejidad. Es un rasgo único en su especie.

---

* A pesar de las objeciones de Evans (1901), Blanchet (1904) y otros, «fauno» sigue siendo la nomenclatura aceptada para todas las especies de hadas comunes con pezuñas independientemente de su tamaño u origen, uno de varios términos cuya procedencia se puede rastrear hasta los orígenes de la driadología en la Grecia de principios del siglo XVII.

Recuperé el libro antes de que pudiera leer la leyenda bajo la ilustración; quería darle la sorpresa mañana. Él pareció adivinarlo y sonrió.

—Eso es todo lo que me vas a contar por ahora, ¿cierto? ¿Una historia sobre una académica con mala reputación y una clase sobre las hadas comunes? Luego dices que yo soy el misterioso.

—Estoy segura de que la persona que se pasó diez años intentando localizar una simple puerta de las hadas sin éxito puede esperar un día más sin quejarse por esto —señalé, solo medio sorprendida por mi petulancia—. Pásame el té.

Asió la tetera y me rellenó la taza. Me quedé paralizada, mirándolo fijamente.

—¿Qué? —dijo colocando la tetera sobre la mesa. Sin decir una palabra, gesticulé. El té en mi taza era de un azul negruzco y flotando en la superficie había nenúfares diminutos, cada uno acunando una flor blanca y perfecta. Unas sombras revolotearon por la superficie del agua como si sobre ellas solo hubiese copas oscuras de unos árboles que solo admiten el paso de los rayos de sol más finos.

Wendell maldijo. Alargó la mano hacia la taza, pero yo ya la tenía sujeta.

—¿Están floreciendo? —dije. En efecto, mientras observaba, otra flor se abrió y sus pétalos se mecieron con una brisa que no pertenecía al clima apacible de Cambridge. No podía apartar la mirada.

El extraño brebaje olía delicioso: se parecía al té y a la vez no, amargo y floral. Incliné la taza para darle un sorbo, pero, de repente, la mano de Wendell cubrió el borde; ese irritante truco suyo de moverse más rápido de lo que podían seguir mis ojos mortales.

—No —dijo bajando la taza hacia la mesa.

—¿Veneno?

—Claro que no. Solo es té. Normalmente se sirve en el desayuno en mi corte.

—Ah.

Por norma general, los mortales deberían evitar consumir cualquier cosa del País de las Hadas… En particular el vino de las hadas, que erradica las inhibiciones humanas. Lo más común es que el bebedor, a quien han atraído a alguna fiesta feérica, baila hasta morir o hasta que las hadas se cansan de él, que a menudo es lo mismo.

—Ahora no estoy de humor para bailar —dije—. Gracias por arruinarme el té.

—Es obvio que no pretendía hacerlo. Yo no… —Frunció el ceño y sacudió la cabeza.

Vacié el té en el césped…, la tetera, mejor dicho; él todavía sostenía la taza.

—Nunca te había visto perder el control de tu magia. ¿Estabas pensando en tu hogar hace un momento?

—No más de lo habitual. —Sorbió el té, cerró los ojos un instante y luego se encogió de hombros—. Un efecto de la resaca, supongo.

Lo miré pensativa. Avisó a un camarero y le pidió una tetera nueva. Entonces nuestra conversación derivó a un debate familiar relativo a las políticas del departamento; normalmente Wendell se interesa poco en el tema, pero dada su habilidad para engatusar a los demás para que le cuenten sus confidencias es, no obstante, una fuente excelente de cotilleos. En estos momentos todos estamos haciendo nuestras apuestas en el resultado entre la disputa existente entre los profesores Clive Errington y Sarah Alami, que comenzó con una bandeja de té mal dispuesta en la sala de profesores y desembocó en acusaciones de sabotaje laboral. Alami está convencida de que Errington rompió su espejo de cristal que contenía la luz de un hada cautiva, mientras que Errington cree que Alami lo siguió a las tierras bajas de Wiltshire para dejar *scones,* panecillos ingleses, mohosos para los brownies que él estaba investigando, por los cuales supuestamente estos se ofendieron bastante.

—¿Disculpe?

Me di la vuelta y me encontré a una joven alumna junto a mi hombro con una sonrisa titubeante en su rostro sonrosado.

—Siento molestarla, profesora. Estoy en una de sus clases… ¿Driadología a principios de la Edad Moderna?

—Ah, sí —dije, aunque no la ubicaba. Bueno, después de todo tengo a más de cien alumnos en esa asignatura.

—Pensará que es una estupidez —continuó, apretando su libro con más fuerza contra su pecho, el cual me fijé en que era mi enciclopedia de las hadas, publicada a principios de este verano—. Pero quería decirle que es toda una inspiración. Vine aquí a estudiar arquitectura, ¿sabe…? Bueno, eso es lo que mis padres deseaban que estudiase. Pero ahora, gracias a usted, estoy decidida. Voy a especializarme en driadología como siempre he querido hacer.

—Me alegra haber sido de inspiración. Aunque no es una profesión fácil ni segura.

—Ah, ya lo sé —respondió la joven y se le iluminaron los ojos—. Pero yo…

Su mirada se posó entonces sobre Wendell, que había reclinado la silla hacia atrás y me sonreía, y ella pareció olvidar lo que estaba diciendo. Al principio pensé que había sido meramente su aspecto lo que la había distraído… No era algo inusual, incluso entre aquellos que lo conocíamos bien. Creo que si fuera una simple cuestión de atractivo, uno podría acostumbrarse a él, pero Wendell tiene —no sé otra forma mejor de expresarlo— una viveza que es difícil de ignorar. Es, en gran parte, imposible de definir, y quizá la tengan todos los monarcas de las hadas, no lo sé. Hay cierta elegancia en su presencia que llama la atención.

Solo cuando sus ojos volvieron a clavarse sobre mí, me di cuenta. Había algo en su expresión que había visto antes en los habitantes de Hrafnsvik y noté que se me tensaba la boca.

La joven volvió a darme las gracias y se marchó apresurada. Me volví hacia Wendell con el ceño fruncido.

—¿Ahora qué? —dijo.

—Creo que los rumores sobre ti han llegado a Cambridge —respondí.

En Hrafnsvik los habitantes descubrieron la verdadera identidad de Wendell… No hubo manera de evitarlo. Wendell y yo no nos habíamos preocupado mucho por ello: es un lugar tan pequeño y recóndito que asumimos que su secreto estaría fácilmente a salvo.

Se frotó el puente de la nariz con los ojos cerrados.

—¿Cómo ha ocurrido?

—No lo sé. Pero este es el mundo moderno, Wendell. Ahora el jefe de departamento tiene un teléfono en su despacho. No es que sepa usarlo, claro…

Alcanzó la cafetera y me di cuenta de que había juzgado mal su reacción: no estaba para nada nervioso, solo preocupado por la resaca.

—Ah, bueno.

—¿Ah, bueno? —repetí—. No sabemos cuánta gente ha oído este rumor ni cuántos lo creen. Lo mejor será que nos lo tomemos en serio. Y como mínimo deberás tener más cuidado a partir de ahora. No siempre mantienes la guardia… Yo no soy la única persona observadora del planeta, ¿lo sabes, no? Y espero que esa sea la última tetera que hechices por accidente.

—El claustro no se lo creerá —dijo—. ¿Te lo imaginas? Se sentirían como unos ingenuos ordinarios. Sabes que harían lo que fuera para evitarlo.

—No lo sé —convine—. Tienes muchos enemigos. Algunos aprovecharían la oportunidad de difamarte, y creo que el rumor de que estás aquí jugando a un juego cruel de las hadas con el objetivo de ridiculizarnos encajaría bastante bien con ese propósito. No podemos perder la financiación, Wendell. La necesitamos si queremos encontrar tu puerta.

—Esto no está ayudando a mi dolor de cabeza. —Me tomó de la mano—. No pasa nada, Em. Solo es un rumor. ¡Cualquiera pensaría que tienes más ganas de encontrar la puerta que yo!

—Dudo de que eso sea posible. —Puesto que se queja constantemente de que añora su hogar.

—No lo había pensado.

Retiré la mano, que sentía demasiado caliente.

—Claro que me preocupo por tu puerta. Es uno de los misterios más interesantes con los que me he topado en mi carrera y tengo la intención de resolverlo. Ya sabes cómo soy.

Sonrió.

—Sí. Lo sé.

Me dejó poco después diciendo que se echaría una hora o así antes de su primera clase con la esperanza de que se le pasase el dolor de cabeza. Me quedé en la mesa para terminarme el té y la tostada mientras redactaba mi última carta a Lilja y Margret. Mantengo una correspondencia habitual con ellas, al igual que con Aud y —de manera más esporádica— Thora. Me imaginé a Lilja abriendo la carta junto al fuego en la pequeña cabaña que comparte con Margret; sin duda, ya estarían pensando en el invierno en Hrafnsvik.

Lilja y Margret siguen mostrando un gran interés en la propuesta de matrimonio de Wendell y me preguntan si he tomado una decisión cada vez que me escriben. Al principio garabateaba motivos vagos sobre lo desaconsejable que es casarse con un hada, pero como sus preguntas han persistido, me he limitado a ignorarlas. Las echo mucho de menos y desearía volver a verlas... Sobre todo a Lilja, quien siempre me pareció una persona fuera de lo común con la que es fácil conversar.

Mis preocupaciones se esfumaron mientras regresaba al despacho con Shadow a mi lado. Llevo viviendo en una especie de nube de satisfacción desde que me concedieron la titularidad, algo a destacar en cualquier carrera académica, pero incluso más para mí, ya que Cambridge es el único verdadero hogar que he conocido. El antiguo empedrado tiene ahora un aura amable, los caminos se sienten más cómodos bajo mis pies.

Fue mientras paseaba, pensando en el montón de exámenes que tenía sobre mi escritorio que necesitaba calificar, cuando me di cuenta de qué me había resultado tan familiar en la mirada furibunda que me lanzó el hombre de los lazos. Era la misma mirada que he visto en numerosas ocasiones en profesores más veteranos, a menudo cuando les he cuestionado algún punto de sus estudios. Había un toque de decepción en ella propia de los académicos, lo que explicaría mi reacción: me sentí, por un breve instante, como una alumna que se ha olvidado de la lectura asignada.

—Mmm —dije de nuevo mientras repasaba el encuentro y lo examinaba desde nuevos ángulos. Sin embargo, no pude encontrarle mayor sentido al misterio y, así pues, lo dejé a un lado.

# 14 de septiembre, por la tarde

Bueno.

No estoy del todo segura de por dónde empezar.

La horrible escena en el aula parece el momento más obvio, pero mis pensamientos se alejan de ella como un pez de una sombra que se cierne sobre el agua. Cómo puede dormir Wendell después de algo así, se escapa a mi comprensión y, aun así, lo escucho roncar pacíficamente en la habitación contigua. Supongo que es propio de él invertir más energía en preocuparse por una resaca que por un ataque homicida.

Cuando regresé al despacho después de desayunar, Ariadne ya me estaba esperando. Había dado un rodeo hasta el Museo de Driadología y Folclore Etnográfico con la esperanza de tomar prestados unos alfileres para las exposiciones para clavarlas en el pie rubicundo, que había empezado a sacudirse cada pocos segundos. Los alfileres están hechos de acero y la cabeza, a partir de antiguos peniques —muchas hadas odian tanto el metal como las monedas humanas y, de este modo, los alfileres ayudan a mitigar cualquier encantamiento residual impregnado en sus artefactos—. Sin embargo, la curadora —una tal doctora Hensley—, se limitó a lanzarme una mirada torva y me informó de que había escasez de alfileres. La doctora Hensley y yo no somos amigas. Se ofendió mucho cuando hace poco le pedí prestado un artefacto en particular para Shadow y declaró que el museo no era «una biblioteca diseñada para el divertimento frívolo de los académicos». Esto crispó mi paciencia como solo podía hacerlo un insulto a las bibliotecas y después de un debate cortante, nos marchamos en malos términos. Supongo que debería considerarme afortunada porque no me echasen del museo bajo una lluvia de trapos de limpieza.

—¿Estás bien? —me preguntó mi sobrina cuando entré hecha una furia y con mi buen humor destrozado. Respondí afirmativamente, pero aun así ella se apresuró a traerme té de la sala de profesores a pesar de que le dije que no hacía falta.

Ariadne se parece mucho a mi hermano, de rostro redondo y nariz larga cubierta de un puñado de pecas, con los ojos avellana de su madre y la tez olivácea. A diferencia de mi hermano, sin embargo, cuya disposición es decididamente taciturna, a Ariadne la posee una cantidad de energía agotadora. Esto no sería un problema si no estuviera en medio tan a menudo, ya que se ha designado a sí misma como mi asistente, algo que yo jamás habría buscado ni deseado.

—¿No tienen asistentes todos los académicos de tu posición? —me preguntó en una ocasión y me dedicó una mirada de admiración inocente. Solo pude farfullar una respuesta y deseé que no fuera tan fácil halagarme. La verdad es que no siempre me molesta su presencia.

—¿Encontraste los mapas de Spengler? —quise saber cuando regresó e ignoré el té, que había traído junto con un plato de mis galletas favoritas. Mi comportamiento áspero no hizo flaquear su buen humor, que parece incansable, y no tardó en ir a buscar su maletín, de donde sacó una carpeta que contenía dos hojas de pergamino dobladas con cuidado.

—Gracias —dije a regañadientes. No esperaba que localizase los mapas tan deprisa—. Entonces ¿estaban escondidos en uno de los estantes del sótano?

Ella sacudió la cabeza.

—Los habían trasladado a la Biblioteca de Historia… a la planta de culturas germánicas. Tuve que hablar con media docena de bibliotecarios, pero en cuanto lo aclaré, no fueron difíciles de localizar.

—Ah —dije, impresionada para mis adentros. Puede que Ariadne sea la alumna más competente a la que haya enseñado. Esto, sin embargo, resulta irritante a su manera: si demostrase ser una inepta, tendría una excusa para librarme de ella.

—¿Te gustaría verlos? —comentó. Literalmente se estaba meciendo de adelante hacia atrás de la emoción, como si fuera una niña con la mitad de su edad, y tuve que contener el impulso de pisarle el pie para refrenarla.

—Colócalos aquí.

Los extendió sobre el escritorio y sujetó los bordes con algunas de mis piedras de hada. Recorrí el pergamino antiguo con las manos... No eran los originales, sino copias dibujadas por Klaus Spengler en la década de 1880. Esos originales, que después de aquello desaparecieron o los extraviaron en las profundidades de algún archivo universitario, los creó Danielle de Grey hace más de cincuenta años y los encontraron entre sus pertenencias tras su desaparición en 1861.

Cuando toqué los mapas, se me desvió la mirada, como me sucedía demasiado a menudo, hacia el dedo que me faltaba en la mano izquierda. Wendell se había ofrecido a crear un encantamiento tan realista que apenas notaría la diferencia con el anterior, pero le dije que no. No estoy del todo segura de por qué. Supongo que aprecio el recordatorio —y la advertencia— que me da el espacio vacío. Wendell afirma que es porque lo veo como un souvenir macabro de mi estancia en una corte del País de las Hadas, una experiencia que pocos académicos pueden decir que han tenido. Niego esto con vehemencia, a pesar de que una parte de mí todavía se pregunta si puede que él tenga razón.

El primer mapa mostraba la vista aérea de un paisaje montañoso. El único asentamiento era un pueblecito marcado como «St. Liesl», situado sobre una meseta elevada entre las cimas. El segundo mapa era una panorámica más cercana del área circundante al pueblo con muchos otros detalles señalados, incluyendo caminos, ríos, lagos y lo que parecían ser accidentes geográficos (mi alemán está oxidado).

—Aún no me lo creo —dijo Ariadne, lo cual me hizo dar un respingo; no me había dado cuenta de que se había inclinado tan cerca de mí—. Danielle de Grey dibujó esos mapas. ¡Danielle de Grey!

Mi boca se curvó. Puede que de Grey no tenga el respeto del *corps d'élite* de la driadología, pero su carácter irreverente unido al misterio de su desaparición la han convertido en una especie de heroína de las hadas entre las generaciones más jóvenes de académicos.*

—¿Descubriremos lo que le ocurrió? —continuó Ariadne en voz queda.

—Desde luego es una posibilidad —dije de manera evasiva mientras volvía a doblar los mapas.

—¿Cuándo nos vamos?

—En cuanto Wendell y yo terminemos los preparativos. Antes de que acabe el mes, espero.

Shadow emitió un gruñido bajo. Estaba sentado en el umbral con la mirada fija en un punto al otro lado del pasillo: la puerta del despacho de Wendell. Recordé cómo se había apoyado contra las piernas de Wendell durante todo el desayuno, sin moverse ni siquiera para pedir las sobras. Ante eso, varios momentos y pensamientos a medio formar se conectaron en mi mente como los puntos de una constelación y compusieron un patrón inquietante.

—Ariadne —dije—, ¿cuándo te marchaste del pub anoche?

Ella compuso una mueca.

—Tarde, me temo. Me desperté con mucho dolor de cabeza, pero por suerte tengo mis ejercicios matutinos. Eso siempre me hace sentir bien sin importar cómo haya pasado la noche. Empiezo con una carrera rápida por Tenant's Green. Después hago mis ejercicios de respiración, que…

—¿Estuviste con Wendell toda la tarde? Con el doctor Bambleby, quiero decir.

—La mayor parte. —Se quedó pensando—. Aunque nuestra mesa estaba bastante abarrotada. Acabé sentada con sus alumnos de posgrado para dejar sitio a los profesores.

---

* Esto es en parte debido al rumor de que de Grey, cuya inteligencia era notable desde una temprana edad, dirigía un mercado de ensayos ilegal durante sus años de universitaria tan rentable que financió su educación al completo. En una entrevista tras su jubilación, el doctor Marlon Jacobs de Durham admitió haberle pagado a de Grey una suma considerable por un ensayo que se publicó en *Driadología moderna* en 1839, la cual solo admite la entrega de un alumno por cuatrimestre, un logro que catapultó su larga carrera. Muchos ven a de Grey como una especie de Robin Hood dado su origen humilde y su costumbre de cobrar a sus compañeros ricos sumas desorbitadas por su ayuda. Como nadie, además de Jacobs, ha admitido jamás haber participado en dicho engaño, sigue perteneciendo al mundo de las leyendas. La frase «hacer un de Grey», que ha llegado a referirse a varias formas de plagio académico, tiene su origen en esta fuente.

—¿Y conocías a todos en la reunión? ¿Eran del claustro y estudiantes o también había admiradores de fuera del campus?

—Bueno… No estoy segura —dijo—. La mayoría eran miembros del departamento de driadología, y algunos de los bibliotecarios y profesores de historia del arte amigos del doctor Bambleby. Pero a medida que avanzaba la tarde aparecieron unos cuantos que no reconocí.

—¿Los conocía el doctor Bambleby?

Ella se rio.

—No estoy segura de que me conociese a mí cerca del final de la noche. La mayoría de nosotros estábamos en ese estado. Fue una fiesta de cumpleaños excelente.

Tamborileé los dedos sobre la mesa. Consideré ir a ver a Wendell a su apartamento… pero ¿por qué sería necesario? ¿Para ver cómo estaba? ¿Un rey del País de las Hadas?

Antes de poder decantarme por una u otra, escuché el sonido de unos pasos por el pasillo. Unos pasos muy enérgicos unidos a una respiración igual de enérgica y casi al ruido de un resoplido.

—Será el jefe de departamento… Te estaba buscando antes… Parece que le rondaba algo por la cabeza…

Y unos segundos después, el jefe de departamento irrumpió en mi despacho.

El doctor Farris Rose ha ejercido como jefe de departamento durante más de una década como sustituto de Letitia Barrister, a la que un bogle secuestró en las Hébridas; regresó varias semanas más tarde con una edad cercana a los noventa (tenía cuarenta y ocho años cuando desapareció). Rose es corpulento, con un flequillo frondoso de pelo blanco enmarcando la coronilla calva y tiene una edad indeterminada —un rasgo común entre los driadólogos— rondando entre los cincuenta y los setenta y algo. Es conocido por ser un excéntrico incluso en la comunidad académica e insiste en llevar la ropa del revés todo el tiempo —lo cual, aunque es una manera útil de eludir la atención de las hadas y frustrar sus encantamientos, se ve como un poco torpe cuando se adopta como práctica general— y lleva cosidas tantas monedas en la tela que cualquier movimiento repentino las hace tintinear. Tiene un entramado de tatuajes que se extienden desde las muñecas hasta Dios sabe dónde —nunca los he visto expuestos y su terminación es objeto de animadas especulaciones entre los estudiantes y algún miembro del claustro—, de los que se dice que son alguna clase de símbolos de protección. El grueso de su investigación es vasta y respetada —después de todo, es el autor de la teoría de la arenisca—,* pero tiene pocos amigos y se rumorea que si le concedieron el puesto de jefe de departamento fue solo a regañadientes, ya que no había nadie más de su posición que quisiera el trabajo. Aunque, de nuevo, esto no es nada excepcional; una clara mayoría de driadólogos viven como los gatos, vigilándose y rivalizando entre ellos.

De inmediato me quedó claro que, en efecto, Rose tenía algo en mente y que de alguna forma era cosa mía. Pareció que, al verme, se volvió temporalmente incapaz de hablar y se limitó a dejar caer un libro grande sobre mi escritorio, tirando la bandeja de té al suelo. Ariadne soltó un gritito y se apresuró a recoger las esquirlas.

—¡Qué demonios...! —comencé.

—¿Dónde está? —quiso saber Rose. Tenía la piel pálida enrojecida—. Los dos sois uña y carne.

—No tengo ni idea —dije con frialdad, puesto que como era de esperar, solo había una persona a la que se podía estar refiriendo. Recordé quién era yo, así como la posición de Rose, y añadí más tranquila—: Tiene clase en una hora más o menos; puede que lo alcance antes...

—No importa —me interrumpió. Me di cuenta de que lo que al principio había tomado por un enfado era de hecho una especie de triunfo engreído—. Quizá sea mejor así. Después de todo, tendremos que despediros por separado.

Me quedé paralizada. Por un instante, el único sonido que me llegaba era de Ariadne recogiendo los trozos de la taza en la bandeja: plinc, plinc, plinc.

—¿Qué?

---

* La teoría de que el País de las Hadas está conformado cultural y físicamente por capas de historias, las cuales Rose divide en dos categorías: externas, en las que entra cualquier relato contado por los mortales y las hadas de reinos no relacionados, y las domésticas, las historias que las hadas cuentan de sí mismas.

—Todavía no —añadió a regañadientes—. Tengo que recopilar mis pruebas y presentárselas a los miembros superiores del claustro. Aunque pediré que mañana concertemos una reunión de emergencia. No me cabe duda de que estarán de acuerdo con mis conclusiones.

Me sentí como si estuviese atrapada en una fuerte corriente que me alejaba cada vez más de la orilla. La peor parte fue que me había quedado en blanco: todos mis pensamientos y teorías ordenados minuciosamente me abandonaban.

—Soy titular... No podéis...

—¿Tan ingenua eres? —dijo con un tono tan cargado de desdén que me dejó congelada en el asiento—. Claro que podemos despedirte si tenemos pruebas de mala praxis. Y como he dicho..., tengo pruebas.

Señaló el libro con la barbilla, del cual me había olvidado por completo. Lo abrí con manos temblorosas. Era una recopilación encuadernada de revistas: *Teoría y práctica de la driadología,* volumen diecisiete, que cubría el año 1908. Me percaté de que había señalado dos artículos escritos por Wendell.

Gruñí para mis adentros.

—Es por la expedición de la Selva Negra.

—No —dijo él—. No he sido capaz de demostrar de manera concluyente que sus observaciones en aquel caso estaban falsificadas. Como la mayoría de los charlatanes de éxito, se le da bien cubrir su rastro. Sin embargo, de vez en cuando tiene un desliz. —Señaló el índice con el dedo y leyó—: «Lo que es bueno para el pavo: indicios de cría de animales entre los brownies del hogar en las Marcas Galesas». En él argumenta que unas simples hadas domésticas son las responsables de alejar a los lobos de las ovejas... ¿Con sus escobas y trapos, debo asumir? He hablado con los granjeros que supuestamente entrevistó: no tienen problemas con lobos porque abatieron a dichos lobos hace décadas. Y este artículo sobre un cúmulo enorme de piedras de hadas que desenterró en las Dolomitas, al cual consideró como indicio de un campo de batalla de las hadas de la corte... Pagó a varios peones locales para que colocasen las piedras ahí siguiendo un patrón en particular. La mayoría fueron evasivos sobre el asunto, pero el rumor circula entre los habitantes del pueblo y al final conseguí convencer a uno para que hablase.

Cerré el libro de un golpe. Rose siempre me había parecido una figura intimidante incluso en pequeñas dosis y me costaba recuperar la voz cuando estaba ahí de pie fulminándome con la mirada. Cuando hablé, mi voz sonó aguda en comparación con el tono sonoro de barítono de Rose, que siempre me pareció diseñado para los estrados y las aulas.

—¿Qué tiene que ver esto conmigo? Mi nombre no se asocia con ninguno de estos artículos. Yo no afirmo nada en cuanto a su autenticidad, y usted es un idiota si piensa que puede poner en peligro mi carrera basándose en mis amistades.

Me dedicó una ligera sonrisa.

—He revisado su artículo sobre las hadas de Ljosland, el que ambos presentasteis este año en París con toda esa fanfarria —dijo—. Es una sandez.

Me quedé boquiabierta, indignada. La furia era un alivio, mucho mejor que el terror helado que me había engullido antes.

—¿Una sandez? Cómo se atreve…

—¿Que cómo me atrevo? Sus afirmaciones son tan ridículas que me asombra que pensase que podría salirse con la suya. ¿Un niño cambiado que se comporta como un espectro? ¿Un hada tan poderosa que puede hacer que la aurora caiga del cielo? Un completo sinsentido.

—Si hablase con los habitantes de Hrafnsvik, le informarán de que…

—No necesito hablar con nadie. Encaja con el patrón general que vemos en Bambleby: afirmaciones alocadas, irracionales, sin corroborar por investigaciones anteriores.

—¿Intentará que me despidan porque el comportamiento de las hadas le parece irracional? —Lo miré de arriba abajo y me pregunté cómo había llegado a respetar a este hombre—. Es por mi enciclopedia, ¿no es así?

Se le endureció el rostro.

—No me gusta lo que estás insinuando, Emily.

Solté una risa incrédula.

—No me gusta que me acusen de falta de ética profesional.

Su reacción había aumentado mis sospechas. He oído rumores de que Rose estaba trabajando en su propia enciclopedia de hadas…, un proyecto que supuestamente le había ocupado buena parte de su carrera. No me había comentado nada al respecto antes o después de que se publicase mi libro, pero nuestra relación ya distante se había enfriado todavía más.

—No deseo insinuar nada inapropiado —dije—. Así que lo diré sin más: está resentido conmigo. Le ha dedicado años a su propia enciclopedia, obsesionado con el más mínimo detalle como siempre hace, y ha estado tan cegado por su propia arrogancia como para pensar que alguien pudiera adelantarse. Arruinar mi reputación le beneficiaría, ¿no es así? A menudo me he fijado, señor, de que a pesar de lo mucho que los académicos coincidimos en la falta de moral de las hadas, en muchas ocasiones demostramos que nosotros carecemos de ética.

—Ya basta. —Las palabras sonaron tan frías que no pude evitar sobresaltarme—. No tienes ni la menor idea de lo que estás diciendo. En lugar de dedicarle el esfuerzo que requiere hacerse un nombre, has usado el engaño para avanzar en tu carrera y sufrirás las consecuencias. —Se dio la vuelta para marcharse… con bastante dramatismo, pensé, aunque no estaba de humor para sonreír con suficiencia por ello. Estaba mareada.

Se detuvo en el umbral.

—Hoy da clase, ¿verdad? Quizá vaya a verlo.

Mis náuseas aumentaron. Los miembros superiores del claustro a menudo evalúan nuestras lecciones; esta información forma parte de nuestra evaluación de rendimiento anual. Sin embargo, estaba claro que Rose tenía algo más en mente. Me imaginé a Wendell entreteniendo a sus alumnos con afirmaciones ridículas o confundiendo hechos básicos porque no se había molestado en abrir un solo libro de los que había asignado él mismo, a Wendell faltando a sus clases en pro de prolongar la siesta. Cualquier cosa parecía posible.

Con una pequeña sonrisa ante mi reacción, Rose se marchó a zancadas, con su ridícula capa vuelta del revés tintineando cuando el borde chocó contra el marco de la puerta. Ariadne seguía agachada en el suelo junto a la porcelana rota y las galletas desperdigadas con el rostro pálido y nos miramos la una a la otra durante un buen rato en un perfecto silencio.

Wendell no estaba en su apartamento, lo que significaba que debía de haberse retirado a otro de sus sitios favoritos para dormir la siesta, ya fuera la sombra de un sauce, una zona tranquila en Brightwell Green o un banco escondido en una arboleda de álamos junto al río. Ariadne y yo nos separamos para comprobar en ambos lugares, pero o había cambiado de idea sobre la siesta o había encontrado un nuevo escondrijo, ya que no conseguimos localizarlo. Tras titubear indecisa, me dirigí al aula.

Wendell ya había comenzado la clase, lo que significaba que debía de haber empezado a su hora; eso al menos me alivió un tanto, aunque sabía que esto solo no bastaría para salvarlo. Mientras me deslizaba en un asiento del fondo, me fijé en que Rose se encontraba abajo, cerca de la primera fila de la clase que tenía forma de anfiteatro, preparado con un cuaderno y una pluma, reclinado con cierta indolencia maliciosa. Todo en él comunicaba sus malas intenciones; si Wendell tuviese la corbata torcida, sospecho que lo habría anotado y utilizado como prueba en el caso de Rose contra nosotros.

¿Y Wendell? No se dio ni cuenta del peligro en el que estaba. Caminaba de un lado a otro ignorando por completo las notas que tenía en la mano mientras daba lo que parecía una clase sobre las colinas de las hadas en las islas del Canal —digo «parecía» porque se salía por la tangente; aunque eran cuestiones relacionadas, le daba al asunto una estructura confusa. He visto a Wendell enseñar antes y, por supuesto, he estado presente en numerosas conferencias, y sé que por lo general se apoya más en el estilo que en la materia, pero esto me pareció descuidado incluso para él. De vez en cuando se detenía a escribir algo en la pizarra para después arrojar la tiza por encima del hombro.

—Disculpe, profesor —lo llamó una de las jóvenes de la primera fila levantando la mano. Los de la primera fila parecían ir en grupo, a menudo se daban codazos entre ellos y estallaban en risas ahogadas. La mayoría eran chicas y un puñado de chicos jóvenes y tenían la costumbre de apoyar la barbilla en la mano y lanzarle a Wendell miradas prolongadas para luego susurrarle algo al oído a su compañero.

—¿Sí? —dijo Wendell. Parecía aliviado por la interrupción y aprovechó la oportunidad para dejarse caer sobre el atril y masajearse el puente de la nariz.

—¿Cuánto tiempo lleva estudiando a las hadas? —preguntó la muchacha. Apenas aparentaba ser un año o dos mayor que Ariadne—. Es solo que parece demasiado joven, profesor.

Su tono inequívoco dio paso a bastantes risitas nerviosas entre su séquito de la primera fila y varios de la clase. O Wendell ignoró tanto el tono como las risas o —como pensé que sería más probable— le preocupaba demasiado su propia aflicción como para percatarse. Volvió a masajearse la nariz con el codo apoyado en el atril.

—A veces parece que durante una eternidad —recitó, lo cual provocó una ronda de risas. Rose se reclinó en el asiento con una expresión de decepción.

Retomó la clase y se saltó la dientesverdes de Guernsey, una omisión extraña. No me costó adivinar el motivo, ya que el conocimiento de Wendell del folclore de las islas del Canal es escaso…, al igual que su conocimiento del folclore de la mayoría de las regiones salvo su país de origen. Desafortunadamente, Rose también se percató de la omisión y lo aprovechó.

—Profesor Bambleby —dijo con ese tono portentoso que utiliza en sus clases—. ¿Quién fue el primero que documentó a la dientesverdes de Guernsey?

—Ah. —Wendell ladeó la cabeza ligeramente y paseó la mirada de forma distraída como si tuviera la respuesta en la punta de la lengua. Hasta ese momento no había dado muestras de haberse fijado en mi presencia, pero dirigió la mirada hacia mí de manera inequívoca, así que articulé: «Walter de Montaigne».

—Walter de Montaigne si no recuerdo mal —respondió Wendell.

Rose frunció los labios y garabateó algo en el cuaderno. Le sostuve la mirada a Wendell y sacudí la cabeza en dirección a Rose, tratando de comunicarle el peligro de la situación, que funcionó tan bien como cabría de esperar. Wendell me miró de forma inexpresiva.

Comenzó a hablar de nuevo, pero en ese momento las luces se apagaron con un parpadeo.

—Maldita electricidad —masculló Wendell—. Por qué malgastan los fondos en cambiar a un sistema tan fiable como un mosquete se escapa de mi comprensión. Bueno, no pasa nada…, todavía tenemos las ventanas. Persistiremos como los goblins de los libros de Somerset, que solo trabajan en la oscuridad de la noche. Mis disculpas por la falta de leche con miel.

Más risas. Comenzaba a preguntarme si Wendell sería capaz de no empeorar esta situación. Como es natural, fue entonces cuando me fijé en las luces.

No en las bombillas eléctricas que se habían apagado sobre nosotros, sino en las motas centelleantes que salían por debajo de la puerta trasera. Wendell no se había dado cuenta, pero sí varios de sus alumnos, que murmuraban entre ellos. Las motas eran tan brillantes que, al mirarlas, me inundaban la vista de puntitos negros.

Retiré la silla y todo pareció ralentizarse, como si el tiempo estuviese atrapado en savia pegajosa. Rose se levantó un instante después que yo sin el menor rastro de desdén en su rostro. Me buscó con la mirada y compartimos un momento de comprensión muda. Abrió la boca para gritar algo.

La puerta se abrió con un estallido.

Las hadas irrumpieron en la sala, silenciosas como la brisa del viento. Había cuatro…, no, cinco, que corrían juntas como el agua. Llevaban abrigos anchos de sombras que reproducían sus movimientos exactos, casi imposibles de detectar; a veces parecían meras ondulaciones de sombras y otras se agazapaban a cuatro patas y se movían como lobos con sus hocicos alargados de dientes relucientes.

Supe —ya lo había adivinado— que eran las diáfanas grises, una especie de tropa de hada descubierta en Irlanda. Las diáfanas grises, a diferencia de sus hermanas moradoras de los pantanos, son criaturas mortíferas comúnmente contratadas como asesinas de las cortes de las hadas. Utilizan sus luces, que oscilan en el aire sobre ellas, para cegar a sus víctimas antes de atacar.

Empecé a gritar algo con respecto a ello a la vez que el aula se sumió en el caos y ordené a los estudiantes que se cubrieran los ojos, pero Rose se puso de pie en la silla y tronó con su tono más estentóreo:

—¡Corred por vuestra vida! —Lo cual tuvo un efecto mucho más práctico.

Los estudiantes gritaron; la mitad echó a correr hacia la puerta y la otra, hacia las altas ventanas de bisagras que daban al jardín a ras de suelo. Es posible que aquello fuera lo que los salvó de chocarse unos contra otros, ya que ofrecía dos vías de escape adicionales a la multitud que huía. Sin embargo, vi a varios alumnos tropezarse y golpearse contra los pupitres, y otros se arrojaron por las ventanas con tanto ímpetu que se fueron a parar al estanque de los patos.

—¡Wendell! —grité, porque estaba claro que las diáfanas grises habían venido a por él. Creo que la única razón por la que no cayeron sobre él de inmediato fue que dos de sus estudiantes lo habían derribado al escapar y aterrizaron uno encima de otro con Wendell debajo de ellos. Las diáfanas grises están ciegas y rastrean a sus víctimas como los lobos: por el olor.

Como el pasillo estaba bloqueado, bajé al aula pasando por encima de los pupitres entonando una de las Palabras de Poder sin parar. No tenía ni idea de si me volvería invisible al olfato al igual que en el sentido general, pero parecía que sí, pues las diáfanas no me prestaron atención de ningún modo. Una dejó escapar un aullido siniestro mitad humano mitad lobuno, y se desplegaron por la clase mordiendo a los estudiantes mientras se dividían. Olisqueaban el suelo, el aire, las esquinas. A la caza.

Wendell se quitó a los estudiantes de encima y se puso de pie. La diáfana más cercana giró sobre sí misma y, de repente, Wendell quedó envuelto en una nube de luces diminutas como mosquitos.

Pero yo ya le había quitado de un tirón la capa a Rose —el hombre balbuceaba y gritaba como un niño, demasiado conmocionado para detenerme— y se la arrojé a Wendell sobre la cabeza. Fue como soplar una vela: las luces feéricas se apagaron tan pronto el peso de la capa repleta de monedas cayó sobre ellas.

—Gracias, Em —dijo Wendell apartando la prenda a un lado. Entonces, de repente, me sentí mareada y confusa, pues me había agarrado y apartado de la diáfana que se había abalanzado sobre nosotros, solo que lo había hecho tan rápido que no lo vi.

—¡La Palabra! —escuché su voz en mi oído y entonces volví en mí y abrí la boca para empezar a entonarla de nuevo. Apenas un instante después, mi espalda colisionó contra la pizarra; me había alejado del alcance de la pelea y ya se había ido. Me hormigueaba la piel... Era como sentir el roce de un fantasma.

—¡Lápiz! —me gritó mientras saltaba por encima de un pupitre; el hada que había cargado contra él chocó contra la madera y rodó hacia Rose, que soltó otro chillido—. ¡Lánzame uno de tus lápices!

—¿Te has vuelto loco? —grité al mismo tiempo que sacaba el lápiz del bolsillo de mi capa y se lo arrojaba a la cabeza.

Empezó a transformarse incluso antes de que llegase hasta él, elongándose y destelleando entre las sombras: era una espada. Entonces me arrepentí de haber apuntado a su cabeza, pero Wendell la atrapó con la elegancia de un espadachín entrenado, algo que por supuesto era.

Contemplar a Wendell con una espada es como ver a un pájaro saltar de una rama: hay algo inconsciente en él, innato. Se podría pensar que no es él mismo sin una espada, que blandirla le devuelve el elemento que más natural es para él.

Clavó la espada en la diáfana más cercana y antes de que esta cayera, ya se había dado la vuelta para lanzarle un tajo a la que estaba tras él, cortándola por la mitad como una fruta pasada. Las otras tres cayeron con la misma facilidad.

La mayoría de los estudiantes ya había escapado para ese momento, pero algunos seguían allí, agazapados en el umbral al fondo del aula.

—¡Corred! —les grité. Después, como se limitaron a seguir allí con aspecto preocupado y temeroso, y también porque podrían intentar ofrecer su ayuda, añadí—: ¡Vienen más!

Eso hizo que se movieran. Por supuesto, no podía deshacer lo que habían visto, pero al menos había ocurrido en una sala a oscuras, de lejos.

Miré a Wendell. Había dejado caer el peso sobre la mano que tenía en el pupitre y se frotaba los ojos. Se había colocado la espada manchada de sangre bajo el brazo despreocupadamente, como si fuera un paraguas.

—¿Has hechizado mi lápiz? —quise saber.

—He encantado todos tus lápices —dijo sin abrir los ojos—. Siempre llevas uno contigo como mínimo. Sabía que resultarían útiles —añadió mientras yo seguía mirándolo fijamente—. A ver, no puedo llevar una maldita espada conmigo a todas partes. —Me malinterpretó por completo.

—¿Por qué no hechizas tus propios lápices? —me quejé.

—Lo habría hecho, pero nunca me acuerdo de dónde los dejo.

Sacudí la cabeza y me acerqué a una de las diáfanas. Eran extremadamente insólitas: aunque al principio pensé que parecían lobos, al observarlas más de cerca no podía decir a qué animal se parecían. En general se acercaban más a los humanos, supongo, pero eran demasiado grandes, con orejas aterciopeladas, un hocico retorcido con dientes brillantes y un pelaje ralo como si fuese una crin etérea. He visto muchas hadas extrañas, pero no puedo ni empezar a expresar lo perturbadoras que eran estas diáfanas, ni cómo mi mente se estremecía ante mi incapacidad de relacionarlas con los mundos que conocía. *¿Qué tipo de lugar es el reino de Wendell?*, me pregunté.

—Estás agotado —murmuré—. Esa era la intención, por supuesto. Si no incapacitarte por completo.

Gruñó.

—Em, sabes que me pone de los nervios cuando hablas contigo misma. ¿Qué has descubierto y cómo va a empeorar el día?

—Alguien te envenenó anoche —dije sin rodeos—. Probablemente con un veneno elaborado en tu reino para asegurar su eficacia.

Parecía atónito; luego, herido.

—Era mi fiesta de cumpleaños.

—El hecho de que sigas en pie significa, deduzco, que el veneno puede debilitarte, pero no matarte. Tu madrastra no habría enviado a las diáfanas de haber sido así, sino que habría aumentado la dosis.

—Yo no estaría tan seguro de ello. Subestimas su sentido de la diversión. —Alzó las manos y se las miró con furia—. Eso explica esta sensación… Utilizar mi magia es como adentrarme en un temporal. Bueno, en cualquier caso, ¿cómo me libro de ellas?

Esto último parecía dirigido a sí mismo. Le eché un vistazo a los cuerpos cadavéricos esparcidos a nuestro alrededor.

—Parece que ya te has librado bien de ellas.

—Eso ha sido solo para darme espacio para pensar —dijo—. Se levantarán pronto y volverán a perseguirme.

—Pero en las historias…

—Las historias se equivocan. Ahogarlas es la única manera de matar a las muy malditas. Apuñálalas, córtalas por la mitad incluso, que solo se regenerarán como los gusanos.

Mientras meditaba sobre esta imagen profundamente desagradable, él se quedó muy quieto. Sentí la magia a su alrededor; hizo zumbar el aire. Me quedé en silencio para que no perdiera la concentración. Como era de esperar, fue el momento en que Rose decidió recordarnos su presencia.

—Jamás —balbuceó— en todos los años de investigación había visto nunca…

—Cállese —dije cortante. Nunca le había hablado así (sospecho que ha pasado mucho tiempo sin que nadie lo haya hecho), y eso nos concedió unos benditos segundos de silencio mientras me miraba fijamente, indignado y atónito, antes de recuperarse.

—¿Cuál es tu propósito aquí? —Esto iba dirigido a Wendell—. Tú… ¿Es todo esto parte de una especie de engaño enrevesado? ¿Un divertimento de las hadas que se te ha ido de las manos y que ha puesto a la escuela en peligro? En cualquier caso, no puedo… no permitiré que esto continúe. Debo notificar al rector de tu verdadera identidad. Y tú —me atacó—. Tú sabías lo que era, ¿cierto? ¿Estás ayudando a esta criatura de alguna manera? ¿Te ha hechizado o eres tan imprudente e infantil que te has aliado con…?

—Emily —dijo Wendell. Las diáfanas comenzaban a levantarse; una se había apoyado sobre el codo. Me encaminé hacia Rose mientras él seguía alzando la voz, cada vez más indignado, y le di una bofetada.

El silencio que siguió fue atronador, roto por unos balbuceos incoherentes, pero bastó. Wendell hizo un gesto extraño con las manos, como si amarrase un nudo o rompiese una hoja de papel por la mitad. El suelo del aula se partió por la mitad.

De alguna manera, ninguno perdió el equilibrio. Wendell permaneció de pie durante un instante sobre la superficie arenosa del cauce seco de un río. Hizo un gesto como diciendo «ven aquí» y luego trepó por la orilla a la vez que una cortina de agua rugía hacia él. El río se llevó por delante a cuatro de las diáfanas. Wendell se acercó a la quinta, pero Rose, para mi sorpresa, la agarró por la pierna y la lanzó al agua.

—Buen hombre —dijo Wendell y le dio unas palmaditas al jefe de departamento en el hombro. La expresión en el rostro de Rose fue indescriptible; me habría reído si no hubiera estado tan distraída.

El río colisionaba alegremente a su paso antes de salir en tromba por las ventanas. No pude identificar de dónde procedía; parecía manar de un punto en la pared más lejana, bajo una de las pizarras, donde ahora había un agujero pequeño y oscuro en la roca.

Wendell se desplomó en la orilla del río, con un tono ceniciento del agotamiento.

—Puede que me haya pasado.

—Solo una pizca —dije—. ¿Te das cuenta de que podríamos haberlas ahogado en el estanque de los patos? Está justo ahí.

—Bueno, el río fue lo primero que se me ocurrió. —Estaba empezando a crecer maleza en la arena debajo de él, con las hojas cubriendo la superficie al borde del agua.

—¿Puedes ponerte de pie? —dije—. Deberíamos volver a tu apartamento para que descanses. —Pasé su brazo por mi hombro y lo ayudé a levantarse. Luego me quedé paralizada.

Más luces entraban flotando por las puertas rotas. Al fijarse en Wendell, fueron hacia él de inmediato y tuve que ondear la capa de Rose frente a ellas como una torera. Unos gritos de sorpresa sonaron en la distancia, por lo que interpreté que el río había llegado al césped fuera de la Biblioteca de Driadología.

—Me temo que el descanso tendrá que esperar —carraspeó Wendell—. Las diáfanas grises siempre viajan en dos manadas separadas: una partida como avanzadilla y un grupo de refuerzo.

Maldije.

—¿Y supongo que esos refuerzos no tendrán la amabilidad de saltar al río, no? ¿Puedes con otra lucha con espadas?

—Ni siquiera estoy seguro de si puedo dar un paseo por Tenant's Green.

—Tengo una idea —dije y tiré de él escaleras arriba. Cuando salimos al pasillo, encontramos a un grupo de estudiantes que aún seguían allí, claramente en medio de un debate acerca de si ayudarnos o escapar como les dijimos. Uno se acercó y se ofreció a sujetar a Wendell del otro brazo en un alarde inútil de valentía.

—¡Ya vienen! —grité y luego, sin detenerme a ver si surtía efecto, eché a correr arrastrando a Wendell tras de mí—. ¿Y tu espada? —resoplé.

—Me temo que se me cayó —respondió. Se tambaleó un poco, pero consiguió mantener el equilibrio—. Dame otro lápiz.

—¡Solo tenía ese encima!

—¿Uno? ¿Quién eres tú? —Pero la broma no aplacó mi preocupación; nunca lo había visto tan agotado. ¿De verdad era inmune al veneno de las hadas o solo era un brebaje de efecto lento?—. Una pluma, pues.

—Maldito seas. —Encontré una de mis plumas en otro bolsillo y se la tendí—. Como hayas encantado alguno de mis libros, te tiraré a ese río con las diáfanas.

Me di cuenta de que se escuchaba el sonido de un resoplido a nuestras espaldas y, por un momento, pensé que uno de los estudiantes nos había seguido. Pero era Farris Rose, con una expresión vidriosa de pánico en su rostro enrojecido y la corbata ondeando tras él.

—¿Qué demonios está haciendo? —le grité.

—¡No me voy a quedar atrás con ellas! —chilló.

Debería haberle gritado algo más, pero no tenía tiempo de preocuparme por Rose: habíamos llegado al museo.

Irrumpimos por las puertas; por suerte, el museo estaba cerrado, así que la única ocupante era la curadora, que estaba inclinada sobre un expositor.

Gritó al vernos: Wendell y yo salpicados del barro del río; Wendell, con la camiseta manchada de sangre y blandiendo una espada y Rose, con aspecto de haber visto un fantasma.

—Escóndete —le dijo Wendell imprimiendo un encantamiento en la orden, aunque no creo que la curadora necesitase que la animasen. Salió corriendo hacia las salas del fondo.

Wendell pasó por encima de una cuerda y se desplomó sobre uno de los dos tronos élficos del museo. Estaba dividido en tres galerías; nosotros estábamos en la más grande, que albergaba los artefactos de las hadas de las islas británicas. Tras los expositores había un barco imposible rescatado de las salinas de Norfolk: tenía la forma de una barquilla de cuero enorme que aumentaba de tamaño con la luna en cuarto creciente. Su estructura de madera estaba medio podrida, pero la vela estaba tan reluciente como si la acabaran de confeccionar; tenía un patrón azul y amarillo que formaba la silueta de una criatura que tenía un ligero parecido con el narval.

—¿Cuál es el plan? —dijo Wendell.

Agarré su espada y utilicé la empuñadura para romper uno de los expositores. Tomé varias piedras de hadas y le lancé dos.

—Ten. Puedes romperlas, ¿verdad?

Las miró fijamente: no tenían nada de especial, como todas las piedras de hadas, aunque si se miden, se puede comprobar que son una esfera perfecta.

—Sí, pero...

Fue entonces cuando la segunda partida de diáfanas hizo su entrada tras destrozar las puertas de madera del museo en una lluvia de madera astillada. Me pregunté si desconocían cómo funcionaban las puertas humanas o si simplemente les encantaban las entradas dramáticas. Digo «segunda partida», aunque solo doy por sentado que eran diáfanas diferentes; las criaturas no se parecían, pero eran tan peculiares a mis ojos humanos que me costaba compararlas.

Wendell miró la piedra de hada que tenía en la mano, se encogió de hombros y la estampó contra el suelo.

Una bandada de loros salió disparada. Los pájaros chillaron y graznaron, lo que distrajo por un momento a las diáfanas. Sin miedo, se abalanzaron sobre ellas como gatos. Cada loro parecía llevar una flor en el pico.

Wendell arrojó otra piedra. Cuando se rompió, unos estandartes rutilantes escritos en la lengua de las hadas* se desplegaron sobre las paredes del museo. De repente, el techo quedó pintado de frescos de hadas holgazaneando junto a manantiales en el bosque rodeados de una fronda verde. Unos jarrones con flores que me eran desconocidas aparecieron sobre cada superficie junto a botellas de vino en cubos de hielo y el espacio quedó inundado por el sonido ahogado de los violines, como si proviniese de la sala de al lado.

—¡Wendell! —grité—. ¡Nada de esto es útil!

—Bueno, ¿qué esperabas? —La tercera piedra de hada solo contenía la canción de algún tipo de banda de hadas ruidosa y enérgica, que se mezcló con los violines para formar una cacofonía. La cuarta era la más asombrosa de todas: un globo aerostático entero salió despedido; estaba hecho con sedas de una docena de colores llamativos distintos. Se elevó unos cuantos metros del suelo, meciéndose suavemente sobre los expositores.

---

* A nivel visual, el *faie* es como una combinación extraña de la escritura humana de una región particular y algo parecida al alfabeto ogámico. Es mucho más complicado que el *faie* hablado; Alistair Holywood argumenta en *Diccionario del folclore* que puede que siga siendo imposible para los humanos comprenderlo y alcanzar un nivel que les resulte útil. Primero, es mucho menos consistente que el *faie* hablado; se han documentado quince variedades tan solo en el sur de Inglaterra. Algunas se parecen más al alfabeto romano con tan solo unas florituras adicionales, mientras que otras no se parecen siquiera a un sistema de escritura, sino a un patrón aleatorio formado por procesos naturales. Segundo, el *faie* escrito parece poseer elementos semasiográficos, es decir, que ciertas palabras existentes en la lengua escrita no tienen equivalente hablado, lo cual la hace más rica, compleja y menos conocida que su equivalente oral. Y, como si esto no fuera poco, la escritura no es invariable y puede que alguien traduzca el texto de una página entera solo para, momentos después, descubrir que se ha reorganizado por sí misma en algún tema no relacionado. Ya sea esto un encantamiento ideado por las hadas para que sus escritos sean menos comprensibles para los mortales o una cualidad intrínseca del lenguaje en sí, se desconoce. El estudio del *faie* escrito puede ser peligroso; en la década de 1800 tuvieron que ingresar a varios académicos en psiquiátricos después de sufrir crisis psicológicas. La más famosa fue Harriet Fairfax-Walton, quien afirmó haber descubierto y descodificado un tratado de paz entre dos reinos de las hadas que estaban en guerra en Escocia solo para recomponerse en una receta de *bannock* de frutas. El documento está expuesto en el Museo del Folclore Británico de Londres, donde en la actualidad muestra la letra de una canción marinera extremadamente indecorosa.

—¿No puedes intuir qué encantamientos guardan las piedras? —pregunté.

—¡No!

Hice un ademán de frustración.

—Entonces ¿por qué las sigues rompiendo?

—¡Porque me lo has pedido tú, lunática!

Lo agarré de la mano y tiré de él para adentrarnos más en el museo mientras buscaba algo más entre los expositores de cristal, cualquier cosa, que pudiera resultarnos útil. Las diáfanas salieron disparadas tras nosotros lanzando dentelladas. Rose aullaba algo desde la esquina donde se había retirado —o gritaba instrucciones inútiles o rogaba por su vida; no me molesté en escucharlo.

—¡Allí! —gritó Wendell y corrió hacia la barquilla de cuero feérica. Trepamos para subir al pecio, lo cual fue tan ridículo como suena, ya que más bien parecíamos niños saltando tras un fuerte hecho de mantas y cojines.

—¿Te quedan fuerzas para invocar otro río? —dije esperanzada al tiempo que uno de los loros cayó en picado sobre una diáfana. Los pájaros parecían sentirse bastante ofendidos por la presencia de las criaturas.

—No, pero el barco tiene su propio hechizo. Solo es cuestión de liberarlo… ¡Ah!

Una cuerda apareció atada al mástil. Estaba segura de que antes no había una cuerda ahí. Wendell la cortó con la espada y el barco se impulsó hacia delante.

Sí, se impulsó. De alguna manera, se impulsó. Podía escuchar el agua correr bajo nosotros, sentir la sal salpicarme la cara, pero no había nada…, nada salvo una ondulación plateada en movimiento. Wendell movió la vela de un tirón y la barquilla salió disparada hacia las diáfanas que, en ese momento, estaban distraídas por los loros; sin quererlo, estaban siendo de ayuda. La diáfana más cercana comenzó a aullar una advertencia, pero el sonido quedó acallado con brusquedad cuando la barquilla impactó contra ella y la mandó de cabeza al… ¿agua? Porque había agua debajo de la barquilla; era lo que nos arrastraba por el museo, aunque no pudiera verla. Wendell volvió a tironear de la vela y chocamos contra el nudo de diáfanas que quedaban, que corrieron la misma suerte que la primera. Sus gritos produjeron un sonido burbujeante antes de quedar en silencio.

Wendell intentó ajustar la vela de nuevo —creo que intentaba frenarnos—, pero se le escapó el agarre y aumentamos de velocidad.

—¡Emily! —gritó y se lanzó sobre mí justo antes de que nos estrellásemos contra uno de los expositores. Una lluvia de cristal roto cayó sobre él y ambos quedamos empapados por una ola que, invisible, rompió contra la barquilla.

—¿Estás bien? —quiso saber acunándome el rostro. Estaba tan aliviada de que hubiésemos dejado de movernos que solo pude asentir, aunque sentía unas náuseas horribles en el estómago. Él se sacudió el cristal del pelo y me ayudó a salir del bote.

Las diáfanas estaban tiradas en el suelo… o lo que quedaba de ellas. Se habían deshecho en luces diminutas que flotaban donde se habían encontrado sus cuerpos, chisporroteando de manera intermitente. Una a una se extinguieron. Una permaneció encendida, pero Wendell dio una palmada como si aplastase a un insecto.

—¡Qué desastre! —dijo inspeccionando lo que quedaba del museo, que ahora tenía el aspecto de una alucinación provocada por la fiebre, o quizá varias. El globo aerostático había flotado sin rumbo hasta una esquina, donde se balanceaba con suavidad entre la pared y la maqueta de un pueblo de hadas en miniatura.

Wendell se dejó caer en el trono élfico de nuevo, que se había movido un poco, y descansó la cabeza sobre las manos. Llegué a su lado en un abrir y cerrar de ojos, salpicando en los charcos de la marea que nos había arrastrado en el bote. La barquilla de cuero se mecía entre crujidos tras de mí.

—Vamos a llevarte a casa —dije—. Por favor, dime que tienes conocimientos prácticos de antídotos para los venenos elaborados en tu reino.

Él alzó la cabeza y me dedicó una sonrisa.

—Estaré bien, Em.

Le aparté el pelo de sus ojos oscuros y los escruté.

—Puede que haya algo en las publicaciones —murmuré, pensando en voz alta.

Escuché un ruido tras nosotros. Me di la vuelta, pero solo era Rose. Esperaba que nos dijese algo, pero se limitó a quedarse de pie, quieto, paseando la mirada de aquí a allá sin fijarse en nada en concreto. Tenía el cabello pegado a la cabeza; estaba claro que una ola errante lo había golpeado. Al menos, había dejado de chillar.

Me volví hacia Wendell.

—¿Qué hacemos con él?

Wendell compuso una mueca.

—¿Por qué debemos hacer algo? A él no lo envenenaron en su cumpleaños.

Me parecía mal, pero como no se me ocurrió otra alternativa —el hombre no respondía ni a su nombre— dejamos a Rose entre los restos sin sentido del Museo de Driadología, inmóvil como una estatua. Un loro se posó sobre su hombro y empezó a limpiarle el pelo, de lo que no pareció darse cuenta. Estaba bastante claro que ya no suponía una amenaza para Wendell o para mí… no en un futuro inmediato, en cualquier caso.

De camino a la salida, me detuve junto a uno de los expositores rotos.

—Ja —murmuré. Alargué la mano y saqué el artefacto que me interesaba pedir prestado para Shadow y que la curadora me había negado: un simple collar de cuero a simple vista. Me sentí un poco culpable, pero no mucho; estaba nerviosa por la adrenalina y por el efecto del miedo y, de todas formas, deduje que lo devolvería.

Entonces me di cuenta de que la galería principal del museo, sobre todo donde había tenido lugar la batalla, estaba plagada de lucecitas. No eran como las que habían utilizado las diáfanas, sino más parecidas a las ascuas, que flotaban por el aire como movidas por una brisa errante.

—¿Qué es eso? —dije extendiendo el brazo para atrapar una de ellas. La sentía fría contra la palma, pero tan pronto abrí los dedos, salió volando de nuevo.

—¿Eh? Ah. Magia vertida —murmuró Wendell. Estaba casi dormido de pie y se dejaba caer con pesadez sobre mí—. Parte de ella es mía… El resto, de los artefactos.

—¿Vertida? —repetí incrédula. Nunca había oído referirme a la magia de esa manera, como si alguien hubiese volcado una botella de leche.

Wendell murmuró algo más que sonó como «pelusa», aunque debí de oírlo mal. Rebusqué en el bolsillo y saqué uno de los saquitos de terciopelo con una especie de red de anillos como revestimiento que utilizaba para recopilar artefactos de las hadas. Recogí un puñado de ascuas diminutas de magia en el saquito y me pregunté si se extinguirían como había pasado con las luces de las diáfanas. Entonces me guardé el saco en el bolsillo junto al collar prestado y ayudé a Wendell a salir por la puerta.

# 15 de septiembre

Esta mañana desperté a Wendell temprano; ante mi insistencia, había dormido en mi sofá. Sí, sé lo ridículo que suena. Como si esperase hacerle frente a otra ronda de hadas asesinas en el caso de que irrumpiesen por mi puerta. Sin embargo, dado su estado, creí que lo mejor sería que estuviese donde Shadow y yo pudiésemos cuidar de él. Además, que se quedase en mi apartamento nos ofrecía cierta protección, ya que muchas hadas obedecen unas leyes antiguas de hospitalidad y no pueden entrar en el hogar de alguien para asesinar a sus huéspedes. Durmió de un tirón lo que quedaba del día hasta primera hora de la mañana, y se despertó todavía con dolor de cabeza, aunque por su voz y el color de su piel supe que estaba casi recuperado.

—Me niego a ir a ningún sitio a estas horas —respondió cuando le informé de que el día anterior había comprado billetes de tren para ir a Dover. Estaba tan sepultado por las mantas y almohadas que lo único que distinguía de él era una pizca de pelo rubio y un cuarto de su rostro—. Tuve un día horrible y me quedaré aquí como poco hasta el mediodía.

—Wendell —dije manteniendo la voz firme a base de fuerza de voluntad—. Tu familia ha empezado a enviar asesinos en tu busca. Debemos esforzarnos al máximo en localizar tu puerta sin demora. Al menos, debemos alejarnos de Cambridge tanto como podamos dado que saben que estás aquí.

—¿Cómo demonios van a cambiar unas pocas horas nuestra situación? Se me debería conceder tiempo para recuperarme si quiero ser de utilidad a la hora de defenderme.

Esta discusión tediosa continuó hasta que amenacé con hacer trizas su capa favorita, para la que se había pasado una cantidad disparatada de horas para coserla hasta quedar perfecta, y al fin se levantó quejándose por lo bajo sobre la tiranía de los académicos.

El campus estaba en silencio e inactivo a esa hora temprana; los árboles cubrían los caminos con su sombra y el aire antes del amanecer traía ese frescor otoñal. Esperaba que el departamento de driadología estuviese desértico para que pudiéramos planear nuestra estrategia sin miedo a que nos escuchasen a hurtadillas, pero había dos estudiantes dormidos en ambos extremos de la sala común, y la profesora Walters murmuraba para sí misma y cerraba los libros con un golpe en su despacho —tiene los horarios de un búho. Bueno, tendría que servir.

—Deja que limpie este desastre —dijo Wendell agitando la mano cuando entramos en su despacho.

Arqueé las cejas. Nunca he visto el despacho de Wendell desordenado: no había polvo ni tazas sucias y, por algún motivo, siempre tenía un ligero olor a nuez moscada, aunque suele gustarle el tipo de caos ordenado que la gente limpia adopta por estética. Había montañas de libros pesados amontonados sobre el escritorio junto con una caja de material de papelería inmaculado y una hilera de tinteros, y también tenía bufandas caras y una capa de repuesto sobre las sillas. Eso era todo. Shadow se acomodó como si fuera su casa en la cama que Wendell tiene junto a la ventana; normalmente se queda en mi despacho cuando estoy trabajando, pero se dice que se escabulle al de Wendell para variar un poco de cama.

Wendell colgó la capa y dobló las bufandas, luego encendió el fuego, aunque no hacía frío; como era de esperar, lo hacía solo por la atmósfera. El despacho de Wendell es uno de los dos en el departamento que tienen chimenea —el otro es el de Rose—, lo cual es una fuente de resentimiento perpetuo entre los otros profesores. Mientras estaba en ello, un paso rápido y ligero resonó por el pasillo.

—Será Ariadne —dije con un suspiro. Como había previsto, mi sobrina irrumpió en la estancia con un aspecto demasiado animado para ser las seis de la mañana.

—Oh, espero no haberme olvidado algo —dijo antes de dejar su maleta sobre una silla. La había informado de que planeábamos marcharnos de inmediato tras nuestra reunión matutina para tomar el ferry a Calais y, de ahí, iríamos al este en tren. Por la pulcritud de su atuendo y el brillo vivaz de sus ojos, llevaba un rato despierta.

—Es que no me lo creo —continuó sin aliento y unió las manos como suele hacer cuando le da uno de sus arranques de entusiasmo—. ¡Una expedición con dos de los driadólogos más grandes del siglo XX! No puedo ni contener la emoción.

—Cualquiera lo habría dicho —dije—. Por favor, baja la voz... Preferiría que el departamento entero no escuchase nuestra conversación. ¿Qué tienes ahí?

Agachó la mirada hacia la bolsa de papel que llevaba.

—Bueno, no se puede hacer nada tan temprano sin un refrigerio, así que fui a la panadería a por croissants.

Wendell se espabiló.

—¿De qué tipo?

Dejé que se repartiesen el botín. Al final del pasillo había una sala de seminarios con una pizarra con ruedas que arrastré al despacho de Wendell. Cuando él la vio, gruñó.

—Estás obsesionada con las pizarras —protestó—. Ni siquiera nos has contado a dónde vamos. No creo que pretendas que nos quedemos sentados mientras vemos gráficos y diagramas primero.

—Los Alpes —dije de pasada—. Específicamente, el pueblo de St. Liesl, al oeste de Austria. Me interesa en especial el Grumanhorn, una cumbre cercana donde se dice que desapareció Danielle de Grey.

Me miró inexpresivo.

—¿Qué tiene que ver de Grey con mi...?

—Tenemos algunos puntos que discutir antes de llegar a eso —añadí. Escribí «St. Liesl» en la pizarra; no por alguna razón en particular, sino porque, en realidad, tenía razón sobre mí: me encantaba escribir cosas en la pizarra.

Me volví hacia Ariadne.

—Supongo que tendrás preguntas por lo que sucedió ayer.

Sus ojos se ensancharon.

—Sí... Bueno, al igual que toda la escuela, en realidad.

Asentí. Naturalmente, estaban circulando bastantes rumores concernientes a la aparición repentina de un río en una de las aulas, por no mencionar los destrozos que habíamos ocasionado en el pobre museo. Le había contado a la vicerrectora lo que pensé que sería una verdad a medias plausible: que Wendell y yo éramos el objetivo de unas asesinas porque habíamos enfadado sin querer a uno de los monarcas de las hadas de Gales. Wendell y yo habíamos pasado un tiempo allí en los últimos años, y las cortes de hadas galesas son bastante sensibles a los desaires. Le eché las culpas del río a las asesinas, por supuesto, y no a Wendell; en general la historia no tenía ni pies ni cabeza, pero los académicos están acostumbrados a eso cuando las hadas están implicadas.

Tanto a Wendell como a mí nos han dado permiso para marcharnos a nuestra expedición, que yo describí como una misión para buscar un artefacto poderoso de las hadas que entregaríamos a la corte galesa como regalo en un intento de suplicar el perdón del rey. La vicerrectora no se entusiasmó ante la perspectiva de encontrar a alguien que nos sustituyera en clase con tan poca antelación hasta que la informé de que creía que las asesinas destructivas seguirían viniendo hasta que la corte quedase satisfecha o Wendell y yo estuviésemos muertos; ante esto ella expresó una clara preferencia por que estuviésemos tan lejos de Cambridge y las aulas que quedaban en pie como fuera posible.

—Siéntate —le pedí a Ariadne. Se sentó con una expresión inquieta.

Tomé aire.

—Wendell es un hada. Es el monarca de una corte del sur de Irlanda que los académicos llamamos Silva Lupi. Su madrastra lo derrocó y se nombró reina a sí misma, y ahora intenta asesinarnos.

Ariadne me miró fijamente. Parecía que estuviera esperando a que añadiese algo, pero como no lo hice, le dedicó una mirada dubitativa a Wendell, que se estaba sacudiendo las migas de croissant de las solapas.

—Ya veo —dijo.

Bueno, supongo que era de esperar. A pesar de que muchos académicos han interactuado con las hadas comunes —brownies del hogar y similares—, pocos han tenido encuentros con las hadas de la corte y han vivido para contarlo. Era pedir demasiado que Ariadne aceptase simplemente que una de ellas estaba desplomada en la silla de al lado con el pelo en la cara y sosteniendo su taza de café como un hombre a punto de ahogarse se aferra a un bote salvavidas.

Miré a Wendell. Alzó las cejas y dijo:

—¿Qué me importa si te cree o no? Volvamos a por qué te interesa de Grey. Estaba investigando las puertas de las hadas cuando desapareció, ¿verdad? ¿Crees que encontró la mía?

Levanté un dedo. Aunque sabía que era una estupidez, me había desanimado un poco la respuesta anticlimática de Ariadne a mi revelación. Cuando hago una presentación, me gusta que se aprecie.

—Antes de que retomemos eso —dije—, debemos responder una cuestión más urgente: ¿por qué ahora?

—¿Por qué ahora? —repitió Wendell—. ¿A qué te refieres?

Había algo un pelín ingenuo en la forma en que lo dijo y en la manera en que contemplaba las notas que yo había garabateado en la pizarra, como si de repente le fascinasen. Entorné los ojos.

—¿Por qué tu madrastra está mandando ahora asesinas en tu busca? Seguro que habría podido rastrearte antes. Ha tenido diez años.

—Puede que se haya pasado esa década anhelando mi compañía. Mi madrastra es extremadamente contradictoria.

—Antes dijiste que no podía matarte según las costumbres de las hadas. Que eso la volvería demasiado poderosa, que tendría el trono demasiado asegurado.

Agitó los dedos para desestimarlo y se bebió la taza de café.

—No siempre tengo razón en estos asuntos. Ariadne, querida, ¿puedes preparar otra cafetera en la sala de profesores?

La chica se puso de pie de un salto, parecía aliviada de tener algo práctico que hacer. Cuando se hubo marchado, me crucé de brazos.

—Me estás ocultando algo —dije—. No me gusta cuando haces eso. Te agradecería que no me trataras como alguien que suplica a las hadas y a quien debes hablarle con acertijos misteriosos.

Él se rio.

—Emily, Emily. ¿Cuánto tiempo hace que somos amigos?

—Siete años este diciembre —respondí de inmediato—. Es decir, si suponemos que nos hicimos amigos en el momento en que nos conocimos, como tiende a hacer la mayoría de la gente. A mí personalmente me resulta una transición más dudosa de señalar.

—Estoy seguro de que sí. Bueno, espero que ahora confíes un poco en mí. Lo cierto es que podría responder a tu pregunta, pero no estoy seguro de que te guste. Y en cualquier caso, no influye en nada a nuestra situación.

Lo examiné durante un rato mientras él me devolvía la mirada con una expresión que no supe identificar. Antes de decantarme por otra línea de ataque, Ariadne había vuelto con el café.

—Gracias —dijo Wendell mientras despejaba una zona en el escritorio.

Pero Ariadne estaba demasiado ocupada mirándolo para darse cuenta: golpeó la bandeja contra una silla y se volcó entera. Las tazas se estrellaron contra el suelo.

—Lo siento mucho —balbuceó—. Profesor Bambleby, yo…

—Extiende las manos, por favor —dijo Wendell con un suspiro.

Ariadne me miró y luego alargó las manos en silencio, desconcertada. Wendell hizo un gesto con forma de coma. La bandeja volvió a toda prisa a los brazos de Ariadne con un movimiento extremadamente asombroso; las tazas la siguieron justo después, de nuevo enteras y rebosantes de café.

Me apoyé contra el escritorio con una mueca. Odio cuando Wendell juega con el tiempo. Lo vi hacerlo una vez en Ljosland. Tiene algo que me da náuseas; quizá sea la incapacidad de mi mente mortal de comprender que un momento retroceda en el tiempo pero contenido en un único espacio delimitado. Es… Bueno, imposible. La reacción de Ariadne fue más dramática: retrocedió hasta chocar con la estantería y varios libros cayeron al suelo; seguro que habría vuelto a tirar la bandeja si Wendell no se la hubiera quitado de inmediato.

—Ya está despejado —me dijo.

—Pensaba que solo podías hacer eso en el País de las Hadas —comenté.

—He estado practicando —respondió para mi consternación.

—Podríamos haber hecho más café —mascullé y le di un sorbo—. Ahora sabe a suelo.

—No es verdad —dijo, tan ofendido como si lo hubiera preparado él mismo.

—Bueno, no puedo dejar de verlo, así que el mío sabe a eso. —Estaba agitada e intentaba ocultarlo. Supongo que estoy acostumbrada a verlo hacer magia, pero de vez en cuando hace algo que me inquieta a unos niveles profundos, lo suficiente como para que casi lamente los eventos que me llevaron a estudiar driadología. Por suerte estos momentos no duran mucho.

—Parece un uso trivial de la magia —añadí—. Estoy segura de que ahora te sientes mejor.

Wendell tomó un largo sorbo y cerró los ojos.

—No hay nada trivial en un buen café. Ariadne, ¿lo has hecho tú?

—Ya... ya estaba hecho. Imagino que fue uno de los profesores —dijo. Miraba a Wendell con el rostro completamente encendido, como si él le hubiese hecho realidad todas las fantasías de su infancia—. Entonces... De verdad es...

—Sí, lo es; prosigamos —dije con brusquedad porque, de nuevo, me había robado el protagonismo. Abrí el morral y dejé el pie de hada en el escritorio de Wendell.

Ariadne gritó.

—¡Por Dios! —aulló Wendell y apartó de golpe el paquete de croissants.

—Cielo santo —dije—. Solo es un pie.

—¡Solo un pie! —gritó Ariadne.

—Emily —dijo Wendell al mismo tiempo, escandalizado. La profesora Walters golpeó varias veces al otro lado de la pared.

—Está bien, está bien —convine y volví a guardar el pie en el morral—. Es el pie de un fauno... Un fauno arbóreo, de hecho. Ayer hablamos sobre ellos durante el desayuno. Danielle de Grey estaba investigando esta especie cuando desapareció.

—No me puedo creer que hayas puesto un *pie* en mi escritorio —respondió Wendell.

—¿Solo tienes ese? —preguntó Ariadne preocupada sin dejar de mirar mi bolsa.

—¿Podéis prestar atención, por favor? —dije—. Esto es importante. Ese pie es de una de las trampas de de Grey. Puede que la criatura se lo arrancase para escapar, como cualquier bestia.

—Esas criaturas a las que los académicos llamáis faunos arbóreos son irlandesas. De Grey desapareció en Austria —añadió Wendell. Entonces se quedó paralizado—. Ah.

Sonreí. Mientras él reflexionaba, escribí una lista en la pizarra: *St. Liesl, Austria. Corbann, Irlanda. Nálchik, Rusia. Kolimá, Rusia.*

—Un nexo —murmuró Wendell—. De eso se trata, ¿no? Crees que de Grey estaba buscando un nexo.

—No —dije—. Creo que encontró uno.

Señalé la pizarra.

—Esta especie de fauno (que claramente es una especie en sí misma dada la morfología de sus cuernos, que siempre son distintos) se ha documentado en estas cuatro localizaciones, cada una separada por cientos, si no miles, de kilómetros entre sí. Puede que no sean nativos de Irlanda a pesar del tiempo que llevan viviendo allí. Como sabéis, solo un porcentaje reducido de investigaciones rusas se han traducido al inglés, lo cual explicaría por qué pocos académicos se han fijado en el patrón. Hay una extensa documentación de los faunos arbóreos en Irlanda, pero las pruebas de su existencia en Austria y Rusia se han pasado bastante por alto. Solo he encontrado dos referencias en los estudios irlandeses, ambos de avistamientos en St. Liesl, que los autores desestimaron como un error.

—De Grey los estaba estudiando.

—Sí, pero ya conoces la reputación de de Grey. Pocos académicos se sentían inclinados a tomarla en serio en sus tiempos, y aún menos hoy en día. Antes de desaparecer publicó un análisis preliminar sobre el tema de los faunos arbóreos en el que argumentaba la existencia de un nexo. Se retiró cinco años después de su desaparición, al igual que muchos otros artículos suyos... Tuve que rebuscar entre montañas de archivos en la Universidad de Edimburgo, donde de Grey fue a visitar a un profesor, para localizarlo. Allí fue, por cierto, donde encontré también el pie, almacenado en el sótano de su museo de driadología con varios descubrimientos más de de Grey.

Ariadne nos había estado observando sin contener apenas la emoción; de nuevo, daba saltitos sobre las puntas de los pies.

—¿Qué es un nexo? —soltó abruptamente—. No he oído ese término en ninguna clase.

—Y hay un motivo para ello —dijo Wendell. Se levantó, tomó un paño y una botella de cristal con una especie de solución de limpieza de uno de los armarios con los que empezó a frotar el escritorio—. Según los académicos, no existen.

—Son una teoría —añadí—. Una bastante probable, o eso he creído siempre. ¿A dónde lleva esa puerta? —Señalé a la puerta del despacho.

Ariadne frunció el ceño.

—Al pasillo, claro. O al despacho del doctor Bambleby si estás al otro lado.

—Exacto. Las puertas en el reino de los mortales, por lo general, conectan dos lugares. La mayoría de los académicos presuponen que las puertas de las hadas no difieren en esto... Pero ¿por qué debería ser ese el caso? Las hadas no están sujetas a las leyes de los mortales en otros aspectos. Un nexo es una puerta que conecta más de dos lugares. En ese sentido, se parecen menos a la puerta de este despacho y más a la de un barco que se va moviendo constantemente y puede dar a varias localizaciones.

—Oh —jadeó Ariadne—. Entonces eso explicaría la presencia de esos faunos en tantos países... Están utilizando un nexo que conecta sus reinos.

—Y así, por supuesto, hacen incursiones en el mundo de los humanos, como suelen hacer las hadas. —Dibujé una puerta en la pizarra con líneas que la conectaban con St. Liesl y Corbann—. Irlanda tienen siete reinos de las hadas que se conozcan. El de Wendell está ubicado al suroeste del país, donde se emplaza el pueblo de los mortales de Corbann y los avistamientos de faunos arbóreos. Ahora, la madrastra de Wendell tiene muy vigiladas todas las puertas que conducen a su reino para evitar que entre, ya sea por magia u otros medios... Pero ¿esta? —Rodeé con un círculo St. Liesl—. ¿Una puerta trasera utilizada por las hadas comunes? ¿Construida quizá por los faunos para su uso particular? Probablemente no tenga ni idea de que exista.

—Te aseguro que no lo sabe —dijo él—. Porque mi padre no la conocía. Las únicas puertas traseras de las que tenía constancia conducían a varios reinos de las hadas en Gran Bretaña y se derrumbaron hace mucho. Les pasa a las puertas de las hadas si no se utilizan con regularidad. A propósito, creo que así es cómo mi madrastra envió a las diáfanas tras de mí... Debe de haber reparado una de las puertas inglesas.

—Ah —dije con un asentimiento.

Él sonrió.

—Vas a incluir todo esto en tu libro, ¿verdad?

—Ni siquiera estaba pensando en mi libro —dije a la defensiva... Solo fue una mentira a medias. Con la enciclopedia terminada, como Wendell sabe, he puesto mi atención en otro gran proyecto: crear un libro de mapas de todos los reinos de las hadas conocidos así como de sus puertas. Inevitablemente, un libro así será como una colcha de retazos (a menudo, los reinos de las hadas están vinculados con puntos geográficos específicos en el mundo de los mortales, aunque solo unas pocas se han explorado de manera significativa), pero me gustaría utilizarlo para argumentar la teoría de de Grey: que los reinos están más interconectados de lo que sugerían los estudios anteriores. Encontrar pruebas del nexo sería el centro de todo el proyecto.

—¿Estás bien, querida? —le preguntó Wendell a Ariadne.

Dejé a un lado mis cavilaciones y me fijé en que la chica estaba bastante sonrojada y con los ojos vidriosos.

—¿Por qué no te sientas? —dije.

Wendell le ofreció su silla y la chica se sentó.

—Lo siento —dijo—. Es solo que... Bueno, esto es más de lo que se pueda imaginar, ¿no?

—¿Estás segura de que quieres venir con nosotros? —dijo Wendell.

Ella lo miró fijamente con una expresión de incredulidad.

—¡Claro que estoy segura! He estado leyendo historias sobre las hadas desde que era niña. Esto es todo cuanto he soñado.

—Todo cuanto has soñado —repitió él pensativo—. Pero si vienes con nosotros, también te enfrentarás a todo cuanto has temido.

Ella pareció preocuparse... No por la advertencia, pensé, sino más bien por la idea de que él pudiera evitar que ella fuera.

—Ya lo he decidido.

Wendell seguía mirándola con el ceño fruncido.

—Tiene mucho sentido que intentemos localizar la puerta en Austria —intervine—, a diferencia de los enclaves en Rusia... Austria es donde de Grey estaba trabajando y, por tanto, podemos guiarnos por su investigación.

—La investigación que, al parecer, adopta la forma de un maldito pie —murmuró Wendell. Había terminado de limpiar y había empezado a aplicar una especie de abrillantador de madera sobre el escritorio. La estancia tenía un olor tan penetrante a lavanda y cítricos que me provocó dolor de cabeza.

—Eso. —Ariadne le lanzó una mirada asqueada al morral—. ¿Es el pie, eh... necesario?

—Al parecer, los dos creéis que lo llevo por diversión —dije exasperada—. ¿Ninguno habéis oído la historia de la oreja del clurichaun?*

—Ah —musitó Ariadne—. *Ah.* Entonces ¡el pie nos conducirá al nexo!

—El pie nos conducirá a los faunos, que nos llevarán hasta el nexo —dije—. En cualquier caso, esa es la idea. Espero que no haga falta señalar que nunca le he preguntado indicaciones al pie de un hada. Por suerte, si resulta que no es cooperativo, contamos con el apoyo de los mapas de de Grey... y puede que los habitantes de los pueblos sepan algo.

---

* «El mercader de vino y la oreja del clurichaun», registrada en su versión más famosa en *Cuentos de medianoche de la Buena Gente de los hermanos O' Donnell* (1840), es una historia siniestra en la que unos asaltantes de caminos saquean las existencias de un mercader en un sendero remoto del bosque. Un clurichaun que pasaba por allí le ofreció su ayuda; estos suelen mostrarse amistosos con los dueños de los pubs, destiladores y similares, pero el mercader desagradecido mata a la criatura y le arranca una oreja por la creencia errónea de que los clurichaun pueden «oír» el oro cantar en alijos secretos y los depósitos de los ríos (los clurichauns, que a menudo se les puede encontrar en las tabernas, normalmente tienen los bolsillos a rebosar de oro con el que pagar rondas interminables de bebida). El mercader se lleva la oreja a la suya y sigue el sonido de un canto a través de un camino largo y serpenteante entre los árboles, donde no tarda en perderse. Para su sorpresa, después de vagabundear durante horas, acaba donde comenzó, mirando el cadáver del clurichaun. Para entonces, la familia de la criatura se ha reunido para comenzar los ritos funerales. Todos se lanzan sobre el mercader y él se enfrenta a una muerte sanguinolenta.

—Has pasado por alto un pequeño detalle, Em —intervino Wendell—. Las criaturas a las que los académicos tan gentilmente habéis denominado «faunos arbóreos» son una panda cruel. Incluso en mi reino. Y vamos a ir tras ellos, ¿no es así? Te das cuenta de que es probable que así fue cómo terminó de Grey.

Me apoyé en la estantería y tamborileé los dedos sobre un estante.

—No hay historias en las que hieran a los mortales.

—¿Y por eso tu conclusión es que nunca lo han hecho? Hay otra explicación.

Los ojos de Ariadne se inundaron con una mezcla de terror y placer preocupante de observar. Y entonces fue cuando comencé a dudar de mí misma. Una cosa era enfrentarme a estos peligros —hace mucho que tomé una decisión al respecto— y otra muy distinta llevar conmigo a mi sobrina de diecinueve años.

—Ariadne —tanteé—, a lo mejor deberías…

—¿A lo mejor debería quedarse aquí? —me interrumpió una voz tras de mí. Para mi sorpresa, Farris Rose se había asomado a la puerta con una expresión sombría—. Tienes razón, maldita sea. Debería quedarse aquí.

—Yo… Doctor Rose —balbuceé—. ¿Ha estado escuchando la conversación.

Rose hizo un ademán en dirección a Wendell.

—Esa criatura muestra más preocupación por la niña que tú.

Me ofendí tanto que no pude responder de inmediato. Wendell colocó la mano sobre la cabeza de Shadow; el perro había empezado a gruñir.

—Lo ha oído todo —dije al final.

—De hecho, sí. —Tenía el rostro grisáceo y los ojos, enrojecidos, pero no estaba, en general, tan desaliñado como habría esperado dado el estado en que lo dejamos ayer—. Por sorprendente que parezca, me resultó imposible dormir después del asunto de las diáfanas y me he pasado la noche aquí. Por cierto, ese café que te estás tomando es mío.

—Confío en mi tía —declaró Ariadne—. Ella conoce a las hadas mejor que nadie. Quiero ir con ella.

—Qué valiente —dijo Rose—. Valiente y estúpida, que normalmente es lo mismo en lo que a los jóvenes se refiere. Iré yo en lugar de la niña, Emily. Está claro que necesitas ayuda con esto.

—¿Que usted qué? —La cabeza me daba vueltas y tenía la sensación de que, de repente, la conversación estaba a leguas de mí.

—Farris, amigo mío —dijo Wendell—, gracias por la oferta, pero no necesitamos tu compañía. —Su voz sonó amistosa, pero tenía un mensaje de fondo que hizo que Rose se quedase inmóvil.

Una docena de preguntas revoloteaban por mi mente, pero lo primero que se me ocurrió fue:

—Hace menos de veinticuatro horas nos amenazó con echarnos a ambos de Cambridge.

—Me he pasado años estudiando las hadas de los Alpes —dijo—. Necesitáis mis conocimientos si queréis encontrar el nexo.

Solté una risa incrédula. Sin embargo, no pude evitar reflexionar sobre ello: era cierto que Rose tenía un conocimiento extenso sobre los Alpes suizos, un bagaje del que yo carecía; allí se pueden encontrar muchas de las mismas hadas. Sí, podría ser útil tener a alguien como él. Y aun así...

—Eso no explica el porqué —dije.

Me miró como si me hubiese salido otra cabeza.

—Tenéis un plan razonable para localizar un nexo que los estudios actuales consideran apenas una teoría. Seguramente en el proceso resolveréis el misterio de la desaparición de de Grey, una de las leyendas imperecederas de la driadología. Emily, tú también puedes preguntarte por qué vas.

—Ah —dije—. Ya veo.

Ariadne le dedicó una sonrisa titubeante a Rose.

—Siempre digo que cuantos más, mejor.

—Por el amor de Dios, Ari.

—¿Qué? —Se le demudó el rostro—. Ah, sí. Amenazó con daros la patada.

—Y aún puedo hacerlo —añadió Rose—. Pero si accedéis a que os acompañe en este viaje, podría revisar la cuestión de esos artículos falsificados.

Lo miré boquiabierta. Wendell, sin embargo, no parecía sorprendido. Tamborileaba los dedos sobre el escritorio y parecía que la conversación lo aburría cada vez más.

—Esto no es realmente de mi competencia, pero me resulta bastante poco ético, Farris.

Rose se encogió de hombros.

—Puedo vivir con un desliz ético. Puedo vivir con mucho más si, a cambio, encuentro respuestas a los grandes misterios científicos de nuestra época.

Wendell suspiró.

—Los académicos estáis todos locos. No me extraña que siempre consigáis que os coman las hadas comunes o acabéis atrapados en un reino miserable. Emily, no tiene sentido discutir. Está claro que viene.

—Yo no veo por qué está claro —dije fulminándolo con la mirada. Después hice una pausa—. Esto es por el café, ¿verdad? ¿Por eso estás tan dispuesto?

Wendell arqueó las cejas en un despliegue nada convincente de inocencia.

—¿Eh?

—Permites que Rose venga porque prepara un buen café.

—Bueno, no esperarás que soporte las mismas carencias que tuvimos en Hrafnsvik —dijo Wendell.

Rose enrojeció.

—Soy jefe de departamento con décadas de experiencia de campo. Mi papel en esta expedición será ofrecer mi pericia, no hacer café.

—Puede que tu papel sea más variado de lo que piensas —respondió Wendell irritado, y supe que no tendría escrúpulos en encantar a Rose si eso satisficiera sus caprichos. Rose pareció llegar a la misma conclusión y dio un respingo; estoy casi segura de que vi los primeros atisbos de duda cruzar su mirada. Sin embargo, antes de que pudiera pronunciar una palabra, la expresión de Wendell cambió con esa rapidez tan desconcertante que lo suele caracterizar, y le dio unas palmadas a Rose en la espalda—. De repente me siento mucho más optimista con todo este asunto. ¿Nos vamos?

Veinte minutos después estaba fuera del edificio cubierto de enredaderas donde se encontraba el apartamento de Wendell. Ariadne había entrado para ayudarle con el equipaje mientras yo esperaba abajo con Shadow. Yo ya había hecho la maleta, por supuesto. Rose se reuniría con nosotros en la estación de tren.

—Bueno, cariño —dije—. Allá vamos otra vez.

Shadow levantó la mirada hacia mí con esa perfecta alegría que solo conocen los perros y le masajeé su enorme frente. Esperaba que el viaje no fuese pesado para él. Aunque es una bestia feérica, no son más longevas que las del reino de los humanos y cuando lo encontré hace ocho años, ya era mayor... No me gusta pensar en esto. Últimamente le interesan más las siestas largas junto al fuego que corretear por la campiña. Y, aun así, la idea de dejarlo atrás era algo que me negaba a consentir; y él tampoco lo haría, imagino.

Ariadne salió por la puerta jadeando bajo el peso de dos maletas.

—¡Por todos los santos! —exclamé—. Le dije que solo debía llevar una.

Las dejó sobre los adoquines.

—Se lo recordé, y se llevó las manos a la cara y me ordenó que me marchase. Está intentando juntar las otras dos maletas.

Negué con la cabeza.

—Si no baja en cinco minutos, subiré yo misma y lo sacaré a rastras. Perderemos el tren.

Ariadne asintió, de acuerdo conmigo. Me fijé en que parecía distraída y que no dejaba de llevarse la mano a la bufanda que se había puesto.

—¿Qué? —dije y dio un pequeño respingo.

—Nada —respondió remetiéndose la bufanda bajo el abrigo.

—No me vengas con esas —dije—. Estamos a punto de involucrarnos en un gran peligro, extraño y perturbador en buena parte. No quiero que te las des de valiente ni que ignores lo que te preocupa. Agradezco que antes dijeras que confías en mí. Pero debes confiarme lo que piensas, Ariadne, así como tu seguridad, si queremos salir de esta de una pieza.

Sabía que estaba siendo tajante y también que no tenía ningún remedio. En parte porque yo era de todo menos eso y también porque no teníamos tiempo para andarnos de puntillas. Sabía que no me había mostrado muy amable con Ariadne en los pocos meses que habíamos trabajado juntas y no sabía cómo compensarlo; sin embargo, al menos, podía ofrecerle esto.

Me miró nerviosa.

—Él no quiere que vaya —dijo.

Aquello no lo esperaba.

—¿Te lo ha dicho?

Ella asintió.

—Ha dicho que se había estado planteando encantarme para que me quedase aquí, pero que entonces le «escupirías fuego».

—Por supuesto que lo haría —respondí irritada.

Alzó la mirada hacia el cielo, cada vez más claro.

—Le dije que no era asunto suyo lo que hiciera, es mi carrera. Después, desapareció en una de las habitaciones y volvió con esto.

Sacó la bufanda y me di cuenta de que esta mañana no la llevaba; algo extraño, ya que hacía demasiado calor para llevar bufandas.

Me incliné hacia delante. Era de seda, aunque más fina, creo, que la seda normal —no domino el área de la ropa—, de un tono violeta cálido que le sentaba bien a Ariadne. Unos hilos plateados entretejidos en la tela formaban una especie de patrón a cuadros. La volteé de un lado a otro, preguntándome si el estampado cambiaría o si de repente reluciría por un encantamiento, pero parecía una bufanda normal, aunque con una confección muy bonita.

—Me dijo que me ayudaría a protegerme —continuó—. Que no permitiría que las hadas hiriesen a la sangre de tu sangre.

—Eso… ha sido un detalle de su parte —dije tras una pausa. Tenía la mente ocupada preguntándome qué hacía la bufanda. Estaba claro que parecía que no mucho, pero las apariencias significan poco en lo relativo a los objetos creados por las hadas—. Aunque espero que no la necesites nunca.

Volvió a remeterla bajo el abrigo con una pequeña sonrisa.

—Yo también… Me gustaría quedármela. ¡Mi propio artefacto de las hadas! No me la quitaré nunca.

Sonaba maravillada y volvió a mirar al cielo, que estaba adoptando un bonito tono rosado. Había algo que me inquietaba y me llevó un momento descubrir qué era.

—Ariadne —dije de manera abrupta—. Lo siento… Yo misma debería haberte advertido que te alejases de este asunto hace tiempo. Desde luego que es una expedición de investigación, pero se aleja mucho de una al uso. Wendell tiene razón al decir que lo mejor sería que te quedaras aquí.

Me dirigió una mirada de sorpresa, como asombrada de que pudiese mostrar preocupación por su seguridad, lo que como era de esperar me hizo sentir como un monstruo.

—No pasa nada, tía. Como he dicho, quiero ir. Lo quiero más que a nada. Después de todas las semanas que me he pasado ayudándote con la investigación de de Grey, no soporto la idea de quedarme atrás.

—Sí —dije en voz baja—. Has sido de gran ayuda.

Ella pareció satisfecha con esto y nos quedamos en silencio. Estaba segura de que debía decir algo más, pero no tenía ni idea de qué, así que después de que transcurriera un rato más, me escabullí al interior para buscar a Wendell.

En lugar de encontrarlo hecho un manojo de nervios por embutir hasta la última prenda en una maleta como había esperado, estaba sentado en el borde de la cama mirando el equipaje con una expresión totalmente afligida.

—Por favor, dime que has reservado un vagón de primera clase —dijo con voz lastimera—. Me mareo cuando viajo en tren.

—Todos nuestros billetes son de primera clase —dije, divertida a pesar de todo—. Faltaría más. Tenemos unos buenos fondos para esta expedición. Creo que encontrarás nuestros alojamientos mejores que los de Hrafnsvik.

—Ya veremos. Por experiencia, los pueblos que están en medio de la nada consiguen decepcionarte a su manera. —Con un suspiro, arrojó una camisa en una de las maletas y la cerró.

—Perderemos el tren si no te das prisa. —Me dirigí al armario, saqué dos jerséis y los lancé en su dirección. Puso los ojos en blanco ante mis elecciones.

—¿Qué? —dije—. Te compré uno de esos, el verde. ¿Cuándo fue, hace cuatro navidades? Te lo he visto puesto antes. No puedes ir siempre de negro.

—Sí, pero es demasiado arreglado para... Ay, da igual. —Suspiró de nuevo y los dobló con esmero en la segunda maleta—. El problema no es el equipaje, lo admito; es solo que no me gusta viajar. Por qué a la gente le gusta ir de un lado a otro pudiendo quedarse simplemente en casa es algo que jamás comprenderé. Aquí todo es como a mí me gusta.

—Eso no es ninguna sorpresa —dije echando un vistazo a mi alrededor.

Como era de esperar, el apartamento de Wendell es tan cómodo que resulta increíble y, de alguna manera, la atmósfera recuerda a un bosque, aunque sé que no tiene mucho sentido. Los techos son muy altos, como las copas de una arboleda antigua —sospecho que los ha hechizado de alguna manera— y siempre se escucha el crujido de las hojas, a pesar de que cesa de golpe si prestas atención. Habría esperado un montón de cursilerías lujosas típicas de la realeza de las hadas, pero sus muebles son sencillos: unos sofás dispersos imposiblemente suaves, una mesa de roble enorme, tres chimeneas encastradas magníficas y bastante suelo vacío sobre el que siempre se arremolina una ligera brisa imposible con olor a musgo. Como decoración tiene el espejo de Hrafnsvik con el bosque reflejado en su interior y unos cuantos adornos de plata, esculturas, jarrones y cosas por el estilo que atrapan la luz de formas inesperadas, pero eso es todo. Y, por supuesto, el lugar está tan limpio que parece que se va a manchar por respirar muy fuerte.

—Gracias —dije.

—¿Por qué?

—Por pensar en Ariadne. Por ser amable con ella. No lo esperaba.

—¿No? —Se sentó encima de la maleta para cerrarla—. Me hieres, Em. Soy muy bondadoso, lo sabes.

Definitivamente sabía que era amable cuando le convenía para sus caprichos; cuáles eran, no lo tenía claro, pero no se lo discutí.

—Nunca me has hecho una bufanda mágica.

Me miró estupefacto.

—¿Te la pondrías? Podría hacerte más que eso. Lo primero serían los vestidos para reemplazar esas cosas marrones horribles que siempre llevas. Y tu gabardina.

Puse los ojos en blanco.

—Gracias, pero no necesito que un *oíche sidhe* me ayude con el armario. Cualquier gabardina que me hagas seguro que tiene una nutria en la capucha o alguna locura similar.

—Sin nutrias, lo prometo. —Agarró las maletas y miró a su alrededor con tristeza—. Supongo que eso es todo.

—Espera —dije.

Ladeó la cabeza exasperado, claramente anticipando una especie de sermón. Se quedó quieto por completo cuando me acerqué a él y lo besé.

Por un extraño momento me entraron ganas de reírme porque estaba claro que lo había sorprendido. Sin embargo, lo olvidé pronto, al igual que todo lo demás. No lo había besado desde Ljosland y eso apenas contaba; la primera vez estaba tan nerviosa que apenas lo toqué, mientras que la segunda él había adoptado su otra forma, la de *oíche sidhe*. Puede que fuera el crujido de las hojas invisibles o la brisa que mecía mi pelo, pero sentí que de alguna manera había abandonado el reino de los mortales y que, cuando abriera los ojos, me encontraría en una arboleda encantada rodeada de luces de hadas. La sensación era tan fuerte que me aparté mareada.

A Wendell se le habían oscurecido los ojos. Dio medio paso hacia mí.

—Emily…

—No —dije como una idiota sin saber con exactitud a qué me refería. Me sentía tan ruborizada y sorprendida como él. También un poquito avergonzada de mí misma; ¿no había decidido que no era justo que le diera falsas esperanzas, que la única opción sensata era responder con una negativa a su propuesta?

Así una de las maletas y añadí:

—Debemos subir al tren. —Antes de emprender la marcha tan rápido como me permitían mis piernas.

# 17 de septiembre

Llegamos al tren de Cambridge —por los pelos— y también al ferry, y ahora estamos cruzando la campiña francesa en un coche cama de camino a Leonburg, Austria, donde tendremos que contratar a un chófer para llegar a St. Liesl. Wendell y Ariadne se han retirado temprano, mientras que yo sigo sentada aquí, en el salón, disfrutando del paisaje, o intentándolo. Traté de tomar notas para mi libro de mapas, pero me costó mucho concentrarme. Estos días mi mente está hiperactiva, revisando concienzudamente nuestros planes y contingencias por lo que podamos encontrar en Austria. Son cuatro días de viaje en tren.

El ferry a Calais transcurrió sin novedades. Esperaba que la presencia de Farris Rose me resultase molesta, pero el hombre se pasó la mayor parte del tiempo alejado de nosotros, escondido en su camarote garabateando en su diario. Es el primer viaje al extranjero de Ariadne y creo que se ha pasado la mitad del tiempo que ha estado despierta parloteando sobre algo, desde las vistas del Canal hasta el traqueteo del tren y las pequeñas onzas de chocolate que sirven con el té. Con más frecuencia que poca es su compañía, y no la de Rose, la que me sorprendo evitando. Por suerte, a Wendell parece divertirle y después de la incomodidad del primer día de viaje, durante el que ella lo estuvo contemplando como si fuese un animal exótico en un zoo y dando un brinco si él se dirigía a ella, parecen extraordinariamente cómodos el uno con el otro y están estrechado lazos por su amor mutuo a la buena comida y la ropa elegante —por un tiempo breve, Ariadne fue aprendiz de una costurera en Londres antes de convencer a mi hermano de que la enviase a Cambridge.

Mi compartimento se encuentra junto al de Wendell. Tiene un tamaño adecuado, con una cama lo bastante grande para Shadow y para mí y un lavabo. Anoche eché el cerrojo y tracé una línea de sal en el umbral por si nos visitan más asesinos. Sin embargo, no estoy muy preocupada, ya que Wendell dice que las hadas odian los trenes y las vías ferroviarias. Guardé el pie de hada bajo la cama rodeado de un círculo de sal que esperaba que lo disuadiera de deambular por ahí.

Me desperté por la noche con el sonido de un crujido extraño que provenía del compartimento de Wendell, seguido de unos cuantos golpes intermitentes. No había nada violento en el ruido, así que supuse que le estaría costando dormir en el tren y que se estaba preparando un tentempié de medianoche, como había hecho a veces en Ljosland. Me planteé levantarme para ver cómo estaba, pero los trenes siempre me han parecido arrulladores y me quedé dormida de nuevo casi de inmediato.

El gruñido sordo y bajo de Shadow me despertó esta mañana. Estaba agazapado a mi lado formando una línea tensa con su cuerpo de cara a la puerta. Miré y descubrí que había un hombre a los pies de mi cama.

Me alegra decir que no grité; mi trabajo ha conllevado una buena cantidad de sustos sobrenaturales y he aprendido a mitigar mis reacciones. Y estaba claro que era un ser sobrenatural, pues se trataba del hombre de los lazos con el que me había topado en el campus y porque había atravesado mi puerta cerrada con llave.

—Izquierda —me dijo, como si estuviésemos en medio de una discusión. Parecía tener más lazos que antes, algunos enroscados al cuello como una bufanda hecha jirones. Pero aparte de eso (y aquí es donde noto que mi mente se pliega sobre sí misma en un intento vano de que todo esto cobre sentido), era más joven que cuando lo vi por última vez. Tendría unos veinte, si no treinta años. Ahora no tenía ni una cana en el pelo y su rostro oscuro estaba terso salvo por una arruga en el entrecejo.

Noté que me quedaba quieta.

—Izquierda —repitió—, y luego izquierda otra vez. ¿No se acuerda de nada, muchacha?

Eso me irritó, ya que mi memoria es impecable y, aunque sabía que era ridículo discutir con un espectro, dije:

—Si se refiere a las direcciones misteriosas que me dio en nuestro último encuentro, me dijo que girase a la izquierda cuando me encontrase con un número indeterminado de fantasmas con ceniza en el pelo, a la izquierda en el bosque de encinas y luego continuar por el valle donde tu hermano morirá.

Entrecerró los ojos.

—¿Y luego?

*Bueno*, pensé, *esta conversación hace que la anterior parezca cuerda.*

—No tengo ni la menor idea. No sé qué es usted ni a qué lugar me dirige.

Él se rio dejando entrever unos dientes muy blancos.

—¿Direcciones? ¿Me cree capaz de dar direcciones, tonta? Estoy perdido, me perdí hace mucho, aunque puede que todavía logre encontrar la salida. —Alzó los lazos—. Pero usted... usted se ha adentrado tanto en tierras salvajes que ni siquiera sabe que la rodean.

—Eso es un poco grosero —dije.

—*Perdido* está un reino con muchos caminos, pero todos acaban en el mismo lugar. ¿Sabe dónde?

Contuve un suspiro, porque ahora la novedad me estaba cansando; el extraño comenzaba a irritarme.

—Imagino que se refiere al País de las Hadas. «El reino de los perdidos», lo llaman en algunos de los cuentos más antiguos. Es bastante poético, ¿no cree? Aunque es muy probable que simplemente se refiera a la costumbre de las hadas de engañar a los mortales incautos.

Me miró con un parpadeo, este hombre aparecido tan extraño, y por un momento casi parecía estar en sus cabales.

—Puede que lo consiga —murmuró tras una pausa—. Una niña tonta con el pelo enredado.

Me llevé la mano a la cabeza, molesta por ese comentario innecesario, y él volvió a contemplar sus lazos. Frunció el ceño como si leyera algo en la variedad de colores y texturas, y luego abrió la puerta y salió.

Me puse en pie de un salto y lo seguí al pasillo, donde me choché con Rose.

El hombre llevaba una taza de té que se volcó encima.

—Emily, por todos los...

—¿Lo ha visto? —quise saber—. Ese hombre..., los lazos...

—Solo te veo a ti —dijo lanzándome una mirada furibunda imponente tras los cristales salpicados de té—. ¿En qué sinsentido de las hadas te has enredado ahora...?

Aporreé la puerta de Wendell. De dentro me llegó un murmullo adormilado de protesta, pero no escuché los pasos aproximarse a la puerta. Agarré el pomo. Cerrado.

—Maldito seas —mascullé—. Completamente inútil en una crisis. Tu sueño reparador es más importante, ¿no?

La puerta pareció fulminarme con la mirada. Con una maldición, regresé aprisa a mi habitación, me vestí y salí como una exhalación con Shadow pisándome los talones; dejé a Rose ahí, empapado, mientras me seguía con la vista.

Ariadne estaba en el vagón comedor con el desayuno a medio comer frente a ella. A aquella hora temprana no había muchos otros pasajeros por allí y mantenía una conversación animada con uno de los camareros. Un muro de montañas de un verde grisáceo, rocosas y envueltas en sombras ocupaba por completo las vistas junto a ella.

—¡Tía Emily! —exclamó llamándome con la mano—. ¿Te has enterado de que este tren llega a Estambul? ¿No es increíble cuánto mundo se puede ver hoy en día? Sabes que mi madre se ha pasado toda la vida en un pueblo a menos de ocho kilómetros de distancia... Lo que sabía de otros países lo tuvo que leer en los libros. La tecnología moderna es algo maravilloso, ¿no crees? Y estoy segura de que las hadas de Turquía son fascinantes... Oh, caray. —Me miró de arriba abajo—. Te has puesto el vestido al revés.

—Eso no importa.

Después de pedir una tetera, le relaté el encuentro y ella me escuchó en un silencio sepulcral con los ojos cada vez más abiertos.

—Qué maravilla —jadeó cuando terminé—. ¡Es extremadamente misterioso! Es como el cuento del herrero y el boggart.* Debe de haber sido obra de la magia de las hadas.

—Con esa actitud, espero que seas la próxima a quien visite nuestro amigo. Yo preferiría que no me acosara un extraño que puede atravesar paredes.

—¿Tienes alguna idea de quién es?

—Varias. Y creo que lo mejor sería que supongamos como verdadera la peor: que es otro asesino enviado por la madrastra de Wendell.

Ariadne se mordió el labio.

—Si es así, no parece muy bueno en su trabajo, ¿no? Le interesas más tú que el profesor Bambleby. ¿Y se supone que los lazos son un arma?

—Creo que es humano —dije—. Puede que sea un prisionero de la madrastra de Wendell, alguien a quien ha enviado al mundo mortal bajo un encantamiento. Puede que lo hiciera enloquecer o tal vez su comportamiento es parte de un ritual de las hadas que los académicos no han documentado todavía.

—No creo que debamos sacar esa conclusión apresurada —escuché una voz tras de mí. Para mi consternación, Rose acercó una silla a nuestra mesa.

—Estaba escuchando a hurtadillas de nuevo, entiendo —dije lanzándole a Ariadne una mirada encolerizada, ya que ella seguramente lo habría visto ahí de pie.

Ella miró a Rose con aire culpable.

—Bueno, como es parte de la expedición…

—Tienes razón —dije agitando la mano con un suspiro—. Estoy siendo mezquina, ¿verdad? Doctor Rose, le pido disculpas. A lo mejor puede darnos su punto de vista.

Pareció sorprendido, pero solo por un instante; Rose es el tipo de hombre acostumbrado a ofrecer su opinión, que a los demás les interese es una

---

* Hay varios relatos protagonizados por herreros y boggarts, pero imagino que Ariadne se refiere al de Skye, que habla de un herrero que tiene la mala suerte de vivir cerca de una posada de hadas. Al hombre lo interrumpían hadas desconocidas a todas horas que iban a pedirle varias cosas bajo la impresión errónea de que él era el posadero. Solo cuando el herrero invita a un boggart local a su hogar, estas visitas cesan al fin.

cuestión que rara vez toma en consideración. Introdujo las manos en los bolsillos del chaleco y se inclinó en la silla, adoptando lo que yo ya veía como su postura de jefe de departamento.

—Estás presuponiendo que este «hombre de los lazos» (que debe de estar atrapado en una especie de reino de las hadas, dada la charla sobre los caminos, solo que no está sujeto a ningún plano espacial) está relacionado con la madrastra de Bambleby. No es necesariamente el caso.

—Apareció el mismo día que las asesinas —señalé—. Primer principio de Watkins. *

Rose me dedicó una de sus miradas de erudito.

—Seguro que estás familiarizada con la crítica de Smith-Patel a Watkins. Sigue la misma línea que las críticas a la navaja de Okham; es decir, aplicar los principios de forma demasiado entusiasta puede resultar en una simplificación excesiva. En este caso, la magia de las hadas puede estar implicada en ambas circunstancias sin que provenga de la misma fuente.

—Sí, bueno —dije molesta por mi propia molestia. Aún me importa la opinión que tenga Rose de mí, lo cual es una ridiculez—. Es solo una posibilidad.

—Debemos reunir más pruebas —dijo—. Por desgracia, no tengo mi biblioteca personal aquí, pero realizaré una llamada a la universidad cuando lleguemos a Leonburg y le pediré a mis ayudantes que revisen los estudios para encontrar historias que impliquen lazos y tengan referencias cruzadas con la temática del rejuvenecimiento... Me parece que son los dos detalles clave de esos encuentros. Emily, la próxima vez que se te aparezca este hombre (parece probable que lo hará), deberías intentar conseguir uno de esos lazos. Puede que nos dé una pista valiosa acerca de su identidad. —Se dirigió a Ariadne—: Me gustaría que preguntases a los otros pasajeros si han visto a este hombre merodeando por aquí, sobre todo a los contiguos a nuestros compartimentos.

* Primer principio de la driadología de Watkins: cuantas más coincidencias haya y cuanto menos improbables sean estas coincidencias, mayor será la probabilidad de que haya hadas implicadas en una situación dada.

Todo sonaba sumamente sensato, lo cual no hizo más que aumentar mi resentimiento.

—Despertaré a Wendell. Puede que tenga alguna sugerencia.

—No sé cómo podrían ser relevantes.

Parpadeé, preguntándome si había oído mal.

—No estará sugiriendo que dejemos a Wendell al margen de esto. Es una parte bastante importante de nuestra investigación.

—Es el sujeto de nuestra investigación —dijo Rose—. Y le tantearemos para obtener información cuando sea necesario (con la mayor cautela), pero no es más parte de esta expedición que el hombre de los lazos.

Resoplé con incredulidad.

—No lo dirá en serio.

—¿Que no? —Rose se inclinó hacia delante; se le oscureció la expresión. Me miró de una forma que pocas veces había hecho antes, sin condescendencia, solo con una seriedad penetrante, y una parte de mí deseó encogerse—. Emily, puede que dude de tus métodos, pero siempre te he tenido por una persona inteligente. Y aun así, aquí estás, comportándote como una completa idiota.

Lo miré boquiabierta. Ariadne parecía ofendida, como si el insulto hubiera estado dirigido a ella.

—Profesor —comenzó a decir—, no está…

—No puedo creer que tenga que explicarte esto —prosiguió él—. Al parecer, has llegado a confiar en una de las hadas de la corte… y no solo eso, sino en un exiliado de la realeza envuelto en una contienda con su familia. ¿Es que no ves el peligro en el que te deja eso? Es tan obvio que a veces me sorprendo preguntándome si no estarás encantada. El hombre que ves como Wendell Bambleby (que, por supuesto, no es su verdadero nombre) es una ilusión. ¡Es el soberano del Silva Lupi por nacimiento, por el amor de Dios! El reino de las hadas más despiadado de Irlanda, el responsable de la desaparición o la muerte de decenas de académicos, así como Dios sabe cuántos habitantes mortales de la región. «El reino de los villanos y los monstruos», lo llamó Brakspear en *Historias.* Ese es el hogar que quiere recuperar. ¿Y lo ves como un aliado? ¿Un amigo? Pero ¿a ti qué te pasa?

Cada frase fue como un mazazo, y yo no podía hacer nada más que mirarlo fijamente mientras él continuaba:

—El acercamiento más sensato (no, el único acercamiento sensato) es centrarnos en el nexo. Encontraremos y documentaremos pruebas de su existencia, lo que supondrá un paso enorme para la ciencia. Si desentrañamos el misterio de la desaparición de de Grey en el proceso, mucho mejor. Eso es todo lo que nos concierne. La búsqueda de Bambleby es asunto suyo, y si su presencia nos pone en peligro, le pediremos que se marche. Debes actuar como una académica, Emily, no como la ingenua mortal de una historia que pierde la cabeza por un hada.

—¿Ha terminado? —dije impertérrita a pesar de que luchaba contra el impulso de encogerme ante él como un caracol se esconde en su caparazón. Rose sacudió la mano y yo retiré la silla con brusquedad.

Shadow me siguió, por supuesto, pero no antes de lanzarle una dentellada al zapato de Rose y arrancarle un grito. Caminé sin ver nada durante un rato y solo me di cuenta de que me había pasado mi compartimento cuando llegué a la puerta del siguiente vagón.

No estaba pensando en Wendell ni en Rose, sino en las diáfanas: que no se parecían a nada que hubiera visto antes y eran absolutamente aterradoras. Y que dichos monstruos eran comunes en el mundo de Wendell.

Por primera vez me impactó —o supongo que sería mejor decir que esa realidad me impactó, puesto que hasta entonces había estado viendo el asunto como un problema abstracto de la investigación, o al menos lo había intentado— que estábamos buscando una puerta a ese mundo. Rose no se equivocaba al señalar que era un reino en el que un número desorbitado de académicos había desaparecido y de los que nunca se había vuelto a tener noticias.*

* Probablemente el caso más conocido de estos es el de la doctora Niamh Proudfit de la Universidad de Connacht, coetánea de Rose, que desapareció en la década de 1880. La doctora Proudfit estaba investigando una especie de diablillo —el más pequeño de las especies de brownies— que se cree que es oriundo del Silva Lupi. Encontraron su bastón justo detrás de un círculo de nueve robles muertos y dentro de la arboleda estaba la mitad de su capa. El corte era tan limpio que la teoría de los académicos fue que se le había quedado atrapada por una de las puertas de las hadas al cruzarla y que la magia liminal la había cortado.

Me apoyé contra la pared durante un instante para recobrar el aliento. Uno de los botones pasó junto a mí y me miró con extrañeza, así que me recompuse y me encaminé hacia la puerta de Wendell.

Todavía estaba cerrada..., pero sin llave. Antes me había equivocado. El manillar giraba, pero la puerta no se abría. Esto era porque había hojas embutidas en cada milímetro del marco y que actuaban como cuña.

—Maldita sea —mascullé. Empujé la puerta con el hombro. Con un susurro y un crujido, se abrió de golpe.

En cuanto vi lo que había dentro, me apresuré a tirar del cogote de Shadow para que entrase y cerré la puerta tras nosotros. Las paredes del compartimento estaban cubiertas de enredaderas en flor. La puerta se había convertido en una especie de muro húmedo y musgoso y una de las paredes parecía haberse desvanecido por completo, ofreciendo el paisaje de un camino iluminado por farolillos que giraba hacia varias moradas sombrías cuyas torrecillas y techos estaban cubiertos de pasto verde. Wendell estaba tendido en su cama, dormido, como el rey del bosque en su alcoba de hojas, ajeno a todo, cubierto de mantas salvo por un pie que sobresalía bajo ellas.

—¿Cómo puede dormir alguien con semejante espectáculo? —exclamé al tiempo que me acercaba a la cama. Entonces grité porque una bandada de gorriones salió volando hacia mi cabeza.

Al menos, creo que eran gorriones; cuando una se ve repentinamente rodeada de decenas de alas, es difícil fijarse en los detalles. Shadow empezó a ladrar y atrapó a uno de los pájaros con la boca, donde estalló en plumas. Por fortuna, Wendell se despertó entonces y me agarró de la mano. En ese momento, los gorriones se marcharon.

—¿Qué demonios has hecho? —inquirí. Después tosí porque tenía una pluma en la garganta—. Tú has provocado esto, ¿verdad?

—Creo que sí —dijo mirando a su alrededor con el ceño fruncido. Llevaba puesto su pijama, una camisa de seda holgada y unos pantalones, y tenía el pelo tan alborotado que resultaba cómico. Los gorriones se alinearon al borde de un estanque, que parecía haber reemplazado su lavabo, y empezaron a bañarse de manera sonora.

—Eso crees. —Hice una pausa—. Entonces ¿ha sido por accidente? ¿Como lo del té?

—No, solo me he aficionado a hacer esfuerzos inútiles con la magia —dijo—. Claro que ha sido un accidente. Recuerdo que estaba soñando con mi hogar, como de costumbre. Supongo que parte del sueño salió de mi cabeza.

Toqué la enredadera; era bastante real, al igual que los gorriones, como demostraban las marcas de sus garras en mi brazo.

—¿Puedes limpiar esto? No podemos dejárselo así a los pobres bedeles cuando nos apeemos.

—Sí, solo... dame un momento. —Se dejó caer con pesadez en el borde de la cama y se frotó el rostro. Se había abrochado la camisa de cualquier manera y le resbalaba por un hombro, lo que dejaba al descubierto la grácil línea que formaba su clavícula y el músculo esbelto del brazo con el que sujetaba la espada.

Me senté junto a él con cuidado.

—¿Te ha ocurrido esto antes? ¿Esta... magia en sueños?

—Me temo que no. —Parecía intranquilo, como si otra hada hubiese entrado a hurtadillas en su compartimento para echarlo a perder. Y puede que una lo hubiera hecho, pero yo empezaba a sentir un hormigueo de sospecha desagradable en el cuello.

—¿Qué más? —pregunté.

—¿Qué más, qué?

Así sus manos y las examiné, luego lo sujeté de la barbilla de una manera cuidadosa y profesional y le miré los ojos. No vi nada peculiar..., ninguna peculiaridad adicional, quiero decir; sus ojos siempre han sido demasiado verdes, de un tono oscurecido como el de las hojas amontonadas hasta que no dejan pasar la luz. No me gusta sostenerle la mirada mucho tiempo; no porque me resulte intimidante, sino porque una parte de mí se preocupa por el hecho de que si lo hago, nunca querré apartarla.

Le solté la barbilla.

—¿Qué otros síntomas tienes?

—Ninguno. —Se detuvo a pensarlo—. Estoy un poco cansado la mayor parte del tiempo.

—Y no pensaste en contarme que aún sufrías los efectos del veneno —le regañé. ¿No era propio de él? Montar un escándalo por querer echarse bastante azúcar en el café, pero no por algo así.

—No quería preocuparte —dijo.

—Has fracasado estrepitosamente.

—¿Estrepitosamente? —Parecía tan encantado que lo tumbé.

—¿Qué es eso? —dije al captar un movimiento extraño entre los botones medio desabrochados de su camisón. Al principio supuse que llevaba un collar que se le había escurrido hacia un lado. Pero cuando aparté el primer botón, vi…

Alas.

Eran unas sombras de lo más tenues que relucían sobre su piel. Pero no cabía duda de que tenían la forma de los pájaros, quizá de media docena de ellos; eran tan etéreos y rápidos que no era capaz de separarlos para contarlos.

—¿Em?

Me di cuenta de que se había quedado quieto y luego de que me había inclinado sobre él y que casi le había abierto todos los botones de la camisa.

Me retiré y lo incorporé para que pudiera mirarse con mayor facilidad el torso.

—Mira.

Él siguió mi mirada.

—¿Qué?

—¿No lo ves? —Al mismo tiempo que lo contemplaba, el destello de las alas se apagó y murió. ¿Me lo había imaginado? Le eché un vistazo al compartimento. Las hojas se mecían con el movimiento del tren. ¿Habría sido un simple juego de sombras sobre su piel? Me aferré a esa posibilidad, aunque sentía el tirón fantasma de un recuerdo que se me escurría entre los dedos. Lo que había visto me recordó a una historia…, pero ¿a cuál?

—Creí haber visto algo —fue todo lo que pude decir, porque algo en ese fragmento de memoria me hizo querer alejarme de él.

—Oh, querida. ¿Un mal presagio? —dijo, demasiado cerca del blanco. Presionó mi mano entre las suyas y se la llevó al pecho—. Ignóralo, Em.

Siempre me he negado a que me gobiernen los presagios; me resultan demasiado aburridos.

—No puedes morir antes de que decida casarme o no contigo. —Pretendía que fuese una continuación de nuestras bromas, pero no me salió bien, sonó inexpresivo. Me sentí al borde del desmayo.

—No lo haré —me aseguró con seriedad—. No es tan grave.

—¡Que no es tan grave! —grité.

Él compuso una mueca.

—Sí, es un inconveniente..., pero me siento mucho mejor que antes. Está claro que este tipo de veneno está pensado para alterar mi magia, pero estos... —paseó la mirada por el compartimento— efectos deberían pasarse pronto.

—Eso es extremadamente vago.

—Lo siento. Nunca me habían envenenado, así que me resulta difícil predecir los síntomas. Yo... —Me miró un largo instante y sentí cómo mi miedo aumentaba.

—¿Qué? —quise saber.

—Em —dijo—, te has vuelto a poner el vestido del revés.

—Por todos los santos. —Retiré la mano con brusquedad. Aun así, su despreocupación me tranquilizó un poco. Aunque todavía estaba intentando no mirar al lugar imposible donde había estado la pared.

Me llegó el sonido de un ronquido suave tras de mí. Me di la vuelta y vi que Shadow se había dormido en la cama de Wendell.

—Supongo que si evito utilizar mi magia, las probabilidades de que ocurra algo inesperado deberían disminuir —convino.

—Ah —dije—. Perfecto.

Me miró parpadeando un momento. Luego gruñó.

—Veré si el mayordomo tiene herramientas de jardinería —añadí con un mohín, aunque de hecho me sentía aliviada por la distracción—. A ver si podemos limpiar esto antes de mediodía.

# 20 de septiembre

Por suerte, con ayuda de Ariadne —no me molesté en preguntarle a Rose; así me ahorraba otro sermón sobre mi estupidez— pudimos librarnos de la enredadera que Wendell había creado en su compartimento sin mayores dificultades; la arrojamos a puñados por la ventana mientras el tren seguía en marcha, lo que dejó un rastro verde extraño por las profundidades del paso de montaña. Espantamos a los gorriones y también descubrimos, escondido entre la vegetación, a un ratón de campo cascarrabias; dejé que Wendell se ocupase de él. Fue capaz de hacer desaparecer el resto con la magia sin ningún incidente, lo cual fue un alivio.

El resto del viaje transcurrió sin sobresaltos —para mi decepción, puesto que esperaba tener otra conversación con mi hombre misterioso cubierto de lazos—. Fue una pena que no hubiese autocares en Leonburg, así que nos vimos obligados a contratar una carreta tironeada por dos caballos de granja pequeños y robustos para llegar a St. Liesl, lo cual nos llevó más de tres horas.

Ya había estado antes en los países alpinos de Austria y Ardamia, pero nunca en esta parte de la cordillera y aunque el viaje a St. Liesl, ubicado a bastante altura sobre el nivel del mar, no fue cómodo, me dejó sin aliento. El camino ascendía serpenteante por la ladera de la montaña, todavía salpicada por las últimas flores de verano, soldanellas y alegres ranúnculos. Las montañas abarrotaban el horizonte, muchas coronadas por la nieve perenne. Bajo nosotros quedaba la ciudad de Leonburg con sus vías de tren, sus edificios ordenados de piedra y madera y la aguja afilada e imponente de su campanario, pero cuanto más subíamos, más hacía empequeñecer todo esto la naturaleza que lo rodeaba; los raíles eran como una línea fina cosida que nos conectaba con el mundo que conocíamos. Y entonces giramos en una curva en el camino y dejamos de ver la ciudad.

Ahora entiendo por qué el folclore de los Alpes es tan rico: los recovecos y grietas en la ladera de la montaña podrían ocultar una gran cantidad de puertas de las hadas abiertas a decenas de historias. Hasta Rose parecía impresionado, y Ariadne mantenía una crónica constante que consistía en gritos de exclamación en su mayoría. Nuestro anciano conductor, que se presentó solo con su nombre de pila, Peter, parecía disfrutar que ella apreciase su tierra natal y al final se distrajo improvisando una conversación con él que consistía en gestos y su alemán rudimentario, lo cual fue un gran alivio para mi paciencia.

Por fin dejamos la naturaleza atrás y comenzamos a pasar por algunas granjas que, en su mayoría, parecían dedicadas a las ovejas y al ganado; algunas ocupaban unas pendientes precarias. Peter guio a los caballos para bajar por un camino angosto con baches bajo la que se encontraba un pequeño lago alpino azul cielo y que volvió a extasiar a Ariadne.

—Ya hemos llegado —dijo nuestro conductor en alemán tras detenernos fuera de una cabaña de dos plantas al final del camino.

Estaba construida con una madera oscura y sólida y una enredadera trepaba por el lateral, enrojecida por el aire del otoño, pues este y el invierno llegan pronto a lugares altos como este. A nuestro alrededor solo veía tierras de granjas, pero en la lejanía, alrededor de una pequeña elevación con árboles en el paisaje, se alzaban unas cuantas columnas de humo, lo cual tomé como prueba de que St. Liesl, de hecho, existe. El lugar me recordó a un pueblo de hadas escondido entre las montañas, y eso me divirtió. Incluso había setas desperdigadas junto al camino.

—¿Es esta la casa de invitados de Julia Haas? —pregunté, nombrando a la mujer con la que me había escrito, y él sonrió.

—La única casa de invitados de la ciudad —dijo—. Entren, entren... Va a oscurecer pronto.

—No está mal —dije después de que el hombre se marchase, ya que a mis ojos la cabaña era bastante agradable.

—¡Es maravillosa! —exclamó Ariadne entusiasmada mientras que Wendell permanecía en silencio, titubeante.

Dentro encontramos una cocina y una sala de estar, humilde pero limpia, y olía a la madera de roble del suelo. Al fondo, los grandes ventanales daban a la pendiente de la ladera y al valle que quedaba abajo con otra montaña enorme alzándose sobre una cubierta de nubes justo enfrente. Una pequeña arboleda de hayas junto a la cabaña ofrecía un espectáculo increíble de hojas amarillas y naranjas que el viento arrancaba y que pasaban flotando frente a la ventana. He visto pocas casas de huéspedes tan atractivas como esta.

—Me quedaré con la habitación más alejada —anunció Rose—. Tengo el sueño muy ligero.

Con eso, asió su baúl y subió con pesadez las escaleras, que crujían a su paso. Ariadne unió las manos encantada y se apresuró a ir tras él.

—Oh —murmuré, consternada de repente.

—¿Qué? —dijo Wendell. Había estado echándole un ojo al lugar con una expresión resignada.

—Lo había olvidado... Nuestro alojamiento solo tiene tres habitaciones —respondí incómoda—. Que Rose haya venido complica bastante las cosas.

Él miró al techo.

—¿Estás segura de eso?

Se me encendió el rostro.

—Bueno, yo...

—Quiero decir, ¿estás segura de que solo hay tres? —Abrió un armario y negó con la cabeza—. ¡Santo cielo!

—A mí no me parece que esté sucio —dije, a lo cual él respondió con un suspiro sufrido y añadí—: Y si vas a ponerte como un viejo chismoso y perder el tiempo quejándote por cada mota de suciedad, deberías saber de antemano que no pienso ayudarte.

—¡Viejo chismoso! —exclamó—. Pues claro que no me ayudarás. Te pasarás la tarde como más te gusta, encorvada en un rincón oscuro como un troll.

Me ahorré tener que responder por la llegada de nuestra anfitriona, una mujer de unos cincuenta años que parecía la encarnación de lo acogedor y el buen humor, robusta y de mejillas sonrosadas, con una sonrisa que le formaba una arruga permanente en los ojos, aunque su piel pálida todavía mostraba signos de un saludable bronceado veraniego. Prácticamente iba vestida con unas botas de cuero recio y un vestido sencillo de lana azul que le llegaba por debajo de la rodilla, pero no llevaba capa a pesar de que la brisa era fresca.

—Los hemos visto venir por la pendiente —dijo en inglés con un acento marcado, pero fluido—. Es un alivio que hayan llegado antes del anochecer... Aquí llega rápido. Les hemos traído un tentempié para después del trayecto.

—Es muy amable de vuestra parte —dijo Wendell con su expresión encantadora habitual; me fijé en que la calidez de nuestra anfitriona había mejorado su humor. Eso y la cesta que llevaba bajo el brazo, que contenía varios tipos de pastelitos espolvoreados con azúcar.

La mujer se apresuró a entrar, seguida unos segundos más tarde por lo que parecía una versión más joven de ella con una pequeña cazuela de albóndigas de beicon en salsa y luego por una versión aún más joven con una cesta a rebosar de quesos, fruta, carne curada, mantequilla y pan recién hecho.

—Mis hijas —dijo Julia, aunque no era necesario—. Astrid y Elsa. Cuéntenme, ¿cómo ha ido el viaje?

Felizmente dejé que Wendell se encargase de la conversación y en cuestión de segundos, los cuatro se estaban riendo por cómo describía el trayecto con baches en el carromato y se las arregló para convertirlo en una burla de su debilidad como investigador en lugar de una acusación a las habilidades de nuestro conductor. Ariadne regresó un rato después tras haber escogido su habitación, y pronto la cabaña se convirtió en un lugar tan ruidoso como el pub del pueblo en fin de semana.

—¿Dónde está Rose? —le pregunté a Ariadne.

Ella ocultó su sonrisa con la mano.

—¡Dormido como un tronco! Creo que no ha disfrutado del viaje montaña arriba más que el profesor Bambleby.

—Ah. —Y así se iban mis esperanzas de persuadir a Rose de que se quedase con uno de los sofás. Básicamente el hombre se había unido a nuestra expedición mediante el chantaje... No era justo que hubiese decidido él primero dónde dormir.

Mientras estábamos sentados frente a la cena —que era muy buena, sobre todo los pastelitos, suaves como una nube con una mermelada de albaricoque riquísima—, me las apañé para desviar la conversación hacia nuestra investigación, con lo que me gané que Wendell me mirase con los ojos en blanco. Bueno, ya sabe que se me dan muy mal las charlas banales.

—Oh, nos encantará ayudar en lo que podamos; ya hemos alojado a académicos aquí con anterioridad —dijo Julia—. Aunque no desde hace algunos años. Les interesaba más la historia de esa mujer escocesa, de Grey... y de ese hombre, Eichorn, ya que desapareció un año después mientras la buscaba. Aunque por él, menos. —Sonrió—. Siempre lo lamenté un poco por el pobre; la mayoría de la gente decía «de Grey esto, de Grey aquello»... Pues desapareció en el País de las Hadas, igual que ella, aunque ella sí tenía ese toque encantador por lo que he oído. —Hizo una pausa, su mirada se desvió hacia Wendell con una expresión ausente—. Imagino que por eso están aquí. ¿Han venido a buscarla?

—Bueno, es uno de los misterios sin resolver de la driadología, ¿no es así? —respondió Wendell.

—¿Cuántos académicos ha alojado el pueblo? —pregunté.

—Unos diez o así. Ninguno encontró ni una pista sobre lo que pudo ocurrirle. —Pareció que Julia se había dado cuenta de que esto me había desanimado de cierta forma, porque añadió—: Pero hay que mirarlo con otros ojos, ya sabe.

—¿Conoce el lugar donde desapareció? —pregunté—. ¿No fue cerca del Grumanhorn?

—El camino estaba un poco más al sur —dijo Julia—. O eso creemos. Encontramos uno de sus lazos atado a una raíz. Digo «nosotros», pero por supuesto yo solo era un bebé cuando ella llegó al pueblo. El padre de mi marido podría mostraros el lugar.

Wendell y yo nos miramos. Ariadne se había quedado quieta con la mano sobre el queso.

—¿Lazos? —repetí.

—Sí… Aquí es habitual llenarnos los bolsillos con ellos cuando vamos a dar un paseo. Es muy fácil perderse en estas montañas, aunque las conozcas como la palma de tu mano, porque hay muchas puertas al País de las Hadas escondidas por todas partes, sobre todo entre la niebla y las nubes que persisten aquí y allá. Vas atando los lazos a medida que avanzas para que puedas volver a encontrar el camino de vuelta a casa.

—Eso parece un poco arriesgado —dijo Wendell sirviéndose otra taza de té—. A algún hada aburrida le puede dar por recolocarlos, ¿no?

Le estaba dando voz a mis pensamientos, pero Julia sonrió y sostuvo un dedo en alto.

—Conocemos bien a nuestras hadas, doctor Bambleby. Empapamos los lazos en un baño de agua salada durante la luna llena. Las hadas no los tocan.

—Inteligente —murmuré. La primera parte, al menos; la segunda seguramente fuera una superstición local: por lo general, a las hadas no les importa si es luna llena o no, aunque algunas utilizan las fases lunares para marcar el paso del tiempo. Sin embargo, casi todas las hadas odian la sal.

Entonces la hija mayor de Julia, Astrid, empezó a insistirle a Wendell para que le hablase de sus viajes con detalle, y él la complació con una sonrisa encantadora y una mirada de advertencia en mi dirección. Entendí la indirecta y dejé mis preguntas a un lado; no quería repetir los errores que había cometido en Hrafnsvik. Nos interesaba hacer buenas migas con la gente de St. Liesl y eso sería más difícil si insistía en interrogarlos antes de haber intercambiado siquiera unos cumplidos.

Me sorprendí cuando, apenas media hora después, Julia miró por la ventana y dijo:

—Será mejor que nos marchemos. Cuando las sombras sobrepasan el Malvenhorn, sabemos que está a punto de anochecer.

Yo estaba encantada con la brevedad de la visita, pero Wendell pareció abatido.

—Si todavía no son las siete —dijo—. ¿No os quedáis para el café?

—Nos encantaría —respondió la mujer con una disculpa—, pero no salimos de casa después del anochecer si podemos evitarlo.

Aquello me intrigó de inmediato.

—¿Las hadas os causan problemas después del anochecer?

Me dedicó una mirada cansada, pero aún había calidez en ella.

—Supongo que es una manera de decirlo.

—¿Y cuánto tiempo lleva ocurriendo?

—¿Cuánto tiempo? —repitió—. Nunca ha sido de otra manera, profesora. Bueno, acuérdense de cerrar bien y no se olviden de dejar algo de comida en la puerta. Sienten una debilidad especial por el queso y las verduras cocinadas. Enviaré a una de las chicas por la mañana con vuestro desayuno. Ah... Y les aconsejo evitar la madriguera de hadas a la orilla del lago.

Con eso, las tres se levantaron y nos desearon buenas noches. Sostuve la puerta abierta para ellas y me sorprendió ver lo rápido que había caído la noche. La sombra de la cima había alcanzado la cabaña y el aire ya no albergaba la calidez que habíamos notado al llegar. Mientras Julia y sus hijas bajaban en tropel por el camino angosto y se volvían para decirnos adiós con las manos, unos hilillos de niebla serpenteaban tras ellas como una puerta que se cierra.

Miré a Wendell.

—¿Qué opinas de eso?

Él se encogió de hombros.

—¿Por qué no damos un paseo hasta esa madriguera?

—¿Deberíamos llevar lazos? —dije toqueteando el montón que nos había dejado Julia. Eran muy parecidos a los que tenía mi visitante, variados en color y estilo.

—Solo si quieres adornar el pelaje de Shadow. ¿No estaría deslumbrante?

Ariadne se mostró decepcionada cuando le pedimos que se quedase, aunque volvió a alegrarse cuando le encomendé la tarea de fregar los platos. Empezaba a entender que cualquier situación la haría feliz siempre y cuanto se sintiese útil, una cualidad bastante peligrosa en una asistente y que yo tendría que resistir la tentación de explotar. Después, Wendell y yo nos abrochamos la capa y nos escabullimos por la puerta con Shadow.

Oficialmente todavía no había anochecido, pero con el sol oculto bajo los picos que nos rodeaban nos adentramos en ese frío del crepúsculo, habitual de las regiones montañosas. Wendell y yo encontramos un camino que bajaba al lado alpino junto al que habíamos pasado antes.

—Es bastante raro el asunto de los lazos —dijo mientras avanzábamos por la pendiente rocosa—. Primero ese acertijo andante se te aparece en Cambridge, engalanado con ellos; y ahora estamos aquí, en la otra punta de Europa, y al parecer son el pasatiempo local. Debe de existir una conexión.

—En caso contrario, sería toda una coincidencia —dije.

Me miró y luego se rio.

—Ya lo has descubierto.

—¿El qué?

—La identidad de tu hombre misterioso.

No pude contener la sonrisa. Lo admito, disfruto cada vez que resuelvo un misterio de hadas antes que él.

—Digamos que, de alguna manera, mi lista de teorías se ha estrechado. Me gustaría confirmarlo con él primero.

Él hizo un ademán con la mano.

—Por supuesto. Te aseguro que a mí no me importa quién sea a menos que desee verme muerto o llevarme hasta mi puerta.

—Definitivamente es una de las dos —dije.

Me sonrió con los ojos entornados.

—Me echarías mucho de menos.

—Echaría de menos los problemas que me causas. Han sido de gran ayuda en mi carrera. En cualquier caso, puedes dormir tranquilo; creo que es más probable que mi nuevo amigo nos ayude a que nos haga daño.

—¿Qué sería yo sin ti, Em?

Esta era otra broma entre nosotros. Traté de buscar una respuesta que no le hubiese dado antes y dije:

—No me cabe duda de que holgazanear en una villa italiana bañada por el sol mientras chantajeas a los habitantes del pueblo para que coloquen piedras de hadas en patrones poco comunes para que puedas escribir un artículo sobre ellos.

Llegamos al lago, que tenía una orilla arenosa y escarpada y estaba medio envuelto en una capa de hebras de niebla. Me tropecé con una piedra y seguramente me hubiese caído rodando si Wendell no me hubiese sujetado en uno de esos movimientos vistos y no vistos. Me volvió a poner de pie, sonriendo.

—No me extraña que los mortales os estéis lesionando siempre —dijo—. Sois tan torpes como un oso ciego y aun así seguís arremetiendo contra todo como si no fuerais las criaturas más frágiles del mundo. Mira dónde pisas.

Busqué una réplica ingeniosa, pero no se me ocurrió ninguna.

—Gracias.

—No hay de qué. Tiene su encanto.

—Mientras sea una fuente de diversión para ti —mascullé y él se echó a reír; me alegré de que la oscuridad ocultase mi rubor. Habíamos permanecido pecho con pecho, lo bastante cerca como para sentir su aliento en mi mejilla.

Wendell encontró un palo y lo agitó frente a Shadow; luego lo arrojó al lago. El perro, ya mayor, saltó feliz al agua, donde nadó en círculos un rato antes de atisbar el palo a lo lejos y regresar lentamente para traerlo. Shadow está ciego de un ojo y digamos que no está en su mejor forma; me temo que tiendo a mimarlo en cuanto a comidas se refiere.

—¿Esta es tu idea de buscar una madriguera de hadas? —le dije.

—No hay hadas por aquí —respondió utilizando el brazo como escudo cuando el perro salió del agua y se sacudió.

Era típico de él rendirse con tanta facilidad.

—¿Y qué hay de las puertas de las hadas?

Se tomó su tiempo para quitarle el palo a Shadow, repartiendo elogios desproporcionados de sus habilidades atléticas antes de darse la vuelta para otear el lago.

—Allí —dijo señalando—. Donde sale el manantial de la roca. Es poco profundo... Una cabañita acogedora para un hada común, supongo. No te adentres en la niebla o te arrastrará al País de las Hadas.

Corrí hacia el manantial apretando con fuerza la moneda que llevaba en el bolsillo para protegerme de los encantamientos. Sin embargo, no vi ningún movimiento en la fuente... que claramente era una puerta de las hadas, ahora que podía observarla bien.* La boca del manantial estaba oculta tras una bruma ligera que parecía no interactuar con la brisa que agitaba el agua.

Me sorprendió el sonido de un canto bajo. Una cría de zorro estaba entre las sombras del acantilado y sus ojos oscuros refulgían. Se marchó antes de que pudiese observarla bien y se escondió en una grieta estrecha. Una segunda cría siguió a la primera; solo me fijé por el movimiento de su cola abundante.

—Hum —musité. Saqué el cuaderno y tomé unas anotaciones.

—¿Has terminado? —me llamó unos minutos después—. A Shadow le está entrando frío.

A ver, Shadow nunca tiene frío; es un grim y la conexión que tienen con la muerte los hace inmunes a él.

—Querrás decir que tú tienes frío.

—Bueno, se me olvidó la bufanda —se quejó.

Sabía que no pararía, así que puse los ojos en blanco y guardé el cuaderno.

—De todas formas no hay mucho que ver aquí —añadió—. Una sola puerta a una humilde morada. Mañana investigaremos la zona por derecho.

—Incluso una humilde morada puede resultarnos útil.

—Emily, Emily —dijo—. Como te he recordado en muchas ocasiones, solo porque sean pequeñas no significa que puedas adoptar como mascotas a las hadas comunes; a la mayoría de las especies les interesa más cenarse tus intestinos que darte indicaciones. ¿Y qué sentido tiene de todas formas? Son criaturas estúpidas en general.

Su esnobismo me irritó.

---

* El término «puerta de las hadas» es a menudo una fuente de confusión para los que acaban de empezar en driadología. Solo un pequeño porcentaje de puertas de las hadas son visibles al ojo humano como *puertas* (e incluso estas tienen por costumbre desaparecer al antojo de las hadas). Son, en términos generales, puertas invisibles entre nuestro mundo y el suyo. Se necesita tener una vista bien entrenada para divisar una puerta de las hadas; la mejor pista es lo que los driadólogos solemos llamar una incongruencia. El ejemplo más común es un anillo de setas anormalmente redondo, pero a menudo las pistas son menos obvias: un terreno de flores silvestres de repente, la única piedra desnuda en un arroyo cuando las otras están cubiertas de musgo, un bosquecillo con un aspecto malvado en especial y demás.

—¿Te has olvidado de lo que nos ayudó Poe? —dije—. Establecer contacto con las hadas comunes de esta región puede que nos conduzca a tu puerta.

Él pareció titubear.

—Tuviste suerte con Poe. Se te acabará la buena fortuna si no tienes cuidado.

—Apuesto a que se me acabó hace mucho, ya que en este momento estoy dando tumbos por el mundo en una misión para un monarca indolente —repliqué con acidez, lo que lo hizo reír de nuevo. Volvimos a lanzarle el palo a Shadow una vez más y, entonces, emprendimos el camino de regreso a la cabaña bajo un cúmulo de estrellas.

La cabaña estaba tranquila; Ariadne se había ido a dormir. Wendell y yo dejamos un plato con sobras de queso y un puñado de tomatitos dulces fuera, en la puerta; esperaba que eso satisficiera el paladar de cualquier hada siniestra que no tardaría en merodear por nuestro jardín. Añadimos leña al fuego que había encendido Ariadne y subimos.

—Buenas noches, Em —dijo Wendell y se dirigió con un bostezo a la habitación del final del pasillo, justo en frente de la de Rose, de la que provenían los ronquidos atronadores del jefe de departamento. Aquello dejaba una puerta abierta, la que estaba frente a la de Ariadne —ella se había dejado la suya entreabierta y la bufanda clara que le había regalado Wendell colgaba del picaporte junto con su capa.

Mi habitación era pequeña y consistía en un lavabo, un armario tallado simple y una cama chirriante con el somier hecho de ramas entrelazadas. Shadow se acomodó de inmediato entre las sábanas como si estuviera en su casa. Después de dejar el pie bajo la cama y asegurarlo con otro círculo de sal, me acerqué a la ventana.

Las vistas estaban orientadas al este y eran increíblemente preciosas; daban al lago que acabábamos a visitar y a un promontorio redondeado.

El lago igualaba al índigo del cielo, ambos salpicados por cúmulos de estrellas.

Encendí la lámpara junto a mi cama y dediqué un tiempo a organizar las notas que había traído conmigo para ponerlo todo en orden. Había dibujado varios bocetos para mi libro de mapas —mi intención para la primera edición era centrarme en los reinos de las hadas más conocidos en Europa occidental mediante un análisis de los estudios para encontrar referencias de sus puertas. Algunas se han documentado; la mayoría, no, o solo existen rumores. Aunque es cierto que muchos reinos de las hadas están vinculados a regiones mortales específicas, otras son más vagas y un relato puede ubicar una en el límite de un pueblo a más de ciento cincuenta kilómetros del enclave de una versión posterior de la misma historia.

Soy consciente de que no es una tarea fácil dado que las puertas de las hadas pueden moverse, y de hecho lo hacen, y que es posible que lo que consiga sea una mera instantánea del País de las Hadas durante esta época en particular. Incluso así, será un logro monumental para la investigación, algo sobre lo que los demás puedan seguir indagando... En especial si consigo evidencias de que dichas puertas controvertidas son el nexo.

Al final se me empezó a nublar la vista y me vi obligada a admitir que ya había llevado a cabo todo lo que podía este día. Dejé los libros a un lado, me detuve a escuchar los suaves gruñidos y murmullos de la cabaña asentándose.

Solo entonces me di cuenta: había cuatro habitaciones. No tres.

# 21 de septiembre

Dormí bien nuestra primera noche, solo me desperté una vez por una razón que no logré identificar, tal vez porque el viento soplaba desde el valle y azotaba las ventanas. Pensé que había oído al pie revolverse un poco debajo de la cama, pero debí de imaginarlo.

Permanecí tumbada, intranquila, escuchando el vendaval hasta que los ronquidos de Shadow —estaba apretujado en el espacio que quedaba entre mis piernas y la pared— me arrullaron hasta volver a quedarme dormida.

La situación con nuestros visitantes nocturnos es extremadamente curiosa. Cuando abrí la puerta esta mañana para dejar entrar el aire fresco, descubrí que se habían llevado la comida que habíamos dejado en el escalón, pero también habían dejado una serie de arañazos largos en la puerta.

Ariadne empalideció cuando se lo enseñé.

—¿Intentan entrar? —quiso saber.

—Si lo hicieron, no tuvieron éxito. Esta noche tendremos más cuidado con su tentempié… Eso debería gustarles —dije con toda la tranquilidad mientras planeaba que esta tarde trazaría una línea de sal y monedas tras el umbral.

Le pregunté a Wendell qué tipo de hada creía él que era responsable, pero lo único que dijo fue:

—Sin duda unas criaturillas encantadoras con sombreritos de setas.

Me quedó claro que estaba decidido a mostrarse peleón.

Mientras esperábamos el desayuno —la sombra de la montaña todavía se proyectaba sobre la cabaña—, repasé los planes del día con Ariadne.

Quería hacer una inspección completa del área utilizando los mapas de de Grey como referencia e identificar todas las puertas de las hadas posibles. El nexo es una de ellas, al fin y al cabo, y seguramente tenga los mismos marcadores físicos que una puerta de las hadas común. Solo después de completar la inspección, nos entrevistaríamos con los habitantes del pueblo para que cualquier información que nos den no condicione mis observaciones.

—Entrevistaremos a los habitantes primero —dijo Rose. Había ocupado el mejor sillón junto al fuego y llenaba el pequeño espacio con su prepotencia—. Sin duda ellos conocerán la ubicación de varias puertas y debemos proceder científicamente, de lo conocido a lo desconocido. Sería una estupidez basar nuestra investigación en tu intuición, Emily. Ariadne y yo partiremos hacia el pub local, o lo que haga las veces de él en este lugar, en cuanto acabemos de desayunar.

Apreté con fuerza la pluma. Más irritante incluso que la confianza de Rose en sí mismo era la manera en que una parte instintiva de mí quería obedecerlo; porque era el doctor Farris Rose, jefe de departamento y decano de driadología.

—Por supuesto que no —dije—. Ariadne nos acompañará a Wendell y a mí a las montañas. Usted puede hacer lo que quiera.

Ariadne paseaba la mirada entre Rose y yo. Lejos de estar enfadado, Rose me lanzó una mirada de compasión.

—Emily, aunque siempre aprecio tus ideas, no podemos permitirnos estar divididos en esta investigación. El nexo es demasiado importante. —Se puso de pie y me dedicó una especie de sonrisa ausente con la que consiguió implicar que no solo había desestimado mis planes, sino que los había pasado por alto de tal manera que ya se había olvidado de ellos—. ¡Bien! Voy a dar mi paseo matutino.

Wendell, que podría haberme defendido durante la discusión con Rose, en vez de eso había estado caminando de un extremo de la cabaña al otro mascullando sobre aquel desastre en un tono cada vez más histriónico.

—No sé por qué pierdes el tiempo quejándote —espeté—. No serás capaz de vivir aquí hasta que lo hayas limpiado.

Me fulminó con la mirada y luego se pasó los siguientes cinco minutos cerrando las puertas de los armarios de golpe y gritando porque faltaba esto o aquello o por el desorden en general. Mis reservas de paciencia, ya al límite, empezaban a escasear por momentos hasta que, al final, se marchó montando en cólera, y yo tuve un bendito momento para mí y mis mapas. Por poco tiempo, por desgracia, porque no tardó en regresar echando chispas y, como había previsto, empezó a ponerlo todo en orden. Ariadne se levantó de un salto para ayudarle, buscó un paño y empezó a frotar con optimismo superficies al azar.

—Supongo que no limpiarás ni un plato —me dijo él mientras le sacudía el polvo a un sillón, con lo que solo consiguió que lo que había acumulado pasase de un lugar a otro, salvo que el asiento parecía infinitamente más cómodo cuando terminó, con el cojín tan grueso que podrías hundirte por completo en él, y el polvo pareció desvanecerse.

—No imagino otra manera de perder más el tiempo —dije con sequedad. Sabía que no estaba siendo amable, ya que su necesidad de limpieza, creo, es más compulsiva que una preferencia, pero estaba demasiado irritada como para que me importase—. No veo ratones... Eso es lo único que me preocupa. No podría importarme menos que el sitio esté sucio.

—Claro que no, ya que el hábitat natural de los de tu especie está debajo de un puente viejo.

Decidí ignorarlo y retomé mis mapas, aunque admito que lo miraba de reojo a intervalos regulares. Es solo que me frustraba ser incapaz de identificar qué estaba haciendo... o, más bien, por qué tenía ese efecto. Si ajustaba una alfombra un centímetro o dos, la estancia se iluminaba. Cuando barría el suelo por encima y de manera esporádica, las tablas relucían. Ariadne no tardó en dejar de frotar y miró maravillada a su alrededor.

Apenas había pasado un cuarto de hora desde que se desplomó en el sillón, parecía pachucho. A regañadientes, preparé una tetera y le llevé una taza junto con uno de los pastelitos de albaricoque que sobraron de la cena, ya que no podía negar que había hecho un trabajo estupendo en la estancia y me parecía justo mostrar algo de aprecio, pero además porque no dejaba de jurar que nunca se levantaría del asiento si no le concedían cierto alivio por la carga de su agotamiento.

Me ofreció una de sus sonrisas más encantadoras cuando se tomó el té y los ojos verdes le brillaron como hojas cubiertas de rocío cuando el sol incidió sobre ellos, borrando cualquier rastro de pelea.

—Gracias, Em. Me has salvado.

—Ay, calla —dije, pero para mi desgracia me dejó un poco sin aliento.

—Solo piénsalo —dijo—, si nos casamos, no tendrás que volver a preocuparte por los ratones en tu vida.

Puse los ojos en blanco.

—Has encontrado ratones, ¿verdad?

—Al fondo del armario.

Ariadne soltó un grito y salió disparada de la cocina. Fingí no preocuparme a pesar de que me recorrió un escalofrío. Me avergüenza admitir que no hay nada en el mundo que me inquiete más que unos ratones. Le rellené la taza a Wendell; parecía muy pagado de sí mismo.

—Se te pasaron unas cuantas arañas —dije para mermar su satisfacción—. Justo ahí.

—¿Arañas? —Sorbió el té—. Nunca interfiero con las arañas. De hecho, me gustan mucho. Son animales ordenados que mantienen el sitio limpio. Que es más de lo que puedo decir de algunas personas.

Elsa llegó poco después con el desayuno, una comida bastante copiosa en esta parte del mundo; tenía panecillos frescos con una gran variedad de mermeladas, salchichas, más queso y patatas fritas con cebollas y beicon con un huevo encima.

Le pregunté si sabía qué hada había dejado las marcas en nuestra puerta, pero solo compuso una mueca y respondió:

—Aquí preferimos no nombrar a nuestras hadas. Esta noche no les den nada que tenga sal… Puede que se hayan ofendido.

Esto confirmó mis sospechas. Asentí a modo de agradecimiento y la chica se marchó.

—Gracias a Dios —dijo Wendell y él y Ariadne se abalanzaron sobre la comida. Yo comí con moderación, quería estar ágil para las tareas del día, y en cuanto Ariadne y Wendell terminaron, yo ya me estaba abrochando la capa.

—Por todos los santos —gruñó Wendell mientras me imitaba—. Ni siquiera nos va a dejar tomarnos una segunda taza de café.

—¿Deberíamos dejar algo de comida al fuego para el doctor Rose? —inquirió Ariadne—. Si no, se le enfriará.

—Estoy segura de que se las apañará —respondí echándole un vistazo a los restos poco apetitosos del desayuno con satisfacción, como si fuera un campo de batalla en el que me había alzado como vencedora, y juntos salimos en tropel.

# 22 de septiembre

Ayer tuvimos un buen día, o eso pensé. Utilizamos los mapas de de Grey, claro, que demostraron ser extremadamente precisos. El mapa de St. Liesl y sus alrededores cubrían un área de unos cien kilómetros cuadrados, demasiado para explorarlo en un solo día, sobre todo con acompañantes como los míos, pero pudimos cubrir mucho terreno. Por supuesto, hay un montón de grietas y cimas inaccesibles que pueden esconder sus propios reinos de las hadas, y también es posible que el nexo se encuentre justo tras las fronteras de nuestro mapa, aunque me parece poco probable; el instinto de de Grey es ejemplar, y debía de tener una buena razón para concentrar su atención en esta zona.

Ariadne, aunque poseía un entusiasmo rebosante, también era una persona difícil de organizar. Le asigné la tarea de dibujar bocetos de todas las puertas de las hadas que identificásemos, lo que la mantenía ocupada durante unos cinco minutos hasta que se distraía con el paisaje o con la misma puerta, y me acribillaba con preguntas sobre puertas similares con las que me hubiera topado y qué tipo de dueños podrían tener, o si cierto terreno con flores también pudiera ser una puerta y si teníamos un pueblo de las hadas entre manos.

—A lo mejor el nexo es más grande que una puerta común —dijo en cierto punto—. O de apariencia más extraña.

—Es posible, pero poco probable —respondí—. Si fuera así, seguramente ya lo habrían documentado. No, no creo que sea muy distinta a las puertas de los brownies más comunes; quizá incluso esté señalada por un anillo de setas. Es una puerta, después de todo. Que conduzca a varias regiones de las hadas en lugar de solo a una resulta extraño a nuestra mente mortal, pero no es probable que las hadas se preocupen por esa imposibilidad.

Wendell estuvo muy dispuesto, algo nada típico de él, durante la primera parte del día, trepando por las crestas y bajando las laderas escarpadas sin sus protestas habituales. Sin embargo, a medida que transcurría el día y su puerta, que tanto tiempo llevábamos buscando, no aparecía de la nada en el paisaje para nosotros, empezó a mostrarse taciturno, se detenía a menudo para recobrar el aliento o se dejaba caer en alguna pradera cómoda mientras soltaba una retahíla de suspiros y maldecía por lo bajo durante los ascensos especialmente duros. Aun así, me sorprendió su fortaleza.

—La encontraremos —le dije durante uno de los descansos por la tarde. Estábamos sentados al resguardo de un saliente rocoso comiéndonos los sándwiches que Julia nos había preparado mientras Ariadne terminaba el boceto de la pradera que habíamos dejado abajo. Las cumbres nevadas de las montañas se recortaban afiladas contra el cielo azul, tan cerca que podíamos tocarlas.

Dejó escapar otro suspiro. Estaba tumbado bocarriba con el brazo sobre el rostro con Shadow tumbado a su lado.

—La encontraremos —repetí.

Se sentó y me miró. Tenía unas hojitas verdes enredadas en el pelo y contuve ese impulso familiar de retirarlas.

—¿Recuerdas aquella noche en ese pub de Glasgow de hace tres inviernos?

—¿Eso es en lo que estás pensando? —dije—. Vaya, como si no tuvieras un reino que recuperar.

—Fue después de la conferencia sobre las piedras de hadas —prosiguió—. Me costó mucho convencerte de que vinieras.

—«Chantajearme» sería la palabra correcta —dije—. Me prometiste tu ejemplar del tratado sobre el País de las Hadas de Jane Drakos.*

---

* *El desdiccionario*, 1905.

—¿Y no cumplí? Cómo no, sabía que solo tolerarías una tarde de diversión si tenías algún tomo aburrido en el que sumergirte después. El caso, no había pasado ni una hora desde que llegamos y acabaste discutiendo con el doctor Lemont de la Universidad de Clarywell. Algo sobre la magia vestigial.

—La teoría del otorgamiento* —afirmé de inmediato—. Lemont cree que es una tontería.

Él lo desestimó con un gesto.

—En cualquier caso, el asunto se volvió un poco acalorado. Lemont estaba borracho otra vez (ya es bastante insufrible sin la ayuda del alcohol, pero ¿bajo sus efectos?). Te estaba retando. En realidad me planteé hacerte desaparecer con mi magia (lo que seguramente habría sido imposible, ya que todavía tenía prohibido descubrirme ante los mortales). Pero tú te limitaste a sacar una piedra de hada del bolsillo, se la tendiste a Lemont y lo invitaste a que se sentara, donde se quedó dormido de inmediato. Así te fuiste tranquila y a mí no me hizo falta delatarme.

—No me habría sorprendido mucho, de todas formas —señalé, ya que había sospechado de él desde que lo conocí—. Lo más importante es que gané la discusión con Lemont. Esa piedra de hada estaba rota; el encantamiento que contenía debía de estar agotado. Sin embargo, aún contenía un vestigio de poder, lo suficiente para inducir cansancio al contacto con la piel. Sospechaba que aquello bastaría para hacer que se quedase dormido dado el estado en que se encontraba, y tenía razón.

Él sonreía.

—Lo que más disfruté fue lo objetiva que estuviste. Tenías a ese horrible bruto con la cara roja imponiéndose sobre ti y escupiendo de rabia, y tú simplemente le pusiste una piedrecita en la palma, fría como la que más. Como si hubieras despachado a un criado con una moneda.

—Pero no lo convencí —dije—. Por la mañana afirmó haber olvidado todo el asunto. ¿Quieres decirme algo con todo esto?

* Teoría de Letitia Barrister, descrita en un artículo publicado en 1890 en *Notas de campo driadológicas*, según la que todos los artefactos fabricados por las hadas, como las piedras de hadas, conservan un rastro del encantamiento otorgado mucho después de que la magia se haya liberado. Barrister comparó la magia con el vino, que deja manchas que no salen.

—Sí —respondió—. Si existe una puerta a mi reino en este laberinto de piedras y cumbres dejado de la mano de Dios, tengo una fe absoluta de que tú, entre todas las personas, la encontrarás.

Aquello me ablandó.

—Claro que lo haré —dije y sentí cómo mis miedos disminuían tanto hasta el punto en que casi pude olvidar que existían—. Después de todo —continué con ligereza, incapaz de resistirme a volver a adoptar nuestra cháchara habitual—, en cuanto descubras cómo librarte de tu madrastra, entiendo que el puesto de reina sería mío si lo quisiera.

—Tuyo y de nadie más —dijo buscando mi mano. Yo aparté la suya.

—Todavía no lo he decidido. Soy muy exigente con los reinos de las hadas.

—Ah, ya lo sé. Ya has descartado uno, ¿no? Aun así, creo que te gustará el mío más que ese castillo de hielo y nieve.

—No me convence —dije—. Dado que tienes debilidad por las cursilerías decorativas, no me sorprendería encontrar tu castillo abarrotado de cachivaches inútiles y cortinas chillonas.

—Ah, pero ¿y si te doy la última palabra en cuanto a las cortinas?

Abrí la boca para seguir provocándole, pero entonces me detuve y lo pensé.

—Creo que esa es mi respuesta —dije con suavidad.

—¿Cuál?

—Me gustaría ver tu reino primero —contesté—. Antes de decidir si quiero casarme contigo o no.

Abrió la boca para responder; creo que supuso que todavía estaba bromeando. Pero entonces se fijó en mi expresión.

—¿De verdad? —Lo había sorprendido y una sonrisa asomó a su rostro—. Em, tendrás un mapa de cada provincia y una llave para todas las puertas. Lo prometo. Sabes que ya te habría llevado si pudiera, ¿no?

—No es que piense que me estás ocultando algo. No de manera intencional, en todo caso. Es solo que me gustaría asegurarme de que no hay monstruos acechando en los armarios o cabezas cortadas adornando las almenas.

—¡Cabezas cortadas! —exclamó con un escalofrío—. ¿Te lo imaginas? Menudo desastre.

Entonces Shadow se despertó y le rasqué tras las orejas como tenía por costumbre hacer; creo que es un consuelo tanto para él como para mí, dada la sensación de inquietud que me había sobrevenido como una niebla fría. Bueno, intenta considerar si ocupar el trono de uno de los reinos de las hadas más temibles conocidos por la ciencia. Todavía no veía cómo podía aceptar y, aun así, cada vez me resultaba más difícil plantearme el decir que no. Con la respuesta que le había dado a Wendell, sentía que había logrado algo, o que me había acercado un paso más.

—¿Sabes lo que más echo de menos? —dijo.

—¿Que te tengan entre algodones?

—A mi gata.

—Ah —respondí neutral. Supongo que debía de haberlo imaginado... Wendell habla mucho de su querida Orga, aunque nunca soy capaz de dilucidar qué aspecto tiene la criatura en realidad.

—Tiene muchas habilidades. Varias de las cuales no tengo permitido revelar.

—¿Una gata con poder sobre un rey? —dije con sequedad y añadí una nota al mapa.

—A los gatos feéricos no les gusta que se conozcan sus poderes y prohíben a sus dueños que los revelen, a menudo bajo pena de muerte. Sobra decir que le confiaría mi vida. —Contempló la lejanía con aire melancólico, claramente perdido en los recuerdos de su gata—. Espero poder presentártela. Creo que os caeréis bien.

Aquello me pareció bastante dudoso. No solo porque cada vez que he descubierto algo nuevo sobre la gata de Wendell, me ha apetecido menos conocerla, sino porque, en mi experiencia, los gatos en general viven en un estado perpetuo de resentimiento e insatisfacción. O puede que este sea tan solo el aspecto de su naturaleza que inspira mi presencia, no lo sé. No soy de gatos.

—Deberíamos continuar —dije doblando el mapa y volviendo a guardar el lápiz en el morral. Llevaba el pie conmigo, por supuesto, aunque no había sido más que un peso muerto todo el día. No había dado ni una sola sacudida que hubiera podido indicarnos una dirección útil.

Wendell me dedicó una de sus miradas insondables. Me pone nerviosa cuando hace eso; me recuerda demasiado al rey de las nieves de las hadas de Ljosland, una criatura que va más allá de toda comprensión humana.

—¿Hay algún momento que te gustaría revivir más de una vez? —dijo en tono meditativo.

—No —respondí, me sentía incómoda al pensar en su poder de moldear el tiempo, aunque de manera limitada—. Le tengo mucho aprecio a mi salud mental, gracias.

Me apartó un mechón suelto de la frente y me lo colocó tras la oreja con uno de sus largos dedos. Un rato después todavía sentía el rastro de su tacto recorriéndome la ceja.

—Ese sería el mío —dijo—. Siempre tienes el pelo en los ojos.

—Estás raro —dije con el corazón aporreándome el pecho.

—¿Ah, así?

Puse los ojos en blanco.

—Guarda tus secretos, pues, y los de tu gata —añadí, porque ya hace tiempo que desistí de intentar descifrarlo cuando se pone así. Se rio y, juntos, nos pusimos de pie.

Localizamos un total de catorce puertas de las hadas; un número impresionante para un área tan pequeña. La mayoría, según Wendell, conducían a casas comunes y granjas escondidas en los pliegues de la montaña, probablemente pertenecientes a brownies vinculados con los arroyos y praderas cercanos y demás. Otras dos estaban abandonadas. Cuatro fueron de particular interés.

—No es la puerta de una casa —comentó cuando nos detuvimos frente a la primera, que a mis ojos y a los de Ariadne era el tocón de un árbol hueco—. Conduce a algún sitio. No sé cómo describirlo, solo puedo decir que la diferencia es como estar de pie junto al océano en lugar de una poza de marea. Aunque no sabría deducir a dónde lleva. Probablemente a un mundo de las hadas propio de estos lares… No se siente como la puerta a mi reino.

Añadí una nota al mapa.

—Podemos regresar otro día e investigarlo a fondo. ¿Deberíamos buscar otra ruta hasta la cima? —El sol estaba bajo en el cielo, cerca de ocultarse tras las montañas, y había comenzado a soplar un viento frío que traía el aroma de los glaciares lejanos.

—Oscurecerá en una hora o dos —añadió—. Deberíamos volver.

Arqueé las cejas.

—No me digas que tienes miedo de estas misteriosas hadas nocturnas.

—Me aterrorizan. No deberías tomarte el peligro tan a la ligera, Em… En este mundo hay hadas tan crueles que la mente de los mortales no son capaces de imaginarlo, tan abominables que te pasarías la vida entera anhelando olvidar un solo vistazo de su aspecto.

—Solo quieres calentarte los pies al fuego y beber chocolate.

—Bueno, intenta luchar contra una bestia horrible con los tobillos así de doloridos. Además, Shadow está de mi parte.

De hecho, el perro mayor había aprovechado nuestro alto temporal para tumbarse sobre un campo de tréboles con las enormes patas extendidas frente a él. Mientras lo observaba, bostezó.

—No deberías animarle —le murmuré al perro. Shadow rodó hasta colocarse de espaldas.

—Todavía no hemos explorado el bosque de allí —dijo Ariadne. Tenía la piel sonrosada y estaba feliz, no parecía cansada en lo más mínimo—. Yo puedo continuar, tía.

—No —dije irritada, porque la idea de que se marchase ella sola me parecía absurda. Se le demudó el rostro.

Wendell se encargó de calmar a la chica.

—La bufanda no es infalible ante todos los peligros, querida.

Ella la tocó. La contemplé con los ojos entornados: Ariadne es obstinada y me pareció ver desobediencia fraguándose en su interior. Confiaba demasiado en su bufanda mágica, ese era el problema; con esto, añadido a un entusiasmo desmedido, no me costaba verla escabullirse de nuevo cuando Wendell y yo estuviésemos distraídos para seguir trabajando, lo que implicaría que nosotros tendríamos que dedicar tiempo y recursos para sacarla a rastras de alguna madriguera de hadas. Abrí la boca para sermonearla, pero Wendell le puso las manos sobre los hombros y la hizo girar de manera juguetona de forma que quedó en dirección al pueblo.

—Vamos, vamos —dijo dándole un empujoncito al tiempo que Ariadne se echaba a reír—. Ya he tenido bastantes rescates de académicas locas; por favor, no me obligues a seguir trepando y trepando para buscarte esta noche. Nunca me han gustado las montañas. Ahora, las colinas, por otro lado..., colinas verdes con muchos valles sombreados y arroyos agradables, colinas con caminos que ascienden con suavidad en lugar de obligarte a escalar por una escalinata de malditos peñascos...

Sus voces se extinguieron y yo los seguí de lejos con una vaga sensación de desasosiego.

De vuelta en St. Liesl, Wendell sugirió que paseáramos por el pueblo y nos presentásemos a los habitantes. Sabía que esperaba ganarse una comida caliente en la taberna local, con muchas oportunidades de hablar, pero no encontramos ninguna. El pueblo se componía por un puñado de casas de madera pintorescas construidas en una serie de adosados conectados por una carretera rural que atravesaba prados y pastos. En St. Liesl predominaba una bonita iglesia que se alzaba en una colina más alta, que entretenía al pueblo con sus campanadas a cada hora. Junto con la niebla, descubrí un sonido inquietante, la topografía enrevesada creaba unos ecos fantasmales e inesperados. Vimos a dos cabreros, ambos ocupados con su ganado —uno tenía un perro marrón grande que soltó unos ladriditos amistosos para saludar a Shadow antes de volver de un salto para esconderse tras su dueño en cuanto estuvo lo bastante cerca para olerlo.

Nos encontramos con Peter en el camino, que emprendía su regreso a casa con el carromato medio lleno de pienso tironeado por los mismos caballitos castaños que nos habían traído a St. Liesl, una raza que parece la preferida de cualquier habitante medianamente próspero. Nos informó de pasada de que ningún pub lograba mantener su actividad en St. Liesl por la necesidad de cerrar cada día antes del anochecer para proteger a sus clientes y que las hadas no los destrozasen.

—¿Ocurre eso a menudo? —dijo Ariadne con los ojos como platos de la emoción. Le di un codazo.

—Bueno, con una vez es suficiente —respondió Peter rascándose la cabeza y continuó de manera informal—: Y ha ocurrido más de una vez. Pero son gente encantadora. Tenemos mucha suerte de contar con vecinos así.

Hice un gesto para restarle importancia; en muchas partes del mundo, es común que aquellos que viven cerca de las hadas hablen de ellas solo en términos aduladores por si acaso los están escuchando.

—¿Hay algún salón en el pueblo?

—Hay una cafetería —dijo Peter—. Al final del camino, justo bajo la iglesia. Abre cada mañana una hora después del amanecer.

Le dimos las gracias y el asintió, luego introdujo una mano en el bolsillo y esparció un puñado de semillas en la hierba con aire ausente. Después de que se marchase ruidosamente camino arriba, me agaché y recogí unas cuantas.

—Se refiere a los faunos —comentó Wendell—. Sin ninguna duda. Sienten predilección por ese tipo de violencia. Ni siquiera se comen a sus víctimas. En mi reino, se los conoce por darles de comer trozos a los perros mientras el pobre mortal mira.

—Encantador. —Le enseñé las semillas—. ¿Qué crees que significa?

—Supongo que es una ofrenda. —Wendell agitó la mano en dirección a las que había en la hierba y florecieron de golpe: una mezcla de prímulas y nomeolvides—. Son flores silvestres.

—Claro —dije—. Por si ha ofendido a las hadas. En Provenza existe un ritual parecido.

Ariadne permaneció junto a las flores silvestres y me lanzó una mirada rápida y sorprendida, como si se preguntase por qué no compartía su asombro. Cuando me di la vuelta, descubrí que había arrancado una de las flores y le daba vueltas entre el pulgar y el índice ensimismada mientras caminábamos.

—Nunca les quites una ofrenda a las hadas —le dije. Intenté no sonar seria aquella vez, pero debí de haberme pasado, puesto que empalideció y salió corriendo de inmediato para devolver la flor. No me habló durante el resto del camino y se quedó cerca de Wendell, ambos envueltos en una conversación sin sentido sobre en qué podía consistir nuestra cena. Por supuesto, soy consciente de lo ridículo que resulta que mi sobrina se sienta más cómoda con una de las hadas de la corte que conmigo, pero al final lo único que ha hecho Wendell ha sido hacer florecer unos brotes y regalarle una bonita bufanda, mientras que yo lo único que hago es hablarle mal. Aun así, la he advertido sobre las ofrendas de las hadas más de una vez… ¿Cuándo me hará caso?

Cuando entramos en la cabaña, nos encontramos a Rose sentado en la mesa con varios libros abiertos frente a él. Como era de esperar, Wendell se desplomó en el sillón en una demostración de agotamiento mientras Ariadne comenzó a entretener animadamente a Rose con historias sobre nuestro día sin darse cuenta, al parecer, de la espectacular expresión fulminante que tenía en la cara. Me he fijado en que otra característica de Ariadne es que su buen humor es tan pleno que a menudo crea una especie de coraza en la que el mal humor de los demás rebota sin apenas hacer mella en ella.

—Bueno, Emily —dijo Rose interrumpiendo a Ariadne a mitad de la frase—, ¿qué has encontrado?

No supe interpretar el tono de su voz además del hecho de que no auguraba nada bueno, pero como le había arrebatado de manera bastante definitiva el papel de líder que él había asumido como suyo, supuse que podía permitirme ser cortés. Le enseñé el mapa con las anotaciones que había hecho, así como los bocetos de Ariadne, y le ofrecí un breve resumen de las puertas de las hadas más prometedoras que habíamos localizado. Él no dijo nada por un momento después de que terminase, solo analizó el mapa; los únicos sonidos que se escuchaban en la cabaña eran el crepitar del fuego y a Shadow lamiéndose las patas. Unas cuantas hojas flotaron tras la ventana como copos cayendo de la mesa de trabajo de un orfebre.

—Bien hecho —me felicitó Rose.

Fue como si me hubiese quitado el mapa para abofetearme con él.

—¿Qué?

—Tus procedimientos son poco ortodoxos —dijo—. Pero efectivos. Hoy has hecho algunos descubrimientos significativos que nos ayudarán a estrechar la búsqueda del nexo. Al parecer, no debí dudar de tus capacidades… Me preocupaba que tu metodología de investigación fuese descuidada dado la cantidad de tiempo que pasas con esa criatura mentirosa.

—Ahí es donde te equivocas, Farris —intervino Wendell. Estaba hundido en el sillón con el brazo cubriéndole los ojos—. Emily es muy estricta en lo que se refiere a integridad profesional. Es su único defecto.

—Espere un momento —dije—. ¿Se está… disculpando por su comportamiento?

—Sí —se limitó a responder Rose—. A partir de ahora me atendré a tus criterios.

—Deberías haberlo hecho desde el principio —añadió Wendell.

—Tal vez —dijo Rose tras una pequeña pausa, implicando así que habría preferido mantener la costumbre de ignorar la existencia de Wendell, aunque contrariado por la sinceridad de su disculpa.

Julia Haas entró en ese momento, dando por finalizada la discusión, acompañada por una tercera hija a la que presentó como Mattie. La chica, más mayor que las otras, quizá de la edad de Ariadne, parecía muy interesada en ver a Wendell —sospecho que las otras dos debían de haber estado cotilleando—, pero fracasó en su cometido, ya que él permaneció repantigado de manera impropia y desconsolado. Julia se sorprendió tanto por el estado en que se encontraba la cabaña que casi se le cae nuestra cena, que traía envuelta en trapos de cocina.

—Vaya, es como si los kobolds del hogar se hubiesen pasado por aquí —dijo; utilizó el término alemán que yo ya había oído en alguna otra parte para referirse a una especie de hada que, como los *oíche sidhe* y otros duendes del hogar de ese tipo, se siente inclinada hacia el orden de las casas a cambio de pequeños favores.

—Espero que no —respondí, ya que dudaba de que a dichas criaturas monomaníacas les gustase que un forastero como Wendell se entrometiera en sus tareas domésticas.

Wendell se retiró temprano con una taza de chocolate alegando estar agotado, mientras que Ariadne se dedicó alegremente a las tareas de la tarde con tanto entusiasmo que creo que se habría ofendido si alguien hubiese intentado que parase (no lo hice). Tras poner en orden las notas del día, necesitaba tomar el aire para despejar la mente antes de acostarme, así que llamé a Shadow y salimos afuera. Me había fijado en que había un banquito tras la cabaña que daba al valle, pero cuando llegué me sorprendí al descubrir que Rose ya estaba en mi sitio fumando en pipa.

—Al parecer no es nada saludable estar fuera tras el anochecer en esta parte de los Alpes —dije.

Soltó un resoplido a modo de risa.

—Aplícate tus propios consejos.

Me senté a su lado. La hierba estaba salpicada de hojas naranjas y doradas que se derraman por el borde del precipicio. Shadow intentó atrapar una con los dientes cuando pasó por su lado. Las montañas frente a nosotros se alzaban hacia el cielo crepuscular como una serie de olas gigantes.

—Tengo a Shadow —repliqué.

Rose se cruzó de brazos y me fijé en que adoptó la misma postura que hace cuando va a cuestionar a los doctorandos candidatos por sus tesis. Como no podía ser de otra forma, ocupaba tres cuartas partes del banco, al parecer sin ser nada consciente de que eso era un inconveniente para mí.

—Lo tienes a él, querrás decir —dijo.

Suspiré.

—Ya me dijo lo que piensa en el tren. No hace falta que lo repita.

—Es cierto que ha vivido entre los mortales durante diez años —dijo Rose—. Algo inaudito para las hadas de la corte. Y tal vez lo haya cambiado, pero ¿en qué medida? Seguro que en nada esencial.

Como no dije nada, prosiguió con sequedad:

—No ofrezco advertencias tediosas para divertirme. No soy tan mayor como para tener el gusto de adoptar el papel del sabio tenebroso. Tú, de hecho, no eres estúpida ni de lejos, y tengo cierta esperanza de poder traspasar tus ilusiones.

Decidí ser directa.

—Perdió a alguien a mano de las hadas, ¿es eso? ¿A su mujer? ¿Un hermano, quizá?

—No —dijo—. Mi mujer murió de manera natural hace treinta y dos años… por una enfermedad tan horrible y a la vez tan mundana que a las hadas no se les habría ocurrido jamás. —Permaneció en silencio un instante—. Fue un muy viejo amigo. Todavía eres joven para comprender qué significa perder a quien ha sido un compañero durante casi medio siglo. Es una experiencia que no tiene comparación.

Aparté la mirada mientras él cavilaba sobre su doble pérdida y por un momento ambos observamos cómo se oscurecían las montañas.

—¿Qué pasó?

—Íbamos juntos al colegio, él y yo. Teníamos intereses muy parecidos, incluida nuestra fascinación por las hadas. Cada uno siguió su camino de adultos: yo, al mundo académico; él, al bar, pero aun así nos mantuvimos unidos. Él se hizo bastante rico y utilizó esa fortuna para financiar su *hobby*… Era visitar lugares repartidos por Gran Bretaña que se decían que estaban habitados por las hadas. Bueno, un día (puede que fuera hace quince años) recibí un telegrama urgente de su mujer diciendo que lo habían llevado al hospital en muy mal estado. Por supuesto, abandoné la conferencia que presidía y acudí de inmediato a su lecho, donde lo encontré tal y como me habían advertido.

»Al final conseguí sonsacarle la historia, y se la oculté a su familia —continuó Rose después de otra pausa—. Se había enamorado de una mujer hada de alguna parte de Exmoor. Habían pasado meses juntos según sus estimaciones. Meses de fiestas y jolgorios imposibles. Entonces la estación cambió y tanto ella como los suyos hicieron las maletas y se marcharon…, algo para nada extraño, claro; muchas especies de hadas viajan con las estaciones. Él deambuló por los páramos durante días y de alguna forma consiguió alcanzarlos cuando hicieron un alto para descansar. Se tropezó con una de sus fiestas, sediento y medio muerto de hambre, esperando que lo volvieran a recibir con los brazos abiertos. Pero a su amada le molestó su proeza... Supongo que debió de cansarse de él, o quizá solo se sentía resentida con él por haberla seguido. Ella y su familia lo ataron a un árbol por la barba, que para entonces la tenía bastante larga. A lo mejor les resultó cómico, pero él estaba demasiado débil como para liberarse solo. Por casualidad, un excursionista lo encontró a la mañana siguiente, aunque el daño provocado por la congelación y la desesperación ya estaba hecho. Murió unos días después.

Compuse una mueca. La historia era desalentadora, como ocurre a menudo con los relatos románticos con hadas implicadas.

—Lo siento.

—Muchas veces desearía haberle advertido —dijo Rose—. Yo había estudiado a las hadas en más profundidad que él... Su entusiasmo era el de un aficionado y lo cegó ante su naturaleza oscura. Simplemente no pensé que haría algo tan estúpido.

Expulsé el aire.

—Cree que estoy cometiendo el mismo error. Que he llegado a confiar en Wendell demasiado y que un día me dejará colgando de un árbol en alguna parte.

Rose no respondió de inmediato, pero me colocó una mano sobre la rodilla en un gesto sorprendentemente amable.

—Algún día, Emily. Algún día lo verás por lo que es. Solo espero que no te destruya como le ocurrió a mi amigo.

Me ceñí el cárdigan aún más a mi alrededor... Era por el viento frío, me dije, no por las palabras de Rose.

—Aprecio su consejo, Farris. De verdad. Pero conozco a Wendell.

—Emily. —Señaló a las ramas altas de las hayas, que se mecían de un lado a otro esparciendo más hojas a nuestro alrededor—. ¿Conoces el viento? —Y con ese sombrío *kōan*, me dejó.

# 24 de septiembre

Lo primero que hice esta mañana, como he adoptado por costumbre, ha sido comprobar la puerta por si hay señales de nuestros visitantes nocturnos. Hemos tenido cuidado con las ofrendas cada noche, dejando solo verduras cocinadas y quesos, como nos informaron, pero cada mañana trae pruebas frescas de su descontento en forma de unos arañazos largos y aserrados.

Examiné la cerradura y me inquietó encontrar muestras de que las criaturas también la habían manipulado. Era un objeto sólido, o lo había sido; ahora estaba un tanto suelto, como si alguien, un alguien grande y pesado, hubiese golpeado la puerta con tanta fuerza que la cerradura hubiera empezado a ceder. Ninguno de nosotros escuchó el más mínimo crujido por la noche.

Llamé a Wendell para que saliera y echase un vistazo, pero él siguió mostrando una completa falta de preocupación sobre el asunto.

—Es de hierro —dijo tras tocar brevemente la cerradura—. ¿Qué hada podría forzar la entrada?

—Tú podrías —señalé—. Seguro que hay otras.

Me dedicó una mirada divertida, como si hubiese comprendido mal algo tan fundamental que no sabía cómo explicármelo. Bueno, a lo mejor no le preocupaba que una horda de hadas terroríficas lo despertase en mitad de la noche tras abrir la puerta a zarpazos; la actitud de Wendell hacia las hadas comunes es de una condescendencia implacable, pero no era una situación que yo anticipase con mucho aplomo.

—Wendell —dije con una tranquilidad impostada—, ¿no has considerado que puede que esto sea obra de otra clase de asesinos enviados por tu madrastra?

—Si es así, desde luego son criaturas temibles… ¡Solo mira cómo, noche tras noche, se dedican a destrozar una tabla de madera! Al final los Haas van a tener que aplicar un revoque —dijo con la voz tan cargada de diversión que quise estrangularlo. Por suerte, Julia subía por el camino con nuestro desayuno y obtuve algo de simpatía por su parte, al menos.

—Es un embrollo —dijo tocando las marcas con una mueca—. ¿Qué ha podido ocurrir para sacarlas de quicio?

Le expliqué que solo les habíamos proporcionado las mejores provisiones a nuestros quisquillosos visitantes, incluso habíamos reservado el queso que nos había traído en el desayuno para que pudiésemos dárselo todo, y ella sacudió la cabeza.

—Haré manzanas fritas —prometió—. A nuestros buenos vecinos no les gustan demasiado los dulces, pero hacen una excepción con las manzanas fritas. Se las dejamos como ofrendas en ocasiones especiales.

Le di las gracias, tranquila tanto por habernos ofrecido su ayuda como por su imperturbabilidad. Por otro lado, la paciencia frente a la malicia de las hadas es característica entre las personas de campo de todos los países. A la gente de ciudad como nosotros nos cuesta comprenderlo, ya que no sabemos lo que es vivir tan cerca de las hadas más de lo que comprendemos el temor de perder los cultivos o que haya bestias salvajes depredadoras. Moreau escribió un libro al respecto.*

Ayer terminamos nuestra búsqueda inicial, así que hoy hemos decidido dividirnos: Wendell y Ariadne indagarán la serie de puertas de hadas que hemos localizado en el valle vecino, mientras que Rose y yo nos dirigiremos a casa de Julia Haas para recoger a su suegro, que ha prometido guiarnos hasta el final del camino que tomó Danielle de Grey. Los lugareños creen que el misterio de de Grey es la razón de nuestra visita, y no he visto motivos para desilusionarlos dado que la última ubicación conocida de de Grey

* Mathieu Moreau, *Bocetos de la vida rural en tierra de hadas*, 1908.

es, en efecto, de gran importancia. Es muy posible —si no probable, teniendo en cuenta la habilidad de de Grey como investigadora— que triunfase en su búsqueda del nexo y que se perdiese en su interior o que sus guardianes la matasen cerca de él. Por tanto, seguir los pasos de de Grey puede que también nos conduzca a la puerta de Wendell.

El hogar de Julia Haas es bonito, construido con madera oscura y macetas en las ventanas salpicadas de flores rojas y rosas bien cuidadas. Parece que tener macetas en las ventanas es un requisito en St. Liesl, como las cabras, ya que la mayoría de las casas cuentan con ellas. Sin embargo, estaba encajada en una elevación pronunciada en la tierra, así que a esa hora de la mañana estaba oscura y bastante sombría. Su jardín delantero es pequeño, pero sobre la casa hay un campo de hierba bastante extenso para las cabras y las vacas y, más allá, un huerto de manzanos.

Una de las hijas de Haas nos recibió con alegría en la puerta y se agachó para darle a Shadow su saludo preferido rascándole las orejas —creo que era Astrid, pero desde luego que son tan parecidas que evito utilizar sus nombres por si me confundo.

Roland Haas es un hombre enjuto de setenta años, rebosante de vida al estilo de muchos jornaleros agrícolas de avanzada edad, con una barba corta, de tez rosada y bronceada y abundante pelo blanco. Entendí que hacía tiempo él debió de llevar la granja de los Haas, cuya responsabilidad había recaído ahora sobre sus hijos, hijas y varias nueras y yernos (no intenté indagar en el árbol genealógico de la familia Haas y los distintos nombres que mencionaron, ya que tengo una memoria horrible para estas cuestiones). Ahora, ya jubilado, el hombre sobre todo hace algún que otro trabajo por el pueblo, que hoy incluye pastorear a dos extranjeros tras la pista de una driadóloga desaparecida, una tarea que parece entusiasmarle.

—Hace años que no nos visita ningún académico —dijo—. Hubo una avalancha de interés después de que la pobre Dani desapareciera, pero pasó, como debe suceder con estas cosas… Ahora lleva casi cincuenta años desaparecida, ¿no? Cómo vuelan las décadas.

—Entonces ¿conoció a de Grey en persona? —pregunté.

—Ah, sí. Y al otro, Eichorn…, un tipo malhumorado. Pero Dani era encantadora. Tan vivaz, con una risa que llegaba desde los pies de las colinas hasta la cima de las montañas, como solemos decir aquí. Ay, Señor, ¿no pensarán poneros eso?

Rose y yo miramos nuestras capas de lana y botas de lluvia, el uniforme de campo estándar de un driadólogo. Antes de que pudiéramos responder, Roland había desaparecido en el interior de la casa para luego volver a salir con dos capas gruesas y enormes que de primeras confundí por piel de oveja recién esquilada.

—Hace un frío horroroso en el lugar al que vamos —explicó—. Los necesitarán.

—Pero usted no —observó Rose con ironía, ya que Roland Haas solo llevaba un abrigo ligero y una bufanda sobre la chaqueta de lana.

El anciano sonrió.

—La gente de aquí somos de piel gruesa, a diferencia de aquellos que pasan sus vidas pegados a un escritorio en despachos caldeados. Sin ofender.

Rose se rio y se aseguró de darle las gracias de nuestra parte, y nos pusimos esas cosas absurdas sobre nuestras capas. No solo parecía una oveja, olía como una. Me divertí imaginando la reacción de Wendell si le presentaban esta prenda. Sin duda, él preferiría congelarse.

Partimos hacia las montañas siguiendo el camino que se extinguía más allá del pueblo. Rose tomó las riendas de la conversación con cumplidos educados a los que les presté poca atención, preguntas sobre las condiciones climáticas en esta época del año y la historia personal de Roland con las montañas mientras sorteábamos una pendiente irregular salpicada de sedimentos musgosos. Roland se detenía de vez en cuando para buscar un lazo en uno de sus bolsillos y atarlo a una roca pequeña o a una raíz.

—¿El color significa algo? —inquirí.

—Así es —dijo Rolad y me informó que el lazo rojo se utiliza para indicar que el camino del excursionista continua recto por un terreno llano en su mayoría; el blanco indica una subida; el azul, una bajada.

También hay lazos que representan el cambio de rumbo en una de las direcciones que indica la brújula de la siguiente forma: verde, al oeste;

amarillo, al norte; naranja, al este; rojo, al sur. Estos significantes se utilizan primordialmente en las partidas de búsqueda, en caso de que fueran necesarias, pero el excursionista que se ha perdido sin remedio también puede utilizar los lazos para orientarse de cierta manera mientras regresa sobre sus pasos. También hay significantes según la textura: un lazo de encaje atado junto a un lazo azul indica que el excursionista decidió bajar de altitud y que se había topado con una de las hadas —de nuevo, una información que puede ser de utilidad para los rescatadores si el excursionista no regresa—. Un lazo de muselina áspera indica una lesión y así sucesivamente. No voy a registrar cada significante, ya que parece haber tantas como variedades de lazos. Las familias marcan sus lazos de una manera específica: la familia Haas corta un triángulo en cada extremo; otras cosen letras, pintan las puntas, etc. Lo ideal es que los lazos se coloquen a una distancia visible los unos de los otros, pero esto no siempre es posible.

Contemplé a Rose garabatear todo esto en su cuaderno, su postura un reflejo casi idéntico de la mía, y cerré el cuaderno deprisa con el lápiz dentro.

—Fascinante —dijo Rose—. ¿De Grey utilizó este sistema?

—Ah, sí… Así es como sabemos por dónde se cayó.

—¿Se cayó? —repetí algo consternada.

Él me miró con pesar.

—Sí… Así es como los otros académicos reaccionaron. Es menos interesante, supongo, que si la hubiesen secuestrado las hadas. Nada sobre lo que puedan escribir en un artículo. Pero veréis, profesores, los detalles están muy claros, al menos hasta donde yo alcanzo.

Nos llevó aproximadamente una hora llegar hasta nuestro destino siguiendo el camino que había tomado de Grey. Confieso que me resultó un poco espeluznante caminar tras los pasos de esa mujer perdida cuyo fantasma —en forma de mapas y otros escritos suyos— había moldeado nuestra expedición hasta el momento. El tiempo cambiante no ayudaba a esta impresión; el paso rápido de las nubes seguía ocultando el sol como oscuros presagios y en cierto momento nos diluvió granizo. Sin embargo, el terreno era relativamente sencillo, cruzaba una serie de prados alpinos y rodeaba cuestas en las laderas de las montañas. Shadow, aunque de normal no es partidario de las subidas y bajadas repetitivas de los terrenos montañosos, no tuvo mucho problema en seguir el ritmo, aunque lo mantenía alejado de las zonas con nieve con las que nos encontrábamos, ya que no quería que Roland se percatase de la extraña falta de huellas que dejaría.

Entonces llegamos a un pequeño paso donde las vistas hicieron a Rose detenerse en seco de forma cómica. Me sorprendí contemplando un collado precario con forma de espina entre dos picos, el que estaba justo enfrente alzándose a una altura aterradora. Sobre este terreno a la intemperie el viento aullaba como si estuviera decidido a destrozar la fina barrera de roca y cubierta de vegetación. Se me soltó el pelo del recogido; con el viento de cara, me costaba respirar. De pronto agradecí tener la increíble capa mientras seguíamos a Roland hacia la espina. Apenas tenía un metro de ancho en algunos sitios, lo que no resultaba cómodo para caminar, sobre todo si se combinaba con el azote del viento.

—Como les decía, aquí hace bastante fresco. —Roland tuvo que gritar para hacerse oír—. Allí es donde encontramos su último lazo… blanco.

Miré hacia el hito de piedras que señalaba —un memorial, supuse, construido sobre el último lazo de de Grey— y luego seguí la ruta que indicó de Grey con la mirada. Era un terreno escarpado, extremadamente estrecho en todo el camino, que ascendía hacia el pico aserrado coronado de nieve. Sí, no me costaba imaginarlo: sobre todo con mal tiempo o a finales de la estación, cuando la subida habría estado cubierta por completo por una capa de hielo y nieve. Incluso a mí me ha faltado poco varias veces mientras llevaba a cabo un trabajo de campo en las montañas de Gales y sé bien el peligro que supone la combinación de la nieve, la altura y la falta de familiaridad con el entorno.

Por la decepción en el rostro de Rose, supe que estaba asimilando la conclusión a la que había llegado Roland, y yo podría haber hecho lo mismo: descartar la desaparición de de Grey, ya que se trataba de un camino sin salida para nuestra búsqueda del nexo.

Si no hubiera sido porque el maldito pie empezó a sacudirse en mi bolsa.

A escondidas, me colgué la bolsa de un solo hombro, ocultándola a ojos de Roland con el torso. Oteé el paisaje y me aparté con dificultad de la estampa de los picos que se alzaban imponentes hasta más allá de lo que alcanzaba la vista. A nuestra izquierda, el terreno desaparecía, tan escarpado que daba vértigo; uno tendría tiempo de sobra de contemplar el aterrizaje inminente si se tropezaba en esa dirección. Sin embargo, a la derecha había una pendiente más suave, se podía atravesar sin equipamiento yendo con cuidado, que conducía a otro lago alpino que se hallaba sobre un valle elevado. A sotavento de la ladera había un bosquecillo, en su mayoría de pinos robustos.

Roland se percató de mi interés.

—Hemos registrado el valle —dijo—. No encontramos ni rastro de ella. Y el lazo blanco significa que continuó hacia el pico.

—¿No pudo haber cambiado de idea? —sugerí—. ¿O haberse equivocado de lazo por error? El amarillo parece blanco con poca luz. El valle queda al norte, ¿cierto?

Roland pareció dudar.

—¿Por qué no habría atado otro lazo?

—Pudo ser por muchas razones —dijo Rose pensativo—. A lo mejor traspasó una puerta de hada poco después de haber cambiado de ruta. A lo mejor se desorientó por el clima o la altitud.

Me guardé mi hipótesis para mí. Más concretamente, que este sistema de lazos, aunque era ingenioso, desde el principio me había parecido un método del todo caprichoso para encontrar el camino cuando se introducía a las hadas en la ecuación, con agua salada o sin ella.

Informé a Roland de que quería llevar a cabo una breve exploración del valle y él me mostró una ruta más fácil que la que habría escogido yo. Entonces lo animé a volver a casa, ya que seguramente permaneceríamos un rato en el valle y se aburriría porque pasaríamos mucho tiempo de pie por aquí y por allí, tomando notas y cosas así, y de todas formas no tendríamos problemas en encontrar el camino de vuelta a casa. Roland accedió de muy buena gana; creo que sabía que me traía algo entre manos, pero tampoco pareció importarle mucho los planes de los académicos. Tuvo la amabilidad de informarnos de que dejaría donde estaba su rastro de migas de pan metafórico en el remoto caso de que el camino de vuelta nos resultase más complicado de lo que habíamos previsto; se los podríamos devolver cuando fuésemos a cenar a la residencia de los Haas.

Como era de esperar, en cuanto Rose y yo bajamos, el valle me pareció más amplio de lo que parecía desde arriba; fácilmente tendría kilómetro y medio, con innumerables recovecos y grietas que podrían esconder una puerta de hada. No lo habíamos inspeccionado antes, ya que nos habíamos acercado desde el noroeste, desde donde el terreno desciende escarpado y, por eso, lo habíamos dado por imposible. No se puede sobreestimar la importancia del conocimiento local en estas investigaciones.

Informé a Rose sobre la reacción del pie de hada con respecto al valle —seguía con sus sacudidas alocadas en mi bolsa—, así como mis sospechas en cuanto a los lazos de de Grey. Él asintió apacible, lo cual me sorprendió enormemente. No esperaba que me concediese el liderazgo con tanta facilidad después de lo mezquino que había sido antes.

—Llevaremos a cabo solo una inspección rápida para ponernos en marcha antes del crepúsculo —dijo—, y volveremos por la mañana con los demás. Será mejor proceder bajo la hipótesis de que nos encontramos cerca de la puerta que utilizaban los faunos, un hecho que requiere la máxima precaución. Tu capa, Emily.

No tan conforme, pues. Aun así, decidí no achacarme, sobre todo porque sus pensamientos iban en la misma línea que los míos y le di la vuelta a la capa. No me molesté en poner del revés la que llevaba debajo, esa que Wendell había confeccionado en contra de mi voluntad en Ljosland, ya que ahora tiende a arrugarse y sacudirse cuando lo hago, como si la hubiese incomodado y puesto de mal humor.

El lago no tenía nada de especial, era precioso y de un verde azulado, pero el bosque sí era peculiar. Entre la alfombra de agujas que cubrían el suelo había racimos de setas y unas flores blancas extrañas con forma de farolillo cuyos cálices tenían forma de pequeños orbes. Incluso los árboles eran más altos y estaban más sanos que lo que podía estar la flora a grandes alturas. De hecho, eran bastante gruesos, como si estuviesen sobrealimentados.

—Te encontré —murmuré. Rose me miró con el ceño fruncido, ya que como buen científico detesta las conclusiones precipitadas, pero era obvio que el bosque tenía cierto toque feérico, aunque no tuviese nada que ver con el nexo. Saqué el pie de la bolsa y lo deposité sobre el musgo y la hierba.

Si hubiera esperado que empezase a brincar como un conejo, me habría decepcionado, ya que aquella cosa se limitó a quedarse inmóvil, ni siquiera se agitaba. Pero Rose y yo somos profesionales, así que tan solo esperamos sin perder de vista el pie, aunque tampoco concentramos toda nuestra atención en él, hasta que poco a poco empezó a moverse. No saltó ni dio una zancada, sino que sencillamente, de un momento a otro, pareció estar un poquito más lejos de lo que pensaba, tan poco que podría haberme convencido de que estaba imaginando cosas. Después de que Rose y yo salvásemos la distancia, de manera gradual volvía a alejarse. Era imposible percibir cualquier tipo de movimiento; era como si el paisaje en sí mismo se moviera, como si se estirase para poner distancia entre nosotros y el pie.

Al principio el pie parecía dirigirse al bosque, pero entonces viró hacia el lago, y después hacia el bosque de nuevo.

—A lo mejor se ha perdido —dije con la intención de que mi comentario fuese divertido hasta que me percaté de que un pie de hada perdido no era ni más ni menos disparatado que uno que supiera de qué se trataba.

—Esto no me gusta —dijo Rose—. Guárdalo, Emily. O mejor aún, deja que esa cosa se vaya.

—Es el motivo por el que encontramos el bosque —señalé.

—¿Y qué es el bosque? ¿Qué especie de hada mora aquí? No te enaltezcas hasta que no hayas respondido a eso.

Oí el eco de una antigua discusión en su desdén y no pude evitar caer en la provocación.

—¿Me está queriendo decir que nos hemos puesto en peligro al adentrarnos en este lugar? ¿Acaso hay algún camino seguro que conduzca a una puerta frecuentada por un hada malvada… una puerta, permítame recordarle, que nos lleve al Silva Lupi?

—Lo que quería decir —espetó Rose—, como bien sabes, Emily, es que la utilidad de los artefactos feéricos para resolver misterios de las hadas es dudosa en el mejor de los casos, contrario a las afirmaciones engañosas de una panda de académicos menos responsables. Desdeñas la confianza de los lugareños en sus lazos y razonas muy correctamente que las hadas pueden haber hecho de las suyas con ellos, y aun así aquí estás, volcando tu fe en un pie mágico.

—No es una comparación del todo justa —repliqué acalorada—. ¿Sería irresponsable una descripción justa de Gabrielle Goode? ¿O de Marcel Tzara? Los dos han argumentado a favor del uso cuidadoso de los artefactos de las hadas en las investigaciones de los seres fantásticos menos conocidos. Los farolillos de hadas de Goode la condujeron al alijo de un leprechaun, por el amor de Dios... ¡Solo fue el tercer descubrimiento de ese calibre en la historia! Lo que nuestra comunidad necesita es el tipo de pensamiento innovador que vemos en las generaciones más jóvenes de académicos, o nunca avanzaremos en la comprensión de las hadas.

—Los farolillos de Goode la llevarán a despeñarse por un precipicio algún día. Lo que necesitamos es regresar a los métodos de la driadología de eficacia comprobada que giran en torno a un buen trabajo de campo a la antigua usanza y a los testimonios orales. El resto es pseudociencia.

Seguimos discutiendo así hasta que Shadow comenzó a gimotear. Al principio lo ignoré, puesto que admito que me estada divirtiendo; era el tipo de debate que a veces había deseado mantener con Rose, pero nunca había sido capaz de armarme de valor. Al final me di la vuelta y descubrí que no había sido el pie de hada lo que había disgustado a mi acompañante (ya lo había vuelto a guardar en la bolsa). En vez de eso, estaba olisqueando un hueso.

Una calavera, de hecho. Humana. Estaba parcialmente incrustada en la tierra arenosa a la orilla del lago.

—¡Cielo santo! —dije—. ¿Pertenecerá a de Grey?

—Sería una aparición dramática por su parte. —Rose se agachó para examinar la calavera—. Se la conocía por sus dotes para el espectáculo, ¿verdad? Pero no. Pertenece a un hombre. Mi tesis doctoral incluía un componente osteológico, un estudio de los restos que dejó el monstruo del lago galés, el afanc. Aquí hay un montón de huesos desperdigados… ¡Hum! Interesante.

—Deberíamos echarle un vistazo a esas cuevas —dije echando a andar hacia una elevación en el terreno donde la roca estaba repleta de agujeros; estaba cerca de un manantial con una ligera niebla extraña humeando sobre él. Me recordó a lo que Wendell y yo habíamos visto en el lago más pequeño bajo la cabaña—. Muchos de los cuentos alpinos sobre los *zwerge* ubican sus moradas en regiones rocosas.

—Deja que registre esto primero.

Esperé impaciente mientras él caminaba despacio por la orilla y se agachaba para examinar los huesos. Lo cierto es que había un gran número de ellos, aunque su distribución era más concentrada cerca de las cuevas.

—Creo que tenemos huesos de dos esqueletos humanos —dijo Rose al final—. Ambos hombres. Así como de varios cerdos y al menos cuatro cabras. ¿Ofrendas de los residentes mortales de St. Liesl? Además de algún que otro senderista desafortunado.

—Está bien —convine porque era, de hecho, una información valiosa—. ¿Bogles, tal vez? ¿Deberíamos examinar la orilla norte?

—Creo que no. —La voz de Rose sonó tranquila mientras se guardaba el cuaderno en el bolsillo—. Principalmente me he quedado aquí para evitar la dar la impresión de que estamos huyendo. Nos están observando y puede que nos ataquen en cualquier momento.

Asimilé esta revelación, para nada bienvenida en cualquier momento, pero sobre todo cuando una se encontraba entre la extensa colección de huesos de alguna criatura fantástica.

—¿Dónde?

—Detrás de nosotros, por supuesto. Deberíamos alejarnos de las cuevas despacio…, muy despacio. Puede que su poder esté vinculado al manantial.

—¿Cómo los ha detectado? —Yo no había oído nada, aunque estaba prestando atención, como siempre hago.

—Mi reloj de bolsillo. Me gané el favor de un brownie del hogar que vivía en un taller de relojería y lo encantó para que dejase de hacer tictac si había bogles y maleantes similares cerca.

Su hipocresía era demasiado mortificante.

—Después de toda esa cháchara sobre los artefactos…

—Emily, no tenemos tiempo.

Miré a Shadow. Estaba mordisqueando uno de los huesos de cerdo, demasiado distraído con su disfrute para presentir algo fuera de lugar. Aun así, captó mi intranquilidad y se puso rígido con la mandíbula todavía cerrada en torno al hueso, salivando.

De repente, salió disparado… no tras nosotros, sino a un zorrillo rojo que nos contemplaba desde una de las cuevas.

—Déjalo —le dije a Shadow, pero él siguió ladrando; el ladrido atronador y sobrenatural que reserva para la mayoría de las situaciones extremas, áspero y ronco como el estertor de la muerte que hacía que se te metiera el frío de la tierra en los huesos. El zorro volvió a confundirse entre las sombras de la cueva, pero no antes de que sintiera que había algo extremadamente raro en todo esto que tironeaba de mi subconsciente como un dolor de muelas.

—Emily —murmuró Rose.

Me di la vuelta. Varias hadas vulpinas más se habían posado en un tronco sobre la orilla; como era de esperar, eran hadas como la que había visto brevemente junto a la cabaña. Me enfadé conmigo misma por no haberme dado cuenta antes. Incluso a poca distancia se parecían muchísimo a los zorros en todo salvo en el rostro, que me recordaba a un niño humano de ojos demasiado grandes y bocas rosadas pequeñas. Podría haberse tratado de niños pequeños con disfraces salvo por el destello inquietante de tener unos dientes muy pequeños pero muy afilados y la humedad de sus ojos completamente negra. Entraban y salían corriendo de la hierba de la pradera, que estaba salpicada de madrigueras de zorros, tan rápido que era difícil determinar su número además de que era grande.

Me azotó el encantamiento, tanto que me mareé —a veces es la sensación que da cuando un hada te lanza mucha magia, una experiencia bastante desorientadora—. Cuando volví a recobrar el sentido, tuve cuidado de comprobar mi estado y descubrí que parecía que no me había afectado.

Rose no tuvo tanta suerte. Había cruzado el terreno despavorido a una velocidad impresionante, ya que eran tropas de hadas, y como muchas de su clase, les encanta perseguir sobre todo lo demás. Rose —puede que con la ayuda de su capa del revés— había recobrado el sentido tras unos diez metros o así y empezó a trotar hasta detenerse jadeando.

—¡Emily! —gritó.

—¡Siga! —chillé, porque de repente tenía dos cosas claras: una, estas haditas reconocían la comida cuando la veían; y dos, yo tenía cierta forma de protegerme contra ellas..., una protección de la que sospechaba encarecidamente que tenía que ver con mi capa, que tal vez Wendell había imbuido con algo más que un bordado coqueto y un volante completamente absurdo en el dobladillo.

Rose parecía haber llegado a las mismas conclusiones, puesto que apartó su preocupación por mi bienestar y centró su atención en salvar el pellejo lanzando puñados de sal a su alrededor, la cual guardaba en varios bolsillos de su capa que supuse que había cosido él mismo. Deseé que dejase de correr, ya que había una clara probabilidad de que las hadas no le hiriesen fuera del territorio que habían reclamado como suyo; aunque también era cierto que la huida no haría más que avivar el apetito de criaturas como esas... Bueno, más tarde podríamos debatir sobre las probabilidades. O eso esperaba.

—Shadow —dije, y la bestia salió tras las hadas. Pero a ellas no pareció preocuparles mucho y simplemente salieron disparadas hacia alguna madriguera de zorro invisible cuando se acercaba para volver a aparecer en otro lugar.

Shadow consiguió atrapar una y sacudió al hada de un lado a otro hasta que le partió el cuello con un borboteo, pero otras ya estaban abriéndose paso por el círculo de sal de Rose, que no había tenido tiempo de terminarlo, y lo estaban arrastrando hasta el suelo. El hombre empezó a gritar.

Mientras corría por la ladera de la colina sin saber qué demonios hacer —¿pronunciar la Palabra? ¿Esparcir más sal?— pero con la necesidad de hacer algo, ya que los gritos de Rose no se parecían a nada que hubiese oído jamás ni que deseara oír de nuevo, las hadas se dispersaron lamentándose en mi dirección. Su consternación no sonaba en absoluto como las pataletas de los niños pequeños cuando les niegan una golosina.

Su reacción me dejó perpleja y miré a mis espaldas por puro instinto, como si hubiese un personaje mucho más intimidante que el que había sido el origen de su miedo. Fue entonces cuando me di cuenta de que mi capa se había expandido —era imposible, no tenía sentido— y que ahora se arrastraba tras de mí como una sombra aterradora. Se inflaba como la seda y parecía no tener un final fijo; tan solo crecía insustancial más y más a medida que se expandía, el borde lejano no era más que un borrón gris. ¡Por todos los santos! Primero mis lápices, ahora esto.

Sin embargo, no tenía tiempo de preocuparme por la impresión. Como las hadas parecían tener tanto miedo de mi capa —admito que no podía culparlas, mi instinto me gritaba que me quitara de encima esa cosa horrible como si fuera una araña—, agarré la parte que arrastraba y que daba la sensación de estar hecha de telarañas sedosas, ligeramente pegajosas, y lo lancé hacia ellas. El tiro fue torpe, pero tuvo el efecto que esperaba: las hadas huyeron, sollozando desesperadas por esta aterradora perturbación de su diversión. Varias quedaron atrapadas bajo la capa y se desvanecieron como llamas extinguidas. Shadow persiguió a las hadas hasta el bosque aullando y pagado de sí mismo —creo que se autoconvenció de que al fin habían entendido su naturaleza intimidante—, y luego regresó trotando con la cola en alto.

Rose, mientras tanto, sangraba profusamente y estaba claro que sentía mucho dolor a juzgar por la mandíbula apretada y el sudor que le caía por la frente. De las heridas, la más desconcertante era la de la oreja izquierda, que colgaba de una fina capa de piel; la sangre le caía espesa por el rostro y el cuello. Corté la bufanda con mi navaja e hice lo que pude para vendarle, pero no podía ponerse de pie y yo no podía llevarlo bien a cuestas.

—¿Shadow? —dije.

Me entendió, por supuesto; siempre lo hace. No termino de comprender el vínculo que hay entre nosotros, ya que Shadow es el único grim con un dueño humano que conozco, pero la bestia se deshizo de inmediato de su encantamiento y creció hasta alcanzar un tamaño similar al de un oso, por decir algo, con sus patas gigantescas coronadas por garras puntiagudas. Deslicé a Rose sobre su lomo y emprendimos el camino de regreso a casa tan rápido como pudimos.

# 27 de septiembre

No he tenido tiempo para escribir en el diario estos últimos días; la condición de Rose ha sido inestable y no me apetecía sacar mi pluma hasta que estuviese a salvo y en vías de su recuperación.

Shadow y yo regresamos a la cabaña sin incidentes y, por suerte, sin cruzarnos con ningún lugareño, a quienes habría tenido que explicarle la presencia de un sabueso negro.* Ariadne estaba fuera de sí cuando vio a Rose y fluctuaba entre expresiones llorosas de consternación y divagaciones cargadas de pánico sobre si sus atacantes nos habían seguido. Pasaron varios minutos hasta que fue capaz de responder a mis preguntas sobre el paradero de Wendell y al final me informó que había ido a la cafetería.

—¡Pues ve a por él! ¡Vamos! —le grité y la pobre chica salió despavorida por la puerta sin ponerse la capa siquiera.

No me percaté de inmediato cuando llegó Wendell. Rose había recobrado la consciencia —fue tranquilizador, pero también espantoso debido a su estado— y estaba gimoteando e intentando apartarme mientras yo le vendaba las heridas con poca maña. Cuando por fin me libré de atenderle, me encontré a Wendell apoyado contra el marco de la puerta, de brazos cruzados, observando los procedimientos con una expresión que no supe interpretar.

—Mira que había ocasiones para desaparecer en la taberna —espeté, aunque en realidad casi lloré de alivio—. Ven. Parece que la oreja es lo que

* Los sabuesos negros pueden encontrarse en el folclore de casi todas las regiones de Europa, incluyendo los Alpes.

peor aspecto tiene, pero como verás, en realidad son las heridas del costado. Mira.

Wendell me dedicó una mirada algo perpleja que no podría haber sido más discordante con la escena horripilante que tenía delante.

—¿Qué tengo que hacer con eso?

—¡No lo sé! ¿Por qué debería saberlo yo? —Le estaba gritando y no podía parar. La sangre de Rose me empapaba las manos y la capa—. ¡Cúralo!

—Emily —empezó a decir con un tono cada vez más suave cuando, al fin, pareció procesar mi angustia—, no suelo hacer…

—Ya, ¡me lo dijiste! —grité—. Hoy Rose y yo hemos sido descuidados. Tenías razón sobre las hadas comunes, y yo me equivocaba. ¿Tengo que decirlo tres veces antes de que te des por satisfecho?

Estaba a punto de colapsar. No sé si era por Rose —que, aunque ahora estemos distantes, ha sido mi compañero durante casi diez años, alguien por quien siempre he sentido un respeto reticente a pesar de nuestros desacuerdos. Era absurdo no respetar a Rose, aunque estuviese resentida con él a la vez; como si sacudías el puño frente a una torreta vieja y prestigiosa. Pero también mi experiencia con incidentes así de macabros ha estado limitada hasta ahora a relatos de segunda mano que diligentemente registré en mi cuaderno. Apreté los dedos en torno al vendaje ensangrentado que aún sujetaba en el puño.

Wendell me lo cubrió con su mano y me atrajo entre sus brazos. El gesto me sorprendió; no por él, sino por lo fácil que me resultó apoyar la cabeza sobre su hombro. Me sentí extrañamente desconcentrada y me aparté. Bueno, supongo que no podemos dejar que las cosas estén menos tensas entre nosotros.

—¿Qué quieres que haga? —dijo tranquilo.

—Cúralo, por el amor de Dios. —Luego, cuando me di cuenta de lo que me pedía, lo repetí otra vez para que fueran tres.

Wendell se acercó junto a Rose, que había vuelto a perder la conciencia. Había perdido tanta cantidad de sangre que era como si no estuviera vendado y me pregunté si habría algún tipo de toxina en los dientes de las hadas vulpinas.

—Puedes hacerlo, ¿verdad? —quise saber.

—Ah... Claro que puedo —dijo, pero había cierta falta de seriedad en su voz que hizo que se me erizara el vello de la nuca.

—¿Qué estabas diciendo antes? ¿Que no sueles hacer estas cosas? —le presioné, ya que de repente sentía miedo y tenía la cabeza llena de todo tipo de tratos con las hadas que habían salido horriblemente mal... Y no era una lista corta. ¿Cabía la posibilidad de que el esfuerzo de Wendell dañase a Rose de una manera abominable?

—Nada —me tranquilizó—. Me confundí... Solo me refería a que usualmente no suelo ocuparme de tareas de sanación. Pero ¿por qué no debería de estar tan versado en ese proceso como con otros tipos de encantamientos? Siento mucho haberte disgustado, Em. ¡No sabía que te gustara tanto!

Me llevó un instante procesar esto.

—Entones... ¿no tienes ni la más remota idea de lo que estás haciendo?

En ese momento, Rose se removió y dejó escapar un gemido. Al abrir los ojos, se encontró a Wendell junto a su cama mirándolo con aire contemplativo y se le contrajo el rostro de pavor.

—No —graznó Rose—. Él, no...

—Mi querido Farris —dijo Wendell—, ¿prefieres morir desangrado? Sobre este suelo limpio, debo añadir. Espero que sepas que la sangre es lo más complicado del mundo de limpiar de una superficie. En fin, no veo motivos por los que preferirías un trauma seguro sobre otro incierto.

—Emily, detenlo. —La mirada de Rose se fijó en mí, aunque su voz era cada vez más débil—. Esta criatura no puede... reino malvado con hadas malvadas... sea cual sea su intención, solo puede...

—Tienes mucha suerte de que Emily te considere un amigo —añadió Wendell con aire sombrío—. No sabes nada sobre mi reino y te agradecería que te abstuvieras de mencionarlo si no tienes nada positivo que decir.

—Me niego a estar endeudado contigo —gritó Rose—. No pienso...

—De hecho, Farris, esto no tiene nada que ver contigo —dijo Wendell—. Buenas noches.

Esto último fue un encantamiento. Sentí el aire vibrar y Rose se quedó tan inerte como si le hubieran dado un golpetazo en la cabeza.

—Mmm —musitó Wendell al ladear la barbilla de Rose para examinarlo—. Hace tiempo que no hago esto. Aun así, en ese estado necesitará un sueño reparador, ¿no? Como ves, no soy un completo inepto en el área de la salud humana. Ariadne, ¿serías tan amable de traerme unas tijeras y paños limpios?

La chica se apresuró a hacer lo que le había pedido.

—Gracias —dijo Wendell a su regreso con una cálida sonrisa—. Ahora, ¿por qué no te sientas, querida? Debe de haber sido muy desagradable volver a casa y encontrarte con esto.

—Preferiría ser de ayuda si puedo —dijo Ariadne enderezándose un poco más.

—Eres una chica valiente. —Con aire ausente le dio unas palmaditas al extremo de la bufanda de Ariadne, que ella se había colocado sobre el hombro—. ¿Sabes? Si él la hubiese llevado, esas pequeñas amenazas no lo habrían tocado.

Wendell cortó la camisa de Rose y le lavó todas y cada una de sus heridas. De lejos observé que los tatuajes de Rose, los cuales siempre habían sido objeto de bastantes especulaciones escabrosas, acababan en los codos, lo que sin duda sería una gran decepción para los cotilleos de Cambridge.

—Solo necesitan que las limpien bien, estoy seguro —murmuró Wendell, parecía que para sí mismo—. ¡Mirad! El veneno desaparece enseguida.

Ariadne fue su sombra todo el rato, trayendo paños o cambiando el agua cada vez que se lo indicaba. El pánico en los ojos de la chica se había evaporizado y había quedado reemplazado por la determinación, que parecía volverse más férrea cada vez que Wendell le ofrecía algún elogio, y lo hacía con frecuencia, incluso por nimiedades como asegurarse de que el agua estaba a una temperatura agradable.

Al principio, Wendell parecía perdido. Lavó las heridas y luego toqueteó una con el dedo. De repente, empezó a expulsar pétalos de rosa.

—Eso no —dijo apresurado y haciendo el mismo gesto al contrario, lo que detuvo el flujo de hojas—. Por supuesto… Solo estoy comprobando.

—Wendell —comencé a decir, y luego solo lo miré fijamente de manera un tanto vacua. No podía hacer nada salvo quedarme ahí de pie. En parte era por la fascinación (sentía un cosquilleo en la mano, deseando ir a buscar la pluma y el cuaderno), pero sobre todo era por la conmoción, me temo.

—¡Ah! Lo tengo —dijo Wendell. Por un momento, pensé haber visto un parpadeo plateado sobre la silueta tendida de Rose, como el destello de unas agujas diminutas cosiendo. Rose gruñó en sueños y parte de la tensión pareció abandonar su cuerpo.

Ariadne emitió un sonido estrangulado.

—Cielo santo —murmuré. Las heridas de Rose se habían cerrado, sí, pero había dejado unas cicatrices de lo más extrañas, como de plata pura y formas geométricas en cierta manera, como hileras de puntos de sutura entrecruzados. La oreja era lo más discordante: no solo era mitad plateada, sin duda debido al grado de la herida, sino que Wendell la había recolocado hacia atrás.

—Eso salió mal —dijo con un tono de disculpa—. Aun así, ¿quién sabe? Podría resultar de utilidad. Y siempre están los sombreros.

—¿Tendrá algún... efecto segundario? —pregunté.

—Ah, probablemente —dijo Wendell sin un ápice de preocupación. Parecía inmensamente satisfecho consigo mismo—. No sabría predecirlo. Sospecho que será más susceptible a algunos encantamientos de las hadas e inmune a otros. Pero está curado. Era lo que pediste, ¿no es así?

—Sí —dije. Deseaba sentarme con todas mis fuerzas. Eso fue unos segundos antes de percatarme de que ya estaba sentada. Estaba pasando por uno de esos momentos, como el del tren, donde me di cuenta, con todo el dolor del mundo, de que había traspasado el mundo que conocía. Ante mí se extendía un mundo de peligros, de bordes afilados y sombras profundas, y hasta donde sabía, era una mujer mortal sin un ápice de magia que me guiase.

*¿Conoces el viento?*, me había preguntado Rose. ¡Y yo lo había pasado por todo lo alto en su momento! Ahora, el recuerdo de las palabras me provocaron un escalofrío.

—Una cosa más, Em —dijo Wendell—. Tu capa.

Volví en mí y lo vi observando la prenda con una mueca.

—¿Mi capa?

—Sí. ¿Te importa?

En silencio, me desabroché la capa y se la tendí. Él la sujetó entre el índice y el pulgar por el cuello, con la nariz arrugada de tal forma que me provocó y, con un hilo de voz, protesté:

—No está tan sucia.

Wendell no pronunció nada por repuesta. Salió fuera y empezó a sacudir la capa con vigor en el jardín. Ariadne y yo lo seguimos.

—¿Wendell? —dije.

—No tardaré mucho —contestó, algo para nada útil. Sacudió la capa con fuerza contra el costado de la silla con unos cuantos paf, como si fuera una alfombra polvorienta. En ese momento, la capa empezó a agitarse y Ariadne retrocedió de un salto con un grito y se chocó conmigo.

—Ya está —dijo Wendell con satisfacción. Sacudió la capa unas cuantas veces más y de ella salió un hada trastabillando. Una de las hadas zorro, de hecho—. Maldito *snámhaí* —masculló e intentó darle una patada. La hadita chilló y salió corriendo y sollozando hacia la ladera de la montaña; Wendell volvió a prestarle atención a la capa murmurando palabrotas en irlandés. La sacudió otra vez y de ella salió otra hada.

—Ahora están en deuda con nosotros —dijo mientras el hada seguía a su acompañante gritando aún más fuerte—. Porque las he dejado ir, quiero decir... Puedes cobrártela cuando desees. ¿Ves? Al contrario de las opiniones que expresas con regularidad, a veces soy capaz de ser previsor. Dios santo, ¡cómo odio el olor de las heridas! Este sitio necesita una buena ventilación.

Desapareció en el interior y unos segundos más tarde lo oímos abrir las ventanas de par en par.

Me desperté a primera hora de la mañana. El fuego había quedado reducido a unas cuantas ascuas titilantes y tenía un dolor horrible en el cuello. Había decidido dormir en uno de los sillones para vigilar a Rose... Ninguno de nosotros tenía fuerzas para llevarlo en volandas escaleras arriba hasta su cama, así que durmió sobre la mesa con una manta por encima.

Incapaz de conciliar el sueño, mi mente empezó a revisar a conciencia los sucesos del día, obcecada con las despiadadas tropas de hadas. Al final me levanté y saqué el cuaderno en el que había estado recopilando los apéndices para la segunda edición de mi enciclopedia, los cuales esperaba entregar a mi editor este año. No tardé en enfrascarme en la tarea de describir a las desagradables haditas con las que nos habíamos topado en el lago y en cómo podía repasar la entrada sobre las tropas de hadas de los Alpes para incluirlas; las hadas lupinas se han documentado en otros lugares, claro, pero nunca en esta parte del mundo y visto de manera objetiva, había sido un descubrimiento crucial y emocionante que daría para un artículo muy bueno. No me costó imaginar que me ganaría una invitación a la conferencia anual de la Academia de Folcloristas de Berlín —no es tan grande como la CIDFE, pero prestigiosa a su manera, ya que son excepcionalmente selectivos.

Al escribir esta entrada, me he dado cuenta de que ha sido frío por mi parte quedarme aquí sentada soñando despierta con triunfos académicos mientras la víctima de una de mis enmiendas yace sin sentido cerca, cubierto de heridas extrañas, pero en el momento no fui consciente de esto.

Después de terminar con mis notas, me concentré en el boceto de mi libro de mapas. Tenía varios artículos académicos sobre los reinos de las hadas en Alemania que quería comparar con mi libro de historias de hadas alemanas de la época medieval y que contenía su propio mapa rudimentario que indicaba posibles localizaciones de cinco reinos de las hadas en Alemania. Salí de mi ensimismamiento al percatarme de que, en algún momento, un hombre había aparecido de la nada en el asiento frente al mío. Aunque sorprendida, también me molestó un poco la interrupción, así que terminé lo que había estado escribiendo antes de alzar la mirada.

—El frío pasa por completo a través de usted —me informó el hombre. Era, por supuesto, mi acosador enigmático, con los bolsillos llenos de lazos, como siempre. Las luces del fuego danzaban sobre su rostro; puede que fuera un poco más joven que la última vez que le viera y un poco más mayor que la segunda—. Con esta altitud, el viento tiene tanta fuerza como para arrancarle el alma. ¿Ha visto su sombra?

—Me gustaría que nos dejásemos de adivinanzas tediosas —dije cerrando el cuaderno.

Me dedicó una mirada extrañada… casi infantil. Entonces su expresión volvió a ensombrecerse y recitó:

—Debe permanecer en el camino, incluso a medida que se revela.

—¿Qué camino? —inquirí—. ¿El de los fantasmas y las cenizas o se trata de otra ruta? No estoy segura de a qué vienen estas visitas si no podemos entendernos el uno al otro. ¿Puede decirme su nombre, al menos?

—Mi nombre —repitió. Parte del enajenamiento abandonó sus ojos y pareció que me veía con claridad—. ¿Yo tenía uno?

—Empezamos mal —dije—. Aunque quizá pueda ayudarle: es el profesor Bran Eichorn, de Cambridge, desapareció en esta misma región en 1862 mientras rastreaba las montañas en busca de Danielle de Grey. Nació en Múnich en 1817. Su padre era un diplomático alemán de ascendencia egipcia; su madre, una académica y pariente lejana de la reina de Ljosland de aquel entonces. Su familia se trasladó a Londres en 1820, donde estudió en una escuela pública bastante exclusiva llamada Collingwood. Recibió el doctorado en driadología por la Universidad de Cambridge en 1841… ¿Le ayuda esto a recordar, señor?

Eichorn ni confirmó ni desmintió nada de esto. Pero vi cómo regresaba a él, pieza a pieza, a medida que hablaba y sabía que mi suposición había sido correcta. Al final de mi discurso, casi parecía cuerdo y había dejado de apretar los lazos.

—¿Salió? —dijo en voz queda—. ¿Dani salió?

Sospeché que debía de intentar suavizar la respuesta, pero no sabía cómo.

—Nunca encontraron a Danielle de Grey.

Él clavó la mirada en el fuego. Me pregunté si lo calentaría. Por supuesto, parecía que estaba aquí, y aun así tenía la extraña certeza de que si dejaba que mi atención se desviase, se desvanecería. He tenido esa misma sensación con las hadas comunes, que son propensas a desaparecer en el paisaje según se les antoje; así es como supe que, de alguna manera, él seguía atrapado en su reino a pesar de que estuviese sentado junto a mi chimenea.

—Esperaba que hubiese escapado de las Tierras Extrañas al fin —dijo utilizando el término antiguo para el País de las Hadas—. En cierta manera, me reconfortaba pensar que envejecía en alguna parte en el mundo de los mortales, aunque yo siguiese vagando eternamente por las lindes de sus reinos, buscándola. Verá, profesora Wilde, he estado persiguiendo a Dani de una forma u otra durante la mayor parte de mi vida adulta.

—¿Cuál es la naturaleza del reino de las hadas en el que está atrapado?

—Como decía..., es una frontera. Me adentré en la niebla un día... Era una puerta, y después de vagar durante un tiempo encontré una casita donde había varios brownies sentados a la mesa tomando el té. Se rieron de mí y se negaron a mostrarme la salida; aunque intenté regresar sobre mis pasos, nunca fui capaz de liberarme. He estado deambulando por las fronteras de diferentes reinos solapados desde entonces... Perdí toda noción del tiempo hace mucho. A veces me encuentro a esos seres en forma de hadas comunes, y cada vez les ruego que me den información sobre Dani, pero ellos se ríen y se divierten a mi costa, a menudo se esfuerzan por hacer que me pierda aún más. Sin embargo, la mayor parte del tiempo estoy solo en un lugar extraño y parecido al crepúsculo.

Asentí. Yo había tenido una experiencia similar en Ljosland el año pasado después de marcharme del mercado de las hadas. Las fronteras del País de las Hadas pueden resultar especialmente engañosas para que los mortales las sorteen; no son como las orillas de un arroyo turbulento en el que hay innumerables contracorrientes y remolinos que atrapan al errante desafortunado.

Pareció estremecerse.

—¿Qué año es?

Se lo dije y él asintió sombrío.

—¿Cómo sabe mi nombre? —dije.

—A veces estoy con usted sin que me vea. He oído sus conversaciones.

Esta no fue una revelación grata, aunque empequeñeció por mi fascinación de académica. ¡Estaba atrapado en un reino de las hadas la mar de curioso! ¿Cómo demonios está relacionado conmigo?

—¿Y qué interés tiene en mí?

—Ninguno. Preferiría pasar el tiempo buscando a Dani que verme arrastrado continuamente a su órbita.

—Mmm —musité. ¡Curioso curiosísimo! Mi mente iba a toda velocidad de la emoción mientras intentaba resolver el misterio. Aun así, permanecí centrada—. ¿Dónde está el nexo?

Resopló con brusquedad.

—Que me parta un rayo si lo sé. Aunque Dani lo sabía.

—Lo encontró —murmuré y él asintió con una expresión lúgubre.

—Estaba obsesionada con la teoría de las rutas comerciales. Estaba decidida a demostrar que todos los reinos de las hadas están conectados, a pesar de la resistencia que encontró por parte de sus compañeros. —Hizo una pausa y su rostro se iluminó con calidez—. Puede que crea que esta obsesión provenía del resentimiento por las burlas que soportó en los círculos académicos, pero no podría alejarse más de la verdad. A Dani nunca le importó un pimiento lo que los demás pensasen de ella. Su incentivo era la ciencia.

—Así que encontró el nexo. ¿Qué pasó luego?

—¡¿Que qué pasó luego?! La última carta que recibí de ella decía que tenía la intención de pasar varios días observando el nexo y a sus hadas desde una distancia segura antes de regresar a casa.

—¿Es posible que atravesara el nexo? ¿O que se quedase atrapada en su espacio entre medias?

—Dani era demasiado lista como para atravesar una puerta así. Le ocurrió algo más. Esas montañas están plagadas de puertas de hadas que conducen a Dios sabe dónde y Dios sabe qué tipo de hadas.

—Ya veo. —Lo miré fijamente—. Sabiendo esto, fue valiente por su parte venir hasta aquí para buscarla.

—Valiente, dice —respondió—. Pero veo a qué se refiere en realidad. Bueno, no me importa si el mundo entero piensa que soy un idiota. La seguiré buscando hasta el día en que me muera y quizá incluso después... Puede que ya sea un fantasma. Dice que llevo desaparecido medio siglo..., a veces me parece que ha pasado más tiempo; otras, que solo han sido unos días. Me quedan energía y vida para seguir buscando. —Se inclinó hacia delante con brusquedad—. Quiere el nexo. Tal vez por las mismas razones que ella. Encuentre a Dani, profesora Wilde. Ella la conducirá hasta él.

Fruncí el ceño.

—¿Cómo voy a hacer eso?

—Es lista —dijo—. Y cuenta con la ayuda de una de las hadas... Sí, lo he visto. Usted podría liberarla.

Bueno, ¿qué podía responder a eso? Su voz había adoptado un cariz urgente y mientras lo miraba, alargó la mano y la apoyó con fuerza sobre la mía; tenía la piel fría y áspera por el viento, era como si estuviese tocando una piedra, y no pude evitar soltar un grito. ¿Qué responde una a esta clase de petición? No ha dicho una palabra con respecto a él, sino que me ha suplicado que saque a de Grey del País de las Hadas y lo deje a él vagando por las montañas, quizá para toda la eternidad, mientras persigue su sombra.

—Diga que lo intentará —suplicó—. Yo le he fallado por completo, diga que es posible que ella no se pase el próximo medio siglo desesperada y sola. Deme esa pequeña esperanza.

Abrí la boca para responder, pero en ese momento la puerta de Ariadne se abrió con un crujido y bajó estrepitosamente las escaleras en zapatillas.

—Te he oído gritar —comenzó a decir blandiendo la bufanda como si fuese un bate, claramente bajo la impresión de que requería ese acto inepto de heroicidad por su parte. Volví la vista hacia Eichorn, pero era demasiado tarde: el hombre se había ido y yo me quedé contemplando una silla vacía.

# 2 de octubre

Una tormenta horrible nos ha dejado confinados en el pueblo durante buena parte de la semana. Esta mañana por fin amainó y pudimos regresar al valle; sin embargo, no encontramos nada notable, aparte de una única puerta que llevaba a la casa de un brownie en un árbol. Me alegra decir que no hubo señales de las hadas vulpinas, que Julia Haas nos informó de que localmente se las conoce como *fuchszwerge*. Aun así, el valle resultó ser demasiado extenso como para rastrearlo en un solo día, sobre todo tras el diluvio reciente, puesto que lo había dejado extremadamente pantanoso.

Como es natural, le conté a Wendell con todo lujo de detalles la visita de Eichorn. Al principio no le interesó la idea de centrarse en de Grey, argumentando que podíamos encontrar el nexo sin su ayuda. Cambió de opinión, sin embargo, cuando le relaté todo lo que Eichorn había dicho sobre las largas décadas que había pasado buscando a su amada.

—Qué historia tan trágica —se lamentó con los ojos nublados—. Suena a que de verdad tiene el corazón roto por lo ocurrido. Sí, por supuesto que debemos sacar a de Grey del País de las Hadas, y a Eichorn también. Pero ¿cómo? A mí nunca se me ha aparecido, y solo Dios sabe dónde se encuentra de Grey en este momento.

—Eso si sus huesos no están desperdigados cumbre abajo —dije, ya que el clima me había dejado pesimista—. Aun así, la sugerencia de Eichorn tiene sentido. Si encontramos a de Grey, encontraremos el nexo. Hemos rastreado su última ruta hasta el valle de los *fuchszwerge*, a donde el pie también se sintió atraído. Tal vez encontremos tanto a de Grey como al nexo allí.

Nuestros vándalos de medianoche seguían insatisfechos con nuestras ofrendas, ni siquiera con las manzanas fritas de Julia Haas, una delicia local hecha con anillos de manzanas espolvoreadas de azúcar tras cocinarlas. Cada mañana se han comido la comida o se la han llevado, y cada noche nuestra puerta aparece marcada como por unas garras enormes.

Esta mañana fue especialmente inquietante. Cuando bajé, descubrí que no solo habían arañado la puerta, sino que habían hecho una muesca y que la cerradura estaba suelta en el marco.

—A lo mejor un animal se lleva la comida por la noche antes de que las hadas nos visiten —le sugerí a Ariadne—. Eso explicaría que estén enfadadas; creen que somos unos huéspedes tacaños.

Ariadne asintió y parecía a punto de sugerir algo, pero se mordió la lengua y siguió desayunando.

Contuve un suspiro. Está claro que mi relación con mi sobrina ha ido a peor. Hacía tan solo unos instantes ella estaba enfrascada en un debate acalorado con Wendell acerca de las ofrendas en la cafetería del pueblo; tiene muchas opiniones y está feliz de darles voz, pero no conmigo. Me temo que después de que espantase a Eichorn, perdí los nervios y le grité. Me disculpé a la mañana siguiente, pero creo que resulté un tanto gélida. Solo por lo estúpido que fue irrumpir de esa manera… ¿Por qué demonios supuso que necesitaba su ayuda? Podría haber seguido interrogando a Eichorn.

La reticencia que tiene mi sobrina conmigo, sin embargo, junto con el mal tiempo, me ha dejado baja de ánimos… Créeme, puedo embrollar las cosas y no saber cómo arreglarlas.

Pasamos la mayor parte de los días de la semana pasada en la cafetería del pueblo para satisfacción de Wendell y para mi resignación. La cafetería está en un punto alto de St. Liesl, una pequeña elevación que baja desde la iglesia antes de volver a subir hasta formar una colina de cumbre plana con dos píceas retorcidas entre las que el edificio se encuentra enclavado con cuidado. Es una bonita estructura de madera con las ventanas repletas de flores de todos los colores de rigor, y está unida a una tiendecita que ofrece productos básicos así como recuerdos para turistas, ya que estos vienen a veces a St. Liesl durante la temporada de senderismo. Dada su posición elevada, las vistas en todas direcciones son simplemente impresionantes, aunque el viento asola la colina a todas horas y es probable que cualquier bufanda o chaqueta doblada con descuido en una silla salga volando para adornar uno de los tejados de abajo si es que no se los lleva a un pico cercano. Las sillas y las mesas están sujetas con clavos a la terraza de madera. Los lugareños parecen no inmutarse por el clima y muchos cenan al fresco incluso con el peor vendaval.

Se lo mencioné a Wendell por hacer un comentario sobre la robustez de la gente rural, y él, de pasada, como suele hacer con estas revelaciones, respondió:

—Casi todos los habitantes tienen sangre feérica.

—¡Santo cielo! —grité—. ¿Estás seguro? No, no me respondas…, claro lo estás. ¿Cuánta?

—Solo un poco en la mayoría de los casos. Es muy probable que Roland Haas tenga un tatarabuelo que fuera un hada común. —Se ciñó la bufanda y frunció el ceño por algo…, seguramente el viento—. Lo he visto antes en pueblos como este, lugares recónditos donde los mortales y las hadas viven cerca. Dos veces en Francia, una en los bosques de Bulgaria.

—¡No tenía ni idea! —dije muerta de curiosidad—. ¿Estas personas heredan habilidades especiales?

—Ah, no lo sé —dijo desestimándolo con un gesto—. Además de ser un enorme consuelo en su entorno, sin importar lo desagradable que sea, nunca me he fijado en nada notable… Te sorprendería cómo la sangre mortal enturbia el poder de las hadas; ni siquiera los mestizos son capaces de invocar los encantamientos más básicos. Mucho menos que eso, normalmente es como una estela. Pero algo que sí es común es que los mortales que viven en sitios así están más dispuestos a defender a sus hadas, a menudo de forma estúpida. Ya pueden tener espectros arrasando sus cobertizos cada noche y llevándose el ganado que se achantarían al pensar en espantarlos. En cualquier caso, deberíamos tener cuidado con esta gente.

—¿Los habitantes de Hrafnsvik tenían un linaje similar?

—Cielos, no. La mayoría no tenía ni una gota de sangre feérica. ¿Por qué crees que nos parecieron tan racionales y tranquilos?

—Nunca te había oído hablar con tanta sensatez —dije algo divertida, aunque admito que de verdad me había sorprendido.

—Emily —respondió—. Soy perfectamente capaz de reconocer los defectos en otras hadas. —Lo cual aplastó mi sorpresa por completo.

Como era de esperar, nos sentamos en el interior de la cafetería, que era acogedora y estaba bien iluminada, con el techo de vigas gruesas de roble, sin duda un pilar necesario contra los vientos hambrientos. La decoración de las paredes era lo que cabría esperar de un lugar como este, a destacar una colección de trofeos de caza, sobre todo astas de ciervo, y la piel enorme de un oso marrón desplegada en el suelo. Pero también había varios instrumentos musicales colgando de ganchos: arpas, cítaras y una especie de acordeón con una forma poco usual. Esto se debe a que a los habitantes de St. Liesl les gusta mucho la música y casi todos saben tocar algo, o al menos entonar una canción. ¿Más evidencias de su linaje tocado por las hadas, quizá, o un simple pasatiempo agradable en un lugar tan aislado donde el invierno sopla más de la mitad del año?

Recibimos una cálida bienvenida del dueño, un tal Eberhard Fromm. Peter Wagener, nuestro conductor del carromato, hizo las presentaciones con ayuda de Astrid Haas, con quien Ariadne no ha tardado en entablar una amistad; de alguna manera lo ha conseguido en el transcurso de unos pocos días. Wendell se situó feliz en el centro del lugar, junto a la chimenea enorme, para charlar con Eberhard, lo cual los hizo el centro de atención entre los clientes de dentro. No tengo la impresión de que ninguno de los habitantes del pueblo me haya tomado cariño, con mi ineptitud para las charlas triviales y preguntas persistentes, pero estaban encantados con Wendell y Ariadne e impresionados por Rose, así que parecieron dispuestos a aceptar la pequeña cantidad de agua diluida en su vino que representaba mi presencia en su grupo.

Para mi regocijo, los lugareños estaban deseando compartir sus historias folclóricas con nosotros; al parecer, las consideran una fuente de orgullo. Hubo dos revelaciones de especial interés:

## 1. Los avistamientos tanto de Eichorn como de de Grey son comunes en St. Liesl y sus alrededores.

Los académicos han documentado numerosos avistamientos de Bran Eichorn en esta parte de los Alpes. Se aparece como una figura difusa en la mayoría de los casos, pregunta al viajero si ha visto a de Grey, o simplemente como una voz en la distancia que la llama por su nombre. Pero lo que me sorprendió fue que muchos de los habitantes también han visto a de Grey.

Durante más de cuarenta años, Eberhard ha estado buscando un sabueso perdido en el Adlerwald, un bosque que ocupa uno de los valles cercanos. Justo al otro lado del camino se encontró a una extraña mujer escocesa con el cabello de un verde intenso,* vestida para las alturas nevadas y no para un paseo por el bosque. Llevaba varios lazos —algo extraño en los valles, donde los lugareños normalmente adoptan menos precauciones con las hadas—, así como una especie de cuerno de animal. Cuando Eberhard le preguntó si necesitaba ayuda, ella le pidió que informase a Bran Eichorn, de Cambridge, de su paradero. Cuando Eberhard, sorprendido, le comunicó que Bran había desaparecido mientras la buscaba hacía algunos años, ella comenzó a proferir improperios y regresó furiosa a los bosques mientras seguía despotricando.

—Tengo que hacerlo todo yo, ¿no? Le recojo los zapatos, le recuerdo que se cepille ese pelo, y ahora debo sacarnos a él y a mí del País de las Hadas.

Julia Haas madre —ahora fallecida— también se encontró con de Grey hace más de una década. En esa ocasión, la mujer parecía más joven…, en torno a los cuarenta, la edad que tenía de Grey cuando desapareció. Esto sugiere que de Grey, como Eichorn, no solo está perdida en el espacio, sino en el tiempo. Solo podemos suponer qué edad tendrá cuando —si— consigamos rescatarla del País de las Hadas. En este caso, de Grey simplemente

---

* No es difícil identificar a Danielle de Grey por su descripción. Su biógrafo, Matthew Chauncy, afirma que lo más probable es que su cabello verde fuera el resultado de la maldición de una especie de hada, quizá la de un hob, una especie que de Grey estudió a fondo al principio de su carrera, y que estas son conocidas por infligir este tipo de desfiguramientos en aquellos que los molestan. De Grey nunca se pronunció acerca de cómo llegó a tener ese color, e incluso afirmaba que le gustaba «lo mucho que contrastaba con todo bajo el prisma de la moda.

le preguntó a Frau Haas en qué dirección se encontraba el pueblo sin mencionar su petición, luego se desvaneció por el camino que le había señalado.

Otros tres habitantes atestiguaron haber visto a de Grey hacía algún tiempo, siempre de lejos. Curiosamente, se mostraba muy ocupada con el cuerno que llevaba al percatarse de la presencia de los lugareños, pero no parecía muy inclinada a hablar con ellos, sino que sostenía el cuerno frente a ella como si fuese una linterna que pudiese iluminar su camino tortuoso.

Los avistamientos de Eichorn con los años han sido mucho más numerosos. Ernst Graf documentó más de doscientos, incluyendo ochenta y cinco relatos en primera persona.* Lo más intrigante es que Graf no menciona los avistamientos de de Grey, ni siquiera de pasada, al igual que ningún académico con el que me haya cruzado. Creo que tengo una explicación para esto: a los habitantes del pueblo no les gusta hablar de ellos. La mayoría cree que de Grey encontró su final por un error humano, no por una jugarreta de las hadas, y no parecen inclinados a albergar la posibilidad de que esté atrapada en el País de las Hadas. Wendell cree que esto viene unido a la simpatía que sienten estas personas por sus hadas; como de Grey era una persona más carismática que el quisquilloso de Eichorn, les cuesta mucho más aceptar que le hayan hecho daño a la primera que al segundo, y como los avistamientos de ella son mucho menos comunes, los descartan con más facilidad. Solo gracias a la capacidad de Wendell para cautivarlos hemos podido conseguir que los pocos individuos que tienen información sobre sus paseos confíen en nosotros.

Eichorn está incluso menos dispuesto a hablar con los habitantes del pueblo que de Grey, y Graf documenta solo un ejemplo de comunicación recíproca y que involucraba a una pastora a quien Eichorn pareció confundir con de Grey. Al darse cuenta de su error, desató un torrente de insultos sobre la pobre mujer por lo estúpida que era al adentrarse sola en un paraje tan peligroso e infestado de hadas, y luego desapareció en la niebla echando chispas. Hablé con la mujer, Julie Wiesenthal, y después de unos treinta años, todavía recuerda el incidente con miedo. Que al hombre lo recuerden con menos cariño que a de Grey es todo un misterio, desde luego.

---

* *Cuando los folcloristas se convierten en folclore*, 3ª ed., 1900.

## 2. Localizar a los faunos arbóreos puede ser más peligroso –y más esencial– de lo que habíamos supuesto.

Afortunadamente, la mayoría de los avistamientos de estas criaturas tan fundamentales para nuestra búsqueda han ocurrido en los alrededores del valle de las hadas zorro, una región que la gente de aquí llama de manera informal el Grünesauge, que también es el nombre del lago.

Los lugareños tienen una visión algo más sombría de los faunos arbóreos que de otras hadas: no los difaman, pero nos instan a evitar a las criaturas a toda costa. Están relacionados con el folclore de estas montañas y mientras que solo un puñado de los habitantes del pueblo accederían a nombrarlos, aquellos que sí se dirigen a ellos lo hacen como *krampuslein* o *krampushunde,* ya que algunas historias los describen como ayudantes del Krampus, el infame personaje con cuernos. Se dice que prefieren secuestrar niños, pero los *krampushunde* no limitan dichos ataques a la época navideña.

Los pocos que los han visto se muestran supersticiosos a la hora de describir los encuentros con detalle, a pesar del generoso despliegue del encanto de Wendell.

—No les gusta que los miren. —Fue lo máximo que pude sonsacarle a uno de los hijos de Eberhard.

# 4 de octubre

Esta es la tercera vez que intento escribir... El fuego casi está reducido a brasas. Esta vez conseguiré relatar todo lo que ha ocurrido, ¿o volveré a quedarme aturdida hasta sumirme en una negrura mientras la tinta gotea sobre la página?

Ayer por la mañana me levanté temprano para revisar mis notas. He descubierto que me gusta sentarme junto a la ventana antes del amanecer con Shadow adormilado a mis pies para ver cómo las estrellas se desvanecen y el color se derrama sobre el valle mientras los espeluznantes picos nevados mudan su resplandor, iluminados por la luna. La cabaña es especialmente cómoda a esta hora, con el tictac del reloj y el crepitar de las llamas como contrapartida a la naturaleza que se extiende tras las ventanas.

Mientras trabajaba, no dejaba de mirar de reojo la puerta principal, tentada de ver si atraparía a nuestros vándalos con las manos en la masa. Sin embargo, no fui lo bastante tonta como para enfrentarme a ellos yo sola, y también tenía miedo. No logré oír ruidos concretos de movimiento ahí fuera, pero el viento azotaba las puertas y ventanas y puede que esto amortiguase muchos sonidos.

Le puse el capuchón a la pluma y paseé la mirada por la pequeña cabaña. Por supuesto, ahora es tan acogedora como la madriguera invernal de un oso maniático de la limpieza. Wendell envió a Ariadne a la tienda local con los bolsillos a rebosar de Dios sabe cuánto dinero —sin duda una decisión que influyó en la amabilidad con la que nos trató el tendero— para comprar varios objetos inútiles: alfombras tejidas con una lana teñida de un azul intenso, un lujo moderno en St. Liesl; jarrones pintados con notas musicales; velas con aroma a flores silvestres y cachivaches decorativos de todo tipo, incluyendo una versión pequeña del acordeón local con detalles tallados. Ariadne pareció disfrutar con esta tarea no académica y los dos profirieron exclamaciones al verlo todo cuando ella volvió a casa, mientras Wendell lo reorganizaba todo a su gusto con un coro de cumplidos por parte de mi sobrina. He decidido sufrir esto en silencio; no es asunto mío en qué se gasta él el dinero. El efecto de los cambios es agradable, supongo, y de alguna manera ha hecho que el lugar parezca más iluminado, de manera que leer pocas veces me cansa la vista. Julia, cuando vino con el desayuno el otro día, insistió en que los «kobolds del hogar» se habían afanado para que la cabaña fuese más cómoda. Es una cualidad que parece aumentar con el paso del tiempo, aunque Wendell no ha hecho gran cosa estos últimos días, al menos que yo haya observado. Me pregunto si la mera presencia de uno de los *óiche sidhe* en una casa es suficiente para alterar su naturaleza.

Dejé el trabajo a un lado para ponerle a Shadow su ungüento diario, que suelo untarle en las patas y las articulaciones de las piernas. Estos últimos meses he tenido la ocasión de preocuparme por él, ya que sus andares pesados se han vuelto rígidos, sobre todo en climas fríos. Descansa la cabeza sombre mi rodilla mientras le hago el masaje y se le cierran los ojos.

Solo llevaba una media hora levantada cuando Rose bajó las escaleras con cuidado. Tiene mucho mejor aspecto; por suerte, puede cubrirse la mayoría de las cicatrices con la ropa. Sin embargo, se pasará el resto de su vida explicándoles a los académicos y laicos por igual cómo llegó a pegarse la oreja izquierda del revés con una curiosa cicatriz plateada. Los driadólogos, por supuesto, somos conocidos por tener heridas extrañas —el dedo que me falta, los codos de piedra de Lightoller— y, aun así, no se me ocurre nada con qué comparar esto.

Al final, tuve que ir yo a llamar a Wendell; estos días está durmiendo mucho, lo cual es preocupante, puesto que asumo que se trata de otro síntoma de envenenamiento. Él no me ayuda en absoluto a calmar mis preocupaciones, tan solo repite como un papagayo que no tiene ni idea de cuáles son los síntomas y por qué debería hacerlo, ya que es la primera vez que lo envenenan en su vida y, además, en su cumpleaños.

Después de perder media mañana, por fin partimos y llegamos al Grünesauge una hora más tarde. Tuvimos buen tiempo durante la caminata, aunque el viento seguía siendo un estorbo, aullando ante cualquier intento de conversación y a veces apartando a empujones del camino a la mitad más ligera de nuestro grupo —Ariadne y yo—. Shadow no se inmuta apenas del viento, aunque le alborota el pelaje oscuro; por otro lado, que esté cómodo en cualquier clima es una cualidad envidiable.

Las vistas del valle pintoresco con su lago reluciente y encantador reflejando los picos altos fue un gran alivio —dada la cantidad de tiempo que hemos pasado aquí, casi sentí que había vuelto a casa. Aunque dudé de que Rose apreciase ese pensamiento, así que no lo compartí.

—¿Hacia dónde? —preguntó Rose. No se amilanó ante el valle y me recordé a mí misma que las décadas de experiencia que tenía con toda índole de hadas sin duda lo habían provisto de suficientes malos recuerdos para poner su última vivencia en contexto.

—Deberíamos rastrear el bosque de nuevo —dije sombría—. Todavía estoy convencida de que esa es la localización más probable.

—Yo ya lo habría sentido a estas alturas, Em —murmuró Wendell con escepticismo.

No respondí a esto y él no insistió; ya habíamos debatido sobre esto antes. Por mi parte, me preguntaba si sus sentidos en lo que se refiere a las puertas son tan agudos como él cree. La intuición de las hadas es una cosa; las pruebas, otras, y las pruebas señalan a esta parte del valle. Supongo que ya descubriremos quién tiene razón.

Nos dividimos antes de entrar en el bosquecillo, aunque nos mantuvimos a la vista los unos de los otros. No me molesté en sacar el pie de la bolsa; por desgracia, seguía siendo una carga inútil. Bueno, quizá «inútil» es demasiado fuerte; nos guio hasta el Grünesauge, pero parece incapaz de limitar las direcciones para que nos resulte de utilidad. Como un guía turístico que solo está ligeramente familiarizado con una zona, deambula de un lado a otro y empieza a confiar en una dirección antes de recular y probar con otra.

Cuando una rama me golpeó en la cara por duodécima vez, me di cuenta de que empezaba a perder la esperanza. Es posible que la fe que Wendell ha depositado en mí esté equivocada y que nunca encontremos el nexo.

El problema, por supuesto, radica en la naturaleza de las puertas de las hadas.

Si de verdad las hubiera, hechas de madera o piedra, con un pomo, el marco y demás, el proceso sería simple: rastrear el campo, abrir cada puerta que nos encontrásemos y echar un vistazo hasta que localizásemos la correcta. Pero ¿qué pasa si una puerta está ubicada en cualquier pliegue de la ladera de la montaña o en cualquier hilo de niebla?

Después, a esto hay que añadirle que las puertas de las hadas pueden moverse, así como el problema mundano del entorno físico: es casi imposible explorar cada metro cuadrado de un terreno tan variado como el Grünesauge, con sus cuestas escarpadas y picos envueltos por la bruma.

Después de pasar una hora desalentadora en el bosquecillo, subimos a la ladera de la montaña cubierta de derrubios que conformaba el flanco oeste del valle, siguiendo un caminito difuso en el que ninguno de nosotros recordaba haberse fijado antes.

—Ah —dijo Wendell de repente—. El camino en sí es la puerta. Esperad aquí.

Así que esperamos, tratando de sujetarnos en la horrible pendiente mientras el viento nos rociaba la cara de tierra y niebla y él ascendía por el terreno y, entonces, sin la más mínima advertencia, desapareció en el paisaje. No sabría explicar bien lo desorientador que resulta cuando hace esto. Es como ver a alguien desaparecer tras una esquina sin que la haya; no hay nada. Shadow gruñó con desaprobación y echó a andar para seguirlo. Ariadne trastabilló y luego se sentó con un golpe pesado; no fue un movimiento inteligente en una cuesta inestable por la gravilla, puesto que se resbaló un poco. Rose tuvo que sujetarla de la bufanda para detenerla.

—Nada —nos informó Wendell cuando volvió a aparecer de la misma molesta manera que cuando desapareció—. La puerta lleva a varias casas de brownies, pero están todas abandonadas.

Tras eso nos alejamos el camino para seguir una hilera de flores silvestres rojas con forma de tacita que no había visto antes. Y entonces, de repente, nos topamos con una puerta —una puerta de verdad, porque las hadas son tremendamente inconsistentes, incluso en lo que a sus inconsistencias se refiere— encajada en una pequeña hondonada.

Solo tenía medio metro de alto y estaba pintada para que se pareciera a la ladera, una escena de sedimentos marrón grisáceo con unos toques de verde tan realista que parecía un reflejo sobre el agua en calma. Lo único que la delataba era el pomo, que no se parecía a nada que pueda describir en términos humanos; lo mejor que puedo hacer es compararlo con una nube neblinosa atrapada en un fragmento de hielo.

—Parece la casa de un brownie —dijo Wendell—. Pero quizá debería asegurarme.

Abrió la puerta de un empujón y se desvaneció entre las sombras de su interior… No sabría relatar cómo lo consiguió; por un momento pareció como si la puerta creciese para adaptarse a él, pero fui incapaz de vislumbrar ese mecanismo, ya que un segundo después salió embalado por la puerta de nuevo y esta se había encogido a sus antiguas proporciones. Varias tazas y salseras de porcelana lo siguieron a su paso, de un tamaño adecuado para una muñeca, y una impactó y se rompió contra su hombro. Tras la lluvia de porcelana salió una hadita que apenas me llegaba a la rodilla envuelta con tanta fuerza en lo que parecía un albornoz hecho de nieve que lo único que veía eran sus enormes ojos negros. Sobre la cabeza llevaba un gorro de dormir. Blandía una sartén y gritaba algo —creo—, pero su voz era tan bajita que solo pude distinguir alguna que otra palabra. Se trataba de algún dialecto de *faie* que yo no entendía, pero como las mayores diferencias entre el alto *faie* y los dialectos de las hadas yace en sus imprecaciones, el sentimiento estaba claro.

—¡Cielo santo! —exclamó Rose apartándose de un salto fuera del alcance de sus arremetidas.

—Yo no… Pero ¿qué…? ¿Quieres parar? —gritó Wendell protegiéndose con los brazos—. Sí, está bien, debería haber llamado, pero ¿de verdad es necesario todo esto?

El hada siguió chillando y entonces le arrojó la sartén a Wendell a la cabeza —la esquivó— y cerró la puerta con un portazo.

Rose y yo nos quedamos mirándonos el uno al otro. Ariadne, inexpresiva, paseaba la mirada de Wendell a la puerta y apretaba la bufanda con ambas manos.

—Malditas hadas del invierno —dijo Wendell sacudiéndose las esquirlas de cerámica de la capa.

—¿Hadas del invierno? —repetí.

—Son guardianas de las estaciones... o, en cualquier caso, es como se ven a sí mismas —dijo con un tono de desagrado—. En realidad creo que solo buscan romantizar una excusa para ir acribillando a la gente con escarcha, céfiros y cosas así. Parece que la he despertado antes de lo que quería.

Nunca había oído hablar de esa clasificación, pero como estaba algo anonadada por la sorpresa, archivé la información en lugar de seguir interrogándolo. Temí que trabajar con una de las hadas estuviese transformando poco a poco mi mente en una buhardilla de tesoros académicos medio olvidados.

Un banco de nubes que se movía con rapidez surcaba el valle y extendían sus finos dedos hacia nuestra precaria posición elevada en la ladera. Era difícil ver el camino que regresaba al bosque. Rose estaba pálido por la fatiga durante el descenso, bajando pasito a pasito, y Ariadne tropezó dos veces y resbaló varios metros de espaldas.

—¿Ves a lo que me refiero? —dijo Wendell; al principio pensé que se estaba quejando del terreno, pero no, solo estaba siendo indulgente con su esnobismo en relación con las hadas comunes—. ¿Qué información se puede deducir de una criatura como esa? Son una panda de monstruitos inútiles y malhumorados.

—Una descripción tan solo aplicable a las hadas comunes, estoy segura —respondí, y habría proseguido si una roca no hubiera cedido bajo mi peso haciéndome trastabillar.

Wendell me agarró de la mano para que recuperase el equilibrio y luego me colocó a la izquierda con brusquedad.

—Otra puerta —explicó—. En la niebla. No tengo paciencia para investigarla después de haber soportado una rabieta ahí arriba.

—Pues yo creo que solo quieres darme la mano —murmuré, aunque no me importaba.

—Eso no sería muy caballeroso.

—Tú no eres un caballero.

—De hecho, muchas hadas son caballerosas. Y muchos hombres mortales, no.

El bosque estaba demasiado cubierto por las nubes, tan densas que amortiguaban los sonidos. Capté un movimiento: un hada nos observaba agazapada tras un árbol. Le devolví la mirada sorprendida, porque por su aspecto parecía salida de una pesadilla, aunque apenas atisbé su semblante antes de que desapareciera entre los árboles. Su singularidad me recordó a las diáfanas grises, la única otra hada del reino de Wendell con la que me había topado. Y había algo en su cabeza... —¿eran cuernos?—. La habría seguido, pero Wendell me distrajo.

—Emily —dijo contemplando el cielo con atención, ahora cubierto con una nube ondulada con pequeños rasguños a través de los que el sol brillaba a ratos—. Creo que deberíamos volver a casa.

Parpadeé. Wendell había utilizado el *faie;* a veces lo hablábamos entre nosotros cuando no queríamos que los de nuestro alrededor nos entendiesen, aunque en voz baja, ya que el *faie* es una lengua extraña con una musicalidad de la que carece cualquier otra lengua humana. Una de sus muchas características fascinantes es que tiene dialectos locales; estos, en general, contienen palabras de la lengua de los mortales más común de la región. Por tanto, el *faie* de Wendell estaba salpicada de algunas palabras irlandesas. Hablo *faie* fluido, pero no irlandés, y a veces tengo que pedirle que me explique algunas cosas.

—Por favor, no me digas que ya estás cansado —respondí. Rose nos miraba con fijeza (las generaciones anteriores de académicos no creían que fuese posible hablar la lengua de las hadas con fluidez y, por tanto, pocos se esforzaban en aprenderla). Ariadne está estudiando el idioma, pero ahora tiene el conocimiento equivalente a un nivel básico; a lo mejor sabe preguntar dónde se encuentra la biblioteca de las hadas más cercana o la estación de tren, si es que tales cosas existen en sus reinos, pero su ceño fruncido me indicó que no había comprendido nuestro intercambio.

—No me gustan esas nubes —dijo Wendell—. No se lo digas a los demás. Invéntate algo.

Me llevó un momento comprenderlo y, cuando lo hice, inspiré despacio para tranquilizarme.

Algunas hadas se sienten atraídas por el miedo de los mortales como los tiburones por la sangre. Wendell creía que dichas hadas podían estar cerca y, por lo tanto, quería evitar preocupar a los demás. Aunque no sabía qué tenían que ver las nubes con esto.

—Regresamos —les informé a Rose y a Ariadne—. El tiempo está cambiando. No queremos quedar atrapados en una tormenta de nieve temprana.

Ninguno parecía inclinado a discutir después de nuestro trayecto accidentado pendiente abajo y nos apresuramos a regresar a la cumbre. Por desgracia, para cuando llegamos, el cielo se había oscurecido y las nubes se habían vuelto más extrañas, como los bordes deshilachados de un paño. Sentí que una me rozaba el rostro y me estremecí, ya que tenía cierta aspereza pegajosa, nada parecida a una nube. Aquí y allá atisbaba lo que parecía la silueta de la cabeza de un caballo, pero cada vez que abría el hocico para bostezar con fuerza, se le desencajaba la mandíbula. Shadow, a mi lado como de costumbre, comenzó a gruñir.

—¿Cómo es posible? —murmuré para mí misma.

Wendell me miró.

—¿Lo has averiguado, Em? Por supuesto que sí.

—Como no os expliquéis… —bramó Rose.

Hicimos un alto en la cumbre mientras las nubes se arremolinaban a nuestro alrededor.

—No tiene sentido huir —dije—. Parece que no tardaremos en recibir la visita de los antiguos cazadores.*

* Son personajes recurrentes en el folclore irlandés. A menudo se los describe como hombres mayores que montan caballos monstruosos hechos de nubes. Su reputación ha menguado un poco, ya que sus avistamientos, por algún motivo, cada vez son más escasos y separados entre sí en las generaciones recientes, pero hace tiempo era una práctica común en el suroeste de Irlanda refugiarse en casa cuando el viento arreciaba con fuerza y las nubes *beithíoch* se arremolinaban en el cielo, una formación larga y con hebras como la crin de un caballo. Se dice que los antiguos cazadores cabalgaban esos días y, aunque los ciervos son su presa preferida, cazaban mortales si les apetecía.

Mi voz sonó antinatural con un tono uniforme, como si estuviese dando clase a mis estudiantes. A menudo me pongo así cuando me enfrento a hadas peligrosas, solo que esta vez sentía una oleada de terror acechando tras la calma.

Rose me miró con fijeza.

—¿Te has vuelto loca? Los antiguos cazadores pertenecen al folclore irlandés. Es cierto que deambulan por los reinos irlandeses con libertad, pero ¿qué demonios hacen en este continente?

—Sí —respondí, todavía con esa tranquilidad endiablada. Esas criaturas habían venido a matar a Wendell—. Es extraordinario. Pero las señales están claras.

—¿Cuánto tiempo tenemos? —quiso saber Ariadne. Apretaba la bufanda con tanta fuerza que los dedos se le habían puesto blancos.

—En las historias, siempre transcurre un rato hasta que los cazadores adoptan su forma a partir de las nubes —dije.

—Un rato —repitió ella con un hilo de voz.

Wendell murmuraba para sí mismo mientras caminaba de un lado a otro. Sacó un lápiz del bolsillo y lo sacudió con furia hasta que se transformó en una espada con la que lanzó tajos a las nubes una y otra vez. Rose y Ariadne se alejaron varios pasos de él.

Yo lo agarré del brazo y lo zarandeé.

—¡Wendell! ¿Cómo es posible que los cazadores estén aquí? ¿Han utilizado el nexo?

—¿Qué? —dijo como si mi voz hubiese atravesado una gran distancia hasta llegar a él—. No, no les hace falta. Los antiguos cazadores no se pasean mucho por ahí estos días, pero antaño sus terrenos de caza incluían Inglaterra, Francia y buena parte de Alemania. No es de extrañar que me hayan rastreado hasta aquí.

Negué con la cabeza.

—Pero ¿cómo los ha reclutado tu madrastra bajo su servicio? Normalmente no se dedican a los encargos de asesinato.

—Mi queridísima madrastra tiene una habilidad magnífica para pedir favores. Sabe justo lo que una persona desea y se lo ofrece en bandeja de plata. Se le da mucho mejor calar a la gente de lo que mi padre jamás fue capaz de hacer. A lo mejor les ha dado el dominio del pantano Wildwood, donde tenemos a nuestros preciados jabalíes, o...

Agarré a Wendell del brazo y lo hice retroceder, ya que una figura había surgido de la neblina: un hada marchita y vieja, quizá de un metro veinte, sentada a horcajadas sobre un caballo de guerra gigantesco. El tamaño de la bestia compensaba con creces la altura diminuta de su jinete, que iba vestido tan elegante que rozaba la ridiculez —cuello con volantes, una capucha alta de plumas, metros de capa de seda—, tanto que habría resultado divertido si no viniese con un hada que los académicos describen comúnmente como la personificación de la muerte. El hada era uno de los seres más horrendos que había visto en la vida —y ya es decir—, ya que tenía el rostro hinchado y surcado de unas cicatrices horribles como si se hubiera enfrascado en una pelea con perros salvajes.

El caballo de guerra cargó; se movía como un soplo de aire y sus cascos apenas arañaban el suelo. Wendell me apartó a un lado de un empujón, me tropecé con una piedra y rodé varios metros pendiente abajo. Cuando dejé de dar vueltas, el caballo estaba casi decapitado... Mucho peor, te lo aseguro, que estar decapitado por completo, ya que Wendell simplemente le había cortado el cuello a la criatura y luego había dejado la espada ahí incrustada y cubierta de sangre, y ahora la cabeza se sacudía de manera espantosa como un pez sobre el muelle. La bestia pasó junto a él, mientras que el jinete gritó furioso hasta que se cayó del lomo del caballo por desgracia para él, ya que se interpuso justo en el camino de Wendell. Con un movimiento suave, Wendell le cortó la cabeza con otra espada.

Escuché las arcadas de Rose cuando el caballo se cayó por el acantilado seguido de la cabeza de su jinete dando tumbos. Tenía los ojos anegados, pero conseguí ponerme en pie y llegar junto a Ariadne a tiempo de derribarla; otro jinete había aparecido tras ella. Sentí el zumbido del aire cuando la espada me pasó rozando el cuero cabelludo, seguramente granjeándose un puñado de pelos, cuando el jinete nos sobrepasó galopando. Me levanté buscando a Wendell, pero de repente lo tenía a mi lado.

—Hay demasiados —dijo asiendo mi mano—. Debo llevaros a otra parte... Sois muchos interponiéndoos en su camino.

—¡Shadow! —grité, pero el perro se abalanzaba de un lado a otro mordiendo y gruñendo a cúmulos de nubes y no me escuchó.

—¡Déjalo! —dijo Wendell—. No tocarán al grim.

—No pienso dejarlo —espeté, pero él no me escuchaba; tenía esa calma tan aterradora que reconocí de las tierras de Ljosland, cuando había masacrado a una tropa entera de bogles tras despedazarlos con sus propias manos. Agarré a Ariadne del brazo y Rose me sujetó por los hombros, improvisando, aunque una pequeña parte de mí deseaba que no me agarrase con tanta fuerza.

Y entonces Wendell hizo algo que yo solo había presenciado de lejos. Se adentró un paso en el paisaje y me llevó con él.

Intentaré describir la experiencia lo mejor que me lo permitan mis habilidades, porque estoy segura de que escribiré un artículo sobre ello. Algo así no me asegurará una invitación a cualquier conferencia que quiera, aunque debo decir que, mientras huíamos de los asesinos que emergían de las nubes, no me preocupaban las conferencias, o al menos no era algo que tuviera en mente.

No fue como adentrarse en algo sólido, gracias a Dios, sino más similar a atravesar un túnel oscuro, frío como el corazón de la montaña, tanto que me dejó jadeando. ¿De verdad Wendell nos había arrastrado por el interior de la montaña? ¿O había creado una especie de camino, un curso temporal, a través del País de las Hadas?

Antes de que pudiese comenzar a resolver algo, trastabillé hacia delante al resbalarme sobre las piedras húmedas y los juncos. Tosí, tratando de despejar la sensación de tener la garganta helada.

—¿Dónde estamos? —quiso saber Ariadne.

Yo no tenía la respuesta. Estábamos rodeados de montañas, que proyectaban sombras sobre el área pantanosa en la que habíamos ido a parar. Los Alpes puntiagudos y escarpados, el pantano helado de una profundidad incierta, tenían una naturaleza sobrenatural. En la superficie se agolpaban las flores más bonitas que había visto jamás, violetas, blancas y de todas las tonalidades entre medias, que impregnaban el aire de dulzor. Por irracional que sea, me molestó su presencia; era como si se rieran de ti después de tropezarte con tus propios pies.

—¿A dónde intentabas ir? —le grité a Wendell por encima del rugido del viento mientras avanzábamos a trompicones en el barro.

—¡A la cabaña! —Esto vino seguido de otra retahíla de maldiciones. Se dobló por la cintura y se presionó la cabeza con una mano.

Trastabillé para llegar a su lado a tiempo de sujetarlo antes de que se cayese de cabeza en el pantano helado, y lo guie para que se sentase en una de las piedras musgosas que sobresalían del agua.

—Malditos envenenadores —masculló.

—¿Qué está pasando? —exigí saber. Él no parecía del todo *aquí*: tenía el contorno borroso y sentí como si tratase de atrapar un viento escurridizo. Lo agarré con más fuerza y enrosqué mi brazo con el suyo. Había visto esto antes, en Ljosland, después de haberlo apuñalado accidentalmente con un hacha.

Wendell alzó la mirada al cielo. Al principio pensé que había puesto los ojos en blanco ante mi preocupación, hasta que vi la ondulación de la nube bullir en el paso más cercano y derramarse hacia el pantano.

Wendell se levantó y, de nuevo, buscó mi mano. Apenas me dio tiempo de tomar la de Ariadne —por suerte, ella todavía se aferraba a Rose, que estaba de pie como si se hubiera quedado boquiabierto, paralizado en el sitio— antes de que tirase de nosotros hacia el paisaje una vez más.

Esta experiencia fue peor. Después de un breve intervalo de frío, uno pegajoso esta vez con algo resbaladizo bajo nuestros pies, emergimos en la plaza de un pueblo.

Todavía estábamos en los Alpes…, pero esa era la única certeza que tenía. Había picos elevados y collados irregulares, como labrados por un aprendiz inexperto, pero no era St. Liesl. Este pueblo estaba a menor altura, para empezar; lo sentía en la calidez de la brisa y, además, tras los tejados con gabletes atisbé un lago azul en toda su extensión, mayor que cualquier otro que se encontrase en los alrededores de St. Liesl. La plaza tenía un restaurante con mesas fuera y había varias personas sentadas mirándonos estupefactos.

—¿Qué sitio es este? —gritó Rose—. ¡Caray! ¿Puede ser Banns? Está a ochenta kilómetros.

—Pueblo equivocado —murmuró Wendell. Se había sentado sobre los adoquines con una pierna recogida y tenía la frene apoyada en la rodilla.

—Necesito… —Se lo pensó mejor—. Necesito elevación. Los cazadores odian la nieve.

—¡En tu estado igual nos llevas al fondo del lago! —grité—. Buscaremos alojamiento aquí hasta que vuelvas a recuperarte.

—Emily —balbuceó Rose escandalizado—. No podemos soltar a los antiguos cazadores en un pueblo.

—¿Soltar? —repetí—. ¿De qué demonios está hablando? Si estamos en Banns, seguro que nos hemos alejado lo suficiente como para que nos pierdan el rastro, al menos por ahora.

—No seas idiota —espetó Rose—. Los cazadores son rastreadores expertos… ¿Cuánto tiempo crees que les llevará darse cuenta de que nos hemos ido? Debemos marcharnos de inmediato y no me importa dónde vayamos… De vuelta al pantano si es necesario. Al menos, nadie saldrá herido salvo nosotros.

—¡Wendell no está lo bastante bien para llevarnos a ninguna parte!

Estuvimos un rato discutiendo así… Empezábamos a atraer una multitud y dos habitantes del pueblo comenzaban a acercarse despacio, como si fuésemos animales heridos a los que querían ayudar, pero de cuyo temperamento desconfiaban. Wendell no le dio importancia a nada de esto; simplemente se quedó sentado con la cabeza apoyada en la rodilla respirando hondo y con el cuerpo temblando a pesar del calor de la plaza.

—¡Profesor Bambleby! —gritó Ariadne. Wendell se levantó de golpe antes de que la última sílaba muriera en sus labios y me agarró de la mano, arrastrándome hacia la pequeña arboleda de robles en el centro de la plaza, que es por donde debimos de haber aparecido. Mientras me sacaba de allí a rastras, me percaté de lo que había atraído la atención de Ariadne, aunque ya lo había adivinado: una nube extraña se aproximaba desde el lago, ondeando como las crines de mil caballos.

Cuando volvimos a salir a nuestro mundo dando tumbos, Rose empezó a chillar. Estábamos en la cima helada de una cresta dejada de la mano de Dios, justo bajo un pico. La montaña era vertical, como un camino estrecho y escarpado al reino de los cielos. La base se veía a kilómetros de distancia y el viento aullaba y nos azotaba con cristales de hielo. *Bueno*, observó una parte lejana de mí, *al menos estamos por encima de las nubes.*

—¡Ariadne! —grité al tiempo que agarraba a la chica de la mano. Se habría caído si no lo hubiese hecho, empujada por el viento, ya que estaba sobre la parte más estrecha de la cresta, que apenas tenía la anchura del largo de un zapato.

Wendell se sentó a duras penas, agachado en un hueco en la ladera de la montaña con una mano sobre los ojos y sin mostrar el más mínimo interés en nuestro entorno imposible, y me di cuenta de lo que estaba ocurriendo: de alguna manera, el veneno había coagulado la magia en su interior y el uso de cualquier encantamiento le dolía.

Me arrodillé a su lado y le pasé el brazo por los hombros.

—¿Hay algo que pueda hacer?

—Sí —murmuró—. Di que te casarás conmigo.

—Ay, Señor. —Así que estaba lo bastante bien como para burlarse de mí, al menos… Era un pequeño alivio—. A lo mejor te rechazo aquí y ahora. Un desengaño amoroso puede ser una buena distracción del veneno.

—Solo tú, Em, te referirías al desamor como una distracción. Creo que recibiría una respuesta más empática si le pidiese a una estantería que se casara conmigo.

De repente, se puso rígido y por el rabillo del ojo, lo vi: unas nubes se alzaban valle abajo. Se obligó a levantar la cabeza y sacudió el brazo en un ademán de frustración. La ladera de la montaña sobre nosotros se separó con un crack ensordecedor y arrojó rocas y hielo en todas direcciones. Me di la vuelta y descubrí que, encajado dentro de la ladera del pico, donde segundos antes solo había roca y nieve, había un castillo.

Era una especie de edificio pequeño y raro: las dos torretas tenían formas y tamaños distintos y había muchas ventanas, pero ninguna puerta a la vista. Una gran cantidad de musgo y enredaderas adornaban la cantería, que contrastaba de forma espectacular con el violento páramo de viento y hielo, lo que recordaba a un invitado vestido de manera llamativa en un velatorio lúgubre.

—Has creado un castillo —dije con voz débil.

—Un castillo abominable —respondió y asumí que sus objeciones venían a que no era estético hasta que añadió—: Quedaos en el salón principal y alejaos de las torretas, hay una especie de vacío dentro de ellas y Dios sabe que no queréis conocer al tipo de hadas que residen en los vacíos. —Se tambaleó al ponerse en pie y me dio un empujoncito—. ¡Vete!

Rose no necesitó más alicientes; ya había echado a correr hacia el castillo con una agilidad sorprendente, aunque supuse que la perspectiva inminente de enfrentarse a la muerte era una forma de agudizar los reflejos. Agarró a Ariadne, a quien el viento azotaba tanto que resultaba alarmante, y la arrastró tras de sí. Wendell, mientras tanto, me palmeó los bolsillos hasta que sacó otro lápiz. No sé dónde fue a parar la otra espada; a lo mejor se le había caído por el camino y ahora está enterrada en el interior de una montaña.

—Wendell —comencé a decir, porque estaba segura de que podría pensar en otros medios de escape en lugar de abrirnos paso luchando. Él apenas se tenía derecho en pie y no dejaba de pasarse la mano por los ojos como si se limpiase una película.

—Farris —lo llamó, y Rose regresó echando chispas por los ojos y me asió del brazo. Grité de rabia mientras me llevaba a rastras al impresionante castillo, pues estaba furiosa con los dos, pero sobre todo con Wendell. Sin embargo, como solo conseguiría tirarnos de la montaña al resistirme, me obligué a dejarme guiar hacia el interior del castillo mientras Wendell se marchaba con mi lápiz —ahora una espada curva— para enfrentarse a las nubes de pesadilla que se agolpaban abajo.

Esperaba que el castillo tuviese tan poco sentido por dentro como por fuera, pero se trataba de una estructura simple: una estancia amplia con una chimenea en un extremo y unas escaleras en el otro que conducían a dos pisos de habitaciones pálidas y vacías como caracolas, cada una con un fuego encendido. Supongo que sería más adecuado considerarlo la casa del guarda que un castillo, ya que solo tenía la estructura central de piedra flanqueada por sus torretas. Lo más extraño —aparte de las inquietantes torretas, supongo, aunque no las investigué— era que parecía no estar seguro de qué tamaño adoptar. A veces me daba la impresión de encontrarme en un salón de baile inmenso; otras, podría haberse tratado de una acogedora taberna rural.

Tuvimos que entrar allí trepando hasta una de las ventanas. No tenían cristal, pero en cuanto estuvimos dentro, el viento se quitó.

Wendell enfiló un camino sinuoso en la ladera de la montaña —debió de conjurarlo él mismo— para combatir con los antiguos jinetes en un prado cuadrado ubicado entre dos peñascos. No sé si era por una tradición innata a las hadas o simplemente la costumbre de los cazadores, pero el que parecía ser el líder —a juzgar por el tamaño de su caballo y el número de cicatrices que tenía— dio un paso al frente como para desafiar a Wendell en un combate singular. Wendell, aun con esa tranquila indiferencia, le arrancó el corazón a la bestia en dos movimientos bruscos y lo arrojó contra el jinete para tirarlo de la montura entre salpicaduras de sangre que me revolvieron el estómago.

En ese punto, los cazadores que quedaban decidieron abandonar el honor y cargar contra él todos juntos, pero sus caballos, más sensatos, estaban aterrorizados de Wendell para entonces y huyeron cuando él se acercó, tirando a algunos de los jinetes que Wendell despachó de varias maneras espantosas; a veces hasta parecía que se olvidaba de la espada por completo. Rose permaneció ahí todo el tiempo, horrorizado, pero yo ya estaba familiarizada con los arranques asesinos de Wendell. Me di la vuelta tras la tercera o cuarta muerte y me traje a Ariadne conmigo junto al fuego. Yo todavía temblaba de furia. Así que prefería arriesgarse a que lo mataran en lugar de detenerse un segundo a pensar cómo salir de esta, ¿eh?

El castillo era muy claramente el producto de un pensamiento al que Wendell no le había dedicado más de un segundo. No albergaba ningún tipo de comida —quizá era lo mejor, ya que no estoy segura de si los alimentos invocados por el encantamiento de un hada son intrínsicamente tóxicos para los mortales—, pero como era de esperar sí había una tetera grande de chocolate para beber burbujeando con suavidad en el fuego. Salí al exterior por una de las ventanas traseras a recoger nieve para derretir. La parte norte del castillo estaba más resguardada y me tomé un instante para admirar las vistas espectaculares. St. Liesl se veía en la distancia, encajada entre una inmensidad de picos y canales. Esperaba que a los habitantes no les importase la perspectiva de tener una adición arquitectónica inesperada.

—Allí —dijo Rose un poco más tarde y me apresuré a regresar a la ventana. Wendell subía por el camino muy despacio. Ariadne y yo corrimos para ayudarlo. Al parecer había abandonado otra espada y la parte de mí que había pensado en las conferencias mientras huíamos de los asesinos se preguntó si me quedaría sin lápices, y me percaté de que no era un útil que vendieran en la tienda de St. Liesl.

Rose no había hecho absolutamente nada para preparar el castillo para nuestro regreso, aunque supongo que no era probable que presenciar uno de los arranques violentos de Wendell inspirase a interesarse por su salud, así que Ariadne y yo colocamos unas mantas junto al fuego a modo de cama y lo tumbamos allí, donde se quedó dormido al instante. Lo habríamos llevado a una de las habitaciones de arriba, ya que en cada una había una cama con dosel tan idénticas que resultaba espeluznante, pero no me gustaba el castillo... Está bien, me gustaba mucho desde un punto de vista intelectual, pero por ninguna otra razón, te lo aseguro. Con sus proporciones inciertas y su atmósfera fantasmagórica, se me antojaba como una especie de lugar hecho por las hadas en el que alguien podría desaparecer, como las monedas sueltas en un sofá.

Me quedé junto a Wendell toda la noche. Creo que nunca he estado más preocupada por él, no porque pareciese que podría desaparecer en cualquier momento delante de mis ojos, sino porque no había proferido ni una queja sobre las manchas de sangre de su capa. Me tumbé a su lado y no estoy segura de que durmiera algo, aunque recuerdo muchos momentos en los que se me cerraban los ojos mientras lo veía dormir, preocupada por si se esfumaba sin pretenderlo al País de las Hadas o a algún lugar intermedio donde yo no pudiera encontrarlo.

Para aumentar mis temores estaba el hecho de que, cuando le abrí la camisa, encontré las mismas sombras de pájaros aleteando que había visto con anterioridad, solo que más oscuras. Presioné una mano sobre su pecho. Al principio no sentí nada, pero luego, cuando uno de los pájaros pareció acercarse deprisa, noté una vibración leve bajo la piel como de alas golpeando los barrotes de una jaula. Me aparté y un recuerdo volvió a abrirse paso dentro de mí; la inquietante visión me había recordado a una historia que había leído antes. Pero se me escurría entre los dedos.

Permanecimos allí hasta el mediodía, subsistiendo a base de nieve derretida y chocolate que, por suerte, no nos provocó unas ganas irresistibles de bailar. Wendell parecía un poco mejor cuando al fin se despertó, aunque aún estaba débil y le temblaba todo el cuerpo como si tuviera fiebre. Volvió a llevarnos a través del paisaje con el objetivo de llegar a nuestra cabaña en St. Liesl. Pero, una vez más, el encantamiento se torció y acabamos en un prado cubierto de hierba en lo alto de los Alpes. Menos mal que ahora estábamos lo bastante cerca para recorrer a pie la distancia que nos quedaba, aunque nos llevó todo el día. Shadow, gracias a Dios, había regresado a buscarme a la cabaña y nos recibió en el camino; loco de alivio, me lamió la cara entera.

Ahora debo dejar la pluma; estoy en la habitación de Wendell en una silla junto a su cama mientras escribo a la luz de una vela. Es tarde y ha dormido muchas horas, y por mucho que dé la impresión de que no está peor, tampoco parece que mejore. Sé que seré incapaz de dormir si lo intento y preferiría estar cerca por si se despierta en mitad de la noche y dice algo que de verdad sea de ayuda (lo único que ha hecho hoy ha sido quejarse en voz baja sobre las montañas con un aparte ocasional de «en mi cumpleaños»). Creo que le remendaré la capa; sin duda haré un estropicio, pero la perspectiva de que se indigne cuando vuelva a estar bien me resulta un tanto divertida. Cuando vuelva a estar bien.

He encontrado la historia.

No la tenía conmigo, pero Rose sí, en una vieja edición de *Cuentos completos de Beidelmann.* Me sorprende no haberme acordado de inmediato..., aunque quizá no resulte tan sorprendente. Simplemente, tal vez no quería recordarlo.

La historia trata de una princesa de uno de los reinos de las hadas irlandesas que se fuga con un hada de una corte rival. El padre de ella, encolerizado por su traición, los sigue y atrae al joven para apuñalarlo en el pecho con una lanza de hierro, dándolo por muerto en una colina solitaria. Por suerte, su prometida lo encuentra antes de que expire y lo libera de la lanza. Se casan y viven varios años felices y en paz hasta que la princesa empieza a observar algo peculiar en el pecho de su marido mientras duerme: parece contener la sombra de seis pájaros oscuros que aletean bajo su piel como si tratasen de escapar. Ella empieza a verlos cada vez con más frecuencia, incluso durante el día y, al mismo tiempo, él comienza a enfermar. Al final, la princesa se da cuenta de que cuando le sacó la lanza de hierro, esta dejó una pequeña esquirla que había estado abriéndose paso de manera incesante hasta el corazón de su marido. Un día él se desploma y le sale una bandada de cuervos por la boca. El sexto y último pájaro lleva el corazón de su marido en el pico y la princesa lo envuelve entre sus brazos mientras él expira su último aliento. Asolada por la pena, ella se ahoga mientras el pájaro sale volando con su premio de vuelta a la corte del rey vengativo, que expone el corazón ante su corte a modo de advertencia para sus otras hijas. Es un cuento horrible, contado para suavizar la sensibilidad moral de una época pasada.

La interpretación del simbolismo de Beidelmann resulta lógica y está respaldada con varios cuentos irlandeses más, así que no veo defectos en su razonamiento. Está bastante claro que los pájaros hechos de sombras son un presagio de muerte.

# 5 de octubre

Después de terminar la capa intenté dormir la siesta en el sillón junto a la cama de Wendell, pero solo conseguí dar unas cabezadas. No me quitaba de encima la sensación de que las paredes de la cabaña estaban más cerca que antes. Me di cuenta de lo tonta que había sido al presuponer que aquí estaríamos a salvo, que al dejar Cambridge estaríamos lejos del alcance de una de las reinas del País de las Hadas. La muerte de una decena o más de antiguos cazadores no la detendrían; enviaría a otros. Y Wendell no sería capaz de defenderse a sí mismo. ¿Cuánto tiempo más nos quedaba?

Aproximadamente una hora antes del amanecer desistí de dormir y concentré toda mi energía mental, aunque estaba dispersa, en el problema que teníamos entre manos. El veneno, por supuesto, era la ecuación que necesitábamos resolver, más incluso que el siguiente grupo de asesinos, porque a pesar de que no vengan, ¿cómo vamos a localizar el nexo con Wendell en estas condiciones? Y si lo hacíamos, ¿qué sentido tendría? ¿Cómo podría derrocar a su madrastra?

Veinte minutos después se me habían ocurrido varias ideas, ninguna que me inspirase demasiada esperanza. Aunque una tenía un atractivo especial.

Toqué la mano de Wendell —murmuró algo, pero si fue un sinsentido dulce o quejas, no tengo ni idea— y me marché.

Shadow se levantó a la vez que yo y me siguió a mi habitación. Me cambié de ropa, me puse la capa y guardé unas cuantas cosas en la bolsa. Esta vez no iba a llevar el pie; podía quedarse en su círculo de sal bajo la cama, y que me parta un rayo si me importaba si esa maldita cosa se escapaba o no. Bajé las escaleras de puntillas y puse la mano en el pomo.

Ahí me detuve. Me pareció haber oído algo..., pero ¿qué? ¿El susurro del viento? ¿El crujido de las ramas? ¿O era el arrastre de unos pies extraordinariamente ligeros sobre los escalones, las garras de alguna bestia letal en el bosque?

Me di cuenta de que me estaba comportando como una idiota. Los habitantes del pueblo han debido de advertirnos como una decena de veces para que no salgamos al exterior después de anochecer. ¿Por qué arriesgarme a que me corneen hasta morir en mi propia entrada a no más de veinte minutos hasta el amanecer?

Así que esperé. Shadow, mientras tanto, se sentó junto a la puerta y clavó la mirada en el pomo con un gruñido bajo que le nacía en la garganta, un comportamiento para nada inquietante. Seguí esperando a que el pomo girase y alguna tropa espantosa de bogles irrumpiese en la cabaña, pero permanecía quieto. Todo estaba en silencio.

En cuanto los rayos grisáceos que se derramaban por el suelo cobraron color, me levanté y abrí la puerta. El canto de los pájaros y la luz otoñal me recibieron; ahí no había nadie. Y aun así, en la puerta había otro tajo largo, más profundo que los otros.

Cuando toqué el pomo exterior para cerrar la puerta tras de mí, tuve que contener un grito. El metal estaba caliente. Como si otra mano acabase de soltarlo.

Mi primer instinto fue volver adentro y cerrar la puerta de golpe a mis espaldas, pero cuando una estudia las hadas, aprende a ignorarlos, por sensatos que sean, y a seguir adelante.

Solo me llevó diez minutos llegar al lago bajo la cabaña y otros cinco en alcanzar el manantial sobre el que sobrevolaba la neblina extraña. Allí hice lo que nunca había hecho antes, y que quizá demostraría ser la aventura más imprudente de mi carrera: deposité por completo toda mi confianza en Wendell.

Sin demora, golpeé con los nudillos una de las piedras junto a la boca del manantial. Me sentía ridícula, pero fingí no notarlo, ya que es una de las normas fundamentales para interactuar con las hadas.

No pasó nada, y nada se movió aparte del viento, que formó ondulaciones en el lago. Shadow estornudó. Hacía mucho frío a la sombra de la orilla y me arrebujé aún más en la capa. Llamé con más fuerza intentando que sonase como un golpeteo irritado en vez de aporrearla desesperada.

Al fin, una de las hadas zorro asomó la cabeza por el hueco. El pelaje que le crecía sobre la cabeza le sobresalía de punta y tenía una oreja enorme doblada; también iba envuelta en una manta, que parecía estar hecha de un material afelpado y parecido a un nido de hierba seca y restos de pelo. El contraste no podía ser más discordante. Era una de las bestias que habría devorado vivo a Rose.

La criatura me miró con el ceño fruncido.

—¿Qué?

Su voz tenía un ligero rumor, como un ronroneo o un gruñido, pero aparte de eso me recordó a la de Poe, aguda e infantil. Intenté dejar a un lado mi estupefacción y dije:

—He venido a por mi favor. Mi amigo le perdonó la vida a tus compatriotas y, por tanto, estáis en deuda conmigo.

—Me has despertado —contestó el hada.

Por instinto, abrí la boca para disculparme, luego me obligué a cerrarla de nuevo.

—Bueno —dije al final—, tú te comiste a mi compañero.

—Solo un pedacito —protestó el hada—. No sabíamos que os habíais aliado con uno de los altos. ¿Por qué molestarse con un vejestorio que sabe agrio y una mujercita ceñuda?

—Los altos tienen costumbres extrañas —respondí.

—¡Mmm! —musitó el hada. Mi respuesta pareció gustarle—. Eso es cierto. ¿Qué quieres?

Introduje la mano bajo el cuello del vestido y saqué el collar que llevaba casi cada día, bien guardado fuera de la vista: una cadena de plata de la que colgaba un pequeño fragmento de hueso. Una llave, lo había llamado Poe.

—Necesito visitar a otro amigo —dije—. ¿Hay algún camino desde estas tierras?

El hada me quitó el colgante de la mano; sus dedos pequeños eran humanos, coronados con garras negras. Con cuidado de no tocar la cadena de plata, olisqueó el hueso y dijo:

—¡Las tierras de invierno! Hace mucho tiempo que no visito a mis amigos de ese reino. ¡Qué curioso!

Estaba demasiado sorprendida como para responder de inmediato. Por supuesto, esperaba una respuesta afirmativa, pero no imaginaba esto.

—¿Está... lejos?

—Nada queda lejos en las tierras de invierno —respondió el hada tranquilamente. Volvió a depositar la llave en mi mano extendida y salió corriendo por el agua (Shadow se sobresaltó y se colocó delante de mí, pero el hada se había escabullido).

Corrí para alcanzarle.

—¿Dices que tu reino, estas montañas, son parte de las tierras de invierno?

El hada se rio.

—¡Qué estúpidos son los mortales!

Esta, por experiencia, a menudo es la forma que tienen las hadas de decir que sí.

Tenía cientos de preguntas más, por supuesto. ¡Qué descubrimiento para mi libro de mapas! Entonces ¿había caminos para las hadas que conectaban todas las regiones nevadas? ¿Y todas las templadas? ¿O solamente los Alpes eran tan ricos en dichos caminos así como en especies de hadas?

Jadeaba mientras intentaba no perder de vista la cola del hada con Shadow avanzando a zancadas a mi lado. El hada se escabulló por una grieta en la ladera. Obviamente se trataba una puerta, dado que de repente había una alfombra de setas en el umbral como si fuese un felpudo. Respiré hondo y la seguí.

Caí de rodillas. Mis manos golpearon la nieve y mi brazo izquierdo desapareció hasta el codo. Lo liberé y miré a mi alrededor.

Parecíamos haber emergido en una curva nevada de la ladera de la montaña bajo un glaciar; creo que estábamos en el País de las Hadas, ya que había dos casitas de piedra encajadas entre los témpanos puntiagudos al borde del glaciar con el humo saliendo de sus chimeneas. Una tenía un manzano en el patio, y las manzanas estaban cubiertas por una corteza de hielo. Los carámbanos eran en sí mismos como un bosque de árboles relucientes que el hada zorro sorteaba con rapidez mientras se adentraba cada vez más en el glaciar.

—¡Date prisa! —me llamó el hada.

Me apresuré, en contra de mi buen juicio debo añadir, pero por otro lado siempre se da este caso cuando interactúo con las hadas; deambular por un bosque imposible de témpanos de hielo no es lo más desaconsejable que he hecho en mi carrera. En el bosque se escuchaba el plic de las gotas al caer y reflejaba de forma extraña nuestras siluetas corriendo. A lo lejos se oía música.

No sé cuándo atravesamos la segunda puerta, si es que la había, o si simplemente se trataba de un camino largo en el que el tiempo y el espacio se estrechaban en las profundidades de una sombra. Caminaba deprisa mientras perseguía al hada. Sostuve la «llave» en alto frente a mí como si fuese un farol porque ¿por qué no? Me sentí un poco tonta, pero era evidente que fue lo correcto, ya que poco después uno de mis pasos me llevó al Karrðarskogur y esa fuente termal conocida.

Trastabillé un poco, mareada. No fue solo el cambio de luz —ya que aún no había amanecido en Ljosland—, sino el cambio en todo. El aire era más cálido, más húmedo, y con un toque a sal marina y al azufre familiar de la fuente. Por un momento, sentí el terreno inestable bajo los pies o, de alguna manera, inconsistente, como si yo no estuviera del todo allí. Pero entonces la sensación se esfumó y me quedé de pie mirando a mi alrededor como una pasmarote con el corazón aporreándome el pecho. Shadow no vaciló tanto; se estiró a gusto y luego se tumbó al borde de la fuente termal donde un vapor cálido reverdecía la hierba, que siempre había sido su sitio favorito cuando visitábamos a Poe.

Divisé a Poe de inmediato. Estaba barriendo las hojas alrededor de su casa en el árbol, un bonito álamo. La blancura de su corteza parecía más clara que la de los otros árboles; los nudos, más oscuros. El musgo que serpenteaba por el lado sur exhibía unas flores púrpuras suntuosas y las hojas eran un revoltijo de todas las tonalidades de verde con venas de oro puro.

Era, para resumir, el árbol más bonito del Karrðarskogur, y que además era obra de Wendell, pero estaba claro que Poe se había tomado en serio la responsabilidad de cuidarlo como dueño de un espécimen tan espectacular. Había construido una celosía contra el árbol sobre la que trepaba una enredadera de rosas silvestres y había hecho pequeños surcos en la tierra para irrigar las raíces. Poe, en sí mismo, era una figura mucho más sorprendente que el hada que conocí; en lugar de la piel de cuervo hecha jirones, llevaba una capa elegante hecha con la piel de oso que le había regalado y que él había cuidado con una meticulosidad evidente. No tenía ni una mota de suciedad y brillaba mucho.

—¡Hola! —dijo Poe en cuanto me vio allí. Parecía feliz de verme, aunque no del todo sorprendido. Sus ojos negros se iluminaron como si solo hubiera pasado un día o dos desde que nos vimos por última vez. De hecho, habían pasado varios meses desde que Wendell y yo visitamos Ljosland para la boda de Lilja y Margret—. ¿Has venido a por pan?

No, por supuesto, pero me descubrí diciendo:

—Me encantaría. Gracias.

Él pareció satisfecho y entró con premura en su casa del árbol llamando al hada zorro para que lo siguiera, como si su presencia no fuera nada destacable en especial. Supongo que debería ponerle nombre al hada zorro también. Se me ocurrieron varios apelativos poco amables, todos apropiados para una bestiecilla asesina. Pero entonces pensé en las soldanellas que salpicaban la orilla del Grünesauge… Snowbell, pues.

Me quité las botas y me senté en el borde de la fuente hundiendo los pies en sus aguas cálidas. Se me había pasado el mareo, pero todavía sentía como si me hubiese dado de bruces contra algo sólido. Me resultaba muy extraño estar de vuelta. Casi creí que si bajaba por el camino hasta la cabaña con el tejado cubierto de hierba, encontraría un fuego encendido, a Wendell con sus pies en alto mientras fingía trabajar, a Lilja para darme otra clase sobre cómo cortar madera. No puedo decir que todas las asociaciones sean positivas; sé que me he arriesgado mucho cada vez que he regresado a Ljosland. Según la carta más reciente de Lilja, el rey de las nieves y su corte se han marchado a las montañas del norte a pasar el verano, pero eso no significa gran cosa dado su alcance y su poder. Si él alguna vez se entera de que lo engañaron para que creyese que su prometida mortal había muerto, su ira haría temblar las montañas. No porque me haya estado guardando luto, sino porque todos los lores de las hadas odian que los engañen.

Sentí una punzada de nostalgia por seguir el sendero del bosque hasta el pueblo y la casa de Lilja y Margret tan fuerte que me sorprendió. ¡Qué alivio sería confiarles todo lo que había pasado! Pero era demasiado peligroso y no solo eso, no tenía tiempo.

Abrí mi cuaderno y garabateé una nota rápida, bastante escueta, me temo, contando todo lo que había ocurrido desde la última vez que escribí y disculpándome por no visitarlas en persona. Luego la escondí bajo una piedra de la fuente donde sabía que Lilja le dejaba las ofrendas a Poe —ella y varios habitantes del pueblo visitaban de manera habitual la fuente de la hadita después de la ayuda que me ofreció el invierno pasado—. El simple hecho de escribirles a mis amigas me reconfortó y sonreí al pensar en la sorpresa de Lilja al encontrar la carta ahí. Al fin y al cabo, me tocaba a mí escribirles.

Poe interrumpió mi ensoñación. Me tendió una hogaza de pan perfecta espolvoreada con sal marina y alguna especie de hierba que no reconocí pero que me recordó al romero. Snowbell salió con un bollito dulce aferrado entre sus puños y se sentó junto a la fuente para zampárselo de una manera bastante desagradable, ya que las migas llenas de baba salieron volando en todas direcciones. Si no lo hubiese visto a él y a sus amigos cenarse a mi compañero, a lo mejor lo habría soportado sin estremecerme. Su boca se abre muy grande cuando come.

Poe se apoyó en mi pierna después de que yo aceptase el pan y empezó a contarme las mejoras que había hecho en su casa, haciendo hincapié en lo agradecido que le estaba a Wendell, así como deshaciéndose en cumplidos a distintas hadas que, según Poe, siempre seguirían viniendo para admirar boquiabiertos el esplendor de su árbol.

—No me importa —dijo—. Porque mi madre siempre me decía: «Un invitado es un regalo, pequeño», pero me pregunto si es lo mismo con muchos invitados que llegan a todas horas y, a veces, hacen tanto ruido que mi señora no puede dormir en toda la noche. Aunque no quisiera ofenderlos.

Anoche horneé pan para tres amables trolls que decían que no descansarían hasta ver la luz de la luna recortarse contra la bonita copa de mi hogar, así que nos sentamos juntos y vimos salir la luna y me contaron secretos sobre el cuidado de los árboles que habían descubierto de los pájaros. Dicen que honrarán mi árbol y que enviarán una bandada de cuervos adiestrados para comerse las molestas orugas. ¿No es maravilloso? Ahora tengo muchos amigos. Mi madre estaría muy contenta. «Eres demasiado tímido, pequeño», siempre me decía. «Tienes que poner todo tu empeño en hacer amigos, pues a aquellos que son pequeños no les resulta fácil estar solos».

Era la primera vez que Poe hacía una pausa para tomar aliento, así que decidí aprovechar la ocasión. Su conversación rara vez trascurría en línea recta y, por tanto, no le preocupan las incongruencias.

—¿Cómo he llegado aquí? —pregunté.

Poe parpadeó con sus enormes ojos negros puestos en mí.

—Tienes la llave.

—Entonces... Entonces ¿la llave creó una puerta? ¿O transformó otra puerta para hacer que señalase en una nueva dirección, a Ljosland?

—¿Otras puertas? —Vi que esto lo había confundido. Le dio unos golpecitos al fragmento de hueso con un dedo alargado—. Para encontrarme, solo necesitas esto.

Le di unas cuantas vueltas en silencio. Hasta que lo entendí.

—La llave *es* la puerta —murmuré—. Pero ¿cómo?

—Mi hogar solo necesita una puerta, que ves ahí —dijo Poe, ahora más entusiasmado porque volvía hablar de su casa del árbol—. Había una segunda hecha de hueso en el lateral, pero era muy fácil sacarla y doblarla. En su lugar, puse una bonita ventana siguiendo el consejo de mi señora. A ella le gusta sentarse allí para disfrutar de la luz de la mañana.

Estaba apretando el trozo de hueso con demasiada fuerza y me obligué a relajar el puño. Poe me había dado su puerta. Era tanto perfectamente lógico como imposible. Aun así, tuve que detenerme un momento para frotarme los ojos. Era muy consciente de lo poco que había dormido los últimos días.

—¿Ahora estoy en el País de las Hadas?

—Sí —dijo Poe tras una pausa sorprendida. Era evidente que pensaba que yo ya lo sabía—. Y no. Esta es una frontera, donde el País de las Hadas se mezcla con tu mundo.

Asentí despacio. Pensé en el camino que había seguido con Snowbell, pasando por el hogar de las hadas y el glaciar.

—Entones, para usar tu puerta, ¿debo estar en el País de las Hadas?

—En las tierras de invierno —dijo Poe—. Las tierras de verano son demasiado cálidas y húmedas... La puerta se agrietaría y se rompería allí.

—Pero... —me detuve y negué con la cabeza. Todavía no estaba segura de entenderlo, pero por el momento, el mecanismo del regalo que me había hecho Poe era irrelevante. Volví a colgarme la llave del cuello.

—Los vuestros saben mucho sobre las puertas entre los reinos de las hadas —dije—. Más que los altos. ¿No es así?

Poe asintió con vehemencia.

—A los altos no les gusta visitar otros reinos. Tienen sus cortes y sus sirvientes. Pero los otros reinos son un buen lugar para esconderse, para hacer amigos. Aquí, en Karrðarskogur, no hay ninguno... No le mentí a mi señor —añadió con rapidez—. Pero en las montañas... sí.

Asentí. Esto confirmaba lo que yo ya había supuesto. Explicaba por qué Wendell y su madrastra sabían de la existencia de tan pocas puertas en su reino y por qué los faunos viajaban entre varios reinos y países según les apetecía. Probablemente había otras puertas al Silva Lupi en otros países que también utilizaban las hadas comunes, escondrijos demasiado humildes para recibir la atención de cualquier noble del País de las Hadas. Una ignorancia que nace del esnobismo y el privilegio, pues, de no haber necesitado nunca preocuparse por el mundo que se extiende tras el patio trasero de uno.

Yo también empezaba a darme cuenta de que, a pesar de que tal vez Poe no le mintiera a Wendell, tampoco le dijo toda la verdad.

—No le hablaste a Wendell de ninguna puerta en las montañas —señalé.

Poe parecía aterrorizado. Sus dedos afilados se enroscaron en torno al borde de mi capa casi a modo de súplica.

—¡No hay puertas a las tierras de verano! Aquí no. Él... él no habría podido hacer uso de ellas. No pretendía... él es grande y bueno y estoy seguro de que perdonará...

—No pasa nada —dije para tranquilizarlo—. No está enfadado contigo.

Poe se echó a temblar y toqueteó mi capa con aire distraído.

—«Aléjate de los nobles, pequeño», me decía siempre mi madre. ¡Y lo intenté! Cuando él llegó aquí con sus preguntas, esperaba que se volviera a ir y rápido. Pero entonces mi señor me hizo un árbol tan bonito. No todos pueden ser tan horribles, ¿no?

—Claro que no —aseguré—. Y en cualquier caso, Wendell no vendrá pronto de visita. Está muy enfermo.

Poe negó con la cabeza.

—¡Diantres! Entones tiene enemigos. Los altos siempre tienen enemigos. Me alegra ser pequeño.

Fue mi turno de quedarme sorprendida, ya que Poe había adivinado la naturaleza de la enfermedad de Wendell... Pero, claro, ¿qué otro motivo tenía un rey de las hadas para caer enfermo?

—He venido a pedirte un favor —dije—. Una vez, hace muchos meses, nos hiciste pasteles que nos mantuvieron calientes en la nieve. ¿Puedes hacer algo que ayude a Wendell? No te estoy pidiendo una cura... Sé que no tienes poder sobre los venenos que utilizan los altos. Pero ¿hay algo que pueda aliviar los síntomas? ¿O darle fuerzas?

Una miríada de emociones cruzó el rostro de Poe. Había terror de nuevo, pero también una especie de asombro y un deleite sin remedio.

—¿Le gustaría? —jadeó—. ¿Ser... ser nuestro *fjolskylda*?

No había anticipado esto, aunque al reflexionar sobre el tema veo por qué Poe había hecho tales suposiciones. Es la naturaleza de muchos brownies del hogar —a los cuales Poe pertenece, a la antigua usanza, a pesar de que su hogar está lejos de los asentamientos humanos— cuidar de sus familias mortales cuando están enfermos. Pero estos cuidados nunca se extienden más allá de los miembros del hogar. Pedir este tipo de ayuda para Wendell sería de lo más extraño, a menos que...

—Por supuesto que sí —mentí; casi podía ver a Wendell poniendo los ojos en blanco ante la perspectiva.

Poe entrelazó los dedos y los presionó contra su boca.

—¡Ah! —exhaló—. ¡Si madre me viera ahora!

Desapareció en su casa del árbol, de donde emanó un gran estrépito y ruidos metálicos. Me acomodé junto a Shadow para esperar y aproveché para lavarle las patas en la fuente. Snowbell había terminado de comer —ahora su carita estaba manchada de nata, lo cual supongo que suponía una mejora en cuanto a la alternativa— y me observaba con los ojitos brillantes.

—¿Te gustaría asearte? —pregunté, más para distraer al hada que por otra cosa.

—No me gusta el vapor —se quejó, pero de todas formas se acercó más a mí e introdujo una mano en el agua antes de volver a retroceder cuando el vapor flotó en su dirección.

Sintiéndome bastante ridícula, ahuequé las manos para tomar agua y enjuagarle las manos a Snowbell —las dos patas delanteras— y las patas —las dos traseras—. Entonces, utilizando una hoja curva a modo de cuenco, lo ayudé a lavarse la cara. Se frotó las orejas con las manos unas cuantas veces, como un gato, y entonces, para mi sorpresa y consternación, saltó a mi regazo, se aovilló con la cola sobre la nariz y se echó a dormir.

Estaba calculando las probabilidades de recibir un mordisco en la rodilla si perturbaba el sueño de Snowbell frente a las de que me clavase las garras durmiendo cuando Poe volvió a salir a toda prisa con una cesta bajo el brazo.

—Espero que le guste a mi señor —dijo emocionado, levantando el paño para que lo viera—. Mi madre los hacía para mí cada vez que estaba enfermo, ya que son buenos para el dolor de cabeza y de estómago, además de para cualquier otra dolencia.

Examiné el contenido. Eran pastelitos pequeños y triangulares que me recordaron a una especie de *scones* esponjosos, salvo que estaban helados y olían como… No lo sé. A algo cálido, dulce y herbal… ¿savia, quizá?

—Gracias —dije y tragué saliva para deshacer el nudo que tenía en la garganta. Por un momento pensé que lloraría, pero me recompuse, en parte porque no quería preocupar a la criaturita, que me miraba con sus ojos negros brillantes de expectación—. Wendell y yo estamos orgullosos de tener a un *fjolskylda* tan listo como tú. ¿Harías una cosa más por nosotros?

Poe se hinchó.

—Lo que sea.

—Dices que te visitan hadas de otras tierras —comencé.

Poe asintió.

—Errantes. Algunas hadas van de un lado a otro. No lo entiendo, pero a lo mejor sus árboles no son tan cómodos como el mío.

—Y puede que estas hadas hablen con otras, y quizá comenten algo entre ellas —dije—. Me preguntaba si puedes ver si alguno de tus visitantes ha tenido noticias de la corte de Wendell.

—Ah, sí —dijo Poe con aspecto aliviado—. Eso es fácil. Puede que los trolls supieran algo... A los trolls les encanta cotillear. Pero se han vuelto a marchar.

—Bueno —contesté—, si los ves de nuevo o a cualquier otra hada que también le guste los cotilleos, ¿podrías indagar?

Poe me prometió que lo haría. Parecía animado por esta nueva petición, aunque también rozaba el miedo, y lo tranquilicé asegurándole lo agradecido que estará Wendell, además de recordarle que está indispuesto como para visitarlo en un futuro cercano. Luego Poe regresó a su árbol y seleccionó tres hojas que esperaba que yo le mostrase a Wendell como prueba de la salud del árbol y lo bien que lo estaba cuidando. Me las guardé en el bolsillo y a regañadientes sacudí al hada zorro para despertarla que, de hecho, me intentó morder la mano y seguramente habría hecho de mi pulgar un tentempié si no hubiese anticipado el movimiento del chucho. Entones, de alguna manera, regresamos a St. Liesl. Esto implicó rodear el lateral de la casa árbol de Poe, tras lo que volvimos a encontrarnos en el glaciar, solo que parecía uno diferente, ya que las casas de las hadas que vi allí no tenían manzanos en sus jardines. Después atravesamos otra puerta, creo, y luego me encontré de pie junto al lago bajo nuestra cabaña. No había ni rastro de Snowbell.

He leído esto último otra vez. No tiene mucho sentido, pero ¿puede ser de otra forma?

# 6 de octubre

Wendell se pasó dormido la mayor parte del día de ayer y solo estuvo despierto un rato por la tarde. Yo estaba sentada junto a su cama escribiendo en mi diario. Le tendí uno de los pasteles de Poe, que de entrada miró con mala cara.

—Huelen a azufre —masculló y se habría vuelto a echar el edredón sobre la cabeza si yo no le hubiera sujetado la mano.

—¿*Scones* encantados? —dijo y los examinó más de cerca. Todavía estaba temblando a pesar de las mantas, aunque parecía más sólido que antes.

—Más o menos.

Se comió uno y luego volvió a acostarse; creo volvió a dormirse de inmediato. Me hundí en el sillón y ahogué un jadeo. No me consideraba lo bastante tonta como para anticipar una especie de cura milagrosa y repentina…, pero parece ser que una parte de mí sí lo había hecho.

Con las manos temblando, retiré las mantas y le abrí la camisa. No había ningún aleteo de alas ahí, al menos, aunque no puedo decir que eso me reconfortase.

Le aparté el pelo del rostro. Es muy suave —tanto que parece increíble y, de hecho, se parece más al pelaje de un conejo o a la semilla de un diente de león que al cabello humano— y descubrí que no podía dejar de acariciarlo. Murmuró algo y la arruga entre sus ojos se desvaneció.

Me pasé el resto del día en St. Liesl interrogando a los lugareños mientras que Ariadne y Rose rastreaban de nuevo el Grünesauge. Necesitaba mantenerme ocupada, aunque no pude concentrarme en nada que los habitantes del pueblo me contaron sobre de Grey o los faunos, y cuando regresé a casa justo antes de ponerse el sol, Wendell seguía dormido; aún temblando, sentí cómo la oscuridad se cernía sobre mí. Le murmuré algo a Shadow y se acomodó junto a Wendell —su enorme corpulencia lo mantendría en calor—. Me encaminé con aire ausente a mi habitación, donde el pie asomaba los dedos por debajo de la cama. Había deshecho el círculo de sal y me vi obligada a recomponerlo. Tenía razón: había oído a esa maldita cosa moverse por la noche. ¿Estaba intentando llegar a alguna parte o solo estaba inquieto?

Bajé las escaleras y me encontré las notas y bocetos todavía apilados sobre la mesa. No he trabajado por derecho en el mapa desde hace varios días; sí, hay veces que casi me olvido de él. Esto no me ha ocurrido ni una sola vez con mi enciclopedia; tenía el proyecto en mente en todo momento. No puedo explicarlo.

Me quedé de pie sin moverme durante un momento, sujetándome a la mesa con una mano. Necesitaba alejarme de la cabaña…, esa cabaña tan limpia que rozaba lo irrisorio, con las alfombras cómodas y los estúpidos cachivaches esparcidos por ahí.

—Emily —dijo Rose junto al fuego, donde estaba escribiendo en su diario. Solo eso.

—Necesito aire —dije, aunque no tuviera sentido… Acababa de regresar del exterior. Ni él ni Ariadne trataron de detenerme cuando me puse la capa, agarré mi bolsa y salí a toda velocidad hacia el crepúsculo.

Primero fui al lago por la mera razón de que me resultaba familiar. Snowbell no estaba por ningún lado y tampoco miré de reojo la bruma habitual que desprendía el manantial. ¿La puerta a su reino se cierra de noche? ¿Las hadas más pequeñas también tendrían miedo de aquellas criaturas que merodeaban por las montañas después del anochecer?

No tenía frío, pero no podía dejar de temblar. Me quedé allí sentada hasta que el cielo se tornó negro como la tinta y una horda de estrellas se asomó a través de cada grieta entre las nubes dispersas. Desde el pueblo me llegaba el suave arrullo de un acordeón; uno de sus habitantes, sin duda, practicaba una canción, a pesar de que el viento distorsionaba y amortiguaba las notas, lo cual le daba un tono inquietante. Me percaté de que un animal aullaba en algún lugar lejano y, de pronto, mi indiferencia se marchitó. Sí, tenía la capa de Wendell… ¿Bastaría para protegerme de cualquier peligro?

El aullido sonó más cerca. No era, de hecho, un ruido animal… Era un hombre. Aunque sonase difuso por el viento, supe lo que decía la voz y el aire se me congeló en la garganta.

—¿Profesor? —llamé con voz queda—. ¿Profesor Eichorn?

Pasó un instante y, entonces, volví a escuchar el grito, aún más cerca esta vez.

—¡Dani!

Me levanté y me dirigí hacia la orilla del lago; luego subí por una pequeña cresta en la ladera.

—¡Dani! —gritó la voz y yo compuse una mueca para reprimir las ganas de taparme los oídos. Nunca había oído nada tan descarnado. Era una voz que llevaba gritando horas sin descanso.

Algo claro que se agitaba entre las briznas de hierba me llamó la atención. Era un lazo azul oscuro con el borde deshilachado. Estaba sujeto a una raíz con un nudo flojo que el viento ya estaba deshaciendo; alguien lo había atado ahí en los últimos minutos.

—¡Dani! —gritó la voz. Me lo guardé en el bolsillo.

Seguí la voz cuesta abajo mientras recogía los lazos que me encontraba por el camino. No pasó mucho hasta que me detuve; soy lo bastante sensata como para perseguir espectros en mitad del bosque y, aunque deseaba con fervor volver a hablar con Eichorn, no tenía ni idea de si en ese momento estaba lo bastante cuerdo como para reconocerme. Todavía podía ver la cabaña en la distancia, las ventanas iluminadas por la lumbre en la oscuridad.

Como tenía por costumbre, agarré la moneda que llevaba en el bolsillo. No vi ninguna señal de puertas de hadas a mi alrededor, pero no era tan idiota como para bajar la guardia. Ahora sabía que parte del motivo por el que los habitantes del pueblo se quedaban en sus casas tras la puesta de sol era porque era demasiado fácil adentrarse en el País de las Hadas en ese momento; después de caer la noche, las puertas que permanecían cerradas a la luz del día se abrían.

—¿Profesor Eichorn? —lo llamé. El viento revolvió las briznas secas y aún podía oír el suave entrechocar de las olas contra la orilla del lago.

—¡Dani! —aulló el hombre de nuevo. Estaba aún más lejos, se movía mucho más rápido que yo. ¿Sería Eichorn de verdad o su eco grabado en el viento?

Algo se movió a mi izquierda. Una silueta se recortaba contra las estrellas mientras bajaba por una especie de escalera natural tallada en la roca. Una figura humana, bien abrigada con una capa con capucha y una bufanda que ondeaba al viento. A pesar de las prendas pesadas, estaba claro que el cuerpo era muy ligero. No era Eichorn.

—Cielo santo —murmuré. Era un dilema, pero uno al que ya me había enfrentado antes. Volví a mirar la cabaña; si avanzaba, aún la tendría a la vista durante unos cuarenta y cinco metros más o menos. Todavía podía oír los tañidos distantes de la música proveniente del pueblo. Tenía la moneda, la capa y la experiencia de haber escapado de una decena de reinos de las hadas con anterioridad.

Seguí adelante.

La figura continuaba bajando cada vez más. Al final, la ruta volvió a ascender hasta acabar en un despeñadero. Ahí la figura se detuvo y pareció analizar las posibilidades. Unas cuantas nubes se desplazaban debajo.

Paré. Estaba cerca del límite que me había autoimpuesto; si me alejaba un poco más, el terreno obstaculizaría las vistas de la cabaña.

—¿Profesora? —la llamé. La silueta no se volvió, aunque estábamos lo bastante cerca como para oírnos la una a la otra—. ¿Profesora de Grey?

Sin respuesta. Era posible que me hubiera equivocado, pero dudaba de que fuera así.

—Vengo de Cambridge —dije, esperando que el sonido del acento británico produjera algún efecto sobre ella—. Estamos buscando el nexo. Usted lo descubrió, ¿verdad?

Ante eso, su capucha se agitó como si hubiese mirado en mi dirección..., pero también pudo ser el viento. Sin avisar, saltó al precipicio.

—¡No! —grité. Con la caída se le cayó la capucha. Atisbé un rostro con muchas arrugas y mechones ondulados de pelo verde.

Sentí una sensación de mareo e ingravidez, como si hubiese saltado al mismo tiempo que ella. Corrí desesperada, tropezándome con el terreno irregular. Me caí una vez y me arañé la palma de la mano, me levanté y seguí corriendo antes de notar el dolor siquiera. El precipicio estaba desértico; el valle bajo él, perdido en la sombra. El viento frío aullaba y me tironeaba del pelo y la capa. Como si estuviera en los confines del mundo.

—¡Profesora de Grey! —grité. Caminé de un lado a otro llamándola por su nombre. Al final me obligué a detenerme y me presioné los ojos con las manos. Me dije a mí misma que no podía estar segura de lo que había visto... Puede que no fuera de Grey, sino un eco de ella. Una ilusión de las hadas.

—Maldita sea —mascullé cuando me di la vuelta. Como temía, la neblina había cubierto el terreno a mis espaldas. Aun así, no entré en pánico. Había estado en situaciones similares antes y sabía que si esperaba a que se despejase la niebla, tendría más opciones de encontrar el camino que si me adentraba en ella. Pero esta no dejaba de subir cada vez más alto hasta que envolvió el precipicio.

Bueno, es posible que fuera un fenómeno de la naturaleza; había que descartarlo, al menos. Me fue fácil hacerlo cuando regresé al valle por el camino por el que había venido y descubrí que los escalones naturales por los que habíamos bajado de Grey y yo se habían volatilizado.

Regresé al precipicio solo para confirmar lo que ya sabía, pero por supuesto el este ya no estaba ahí; ahora era una cresta que bajaba abruptamente hacia un bosque de abedules.

—Fantástico —murmuré. Esto era culpa mía, pero aun así no podía enfadarme conmigo. Tenía que intentar alcanzar a de Grey, aunque hubiera sido en vano. Lo único que importaba ahora era sacarme de este lío.

Oteé el paisaje. A mi izquierda la hierba estaba algo pisoteada, formando un camino que se curvaba con suavidad para rodear la ladera. El terreno era más dificultoso en el lado opuesto, atestado de rocas y salientes precarios, así que fui por allí. Las historias son claras con respecto a esto: las hadas siempre atraen a los viajeros perdidos para que se adentren en la naturaleza con engaños reconfortantes (un brillo lejano como del hogar de una cabaña, un camino fácil que indica la presencia de otros viajeros). El camino correcto —que puede que de verdad te conduzca de vuelta a la civilización— siempre es traicionero o de apariencia intransitable.

Avancé con dificultad durante un trecho y me vi recompensada cuando la niebla comenzó a disiparse. Empecé a sentir que reconocía el terreno, que estaba, de hecho, en un bancal en la montaña no muy lejos de St. Liesl. Como era de esperar, ese fue el momento en el que me tropecé con una piedra y caí rodando hacia una hondonada, donde por suerte aterricé sobre una capa densa de musgo. Para cuando la cabeza dejó de darme vueltas, la neblina había vuelto a cerrarse y estaba tan perdida como antes. Solo que ahora el tobillo me dolía a rabiar.

Lo comprobé con una mueca. No creí que estuviera roto: podía dejar caer mi peso sobre él, aunque me dolía cuando lo hacía y la sensación aumentaba cuanto más andaba.

Seguí avanzando y cojeando con aire sombrío. De repente, llegué a la pared de un acantilado... Fue tan repentino que casi me doy de bruces contra ella.

Incliné la cabeza hacia atrás y miré la niebla con los ojos entornados. ¿Eso que había en la hendidura de la roca era un camino? Parecía peligroso desde donde me encontraba, ya que la grieta estaba obstruida por el hielo, que parecía no derretirse nunca.

A mi izquierda, el camino que había estado siguiendo continuaba con una inclinación suave e incluso oí el rumor de una catarata en algún punto frente a mí. Era tentador seguir esa ruta para ver si reconocía la catarata y podía utilizarla como punto de referencia. Demasiado tentador. Aunque yo tenía más sentido común.

Como si quisiera engatusarme para que continuase por él, la niebla se abrió en el camino fácil y dejó al descubierto el paisaje montañoso que había tras ella. La mayoría de los viajeros lo habrían enfilado de inmediato para orientarse, pero yo no confiaba en el comportamiento de la bruma. Supuse que el sendero que tenía delante era una puerta de las hadas y ¿a qué tipo de lugar conducía? Las montañas que vi entre la niebla me resultaban familiares y, aun así, había algo raro en ellas. Parecían demasiado oscuras, en cierta manera, y la más cercana estaba plagada de hondonadas donde titilaban lucecitas diminutas. La niebla volvió a cambiar y contemplé un jardín de rosas exuberante. Las flores eran voluminosas y estaban sanas, pero el jardín en sí mismo estaba descontrolado y tenía un aire de abandono; los rosales casi envolvían por completo la celosía, parte de la cual había cedido. Una brisa ligera mecía los pétalos de las rosas más cercanas y sentí que se giraban a mirarme.

Me estremecí. Esta no era la puerta del humilde hogar de un brownie. Y yo no pensaba ir por ahí.

En lugar de eso, comencé el lento y doloroso proceso de ascender por el camino del precipicio. Era extremadamente escarpado, aunque sobresalían rocas suficientes para formar una especie de escalera rudimentaria. Me caí tras unos pocos pasos y me golpeé las rodillas con el suelo, con lo que me torcí el tobillo ya herido. Necesitaba descansar un momento, tenía la visión borrosa.

Sin embargo, el trayecto se hacía más fácil cuanto más subía, tal y como esperaba; que fuera impracticable había sido una mera ilusión. Al fin llegué a la cima y pude hacerme una idea de la composición del terreno.

El estómago me dio un vuelco y volví a marearme. No reconocía nada. La niebla envolvía el paisaje y cuando se despejó, el camino del precipicio que había seguido había desaparecido, como si algún dios hubiera borrado su existencia con el pulgar. Ante mí había un camino ancho y fácil que atravesaba un valle apacible. O podía ir a la derecha, por la cresta, hacia el brillo cálido y distante que podía pertenecer a un grupo de cabañas.

Me senté entre las saxífragas y apoyé la cabeza sobre las rodillas. Decidí que esperaría cinco minutos. Por suerte, la niebla volvería a pasar y el paisaje se alteraría una vez más. Simplemente tenía que seguir avanzando y, al final, encontraría el camino de vuelta al mundo de los mortales. Ya lo había hecho antes.

Intenté no preguntarme cuántas veces se habrían dicho lo mismo Eichorn y de Grey.

—¡Emily!

El grito flotó hasta mis oídos desde la lejanía, distorsionado por el viento. Pero la voz era inconfundible.

—¡Wendell! —grité y me puse de pie—. ¡Aquí!

—¿Emily? —Esta vez sonó incluso más lejos—. ¿Dónde demonios te has metido?

Giré inútilmente, tratando de ubicar la dirección de su voz. De repente, en medio de la niebla suspendida, una luz brilló. Era pequeña y parpadeante..., fantasmal.

—¿Wendell? —Mi alivio quedó ahogado por el miedo. ¿Fue este el destino que corrieron Eichorn y de Grey? ¿Se pasaron las horas en vela merodeando entre la niebla mientras perseguían ecos e ilusiones? ¿Sería un bogle quien sostenía la luz en alto, su voz producto de mis propias esperanzas, que se desvanecería en cuanto me acercase para dejarme aún más perdida que antes? Cuando me marché, Wendell estaba inconsciente y todavía temblaba. ¿Cuántas probabilidades había de que me hubiera seguido?

—¡Emily! —me llamó de nuevo la voz de Wendell—. Maldita sea esta niebla... ¿Qué es eso de ahí? ¿Otra puerta? Este sitio es como una maldita madriguera de conejos, y además de verdad. —Esto vino seguido de una retahíla de insultos.

—¿Dónde estás? —grité. No distinguía ninguna silueta entre la niebla. Su voz parecía tanto cerca como lejos.

La luz osciló.

—¿La ves, cariño?

Había echado a correr antes de haber tomado la decisión consciente de moverme. *Estúpida, estúpida, estúpida,* pensé. Pero el pensamiento parecía estar completamente desconectado de mis pies, que salvaban la distancia entre la luz y yo al tiempo que saltaba sobre las piedras y montículos. Si era Wendell, no permanecería allí ni un momento más gritándole a la niebla; si era un hada embaucadora, estrangularía a la criatura con mis propias manos.

—¿Emily? —Su voz sonaba cerca ahora, estaba segura. Y entonces la niebla se abrió y lo vi (con su capa y su pelo dorado, tan familiares para mí) de pie un poco más arriba en la pendiente, oteando la ladera de la montaña. Sobre su palma abierta flotaba una lucecita diminuta que oscilaba al viento.

Una sonrisa surcó su rostro cuando me vio corriendo hacia él. Abrió el brazo, el que no sostenía la luz, pero subestimó la fiereza de mi embate y nos caímos de espaldas sobre la hierba.

—¿Emily? —dijo aturdido—. Está claro que no. Debo de haber invocado a Danielle de Grey sin pretenderlo. Mi Emily jamás haría alarde de sus afectos de esta manera.

Resoplé entre risas, pero murió rápido. No era un buen momento para esa broma dado lo que había presenciado. Cerré los ojos, como si eso pudiera borrar el recuerdo de la imagen de una cabellera verde extenderse mientras la mujer caía en un visto y no visto.

—¿Deberías estar haciendo eso? —pregunté tironeando de su mano para examinar la luz.

—Es una tontería —dijo y la sofocó en su puño con aire ausente mientras se ponía de pie—. ¿Sabes? Me siento mucho mejor. Le has echado algo a esos pasteles, ¿verdad? ¿Dónde demonios has aprendido a cocinar? Siempre pensé que eras alérgica a las cocinas… o al menos a lo que su limpieza se refiere.

—No puedo llevarme el mérito de los pasteles —dije y le conté por encima la historia de la puerta de Poe y mi visita a Ljosland. Para mi sorpresa, pareció alegrarse cuando se enteró de que lo habían nombrado miembro de la familia de Poe.

—Tenías razón —dijo—. Es una criaturita encantadora, ¿a que sí? Bueno, no tengo que preguntar qué le gustaría como regalo de agradecimiento. Cuando me haya recuperado, invocaré un bosquecillo de álamos magníficos para él y sus descendientes, y hasta podría construir una corte y vivir como un noble entre los brownies.

—Creo que el mejor regalo que puedes hacerle será que sigas sin pasarte por Ljosland —respondí—. Parece que Poe prefiere admirarte desde la distancia. ¿Seguimos en el País de las Hadas?

—¿Eh? Ah, no. En realidad no estabas allí, simplemente en la frontera. Hay tantos reinos en estas montañas que muchos se solapan, así que si un mortal se equivoca de dirección, puede acabar a varios mundos de distancia de su hogar… ¡Un desastre!

Examiné la naturaleza del terreno.

—No reconozco este sitio.

—Me temo que te has desviado más de un kilómetro y medio del pueblo. Tenemos una buena caminata por delante, es todo colina arriba.

Estaba segura de que no había viajado tan lejos.

—No me extraña que Eichorn se perdiera buscando a Dani.

—¡Y qué lugar tan horrible por el que deambular para toda la eternidad! —se lamentó Wendell—. Es todo arriba y abajo, arriba y abajo sin cesar. Malditos glaciares que acechan en cada rincón. Para mí, el motivo por el que se volvió loco no es un misterio.

Siguió quejándose de las irregularidades del terreno; no me molesté en señalar que, al menos, el paisaje era bonito… Sabía que con eso solo conseguiría que soltase un soliloquio sobre las maravillas de las colinas verdes y los bosques apacibles, con lloviznas y niebla un día sí y otro también.

Contemplé el terreno empinado. Estábamos en un recoveco resguardado en la ladera tras el cual el viento azotaba y aullaba. Hice una mueca cuando me froté el tobillo.

—Estás herida. —Wendell chasqueó la lengua y colocó mi pie sobre su regazo para examinarlo—. ¿Por qué no lo has dicho?

—Porque no quería que me cosieras el pie del revés. No es tan grave.

—Quizá deberíamos quedarnos aquí esta noche —dijo—. Será más fácil continuar a la luz del día.

—¿Quedarnos aquí? —repetí divertida—. A lo mejor puedes excavar una madriguera en el pasto y hacer una manta con el musgo, como dice la nana, pero yo no.*

---

* *De piedras son las almohadas,*
*De huesos de antiguos reyes es la cama,*
*La manta, de musgo y tierra;*
*En las profundidades bajo el pasto*
*Duerme el niño hada,*
*Soñando con la arboleda,*
*Oculto y desconocido.*
—De «Las hadas duermen ya», una canción de cuna originaria de Kent, c. 1700.

Alargó una mano.

—Tu capa, Em.

Gruñí, ya que suponía lo que venía a continuación. Me desabroché la capa y se la tendí. Él la sacudió y luego la soltó al viento, lo que hizo que se hinchara y se retorciera hasta que, de alguna manera, se transformó en una tienda de campaña bien dispuesta en el paisaje, como si fuera una tienda normal y corriente; salvo que era del tono exacto de negro medianoche de mi capa.

—¿Cuántos encantamientos le has puesto a mi pobre capa? —refunfuñé.

—Nunca los descubrirás todos —dijo con satisfacción y acarició la tela para alisar las arrugas—. De tantos que hay.

Puse los ojos en blanco.

—¿Cómo no lo imaginé?

—Podemos seguir andando.

—No —me apresuré a decir, ya que había decidido que llegásemos a un acuerdo—. Es perfecto.

Entré y descubrí que era agradable y acogedora, el terreno suavizado como por una capa de cojines. Él me siguió unos segundos después e invocó otra lucecita que dejó suelta para que flotase sobre nuestras cabezas. Tiré de las solapas de la tienda para resguardarnos del viento. Se cerraban con la misma hilera de botones de plata con la que me abrochaba la capa.

Wendell rebuscó un poco por allí —no vi lo que estaba haciendo exactamente— y sacó un puñado de mantas de uno de los pliegues.

No podía dejar de reír.

—¿Qué más has guardado aquí? ¿Una botella de vino, quizá?

—Me temo que no —dijo sin entenderlo, preocupado por doblar las mantas en rectángulos perfectos. Supongo que no debería sorprenderme, nunca se me ha dado bien flirtear. Cuando empezó a separar las mantas en jergones separados, le quité el montón y las esparcí por el suelo.

—¿Qué demonios estás haciendo? Las arrugas, Em, las arrugas…

—Ya me he cansado de las complicaciones entre nosotros —respondí—. Nunca dejaré de estar aterrorizada ante la idea de casarme contigo. ¿Cómo podría? Eso me convertiría en la reina de unas tierras de pesadilla. Pero me gustaría resolver este tipo de cuestiones, al menos.

—¿Este tipo de...?

Lo besé directamente. Él se apartó y al fin pareció comprender el significado de mi interés en pasar la noche en una tienda de campaña así como mi broma sobre el vino.

—¿Sabes? —dijo con el asomo de una sonrisa—, la cabaña sería mucho más cómoda.

—La cabaña está demasiado abarrotada para mi gusto —contesté—. Y no quiero darle a Rose otro motivo para que me lance una de sus fatídicas miradas fulminantes. ¿Preferirías esperar?

Por toda respuesta, me besó... mucho más despacio que el beso que le había dado yo y, también, mucho más experimentado, me temo. Después no se apartó como había esperado, sino que me recorrió el cuello con los labios, lo que me provocó un escalofrío.

—Puedes empezar por quitarte la ropa —dije—. Si quieres. Para aclararlo, es una sugerencia, no una orden.

—Ay, Em —dijo riéndose con suavidad contra mi cuello. Yo tenía las manos en su pelo, que ahora estaba bastante revuelto, algo que me hizo increíblemente feliz.

—Lo siento —dije, ahora cohibida—. A lo mejor no tendría que hablar.

—¿Y por qué no? —Se apartó para observarme con una sonrisa perpleja—. Me gusta cómo hablas. Y todo lo demás, de hecho. ¿Es que no había quedado claro?

Sentí la risa burbujeando en mi interior, pero la oculté tras una expresión seria fingida.

—No estoy segura.

Su sonrisa cambió y me acarició el cuello con las manos.

—Déjame que te lo enseñe.

# 6 de octubre, tarde

Hasta ahora nunca he abandonado un campo de investigación y no me gustaría marcharme, por supuesto; estamos demasiado cerca del nexo. Aun así, puede que lo mejor sea que nos marchemos… ¿Y si nos ocultamos un tiempo, tal vez en Italia o Suiza, hasta que Wendell se haya recuperado del veneno y retomemos la investigación del nexo en Rusia?

Estoy dispersa. Lo cierto es que no tengo ni la menor idea de qué hacer. Lo que está claro es que no podemos quedarnos aquí sentados y esperar a que los habitantes del pueblo vengan a por nosotros con antorchas.

Pero creo que me estoy adelantando.

Esta mañana me desperté antes que Wendell. Nunca he sabido qué hacer en esta situación… Supongo que lo más románico sería verlo dormir, pero a mí nunca me ha ido el romance, así que abrí las solapas de la tienda para dejar que entrase la luz previa al amanecer, me puse la primera prenda de ropa que encontré entre el revoltijo —el jersey de Wendell— y me dispuse a escribir en el diario. Él se removió poco después y murmuró una risa.

—Otras mujeres roncan o hablan en sueños. No recuerdo que nunca me hayan despertado con el sonido vigoroso de la pluma al rasgar el papel.

—Siempre puedes pedirle a una de esas otras mujeres que se casen contigo —dije—. Aunque puede que no sea tan fácil encontrar a una que sea tan tolerante con las hadas asesinas y búsquedas extrañas como yo.

Él apoyó la cabeza sobre mi hombro con aire juguetón y me observó escribir, cosa que a mí no me importó para mi sorpresa; normalmente odio que me miren cuando estoy trabajando.

—Solo tú añadirías notas al pie en tu diario —fue su único comentario.

—¿Alguna vez responderás a mi pregunta?

Cambió ligeramente de postura de manera que su pelo me hizo cosquillas en el cuello.

—¿Cuál de ellas?

—Ya sabes cuál —dije—. La que llevas evitando desde aquella reunión en tu despacho. ¿Por qué te persigue tu madrastra ahora? Creía que no podía matarte.

—No puede salvaguardar su derecho al trono para siempre. Debe dejar una puerta abierta para su derrota. Hay una diferencia.

—¿La hay? —Cerré el diario y lo miré—. Si no la derrocas tú, ¿quién lo hará? ¿Acaso no eres su único rival para el trono?

Evitó mi mirada y tironeó de un hilo suelto en la manta.

—Ella cree que si me mata, tú intentarás vengarme.

Me atraganté.

—¿Que… que yo qué?

—Lo siento, Em. —De verdad parecía arrepentido—. De alguna forma se ha enterado de que te pedí la mano el invierno pasado.

—¿Cómo?

—Espías, supongo. Lo hemos hablado bastante.

Gruñí al pensar en nuestras bromas.

—Debí haberlo supuesto —dijo—. Siempre ha sido de las que tienen un ojo puesto en aquellos a los que quiere.

Ante esto solté el esbozo de una risa.

—Conque te quiere, ¿no?

Él parció sorprendido, como si no existiese ninguna contradicción en ello.

—Claro. Me crio desde los siete años. Tengo más recuerdos de ella que de mi madre biológica.

—Entonces es eso —dije—. Manda asesinos en tu busca porque cree que estamos comprometidos y, por tanto, su lógica disparatada de hada le dice que consagraré mi vida a vengarme de ella si te asesina.

—Así es como funcionan estas cosas en general. Ya conoces las historias.

Claro que las conocía. «Deirdre y el señor del río», «La princesa del palacio de nácar». *

—Si solo nos necesita a uno de los dos vivos, podría limitarse a matarme a mí —señalé—. Eso te dejaría a ti con tus propios medios, unos lamentables. Has demostrado con creces que no tienes capacidad de rastrear tu propia puerta.

—Sí, bueno, la cuestión es que está más preocupada por mí que por ti. No sabe lo temible que eres.

—No lo bastante temible para derrocar a una reina de las hadas, te lo aseguro.

Me besó.

—No tienes de qué preocuparte, Em. No tengo ninguna intención de perecer y si lo hago, te prohíbo que intentes vengarme.

Por extraño que parezca, me sentí culpable… Sabía que era una ridiculez; puede que él no tuviese intención de ponernos en esa posición, pero, aun así, aquí estábamos, y todo por su absurda propuesta.

—No es asunto tuyo prohibirme nada —dije—. Por supuesto que tomaría represalias si te hiriese, si tuviese una pizca de magia para ello.

—¿Qué sentido tendría? —respondió con un encogimiento de hombros—. Nunca he entendido esta obsesión con la venganza que tienen muchas hadas. Creo que debe de ser la sangre de mi abuela. Puede que los *oíche sidhe* no tengan el carácter más paciente, pero no se preocupan por ir en busca de venganza, ya que ¿qué tienen que ver con la utilidad de llevar una casa? No, Em… Si me matan, te doy permiso para escribir un artículo sobre ello. Sé que te resultará un cometido más satisfactorio.

Empezó a enroscar los dedos en mi pelo. Abandoné la discusión —por el momento— y aparté el diario a un lado.

---

* Deirdre fue una reina irlandesa que envió a su ejército al País de las Hadas para vengar la muerte de su marido hada a manos de sus hermanos. «La princesa del palacio de nácar» puede tener su origen en Francia, una variante de *La princesse et le trône du sel*. «Sel» significa sal, y probablemente se tradujese mal como «*shell*» (nácar), pero el contexto de la historia es el mismo: una princesa de las hadas en un reino bajo el mar dedica su vida a vengar la muerte de su prometido, el príncipe de un reino insular a pesar del hecho de que abandonar el mar la condena a una muerte lenta, a la que al final sucumbe solo tras asesinar al último de los que conspiraron para el asesinato de su prometido.

Más tarde, Wendell introdujo la mano bajo mi almohada y sacó el lazo allí atrapado.

—Se te ha caído esto.

Me lo tendió. Era verde… uno de los de Eichorn que me había guardado en el bolsillo la noche anterior. Había otro enredado entre las sábanas, azul con el borde deshilachado. Los apreté juntos en un puño.

—Eichorn —murmuré, luego me incorporé de súbito—. Podemos utilizarlos para encontrarlos. ¿Verdad?

Él se tapó los ojos con el codo y jadeó entre risas. La luz de la mañana se arremolinaba en el hueco entre sus clavículas y le resaltaba el dorado de su pelo.

—Vaya, sabía que los arrumacos eran demasiado pedir —dijo—, pero esperaba que al menos se me permitiera dormir la mañana.

—¿No quieres encontrar la puerta?

—No —dijo acercándose a mí—. En este preciso momento, puedo decir con total sinceridad que mi único deseo es permanecer aquí contigo. Esos dos llevan cincuenta años deambulando por estas montañas; estoy seguro de que sobrevivirán otra hora o dos.

Lo miré con fijeza y no pude evitar que mis ojos se clavaran en su pelo alborotado y las líneas afiladas de sus hombros. Bueno, a mí tampoco me importaría esperar.

Él pareció percibirlo y me tomó la mano con una sonrisa.

—¿Te he decepcionado?

—No —dije, en cierto modo, con demasiado énfasis, tanto que noté el rubor extendiéndose en mi rostro. Fallo mío… Adoptó una expresión terriblemente traviesa.

—Aunque nada comparable a ese tal Leopold —comentó.

—No sé qué necesidad hay de sacarlo a colación.

—Porque lo has mencionado muchas veces.

—¡Lo he mencionado solo tres veces en tu presencia! —exclamé.

—¿De verdad? —Parecía verdaderamente sorprendido—. Juraría que había sido al menos una docena.

—Por no mencionar que no tenía ni idea de que yo te interesase —añadí.

—Sí lo sabías.

Por suerte, había una cantidad ingente de almohadas esparcidas a nuestro alrededor. Agarré una y se la arrojé a la cara.

Él se rio y me besó. Me olvidé de todo un momento, pero cuando se apartó, la oportunidad que teníamos ante nosotros se afianzó.

—¿Podrías rastrear a Eichorn utilizando los lazos? —insistí.

—Lo dudo. No soy un sabueso.

Solté un quejido de frustración.

—Estaba tan cerca anoche. De él y de Grey, de los dos. Si solo hubiera podido hablar con ellos.

—¿Cómo? —dijo—. Eichorn ha hablado contigo antes, es cierto… Pero no sabemos cómo lo consigue y siempre ha sido él quien ha tomado la iniciativa. Los dos están seriamente atrapados en el País de las Hadas. Ella más que él.

Fruncí el ceño.

—¿Cómo lo sabes?

Él se limitó a sacudir la cabeza mientras examinaba los lazos.

—Bueno, es posible que… pueda sentir a ese incompetente cuando los sostengo, como si fuesen una cuerda y él sacudiese el otro extremo.

—Así que eres un sabueso después de todo.

—Tal vez… ¿Recuerdas esas direcciones sin sentido que te dio?

—¿Es relevante? —pregunté sorprendida—. Supuse que estaba delirando.

Sin embargo, repetí las indicaciones. Nos vestimos y Wendell estuvo quejándose en voz baja todo el rato. Lo seguí fuera de la tienda de campaña y luego la miré, preguntándome cómo proceder para volver a transformarla en mi vieja capa de siempre. Agarré una parte del tejado acabado en pico, desde donde se volvió a plegar sobre sí misma a su forma anterior con un suave susurro de la tela. No pude evitar quedarme mirándola y me habría gustado examinarla, como un niño mira la manga de un mago en busca de un bolsillo secreto y cosas así, pero Wendell ya se alejaba a grandes zancadas. Me eché la capa por encima, la abroché y me apresuré a alcanzarlo.

—Seguro que las direcciones de Eichorn no sirven de nada —dije—. ¿Cómo vamos a saber dónde murió su hermano? ¿O dónde vio a un fantasma?

—Ah, creo que no tiene nada que ver con Eichorn —respondió Wendell—. A mí me suena como el tipo de direcciones disparatadas que a los bogles les gusta dar a los mortales perdidos, lo mejor para hacer que pierdan el juicio por completo. Para ellos es una broma, pero claro, son criaturas miserables que no tienen nada mejor que hacer. Creo que si los encontramos, puede que hallemos a Eichorn.

—Por supuesto —murmuré. Los balbuceos de Eichorn no habían sido una especie de mensaje profético entregado en mi beneficio... Simplemente se había repetido las direcciones de los bogles a sí mismo bajo la suposición equivocada de que le haría algún bien.

Wendell se detuvo para mirar los lazos, luego paseó la vista por el paisaje con una mueca.

—En realidad no sé qué estoy haciendo —admitió—. Pero he encontrado el camino de un bogle. Esas pequeñas alimañas pasan por aquí a menudo.

Siguió andando. Yo no veía muchas evidencias de que estuviésemos en ningún tipo de sendero más allá de algunas zonas de hierba seca aquí y allá —a pesar de mi ojo experto, no lo habría notado—. Llegamos a un pequeño prado de flores silvestres con una neblina serpenteando entre ellas como hebras delgadas. Wendell me tomó la mano y me guio para rodearlo.

—¡Maldita madriguera! —masculló.

—¿Eso era una puerta? —inquirí entusiasmada. Ahora que no estaba en peligro de perderme sin remedio, mi entusiasmo por las puertas de las hadas había regresado—. ¿A dónde conduce?

Él se limitó a negar con la cabeza con aire pesimista.

—Tú alégrate de que anoche no tomaras esta dirección.

En la siguiente elevación se detuvo para observar los lazos con los ojos entornados y después, al supuesto camino del bogle.

—Es como intentar navegar con dos brújulas rotas, cada una apuntando en direcciones opuestas —se quejó.

Suspiré.

—Quizá deberíamos regresar.

—No he dicho que fuera imposible. Solo es un proceso bastante irritante. Vamos.

Me tomó la mano de nuevo y me llevó a la izquierda por ningún motivo que yo pudiera discernir. Después atravesamos una hondonada pantanosa a pesar de la existencia de un camino más fácil a tan solo unos metros de distancia, y luego insistió que nos pusiésemos de lado para pasar apretujados entre dos robles que crecían juntos. Comenzaba a resignarme a pasar horas caminando con tiento cuando se detuvo y arrojó los lazos a un lado sin miramientos.

—¡Wendell! —dije. Entonces me volví en la dirección en que miraba y ahí estaba Eichorn.

El profesor Bran Eichorn se encontraba de pie sobre una roca solitaria con una mano haciendo visera sobre los ojos oteando el paisaje. Llevaba la misma capa gruesa con los lazos sobresaliendo de los bolsillos y parecía rondar los cuarenta años. Mientras lo observábamos, se llevó las manos a ambos lados de la boca y gritó:

—¡Dani!

—¡Wendell! —dije, bastante perpleja—. Esperaba que nos llevase más tiempo.

Wendell me dedicó una mirada incrédula.

—Llevábamos caminando casi media hora. Es más que suficiente para un estómago vacío.

Eichorn se dio la vuelta y nos descubrió. Echamos a andar mientras él bajaba de la roca. Tenía una expresión confusa, casi temeroso, y por un momento me pregunté si saldría huyendo. Me pregunté cuán loco estaría esta versión en particular de Eichorn.

—Usted —comenzó mirándome fijamente—. Me acuerdo de usted. ¿No?

—Eso espero —dijo Wendell—. Ha estado persiguiéndola estas últimas semanas balbuceando sinsentidos.

—¿Qué vas a hacer? —intervine yo.

—Está atrapado en el País de las Hadas. Así que tengo que sacarlo, por supuesto.

Y eso fue lo que hizo. No es algo que pueda describir correctamente, ya que no lo vi. Le tendió una mano a Eichorn —que el hombre aceptó con el ceño fruncido— y tiró de él hacia delante. Pero lo sentí: una dislocación repentina, similar a caer. Las briznas de hierba se estremecieron y por un breve instante, todo se quedó inmóvil.

Entonces el mundo volvió a enderezarse y los tres estábamos sobre una pequeña colina parecida a la misma en la que nos encontrábamos hacía un momento, aunque ahora sabía que estábamos en el reino mortal y que habíamos salido juntos del País de las Hadas. Eichorn miraba fijamente a Wendell, asombrado.

Esperaba que preguntase el año o dónde estaba, tal vez, que demostrase ser un poco consciente de que, por fin, era libre. En lugar de eso, nos miró uno por uno y dijo:

—Debo encontrar a Dani. Sigue ahí fuera, lo sé.

—Profesor —dije despacio—, la encontraremos juntos.

Regresamos a la cabaña para recoger a Ariadne y Rose… y a Shadow, por supuesto. La bestia no cabía en sí de alivio y no dejaba de saltar sobre mí con la lengua fuera. Todavía me dolía el tobillo, pero ahora solo era una molestia soportable.

La presencia de Eichorn se hacía bastante de notar en la pequeña cabaña y Ariadne y Rose se quedaron de repente sin palabras cuando hice las presentaciones. Eichorn apenas les echó un vistazo; estaba paseando la mirada por la cabaña con el ceño fruncido. Me di cuenta de que probablemente él también se hospedó aquí hace medio siglo. Ariadne se levantó apresurada del sillón con la intención de ofrecérselo a él, aunque yo sospechaba que simplemente quería poner distancia entre ellos. No la culpo. Un aura sobrenatural se pegaba a Eichorn como el rocío; en parte era por el hecho de que mostraba pocos signos de cansancio a pesar de haberse pasado décadas deambulando por las montañas.

—¿Y el desayuno? —fueron las primeras palabras que salieron de la boca de Wendell. Se estaba frotando el espacio entre los ojos.

—Julia no ha venido todavía —dijo Ariadne—. ¿Está bien?

Él hizo un ademán para tranquilizarla. Dije:

—Profesor Eichorn, nos dijo a Wendell y a mí que tenía un presentimiento sobre dónde pudo haber entrado de Grey en el País de las Hadas. Le sugiero que nos lleve allí ahora para que Wendell intente rastrearla.

—Como un sabueso enaltecido —mascultó Wendell.

—Emily —me regañó Rose—. ¿No te estás precipitando?

—No —espeté—. De Grey sabe la ubicación del nexo, que debemos encontrar lo antes posible. Puede que los cazadores vuelvan en cualquier momento, o quizá una nueva especie de hada asesina. Hay que detener a la madrastra de Wendell de una forma u otra.

—Bueno, te estás adelantando a mí —dijo Rose—. El peligro es tal que debemos ser metódicos y estratégicos. Es probable que los faunos secuestrasen a de Grey, así que ¿cuál es el plan si nos los encontramos? Son unas criaturas malvadas… y no me sorprende, dado el reino en el que habitan. —Hizo un gesto vago en dirección a Wendell.

—Eso no puedo discutirlo, me temo —dijo Wendell—. En mi reino habitan algunas hadas horribles. Tenéis suerte de que yo sea una de las pacíficas.

—Sí, eres todo un modelo de ecuanimidad —respondí con sequedad a la vez que Rose le dirigía a Wendell una mirada consternada. Wendell no se dio por aludido ni por la mirada ni por el sarcasmo. Todavía no sé si no es del todo consciente de sus arranques asesinos cuando le dan o si simplemente los ve como un hecho normal y corriente de la vida.

Rose se dirigió a Eichorn.

—¿Cómo es que se le apareció a Emily en Cambridge? ¿Y en el tren? ¿Qué conexión tiene con ella?

—No lo sabe —lo interrumpí antes de que Eichorn pudiese responder. Wendell y yo ya habíamos tratado esto con él—. Ni siquiera era consciente de que había abandonado los Alpes, solo que estaba hablando conmigo.

—¡Mmm! —musitó Rose—. Aun así, debe de haber una conexión. ¿Una especie de artefacto, tal vez, que funcione como ancla, una puerta?

Parecía estar hablando consigo mismo.

—Doctor Rose, puede quedarse aquí si lo desea y trabajar en sus teorías —dije—. El resto de nosotros encontraremos a de Grey.

Me miró con fijeza.

—Emily, no podemos limitarnos a lanzarnos a la aventura con este hombre. Ya te lo he dicho y lo seguiré haciendo hasta que te entre en la cabeza: tu confianza en las hadas es peligrosamente inapropiada.

—Bran Eichorn no es un hada.

—Ha estado dando tumbos por su reino durante cincuenta años —bramó Rose indignado—. ¿Quién sabe qué encantamientos le habrán lanzado? Puede que nos lleve directos a la trampa de un bogle.

—No estoy encantado —dijo Eichorn con frialdad—. Y estoy justo aquí.

Cerré los ojos un breve instante. *Y por esto trabajo sola,* pensé. Ya podría haber salido por la puerta con Wendell.

—Farris, he tomado mi decisión. Esta es mi expedición, no la suya... Creía que ya lo habíamos dejado claro.

Él se irguió hasta alcanzar su máxima estatura, apenas dos centímetros y medio más que la mía.

—Eres obstinada y poco comedida. No son cualidades de provecho para una académica.

—Y usted no ha tenido ni una idea innovadora en una década —espeté—. Le dan tanto miedo las hadas, los nuevos métodos de investigación, cualquier cosa que altere su seguridad y la comodidad de su rutina en Cambridge que se ha vuelto irrelevante.

Eichorn dio un golpe sobre la mesa.

—¿Qué tiene que ver toda esta cháchara con Dani?

Shadow empezó a aullar. Corrió hacia Wendell, pero Ariadne lo detuvo por el collar.

—¿Qué le pasa? —gritó.

—Shadow —dije y me acerqué a él.

—Yo no voy a ninguna parte sin una taza de café —anunció Wendell. Y luego se desplomó.

Eichorn no nos condujo al bosque como había esperado, sino al pueblo. Empezaba a lloviznar, aunque las nubes grises tormentosas en el cielo parecían no tener claras sus intenciones y se despejaban cada poco para bañar el campo con la luz brillante del sol. El viento, sin embargo, seguía soplando con fuerza y me soltaba el pelo del recogido, recogía piñas y hojas claras y las arrojaba en nuestro camino.

No quería dejar atrás a Wendell, pero ¿qué otra cosa podía hacer? Era evidente que el esfuerzo de haber sacado a Eichorn del País de las Hadas había acelerado el veneno en su interior; estaba casi inconsciente cuando lo condujimos escaleras arriba hasta su cama. En su habitación empezó a llovernos y una alfombra de musgo salpicado de margaritas se desplegó bajo nuestros pies. Las siluetas de unos pájaros surcaron el suelo, aunque no vimos ninguno. Le abrí la camisa a Wendell y vi que las sombras también se agolpaban ahí. Me aterrorizaba marcharme, pero permanecer a su lado me daba el mismo miedo. Así que Ariadne se quedó con él y partimos en busca de la única persona que conocía el camino hacia su reino.

¿Y luego qué? Ignoré la pregunta. Wendell se recuperaría. De alguna manera, encontraría la solución.

Me sorprendió que Rose insistiera en acompañarnos dadas sus anteriores protestas, pero el hombre se mostraba inflexible.

—No dejaré que partas en esta estúpida misión tú sola —dijo. Mostraba determinación, producto de la condescendencia y, por tanto, resultaba extremadamente irritante, aunque no pude evitar sentirme avergonzada por haberlo criticado antes. Rose no era un cobarde, y había sido mezquino por mi parte implicarlo. Era, de hecho, el motivo por el que se nos había presentado esta oportunidad, ya que él fue quien sugirió recuperar los lazos de Eichorn. Una parte de mí quería intentar rebajar la tensión entre nosotros, pero no había tiempo. El clima estaba cambiando, Wendell estaba mortalmente enfermo y necesitábamos hacer algo.

—Intentaremos rastrear a de Grey sin ayuda de un hada —señaló Rose cuando estábamos en la habitación húmeda y musgosa de Wendell mientras lo veíamos dormir. Expulsé el aire despacio.

—No del todo —dije y saqué el collar que había tomado prestado del Museo de Driadología. Parece que fue hace una eternidad cuando Wendell y yo luchamos contra las diáfanas grises y, aun así, eso pasó hace tan solo unas semanas.

Shadow al principio no pareció afectarle que le abrochara el collar alrededor del cuello. Ya los ha llevado antes, tanto los corrientes como la variedad feérica. Pero a medida que avanzábamos, sus andares pesados se volvieron más gráciles y se detenía con frecuencia para olisquear las cosas.

—¿Qué hace? —inquirió Rose.

—Está hecho por los hobgoblins —dije—. A veces tienen grims como perros guardianes. La leyenda asociada a él sugiere que mejorará la rapidez y los sentidos de Shadow.

Rose negó con la cabeza, pero me di cuenta de que se le estaba agotando la energía de dar sermones. Lo cual estaba bastante bien, pensé, dada su afición por los artefactos de las hadas. Además del reloj de bolsillo, había descubierto que también estaba en posesión de un par de botas mejoradas por un brownie del hogar que eran impermeables a las inclemencias del tiempo así como a los guijarros del camino. El collar de Shadow nos protegería, pero también lo protegería a él. Por su edad, cada vez me sentía menos cómoda con la idea de poner en peligro a mi bestia leal sin ofrecerle alguna clase de armadura.

—¿Qué hacemos aquí? —le pregunté a Eichorn cuando nos detuvimos en el montículo tras la iglesia. Una granjera que pasaba por allí y cuyo nombre había olvidado —una de las muchas Haas, creo—, nos saludó con un asentimiento a la vez que miraba con algo de curiosidad a Eichorn, al parecer, sin darse cuenta de que se trataba del mismo espectro que ocupaba un lugar tan prominente en el acervo popular.

—Creo que aquí fue donde desapareció —afirmó Eichorn.

Bran Eichorn es un hombre de pocas palabras, una característica que normalmente aprecio en los demás; sin embargo, en este caso, necesitaría elaborar casi cada declaración. Yo también era incapaz de tantear su nivel de cordura, que tampoco era lo ideal. Él no se sumía en diatribas ni desvariaba y respondía de manera racional cuando le hablábamos. Aun así, también parece del todo implacable en su búsqueda de de Grey y muestra poca apreciación —y, de hecho, comprensión—, a que haya escapado de su prisión solitaria en el País de las Hadas. Es como si el tiempo que ha pasado allí lo haya reducido a un mito andante, tan solo capaz de caminar una y otra vez por los confines familiares de su historia.

Miré a mi alrededor y me detuve para masajearme el tobillo rígido. En la colina había una hilera de árboles desaliñados, la mayoría muertos o moribundos, que crecían tras ella y que protegían de forma parcial la iglesia; el camino artificial que transcurría por debajo estaba cubierto por ortigas espinosas. Esto creaba una atmósfera poco acogedora que me animó al instante, ya que activó mi instinto. Había algo ahí, estaba segura.

—Nuestra teoría es que de Grey desapareció en el Grünesauge —le dije a Eichorn—. Su último lazo está en la cresta que da a ese valle.

—Sí —respondió Eichorn—, eso es lo que pensaban los habitantes del pueblo. Creyeron que se había caído por el precipicio. Desde luego, el nexo se encuentra en el Grünesauge, pero no es donde desapareció ella.

—¿Por qué no? —añadí cuando volvió a quedarse callado.

—Me parece que fue al Grünesauge la noche que desapareció. Creo que se vio obligada a huir al valle aquella noche y por eso no le dio tiempo a dejar más lazos. Las criaturas que la persiguieron la atraparon aquí y la arrastraron hasta la puerta que está en este mismo montículo.

—¿Cómo lo sabe?

Me guio a través de los tréboles púrpura hasta la cima de la colina.

—Ahí está el Grünesauge —señaló.

—Ah —murmuré. El manto oscuro de árboles no estaba lejos y el pequeño lago azul lanzaba destellos con la luz del sol intermitente. Mi sentido de la geografía siempre se desorienta en las regiones montañosas y me di cuenta de que el valle estaba muy cerca de allí, en el extremo norte del pueblo; la ruta más larga que normalmente seguíamos era necesaria por lo empinado que era el terreno tras la iglesia. Tendríamos que trepar la mayor parte del camino para llegar hasta allí, a veces bajando por paredes de rocas escarpadas.

—¿Dani sabía trepar? —pregunté.

—Dani sabía trepar —confirmó él con un orgullo silencioso que lo hizo humano de nuevo, al menos por un instante, antes de que su expresión volviese a transformarse en una de preocupación extrema.

—Seguro que encontró pruebas de que vino por aquí —dijo Rose—. De otra manera, todo esto son conjeturas sin sentido.

—Sí, profesor —contestó Eichorn—. Puede que los académicos de mi generación no contasen con vuestras metodologías modernas, pero aun así no estamos tan desamparados como parece creer.

Se sacó una cadena del bolsillo. Pendiendo de ella había una llave.

Se la quité.

—¿A dónde conduce?

La sombra de una sonrisa se asomó a su rostro.

—Tranquilícese, profesora Wilde. Es una llave humana corriente. Es de Dani, del apartamento que compartimos en Cambridge. —Hizo una pausa—. Compartíamos. Uno de los pastores se la encontró poco después de que Dani desapareciese. Creo que la dejó caer a propósito para que yo supiera dónde la habían capturado.

—¿En qué lugar exacto la encontraron? —dije, examinando ya el paisaje.

Él negó con la cabeza.

—El pastor no se acordaba. Solo que fue en esta colina.

—Pero ¿no había encontrado una puerta? —lo presioné. Tras nosotros, las campanas de la iglesia comenzaron a repicar.

—No. Rastreé la colina y sus alrededores, pero solo encontré la puerta de la casa de un simple brownie. Una noche, cuando regresaba a la cabaña, me envolvió la niebla y me perdí.

—Es entendible, dada la cantidad de reinos de las hadas que plagan el paisaje —dijo Rose. Creo que intentaba apaciguar a Eichorn, a quien no parecía caerle muy bien. Eichorn no dio muestras de haberlo notado.

—Shadow —murmuré y el perro se acercó a mí. Juntos llevamos a cabo una búsqueda sistemática de la ladera de la colina. Encontré la puerta del brownie con facilidad: una cavidad en la colina con muchos ranúnculos amarillos en el exterior que desentonaban entre los tréboles. Fue más o menos una hora antes de que encontrase la otra puerta.

—Ahí —dije. Para entonces llovía a cántaros y todos estábamos empapados y temblando, incluso Eichorn.

Rose, que había estado resoplando y mascullando para sí mismo todo el tiempo, se colocó a mi lado cruzado de brazos.

—¿Qué? Yo no veo nada.

—Esas dos piedras —dije—. ¿Ve que marcan una especie de camino?

—Emily —respondió Rose secando la lluvia de las gafas—, hay una decena de piedras como esas desperdigadas por toda la colina. Sugiero que nos resguardemos en la iglesia hasta que amaine el temporal.

—A veces la lluvia las delata —añadí. Con cuidado, introduje la mano entre las piedras y recogí un puñado de tierra. Luego dejé que se escurriera entre mis dedos en una nube de polvo. Estaba totalmente seca, como si a la lluvia no le gustase el contacto con ella.

Eichorn también tocó la tierra, como si necesitase verlo para creerlo. Luego me miró fijamente durante tanto tiempo que me incomodó.

—Me pasé días aquí —dijo al final—. Sus instintos son equiparables a los de Dani, profesora Wilde.

Me encogí de hombros.

—Puede que la puerta esté cerrada para nosotros. Pero sugiero que nos llevemos a Shadow e intentemos ver qué tipo de reino alberga tras ella. No avanzaría más… Necesitamos a Wendell.

No expresé el plan que había estado tramando en silencio: que podía reunirme con las hadas que habían secuestrado a de Grey en un intento de negociar con ellas su liberación. He hecho trueques con las hadas antes y he tenido más éxito que la mayoría de los académicos. De repente se me ocurrió que sería mucho más rentable localizar a los carceleros, sobre todo cuando la prisionera era tan caprichosa como un fantasma.

—Está totalmente fuera de discusión —anunció Rose. Tenía la mata de pelo blanca y lisa aplastada sobre el cráneo, lo cual le daba un aspecto más mayor y abatido—. Ni siquiera sabemos si encontraremos a de Grey sea cual sea el reino que esté tras esa puerta.

—Los reinos de aquí son laberínticos —respondí—. Están solapados y enredados. No solo eso, sino que de Grey y Eichorn estaban atrapados en el tiempo. Solo porque vi a de Grey en ese despeñadero con aspecto de anciana no significa que una versión más joven de ella no esté tras esa puerta. De hecho, parece del todo probable.

—Caramba —murmuró Rose y se pasó la mano por el rostro.

—¿Por qué es tan difícil? —dije frustrada. Rose se había pasado toda su carrera estudiando a las hadas. Ya debería estar acostumbrado a estas paradojas.

La única respuesta de Rose fue una risa suave. Se arrodilló para examinar la puerta.

—Parece que siempre voy un paso por detrás de ti, Emily. Puede que así sea como debamos proceder. Lo que no puedo es permitir que vayas sola.

—Lo único que conseguirá es entorpecerme —dije, porque no tenía tiempo para formalidades.

—*Hallo!* —nos llamó una voz—. ¿Necesitan ayuda?

Me di la vuelta. Era la granjera mayor con la que nos habíamos cruzado antes… Todavía no recordaba su nombre. Estaba un poco más arriba del camino que bajaba por la parte trasera de la iglesia y nos miraba con los ojos entornados.

—Estamos bien, Agnes —respondió Rose.

—¿Qué?

—¡Que estamos bien! —vociferó él.

—Por el amor de Dios —murmuré. Un segundo lugareño apareció tras la primera… El marido de Agnes, supongo, un hombrecillo canoso con una joroba prominente. Hablaron en alemán entre sí y nos lanzaron miradas preocupadas.

—Oscuro pronto, ya saben —nos gritó Agnes—. Muy idiotas.

—Sí, lo sabemos —respondió Rose—. Estamos investigando.

—¿Qué?

—¡Investigando!

Se hizo un silencio sepulcral.

—No tengo mucho inglés —dijo Agnes—. ¡Ir dentro! ¡Idiotas!

—Tenemos que librarnos de ellos —mascullé entre dientes.

Rose volvió a repetir lo que había dicho en alemán. Agnes volvió a debatir con su marido. O Rose los había convencido o se habían resignado a los instintos suicidas de los extranjeros que estaban de visita, ya que al fin se dieron la vuelta y regresaron a la iglesia.

—Agnes tiene razón —dijo Rose con sequedad—. Se nos está yendo la luz. No desearía en especial encontrarme con las mismas criaturas que nos han estado arañando la puerta.

—Entonces vuelva —espeté. Ya me había hartado de escuchar las opiniones de los demás. Mis instintos nunca me habían fallado antes... Si hubiese estado sola, ya habría traspasado la puerta de las hadas con Shadow.

—¿Qué ha sido eso? —murmuró Eichorn.

Me volví. A través de la luz tenue solo pude distinguir una silueta: una criatura delgada, del tamaño de un niño con algo alzándose sobre su cabeza.

Cuernos.

Rose tanteó en busca de su farolillo y la luz incidió sobre una constitución macabra, visible solo lo que dura un parpadeo. Ojos luminosos, distendidos; un hocico largo como no había visto en ninguna criatura. Los cuernos eran retorcidos y huesudos (no sé quién fue el académico que los comparó con los anillos de los árboles, pero tenía alma de poeta, ya que eran escabrosos, como protuberancias enfermas).

—¡Cielo santo! —trastabillé hacia atrás. Pasó tan deprisa que fue visto y no visto: Shadow se abalanzó hacia delante; el collar le confería una agilidad que sus huesos añosos ya no poseían.

—¡Shadow, no! —me desgañité, pero el perro no me hizo caso. Cayó sobre el hada en un instante y por un momento solo se escuchó el entrechocar de unos dientes y una especie de grito ahogado con un gorgoteo y, después, silencio. Cuando Shadow emergió entre las sombras, había doblado su tamaño y tenía el hocico ensangrentado alrededor de sus colmillos al descubierto.

Rose gritó y emprendió la retirada. Pero había varios faunos tras él —creo—. Parece que las criaturas preferían las sombras, lo cual habría sido lo ideal dado su aspecto, solo que eso implicaba que no sabías cuándo la luz parpadeante del farol se trabaría sobre sus rostros como un hilo en un clavo oxidado. Sentí el encantamiento recorrerme, alguno lanzado por los faunos, pero por suerte era lo bastante débil como para sacudírmelo de encima, tan débil que creo que lo habría soportado incluso sin mi capa.

Como no quería que se repitiera el incidente con las hadas del Grünesauge, tiré de Rose para alejarlo de los faunos, pero él se defendió. Era como si algo lo hubiera poseído; cuando consiguió desasirse de mí, emprendió el camino de regreso con los faunos con el paso errático de una marioneta.

Maldije. El encantamiento que yo había ignorado con tanta facilidad había atrapado a Rose por completo. Tuve que aplacarlo para evitar que cayera en manos de las bestias; aterrizó en el suelo con un gruñido alargado.

Los faunos tenían manadas de perros con ellos sujetos por correas, unas criaturas pequeñas con fauces demasiado grandes. Digo «perros» a falta de una palabra mejor: tenían más bien el aspecto de unas ratas más grandes de lo común con la postura de unos hombrecillos jorobados. No había nada en ellos que tuviera sentido y la parte de mí que sentía rechazo por ellos me seguía obligando a apartar la vista. Shadow descubrió a los perros y echó la cabeza hacia atrás para liberar un aullido ululante que me llenó de imágenes de túneles oscuros y gusanos retorcidos hasta que agarré la moneda que tenía en el bolsillo y me obligué a contar hasta cinco. Como si fueran uno, los perros hada huyeron de sus dueños, gruñendo y tratando de morder a aquellos que intentaban retenerlos. A uno de los faunos casi le arrancan la pierna de un mordisco.

—¡Shadow! —Me abracé al cuello de la bestia tratando de sujetar el collar. Movía la cabeza de un lado a otro como si tratase de sacudirme de encima. Ahora era incluso más grande y sus hombros casi llegaban a la misma altura que los míos, salvo que unos huesos extremadamente delgados sobresalían bajo su piel. Más que nunca, se parecía a un sabueso negro en su estado natural, sin hechizos. Me maldije por haberle puesto el collar.

—Shadow. —Volví a intentarlo, medio sollozando, pero no me escuchó.

Uno de los faunos había atrapado a Rose y arrastraba al hombre por la capa a lo largo de la colina. Yacía extrañamente inmóvil, a pesar de que la tela parecía estar asfixiándolo. Varios habían rodeado a Eichorn mientras él blandía ante ellos una rama rota. Otros perseguían a sus perros en silencio. Eso era lo peor de estas criaturas: todo lo hacían en silencio. Por fin conseguí que Shadow se sentase sobre sus cuartos traseros y salí corriendo tras Rose, pero de repente había luz por todas partes y los fogonazos se proyectaban por toda la colina.

—¡Son nuestros buenos vecinos! —gritó una voz en alemán.

—¡Encended las luces! —respondió otra voz—. ¡Hacedles saber que son nuestros invitados. ¡Lanzad las ofrendas!

Agnes y su marido habían regresado —tan solo pude distinguirlos bajando a trompicones la ladera con los faroles en alto—. En un alarde de amabilidad desacertado y para nada merecido, habían reunido a un puñado de los habitantes del pueblo para venir al rescate de los académicos idiotas que se habían enredado con las hadas locales más temibles a pesar de sus advertencias. Se me escapó un sonido estrangulado, algo a medio camino entre un sollozo y una risa.

—¡Regresad! —les gritó Eichorn a los lugareños. Rose se estaba poniendo de pie, jadeando, ya que los faunos lo habían soltado para atrapar las «ofrendas» que los habitantes les habían lanzado. Me habría esperado tozos de carne sanguinolenta, pero en vez de eso, por ridículo que suene, parecían arrojarles verduras, sobre todo zanahorias y cebollas.

¿Cómo había ocurrido? Recuerdo la escena como un borrón de ruido y movimiento. Creo que en ese momento me eché a reír... Sí, a reír. La imagen de esas bestias atroces apaciguadas por una lluvia de zanahorias era demasiado para mantener la compostura, hecha trizas, y por un momento pensé que se convertiría en otra historia que contaría en las conferencias o para sonsacarles unas carcajadas a mis estudiantes. Porque las hadas son terribles, desde luego, monstruos, tiranos o ambos, pero ¿no son también ridículas? Ya sean bestias violentas distraídas por verduras, criaturas lo bastante poderosas para convertir la paja en oro que felizmente cambiarán por un simple collar o un gran rey derrocado por su propia capa, hay un hilo inaudito entretejido en todas las historias de hadas al que estos seres son completamente ajenos. Creo que pensaba en esto mientras todo se derrumbaba.

El marido de Agnes llegó hasta nosotros primero, seguido de cerca por Roland Haas y Eberhard Fromm. No tengo ni idea de qué pensaban que estaban haciendo; a lo mejor pretendían razonar con los faunos o interponerse de forma heroica entre ellos y nosotros. Shadow acababa de destrozar a otra de las bestias que se había acercado demasiado (a su forma de ver, sediento de sangre) a mí. Ahora era tan grande que intimidaría a un caballo de guerra, con el pelo largo y ondulante como las algas en las oscuras corrientes marinas, y se le formaba una melena en la cabeza. Tal vez no se dio cuenta de que los habitantes se acercaban y solo atisbó un movimiento por el rabillo del ojo, un fauno en potencia abalanzándose desde las sombras. Cuando Eberhard llegó a mi lado, Shadow atacó y sus fauces enormes se cerraron en torno al pecho del hombre, lo levantó limpiamente del suelo y lo sacudió con violencia antes de arrojarlo a un lado.

No recuerdo cómo se sucedieron los hechos que siguieron; todo fue un caos. A Eberhard Fromm, que no se había movido ni hablado tras su grito de terror inicial, se lo llevaron los habitantes del pueblo a algún sitio (no nos dicen dónde). La mayoría no parecía ser consciente de qué había ocurrido con exactitud con tanto caos o el papel que habíamos tenido en ello. Los otros los informarían más pronto que tarde, lo sabía. No había nada que pudiéramos hacer con la lluvia, que se había vuelto torrencial, junto con la amenaza de los faunos todavía pendiendo sobre nosotros, salvo emprender la retirada apresurada a la cabaña.

Y por eso estoy aquí, sentada junto al fuego, escribiendo en este diario como si hacer que nuestro aprieto cobre algo de sentido pueda suavizarlo en cierta manera. Cada crujido y rumor de la cabaña hace que se me acelere el pulso por miedo a las visitas poco amistosas, ya sean hadas o de la especie humana. ¿Cuánto tiempo más nos dejarán refugiarnos aquí después de lo que hemos hecho? De lo que he hecho. Yo he hecho esto.

# 7 de octubre

Después de leer otra vez la última entrada, me temo que las emociones de anoche abrumaron mis facultades racionales. Deja que intente aclarar los hechos. Siento que, ahora más que nunca, es importante dejar una crónica rigurosa de los que pueden ser mis últimos días con vida.

¡Cuánto melodrama! Aun así, no veo la posibilidad de que esté equivocada.

Como era de esperar, la cabaña era una pesadilla cuando regresamos. Las enredaderas se derramaban por la ventana de Wendell y trepaban hasta el techo. Ahora la hierba estaba repleta de campanillas, una flor que no tiene sentido encontrar en esta parte del mundo, y del precipicio tras la cabaña nos llegaba el sonido misterioso de unas olas. Lo más raro era la lluvia, que había amainado de un aguacero montañoso racheado a una llovizna suave, pero solo cuando uno se encontraba a pocos metros de la cabaña, como si alguien sostuviese sobre ella un paraguas con unas cuantas goteras.

Encontramos a Wendell despierto, paseándose por la cabaña en busca de sus botas y totalmente decidido a partir en nuestra búsqueda. Ariadne, que iba tras él bastante nerviosa, nos explicó de manera atropellada que lo había obligado a tomarse uno de los pasteles de Poe mientras dormía, tras lo que se levantó y exigió saber dónde había ido. Ella solo consiguió evitar que se adentrase en la noche escondiéndole la capa y las botas —y bien que hizo, puesto que él estaba pálido, temblaba y claramente no estaba en condiciones de aventurarse ni siquiera al jardín—. Me envolvió en un fuerte abrazo cuando entré y me regañó por dejarlo allí; yo logré conducirlo hasta uno de los sillones junto al fuego. Ariadne se apresuró a envolverlo con una manta, como si eso pudiera evitar que intentase salir otra vez.

—¿Dónde demonios has escondido mis cosas, diablilla? —quiso saber.

Ariadne le dedicó una mueca cansada pero victoriosa.

—Su capa está en el armario, dentro de la de repuesto del doctor Rose, que he puesto del revés. No la vio. Y en cuanto a las botas, una está en el parterre de flores de fuera y la otra a simple vista en mi habitación, ya que odia mirarla porque está hecha un desastre.

—Cielos —murmuró Wendell—. Tienes la mente igual de retorcida que tu tía.

Rose se sentó en el sillón frente al de Wendell, dejándome a mí el taburete entre ellos. Ariadne y Eichorn se sentaron a la mesa. Eichorn había declarado que volvería a la puerta de las hadas a primera hora para intentar rastrear a de Grey, supusieran los faunos un problema o no, y desde entonces se había sumido en un silencio pensativo, evidentemente tras decidir que no merecía la pena comentar nada más aparte de eso. Shadow se acomodó en su postura habitual a mis pies con la cola gacha. No lo había regañado por lo que había hecho, pero él lo sabía... Lo sabía. Le había quitado el collar, por supuesto; se me cayó en alguna parte en la colina, lo que demuestra que la fastidiosa doctora Hensley tenía razón al negarme el préstamo. En cuanto le hube quitado el artefacto, Shadow volvió a ser el mismo de siempre, solo que un poco cansado. Se había quedado rezagado unas cuantas veces durante el camino de vuelta, renqueando decidido hasta que me di cuenta y regresé corriendo a por él. Lo abracé en cada ocasión, desbordada de culpa, pero aun así él sabía que algo no estaba bien entre nosotros y se tensó cada vez que lo hacía como si no supiera qué esperar, si un abrazo o un golpe.

—Odio a los faunos —dijo Wendell cuando por fin acabé nuestros infortunios tartamudeando y Rose hubo añadido su estimación pesimista de las heridas de Eberhard—. ¡Criaturas tediosas! Debería desterrarlas a las profundidades de las Minas Llorosas cuando vuelva a ser rey.

Alargó el brazo para acariciarle la cabeza a Shadow. La reacción de Wendell a lo que le había contado del comportamiento aterrador de Shadow consistió, fundamentalmente, en desconcierto por el escándalo que estábamos montando por eso, antes de deshacerse en elogios a la bestia por defendernos de los faunos.

—Estaba oscuro, Em —dijo al ver mi expresión—. Esas criaturas horribles os estaban atacando... Los habitantes tenían buena intención, pero no deberían haberse interpuesto. No puedes culpar a Shadow, por supuesto.

—No —dije sin mencionar el hecho de que, aunque no culpaba a Shadow, me había asustado. Mi querida bestia me aterrorizaba, y lo sentía como una herida que no podía dejar de tocar—. Lo que ocurrió fue solo culpa mía. Yo lo traje aquí. Yo le puse ese collar cuando no sabía los efectos que tendría más allá del puñado de historias que había leído.

Dios, qué idiota había sido.

Wendell sonrió y sujetó el hocico de Shadow entre las manos y lo consintió rascándole el cuello de manera que al perro se le cerraron los párpados.

—En mi opinión, nunca he pensado que Shadow necesite ninguna mejora. ¿Y tú, querida?

—Yo solo quiero que paren —dijo Ariadne removiéndose en la silla. Estaba prestando poca atención a la conversación, demasiado distraída con los arañazos amenazantes y golpes provenientes del otro lado de la puerta. Hasta ese momento no habíamos oído a nuestros visitantes nocturnos con tanta claridad. Me pregunté si la lluvia que se había desatado los había invocado de alguna manera, la peor lluvia desde nuestra llegada. Aunque no rozó la cabaña, escuchábamos el aullido del viento atravesar el valle. Ariadne se había levantado tres veces para comprobar que el cerrojo estaba bien echado.

Rose había permanecido prácticamente en silencio desde que regresamos a la cabaña. Ahora se había levantado del sillón de enfrente, donde había estado sentado encorvado con aire contemplativo y las manos entrelazadas sobre su vientre abultado. Respiré hondo, esperando un vituperio, pero Rose se limitó a decir:

—Creo que deberíamos hacer las maletas. Bajaré a la cafetería a primera hora de la mañana para preguntar por el estado de Eberhard... y para ver cómo están los ánimos. Aunque pienso que es posible que la gente de aquí nos eche. Hemos enfurecido a sus hadas y hemos sido la causa del ataque a una persona importante del pueblo. Los driadólogos han sido expulsados de otros pueblos por menos.

—Sí —convino Wendell. Me estaba sujetando de la mano (no me había dado cuenta de que me la hubiera agarrado) y me acariciaba los nudillos con el pulgar con suavidad—. No te lo tomes muy a pecho, Em... No es como si hayamos tenido mucha suerte aquí. Lo intentaremos en una de las localizaciones de Rusia.

—¡No estás en condiciones de viajar a Rusia!

—Ah... Otro de los pasteles de Poe me sentará bien —dijo despreocupado, pero no le creí. Estaba intentando aplacar mi consciencia. Una sensación de frialdad me sobrevino al asimilar el alcance de mi error, que puede que no solo se haya cobrado la vida de uno de los habitantes del pueblo, un hombre que nos había recibido con los brazos abiertos y nos había mostrado amabilidad, sino que había destruido nuestras esperanzas de encontrar el nexo, quizá para siempre. Se me nubló la vista.

—Quizá los lugareños no estén tan enfadados con nosotros —decía Ariadne cuando me levanté y me encaminé hacia las escaleras. Wendell me dirigió una mirada penetrante, pero no trató de detenerme—. Me he hecho amiga de varias de las chicas Haas. A lo mejor consiguen convencer a los demás.

Rose murmuró algo en respuesta, pero no lo oí. Subí renqueando las escaleras hasta mi habitación; Shadow no me siguió, lo que hizo que me sintiera aún más miserable. Encontré el maldito pie de hada en mitad del suelo y empezó a moverse despacio hacia la puerta en cuanto la abrí. Atrapé la cosa —¿eran imaginaciones mías o estaba más caliente que antes?— y lo volví a arrojar debajo de la cama. Debí de haberme dejado un hueco en el círculo de sal, así que esparcí con cuidado otro anillo grueso a su alrededor.

Mi puerta se abrió cuando estaba de pie, con la sal en una mano y la otra descansando sobre el alféizar de la ventana mientras contemplaba la tormenta sin verla realmente. Me di la vuelta esperando a Wendell, pero para mi sorpresa, se trataba de Rose.

—Ah —dije—. Así que ha decidido respetar mi dignidad un poco y reprenderme lejos de los demás.

Frunció el ceño y se limitó a quedarse donde estaba.

—¿Y bien? —le provoqué—. Ya puede empezar. Mi arrogancia me ha vuelto nada temerosa de las hadas y demasiado desdeñosa con el peligro que representan. No, no importa... Se lo puede saltar, ya que ese pensamiento se me ha pasado por la cabeza decenas de veces solo en el último minuto.

—Emily —dijo—, el escándalo que estás montando por esto me resulta bastante absurdo.

Me quedé tan pasmada que casi se me cae la sal.

—¿Cómo dice?

Se sentó a los pies de mi cama.

—Nos vendría bien tu presencia abajo para planear nuestro próximo movimiento, y aun así pareces ocupada fustigándote a ti misma por lo que ocurrió en la colina.

Solté el aire de golpe.

—Hablas como Wendell.

—Será la única vez que estemos de acuerdo, pues —dijo Rose—. Esto no lo digo por insensible. Pero es bastante autoindulgente, ¿no? Porque por tu error, todo se va al garete. Ahora debes ayudarnos a encontrar la forma de salir de esta, no encerrarte para estar enfurruñada.

Me senté con pesadez a su lado.

—Por un momento pensé que iba a contarme una especie de historia inspiradora. Algo muy sabio para motivarme a encontrar la solución a lo que he forjado aquí.

—No voy a ponerme condescendiente contigo. No hay solución para lo que le ha pasado a Eberhard. Eso lo llevarás contigo durante el resto de tus días. —Hizo una pausa—. Bueno..., ¿te gustaría oír una historia?

Se me escapó una risa y apoyé el rostro entre las manos.

—Sí, supongo que sí.

—Muy bien. Aunque no prometo nada en cuanto a que tenga sentido. He aquí un cuento de una de mis primeras incursiones en los Alpes.

»Llevo estudiando el folclore de esta región desde que era joven... No, no voy a especificar hace cuánto tiempo fue. Basta decir que la época era lo bastante arcaica como para que algunos de los académicos más mayores siguiesen especulando sobre la existencia de otras criaturas sobrenaturales (fantasmas, brujas) y discutiesen sobre si ciertas hadas deberían categorizarse como criaturas completamente separadas. Por supuesto, ahora sabemos a ciencia cierta que la realidad es lo contrario: muchos de los antiguos relatos atribuidos a los demonios, apariciones y demás eran, de hecho, sobre las hadas o aquellos mortales que habían forjado una relación cercana con ellas y, por tanto, creían que contaban con su propia fuente de hechicería. En cualquier caso, acababa de llegar de un viaje en Escocia, donde investigaba un boggart especialmente irascible y al que le gustaba hacerse pasar por varios individuos del pueblo que había reclamado como su hogar (aquello no era muy común* y, como es natural, a los lugareños les resultaba inquietante).

»Me alegré de tener un tema de estudio más sencillo en los Alpes suizos (desmentir la existencia de un fantasma que el pueblo pensaba que había embrujado una cabaña abandonada en lo alto de las montañas alpinas). La hipótesis que formulé (que con el tiempo demostró ser correcta, aunque me llevó dos periodos de estudio de campo) era que el supuesto fantasma era de hecho una especie de banshee suiza conocida como el «kobold aullador» en otra parte del país. Al principio, sin embargo, estaba muy desconcertado. Estuve durmiendo en la cabaña durante una semana mientras la criatura merodeaba en el ático, gimiendo y haciendo tintinear unas cadenas. Para entonces, debí haber supuesto que alguien me estaba gastando una broma, pero a esa edad me tomaba las cosas muy en serio y esa posibilidad no se me pasó por la cabeza. Estaba incluso más confuso cuando, durante varias entrevistas con los habitantes del pueblo, de repente empezaban a soltar una perorata sin sentido. Les pedía que describieran los avistamientos del fantasma y ellos empezaban a hablarme de la complejidad

* Los boggarts, hadas sin cuerpo que pueden adoptar la forma que elijan, por lo general se vinculan a una sola casa. A menudo permanecen en ella incluso tras la muerte de su familia mortal, y por eso hay boggarts viviendo en muchas ruinas escocesas.

del apareamiento de los ruiseñores o la manera correcta de limpiar un rosal. Cada persona con la que hablaba no recordaba nuestro encuentro cuando los veía al día siguiente.

»Quizá ya hayas adivinado a qué se debía esto… Sí, sé que lo has hecho. Ese maldito boggart había venido de polizón en uno de los artefactos que había traído conmigo desde Caithness, un retrato de su último compañero humano. Se había estado haciendo pasar por los suizos del pueblo al igual que lo había hecho en Escocia. También se había hecho pasar por el supuesto fantasma. Había robado la ropa de los habitantes (vestidos de mujer, albornoces, la sotana del cura, lo que fuera) y se había estado paseando por la ciudad vestido con ellos en su forma invisible. Como era de esperar, los lugareños sabían que no era su fantasma, ya que nunca había hecho esto, así que era una molestia para ellos. Empezaron a amenazarme con echarme y, aunque le supliqué al boggart que acabase con todo ese sinsentido, él insistió en seguir paseándose por el pueblo con las mejores galas de domingo del alcalde mientras hacía ese ruido estúpido con las cadenas. El asunto acabó de una forma bastante anticlimática… Al final, el boggart se cansó, siempre lo hacen, se aovilló en el retrato y se fue a dormir. Pude enviarlo por correo de vuelta a Caithness, aunque tampoco es que lo hubiesen echado de menos allí.

Permanecimos en silencio unos minutos.

—Es una historia muy tonta —dije—. ¿Se supone que tiene que animarme?

—Sí —admitió Rose—. Un intento de disculpa, ahora que lo pienso. No… no se me dan muy bien estas cosas.

—A mí tampoco —dije—. Una de mis alumnas se echó a llorar en mi despacho el mes pasado. Su gato había muerto y yo le había arruinado la semana aún más al ponerle una mala nota. Creo que le pedí un trabajo para que ganase unos créditos extra y me inventé una excusa para salir corriendo. No tengo ni idea de cómo consolar a una persona.

—Sí, odio cuando lloran —convino Rose.

—Bueno —proseguí—, aprecio el esfuerzo de todas formas.

Y, para mi sorpresa, descubrí que lo decía en serio.

Hubo un silencio breve. Rose se rascó la oreja con aire ausente y la plata destelló a la luz de la lámpara. Lo había hecho Wendell, me recordé, y me obligué a reflexionar sobre esto un momento. No conocía los límites de la magia de Wendell y quizá nunca lo haría.

Entonces Rose dijo:

—Creo que yo debería escribir el prefacio de tu próximo libro.

—Usted… —Me dieron ganas de sacudirme a mí misma, no me lo esperaba en absoluto—. Quiere escribir el prefacio.

—Emily —respondió con una pizca de su condescendencia anterior—, aunque no dudo que esa criatura inútil pueda contarte mucho sobre las hadas, no tiene nada que enseñarte sobre ser una académica. Sobre la investigación. Metodologías. He sido mentor de muchas mentes jóvenes y brillantes en mis tiempos, ya lo sabes. No quiero estar encima de ti, pero, bueno… mi puerta siempre estará abierta.

Lo dijo algo incómodo, y por eso sé que iba en serio.

—Gracias —contesté, porque ¿qué otra cosa podía decir? Todavía estaba anonadada.

—Soy muy consciente de que crees que soy un tipo pomposo y sin imaginación —añadió—. Dudo de que deje de serlo con el tiempo… Me temo que adoptamos ciertas costumbres con la edad, y cada vez es más difícil cambiarlas. Pero soy un experto en reconocer jóvenes talentos y orientarlos. Puede que pienses que no tienes nada que aprender de mí, pero…

—De hecho, profesor, ahora más que nunca soy consciente de lo corta de miras que soy.

—Excelente —convino, y ambos nos reímos un poco. No me sentía menos culpable, pero ahora la culpa se entremezclaba con la esperanza. A esto lo siguió un silencio incómodo, ya que ninguno de nosotros sabía cómo terminar esa especie de momento conmovedor.

Por suerte, ambos percibimos un ruido extraño que provenía del piso de abajo. Me había dado cuenta hacía un rato, vagamente —era una especie de golpeteo—, pero supuse que sería el ruido que a veces hace la tetera cuando la dejan al fuego, lo que provoca que se balancee de un lado a otro en el gancho y se choque contra la chimenea.

—¿Qué demonios es eso? —dije.

—No lo sé —respondió Rose. Como yo, parecía aliviado por la interrupción... Al parecer, los dos preferíamos enfrentarnos a un intruso sobrenatural en lugar de salir con torpeza de un intercambio emotivo. Procedimos a bajar las escaleras, donde nos topamos con una imagen caótica.

Ariadne corría de aquí para allá presa del pánico cargando sillas para colocarlas contra la puerta y, luego, apilando leña sobre ellas. Eichorn dejaba caer todo su peso contra la puerta, que repiqueteaba de manera alarmante como si alguien —algo—, que como poco debía de tener el tamaño de un buey a juzgar por su fuerza bruta, arremetiese por el otro lado. Nunca había oído un escándalo más horrendo, ya que los golpes venían acompañados por el sonido violento de unos arañazos como si, al mismo tiempo, estuviesen dando machetazos a las tablas con una sierra. Estaba claro que nuestros visitantes nocturnos habían abandonado sus intentos de abrirse camino por la puerta a arañazos y ahora estaban decididos a hacerla pedazos. Otro boom especialmente agresivo hizo que cayese una lluvia de polvo del techo.

Wendell, mientras tanto, permanecía sentado en el sillón con la manta sobre las piernas con expresión de interés, pero no especialmente alarmado por los sucesos. Se estaba tomando una taza de té.

—¿Por qué pasa esto ahora? —pregunté a nadie en particular.

—Son las ofrendas —gimió Ariadne—. ¡Con todo lo que ha pasado se nos olvidó dejarlas fuera! Ay, Dios..., ¡ahora nos comerán a nosotros!

—Las ofrendas —repetí. Me volví hacia Wendell—. ¿Eso es todo?

Él me dedicó una sonrisa leve y se encogió de hombros, luego siguió observando la puerta mientras daba golpecitos con uno de sus largos dedos sobre la taza con aire pensativo.

—¡Tía! —gritó Ariadne. Ahora ella también estaba empujando la puerta, cuando una grieta alargada apareció en una de las tablas—. A lo mejor es el pie del hada..., ¿qué opinas? ¿Y si el fauno que lo perdió ha venido a exigir que se lo devolvamos? A lo mejor si se lo damos, nos dejarán en paz.

—Mmm —musité mientras lo consideraba. Eso hizo que aflorasen varios recuerdos (el menosprecio de Wendell hacia nuestros terroristas nocturnos;

el desdén de estos ante nuestras ofrendas. La aparición de Eichorn, que me hubiese perseguido como un fantasma..., el pie también estaba conectado con eso). Lo había sacado a hurtadillas de ese archivo polvoriento del sótano en Escocia solo dos días antes de que se me apareciese por primera vez.

—Profesor —le dije—, ¿no tendrá nada consigo que pertenezca a los faunos, verdad?

Él apartó la mirada de la puerta. En lugar de responder, pensó en la pregunta en silencio y luego, tranquilo, sacó otra cadena que llevaba colgada al cuello. De ella pendía un único diente, tan lago y afilado que resultaba inquietante, como algo que sería de esperar ver en la exposición sobre dinosaurios carnívoros de un museo.

—Dani puso una trampa para faunos —dijo—. Puede que un mes o dos antes de que desapareciera. Pensó que podía convencer a uno de ellos de que la condujese hasta el nexo a cambio de su libertad. Pero la trampa mató a la criatura por accidente. Ella se quedó con uno de los cuernos para su investigación, luego envió el cuerpo al departamento de driadología de Edimburgo para que lo expusieran en su museo. Allí decidieron quedarse solo unas partes y vender el resto a alguna universidad estadounidense.

—Un pie —murmuré—. Se quedaron con un pie.

Él asintió despacio.

—Y con este diente. Pensé que podría resultarme de ayuda cuando partiese en su busca... Un pedacito para negociar, quizá. Así que me lo llevé a Austria.

Lo asimilé.

—Sí. Ahora todo tiene sentido. —Me volví hacia Ariadne—. Tu teoría es muy inteligente. Me avergüenza admitir que hasta ahora no había considerado el pie como posible explicación a nuestras alimañas nocturnas.

Ella se sonrojó y pareció aliviada.

—Entonces... Entonces ¿se lo devolvemos? A lo mejor si se lo lanzamos por la ventana, no...

—No —interrumpí—. El pie se queda con nosotros. Retroceded, los dos.

Ellos se apartaron, aunque Eichorn permaneció listo para defenderse. De manera siniestra, los golpes y arañazos cesaron mientras apartaba una de las sillas; luego, la leña y después regresé a por la última silla.

—¿Qué... qué estás haciendo? —inquirió Ariadne.

—¿A ti qué te parece? —respondí con un grito estrangulado cuando los golpes volvieron, unas embestidas violentas a tan solo unos centímetros de mi cara. Ariadne y Rose gritaron. La grieta en la tabla se agrandó... Ahora alcanzaba a ver algo de movimiento tras ella, aunque puede que solo fuera la lluvia torrencial y las hojas al salir volando.

—Parece que te has vuelto loca —gritó Rose por encima de la escandalera.

—Tía —dijo Ariadne con un hilo de voz cuando aparté la última silla que estaba bajo el pomo de la puerta, que temblaba como si hubiese un terremoto—. Si nos contaras...

Gritó otra vez, ya que una de las bisagras había cedido con las arremetidas —aunque fuesen resistentes, habían sobrepasado sus límites— y la placa saltó por los aires hasta el otro extremo de la habitación, rompiendo el cristal de una de las fotografías que había colgado Wendell. Ariadne se precipitó tras una silla, mientras que Eichorn asió un atizador de metal y lo blandió frente a él.

—Emily —bramó Rose—, no deberías hacerlo, bajo ninguna circunstancia... Eichorn, ¿deberíamos atarla?

El viento se coló a través de la grieta de la puerta —sonó agudo, como el grito de una mujer—. Agarré el pomo y los golpes cesaron una vez más, como si lo que fuera que hubiese fuera presintiera mis intenciones.

—Emily —comenzó Rose y se acercó a mí.

Abrí la puerta.

En cuanto tiré de ella, el viento me la arrancó de la mano y la estampó contra la pared con un golpe ensordecedor. Me preparé para el ataque pues, aunque estaba razonablemente segura de que mi intuición estaba en lo cierto, «razonablemente segura» no es un escenario ideal en cuanto a unos monstruos feéricos se refiere. Pero no tenía de qué preocuparme.

De pie bajo la lluvia, con la capucha enmarcando su rostro pálido, había una mujer aproximadamente de mi estatura. Llevaba una capa gruesa forrada de piel de estilo victoriano de cuyos bolsillos sobresalían varios lazos, y sostenía un cuerno largo y retorcido en la mano izquierda, con el que era evidente que había estado atacando nuestra puerta. Su rostro quedaba medio oculto por la oscuridad, pero me pareció atisbar unos ojos grandes y traviesos eclipsados por una expresión taciturna; una boca generosa y curvada hacia arriba rodeada por las arrugas de una mueca... Un rostro poco común, repleto de contrastes. Su pelo, que el viento azotaba alrededor de su rostro en mechones finos, era de un verde intenso.

Eichorn soltó un lamento, un sonido descarnado, como si hubiese brotado de lo más profundo de su ser. Luego, sin previo aviso, la mujer se esfumó... Esa versión de ella, en cualquier caso, como si se la hubiese llevado el viento. Ahora mirábamos fijamente a una anciana de hombros ligeramente encorvados, con arrugas más pronunciadas, aunque el color de su pelo era igual de verde que antes. Hubo otra ondulación en el viento —o tal vez fuese una ondulación en los mundos en sí— y la mujer joven regresó, solo que parecía, a mis ojos, incluso más joven que antes. La niebla flotaba en el umbral y, por un momento, la mujer se fue. Cuando reapareció, era como un fantasma y la niebla casi borraba su existencia.

Eichorn gritó de nuevo y se lanzó hacia delante, medio corriendo medio cayéndose. Sin embargo, de alguna manera, Wendell lo retuvo; había aparecido tras nosotros sin emitir un sonido.

—Ya pasó, amigo —dijo compasivo—. Solo conseguirá que lo atrape. Ella ya lo está, en lo más profundo del País de las Hadas..., mucho más que usted. Pende sobre ella como capas de cadenas.

—Ya podías haberlo mencionado —dije en un tono más agudo de lo normal—. Solo de pasada.

—Lo siento, Em —dijo haciendo un ademán hacia de Grey—. Esta no es mi historia. Pertenece al mundo mortal y lo más justo era que la descubrieras por ti misma.

—Oh, tu lógica feérica puede irse al infierno.

De Grey volvió a aparecer, de nuevo a una mediana edad. La niebla que se derramaba sobre ella era como unas manos sin cuerpo, pequeños filamentos que tironeaban de su capa. Su expresión, ahora que podía verla, era de desconcierto, como si nos observase desde una gran distancia... o, más bien, como si hubiese perdido la capacidad de separar la realidad de las ilusiones provocadas por las hadas.

—¿La ayudará? —le pidió Eichorn. No me estaba mirando. Solo tenía ojos para Wendell—. No permitirá que vuelva a desaparecer en el País de las Hadas, ¿verdad?

—Claro que no —respondió Wendell con calidez al tiempo que se frotaba las manos—. ¡Me alegra mucho que me lo pida! ¡Ay, será una unión de lo más encantadora! No, no, amigo, será un placer devolverle a su amada Dani.

De pronto, me atenazó una sensación de terror.

—Wendell, ¿y si...?

Él extendió la mano hacia la niebla y las ondas del mundo —o quizá eran muchos mundos que se mecían juntos—, y tomó la mano pequeña de de Grey. Entonces, con el gesto de un caballero que ayuda a una dama a bajar del carruaje, la atrajo a la cabaña.

Como podrás imaginar, lo que siguió transcurrió como un borrón. Intentaré reproducirlo lo mejor que pueda; en ese momento, solo era consciente de Wendell.

En cuanto Danielle de Grey salió del mito para entrar tambaleándose en nuestra cabaña, Wendell se inclinó hacia la pared. Rose lo sujetó antes de que se cayera y, juntos, lo bajamos al suelo... Temblaba con tanta violencia como si se hubiera pasado horas en el invierno de Ljosland. Podía oír esos pájaros letales batiendo sus alas en su interior —están dentro de él, ahora estoy segura; no es una ilusión—. No le presté atención al momento del reencuentro entre Eichorn y de Grey, pero cuando volví a tomar consciencia de ellos, Eichorn la había envuelto entre sus brazos y ambos se habían sentado desplomados contra la puerta. Ariadne estaba echándonos mantas encima y ofreciéndonos té. Rose se pasó todo el tiempo atosigándome a preguntas, la mayoría de las cuales ni siquiera oí. Solo después de haber tumbado a Wendell en un camastro improvisado junto al fuego y de haberlo envuelto en mantas, lo cual hizo que lo peor del temblor menguara, fui capaz de atender a Rose y a los demás.

—Era el pie —dije al final—. Así es como lo supe. —Me arrodillé junto a Wendell; el fuego me calentaba la espalda e intenté que bebiera un poco de té. No había conseguido que se comiera otro de los pasteles de Poe.

—¡El pie! —chilló Rose y paseó la mirada por la cabaña como si esperase que alguien compartiera su indignación—. ¡Se piensa que es una explicación! Emily, nos debes algo más que eso. ¿Cómo supiste que era de Grey quien estaba ahí fuera y no un hada monstruosa?

—Debería de haberlo averiguado antes —respondí sincera—. Mirad. —Señalé las escaleras.

Ariadne gritó. Rose soltó un improperio y trastabilló hacia atrás, tirando una silla. Eichorn y de Grey nos ignoraron por completo.

El pie del hada estaba erguido (esta palabra no parece adecuada cuando no está sujeta a una persona, pero no sé de qué otra manera describirlo) en el cuarto escalón empezando por abajo, con los dedos señalando hacia la puerta.

—¿Cómo demonios ha llegado ahí? —gritó Rose gesticulando como loco hacia esa cosa—. ¿Cómo demonios…?

—Como ocurre con buena parte del folclore, el «cómo» es menos importante que el «por qué» —expliqué—. Se los quitaron al mismo fauno. El pie. El cuerno que se llevó Danielle de Grey… Las historias de los habitantes del pueblo lo mencionan, pero no me di cuenta de su importancia hasta ahora. Y, por último, el diente que Eichorn lleva colgado al cuello. Se han atraído los unos a los otros todo el tiempo… a causa de un instinto primitivo para reunirse, supongo. *

---

* Hay una gran evidencia que apoya dicha hipótesis. Por poner un par de ejemplos: «El sabueso negro de Dingle», un cuento irlandés en el que un cazador recupera la pata de un animal de una de sus trampas, se la come y, después, se ve perseguido de una punta del país a otra por un perro negro enorme al que le falta una pierna; y una historia extraña de Ljosland que recopilé el año pasado, en la que un granjero dispara a un cuervo sin percatarse de que se trata de una de las mascotas del rey de la nieve y le regala una pluma a cada uno de sus hijos. La familia sufre décadas de mala suerte hasta que una doncella intrépida le pide consejo a un brownie local, quien le sugiere que reúnan las plumas de nuevo, tras lo que las dificultades de la familia se resuelven milagrosamente.

—Sí, por supuesto —murmuró de Grey. No me había dado cuenta de que la mujer me había estado escuchando. Miró el cuerno que aún sostenía en la mano—. Por eso no dejaba de conducirme hasta aquí. No tenía noción del tiempo en las Tierras Extrañas y mis recuerdos se desdibujan. Me ha traído aquí varias veces, ¿no es así?

—Catorce, de hecho —dije—. Al menos, esas son las veces que nos hemos encontrado agujeros recién hechos en nuestra puerta por la mañana.

Ella no se disculpó por su reino nocturno del terror, sino que se limitó a asentir.

—Sí… Quería entrar. Nunca estaba del todo segura de por qué. Supongo que el cuerno debió de doblegar mi voluntad… No es difícil, dado el estado de confusión en el que me encontraba la mitad del tiempo. Era como moverse entre las sombras de una pesadilla.

Me pregunté si de verdad había salido de esa pesadilla. Parecía que su atención se agudizaba más con cada minuto que pasaba y, aun así, tenía el mismo aspecto que había observado en Eichorn cuando no hablaba, una especie de quietud muy marcada, como una estatua antigua posando ante el precipicio de algún acto heroico. Su tono al hablar era más tranquilo de lo que esperaría en alguien de su reputación dicharachera, casi tímida, pero había algo intimidante en la manera crítica con la que nos examinaba a los cuatro, uno por uno; en cada caso, parecía llegar a una conclusión privada que, de alguna forma, sabía que sería implacable.

—Entonces… —Ariadne tenía el ceño fruncido. Como Rose, parecía que le costaba mantenerse al tanto (aunque Rose, que ahora estaba desplomado en un sillón con una taza de té sin probar delante, frotándose los ojos, tenía el aspecto de haberse rendido)—. Entonces ¿el pie también es el motivo por el que Eichorn se veía atraído hacia ti?

—Sí —contesté—. Se me apareció poco después de que lo recuperase de la Universidad de Edimburgo. De alguna forma, el pie creó una conexión entre los dos, una especie de puerta efímera y temporal.

»Sospecho —continué, ahora pensando en voz alta— que los restos del fauno también son lo que os mantuvo a ambos atrapados en la misma órbita. Los reinos de las hadas de aquí son un laberinto y, aun así, ninguno se alejó mucho de esta región como para que los habitantes del pueblo no los vieran de vez en cuando. Se atraían el uno al otro incluso cuando los reinos (y sospecho que también la maldad de las hadas) os mantenían separados.

Eichorn y de Grey habían dejado de escucharme; de nuevo, hablaban entre ellos en voz baja. Tenía la desagradable sensación de que no era pertinente; después de un desenlace que había tardado tanto tiempo en llegar, no me daba cuenta de que era hora de permanecer en silencio. Era irritante; después de todo, tenía muchas preguntas para de Grey. Una era más acuciante que las otras.

Eichorn se puso de pie y ayudó a de Grey a levantarse.

—Os dejaremos ahora —dijo casi de pasada.

—¿Qué? —nos quejamos Ariadne y yo a la vez.

—No tardará en amanecer —dijo Eichorn. Para mi asombro, me di cuenta de que tenía razón: una luz grisácea se colaba a través de las ventanas—. Cuando lo haga, tomaremos prestado uno de los caballos de los habitantes del pueblo y nos dirigiremos a la estación de tren. No tengo intención de permanecer aquí ni un minuto más de lo necesario. Muchas hadas se han divertido a nuestra costa mientras estábamos atrapados y no les gustará saber que sus juguetes han escapado de sus reinos.

—Es comprensible que se marchen pronto —dije y fue un esfuerzo mantener la voz firme—. Sin embargo, accedió a enseñarnos el camino al nexo.

—Ya me ha quedado bastante claro que algunos misterios no están hechos para que los resuelvan —añadió de Grey. Me dejó paralizada con su mirada penetrante—. Bran me ha contado que no desea encontrar el nexo por el bien de la ciencia, sino para devolverle el trono a su amante hada. Involucrarse en sus tejemanejes políticos es el culmen de la estupidez. Algún día me lo agradecerá.

La miré fijamente, perpleja y agitada. Así no es como se suponía que debían salir las cosas. Había imaginado que Eichorn y de Grey se sentirían muy agradecidos por nuestra ayuda y que estarían impacientes por cooperar para buscar el nexo. No que se mostrasen condescendientes, despectivos y… bueno, bastante groseros.

Para mi sorpresa, Rose salió en mi defensa.

—Nuestros motivos para buscar el nexo son irrelevantes. Se hizo una promesa, y tenemos los medios para ver que se cumpla.

—¿Ah, sí? —De Grey miró de reojo en dirección a Wendell, donde yacía junto al fuego; era poco más que una montaña desordenada de mantas y una mata de pelo dorado—. Este rey de las hadas, como Bran lo llama, no parece tener lo que hace falta para ello.

—Los ha sacado a ambos del País de las Hadas, ingratos —espeté—. Por no mencionar del tiempo. Si no nos ayudan, me aseguraré de que os arroje a un reino mucho más desagradable que del que habéis escapado, con una población decididamente menos educada que los faunos.

Un breve silencio siguió a mis palabras.

De Grey se rio con brusquedad.

—Ah, te arrepentirás de esto, niña —dijo—. Al igual que muchos ingenuos locos de amor lo hicieron antes que tú. Quieres el nexo, ¿eh? Muy bien, te mostraré el camino.

—Dani —protestó Eichorn—. Ya no es una niña. Debería ser más sensata… y nosotros no deberíamos retrasarnos.

Fue tan indignante que no pude evitar exclamar:

—Tú fuiste el que nos prometió ayudarnos, maldito embustero.

De nuevo, los dos me ignoraron.

—Al parecer, tengo casi un siglo —le dijo de Grey a Eichorn y le dio un golpecito juguetón en el pecho con el dedo—. Puedo llamar niño incluso a ese excéntrico de la oreja plateada si quiero. Qué compañía tan extraña te has buscado en mi ausencia, querido.

Su mirada se suavizó cuando miró a Eichorn; me pregunté si él era la única persona que haya recibido una mirada así por parte de ella. Fueron a la cocina, murmurando entre ellos, donde Eichorn comenzó a prepararle el té a de Grey. Ninguno parecía inclinado a separarse más de unos centímetros del otro. Unos pequeños estallidos de risa llegaban hasta nosotros.

—Maldita sea —mascullé.

Rose compuso una mueca.

—Nadie describió nunca a Danielle de Grey como abierta. Encantadora, sí. Empática, no.

—Lo sé. —Aun así, no esperaba que su crueldad cayera sobre mí. De nuevo, tenía la sensación de que me estaba entrometiendo en la historia de otra persona… Por el amor de Dios. Esta era mi expedición. Yo, en la misma medida que Wendell, los había rescatado a los dos y había tenido éxito donde decenas de académicos habían fracasado. ¿Y quién era Danielle de Grey? Una mujer conocida por mofarse de los curadores anticuados y por perderse en el País de las Hadas.

Con mi ego dudosamente vendado, fui junto a Wendell. Sus ojos se abrieron en cuanto coloqué la mano sobre su rostro, pero su mirada estaba distante y no tenía por seguro de que me reconociese. Me fijé en que Rose nos observaba con una expresión algo triste y me di cuenta de que todavía le estaba acariciando la mejilla a Wendell. Sin embargo, se dio la vuelta sin regañarme y Ariadne también se marchó a la cocina con discreción.

De nuevo, intenté darle de comer a Wendell uno de los pasteles de Poe. Lo partí en pedacitos pequeños y los presioné contra su boca, pero se le cerraron los ojos.

Apreté la mano en un puño y hasta aplastar el pastel. Me di cuenta de que una parte de mí esperaba que Wendell se recuperase milagrosamente. Que nos rescatase a todos, así como a sí mismo, justo cuando más lo necesitábamos. Encajaría en el patrón de infinitas historias.

Aunque quizá Wendell había dejado de formar parte de la historia de su reino. O sí lo era, pero tan solo como una nota al pie de página, una prueba que su madrastra tenía que superar mientras pasaba de ser poderosa a imparable… hasta entretejerse de manera irremediable en el telar de su mundo, al igual que lo había hecho el rey de Ljosland.

Y si él era una nota al pie, ¿en qué me convertía eso?

Me incliné hacia delante aspirando el aroma de su pelo: el sudor salado, el humo del fuego y ese ligero toque a hojas verdes que nunca lo abandonaba.

—Mi respuesta es sí —le susurré al oído.

Me quedé ahí sentada un rato más, absorta mientras le deshacía los enredos con los dedos. Estaba pensando en que no se comería los pasteles, así que a lo mejor podía visitar a Poe otra vez para pedirle un té. La luz tenue cobró fuerza y vi que las hayas habían perdido la mitad de sus hojas con la tormenta de anoche, los rasgos afilados del invierno sobresalían entre los magníficos amarillos y naranjas.

Shadow vino para sentarse al lado de Wendell. Tenía la cola gacha y se acomodó con cuidado sobre sus cuartos traseros, evitando mi mirada.

Era demasiado. Le eché los brazos al cuello y lo envolví en mi abrazo, lo que hizo que sacudiera sus patas traseras.

—No debes tenerme miedo —dije con vehemencia mientras le besaba la cabeza—. No lo permitiré. En cualquier caso, lo que ocurrió fue culpa mía.

Shadow parecía alarmado y tenía los ojos desorbitados —no me extraña, ya que normalmente no soy partidaria de estas muestras de afecto—, pero su cola empezaba a dar golpecitos contra el suelo. Escuché a Rose suspirar detrás de mí, pero no me importó. Si la lección que se suponía que debía aprender era que soy demasiado cercana con las hadas, que confío demasiado en ellas, entonces me niego a aceptarla en lo que a Shadow se refiere. Volví a darle un beso y él me lamió la nariz, desatando el habitual olor mortífero de su aliento.

—Emily —murmuró Wendell sin abrir los ojos.

—Estoy aquí —dije. Me avergüenza lo aliviada que me sentí al saber que soñaba conmigo (sé que no es lo que debería tener en mente, pero ahí está). Shadow emitió un gruñido y apoyó el hocico en el pelo de Wendell.

Murmuró algo más y sus párpados aletearon. Su mirada verde oscura se clavó en mí y estaba segura de que, esta vez, me reconocía.

Alcancé los pasteles con la intención de metérselos por el gaznate, pero me agarró la mano. Horrorizada, vi el batir de las alas tras sus ojos, dando vueltas por el verde.

Con un gesto extrañamente deliberado, alargó el brazo y me apartó el pelo de la cara con la yema del dedo para colocármelo tras la oreja.

Y, con eso, el mundo se partió en dos.

Seguía agachada en el suelo de piedra junto al camastro de Wendell. Pero también había retrocedido en el tiempo, días, semanas, a un instante poco después de que llegásemos a St. Liesl. Wendell y yo estábamos apretujados en un pequeño hueco en la ladera de la montaña, al resguardo del viento, rodeados de cimas. Shadow se había tumbado junto a Wendell y movía la cola con suavidad.

—¿Hay algún momento que te gustaría revivir más de una vez? —me preguntaba Wendell.

—No —dije, porque la conversación ya había ocurrido y estaba atrapada en ella, sin capacidad de cambiarla o evitar su desenlace—. Le tengo mucho aprecio a mi salud mental, gracias.

Él sonrió y me colocó un mechón de pelo tras la oreja, un gesto idéntico, con la yema trazando exactamente el mismo camino sobre mi piel. La sensación me atravesó y sentí que los dos momentos se solapaban y, mientras lo hacían, se fusionaban.

De alguna manera, con un simple gesto, Wendell había cosido estos dos instantes juntos. Lo había visto jugar antes con el tiempo, pero no tenía ni idea de que pudiera hacer esto. Algo tan extraño, tan momentáneo, que me aterrorizaba. Y, aun así, era menos importante que el porqué.

Bueno, la respuesta era sencilla. Quería enviarme un mensaje. Pero ¿cuál?

Habíamos estado hablando sobre su gata, la formidable Orga. Todavía estaba pensando en ella... Mi yo del pasado, en cualquier caso, estaba más preocupada de lo que jamás le admitiría a Wendell de que la bestia me odiase nada más verme. Y otra parte de mi mente le daba vueltas a su descripción: *Tiene muchas habilidades. Varias de las cuales no tengo permitido revelar... Sobra decir que le confiaría mi vida.*

—Ese sería el mío —dijo a la vez que su dedo seguía la curva de mi oreja—. Siempre tienes el pelo en los ojos.

—Estás raro —respondí y, de alguna manera, fue el epílogo que hizo que el momento concluyese.

Me tambaleé hacia atrás y me choqué contra el sillón que había a mis espaldas. Había regresado a la cabaña —o, más bien, toda yo había regresado—. Ya no existía simultáneamente en dos instantes en el tiempo. Wendell se había vuelto a dormir con el rostro un tanto alejado del fuego, de manera que estaba medio oculto por la sombra. Parecía tan en paz que me costaba creer que se hubiera despertado en absoluto, y mucho menos desatar una magia nueva y terrorífica sobre mí.

Me llevé las manos al rostro e hice acopio de fuerzas para no vomitar. Había sido mucho peor que cuando hizo retroceder el tiempo, decidí. Eso, al menos, era algo que podía comprender medianamente.

—Tía Emily —dijo Ariadne acudiendo a mi lado—. ¿Estás bien?

—Sé cómo curarlo —murmuré. Tenía la vista inundada de imágenes residuales: la sonrisa deslumbrante de Wendell a la luz del sol, las montañas azules rodeándonos—. ¡Cielo santo!

—¿Cómo? —susurró Ariadne; era evidente que preveía algo espantoso. ¿Acaso no es eso cierto? Todavía siento el roce de sus dedos sobre mi oreja y supe que, como antes, su tacto permanecería ahí un rato.

—¿Cómo? —volvió a insistir cuando no respondí.

—Creo —dije— que tengo que buscar a su maldita gata.

# 8 de octubre

Parece que el frasco arroja luz suficiente para ver, así que alguna utilidad tiene, supongo. El hecho de escribir es algo que se me antoja reconfortante, así pues, escribiré, tanto tiempo como pueda.

He leído de nuevo la última entrada y estoy segura de que Wendell estará decepcionado conmigo. No le gustaría que aceptase su propuesta mientras está despatarrado de la forma menos romántica posible en el suelo y con el pelo lleno de enredos, y yo con mi vestido desgastado y arrugado. Y, por supuesto, estaba la naturaleza anticlimática de la respuesta, dado que él estaba inconsciente.

Bueno, si quería romanticismo y un buen drama, debería haberle pedido a Danielle de Grey que se casase con él.

Después de la inoportuna revelación con respecto a la gata (maldición), informé a de Grey de que nos marcharíamos en una hora. Me aseé, comí e intenté echarme un rato antes de darlo por una causa perdida, y dediqué buena parte del tiempo a escribir la entrada anterior del diario. Ariadne no dejaba de entrar y salir a toda prisa de mi habitación, algo muy molesto. Le había dejado instrucciones para guardar en mi bolsa bastantes provisiones para varios días y, aun así, no dejaba de acudir a mí con preguntas: si necesitaría tentempiés, para qué tiempo me vestiría y si sabía qué maldita temperatura haría en el reino de Wendell.

—¿Cómo sabes que la gata puede curarlo? —inquirió al fin, lo que, por supuesto, era lo que había querido preguntarme todo el tiempo, solo que no había sido capaz de reunir el valor necesario.

—Es demasiado largo de explicar —dije sin levantar la vista del diario—. Basta decir que Wendell ya me había dado una pista sobre las habilidades especiales de su gata que ahora he comprendido. Un encantamiento le impedía decírmelo directamente, así que buscó la manera de sortearlo para hacerme llegar el mensaje. —Por esto, claro, me refería a una manera descabellada—. Creo que es probable que esperase que no lo necesitaría nunca, que planeaba ir a buscar a Orga él mismo en cuanto encontrásemos el nexo, pero es evidente que es incapaz de salvar su propio pellejo llegados a este punto, así que necesita que lo haga yo.

Lo dije bastante satisfecha. Después de todo, tenía la intención de ser yo la que lo rescatase esta vez. Casi me convencí a mí misma de que el miedo que me atenazaba el estómago era emoción. Casi.

El Silva Lupi. Los driadólogos han conseguido llegar al reino antes, cierto; ninguno ha regresado de allí.

—Y… harás esto… ¿cómo? —dijo Ariadne.

—Hemos cumplido el objetivo que teníamos aquí. Tenemos la localización de una puerta al reino de Wendell, pero él no puede derrocar a su madrastra en su estado actual. Así que iré allí yo misma, conseguiré el gato y volveré. Simple.

—Simple —repitió Ariadne en un tono algo inexpresivo. Siguió ahí de pie, sin moverse. La ignoré.

Transcurrieron unos minutos hasta que añadió:

—No puedes ir sola.

—Ir sola es la única opción —contesté—. Los gatos odian a Shadow. Está claro que tú no vienes… ¿Qué clase de monstruo sería si arrastrase a mi sobrina de diecinueve años al País de las Hadas? Y en cuanto a Rose, sería peor que un peso muerto. En esa colina, lo derrotó el encantamiento más sencillo. Está claro que el hechizo de curación lo ha hecho más susceptible a los engaños de las hadas, tal y como Wendell sugirió que podía pasar.

Ella siguió ahí de pie como una mula.

—Voy contigo. Ya he hecho la maleta.

—No —espeté. Solo esa palabra. Ese fue el momento en el que ella debería de haberse echado atrás, como siempre hacía. La había apartado tanto a ella como a sus objeciones de mi mente casi antes de que la palabra saliese por mi boca y había devuelto la atención al diario.

Sin embargo, en lugar de darse la vuelta resignada y dejarme en paz, dijo:

—Si no me dejas ir, le escribiré a mi padre.

Se me escapó una carcajada.

—¿Crees que simpatizará con tus deseos de adentrarte en el País de las Hadas? Lo tendría en mejor estima si se niega... Aunque admito que es porque sus expectativas sobre mí están por los suelos.

—No lo entiendes —dijo—. Le escribiré para decirle que tu supervisión ha dejado mucho que desear, y que me has dejado deambular por las montañas a todas horas a pesar del peligro. Y luego, cuando le haya enviado la carta, te seguiré hasta el nexo. ¿Y qué crees que ocurrirá si no te alcanzo?

Nos miramos la una a la otra en silencio durante un buen rato. Ariadne estaba pálida y en varias ocasiones parecía tragarse una disculpa, pero no me pidió perdón. Ni apartó la mirada.

—Miserable mocosa —dije al fin—. Te ataremos a la cama.

Por toda respuesta, alargó el brazo hacia la puerta y dijo en alto:

—A mí.

Al principio pensé que estaba llamando a Shadow, pero luego una bufanda —la bufanda violeta que le había dado Wendell— entró serpenteando en la habitación de la forma más grotesca posible. Ariadne la recogió con tranquilidad y se la echó por los hombros.

—He descubierto lo que hace —añadió—. Obedece órdenes simples. Puede abrir puertas y traer cosas. Al parecer, sobre todo le gusta que le pida que se enrosque en torno a mi cuello a la última moda. Aunque cuando le pido algo complicado, como prepararme el té, se queda ahí, retorciéndose. Pero estoy segura de que será capaz de traer un cuchillo para cortar un pedazo de cuerda. Seguramente incluso puede agarrar la cuerda y atarte a ti con ella antes de que puedas acercarte a mí.

¡Maldito Wendell! Como no podía ser de otra forma, era capaz de ponerme de los nervios incluso estando inconsciente. Cerré el diario despacio y dije:

—Tu vida vale más que una bufanda estúpida. No creas que no la haré trizas solo porque sea importante para ti.

—Inténtalo si puedes, pero el otro día se me enganchó en un espino y en veinte minutos se había remendado sola.

Maldije por lo bajo.

—Terminaré de empaquetar tus cosas —dijo y salió de la habitación.

—¡Eso no ha sido un acuerdo! —grité tras ella.

*Pero ¿tan horrible sería que viniera en realidad?*, me susurró una vocecilla. Ariadne sería una molestia, pero también era lista, resolutiva. Era una persona de gatos; aunque por lo general no sea un requisito previo para una expedición científica, ¿en esta ocasión?

¿Y acaso tenía tiempo para que se me ocurriera la manera de detenerla?

Al final fue este último punto lo que zanjó el asunto. Justo cuando estaba comentando la situación con Rose, nos llegó el ruido alarmante de alguien llamando a la puerta. No se parecía en nada a los golpes violentos de de Grey, pero bastó como recordatorio para crisparnos los nervios.

Rose abrió la puerta y por ella irrumpió una de las muchas hijas de Julia Haas —Elsa, creo—. Tenía el rostro enrojecido y estaba jadeando.

—¿Qué ha pasado? —pregunté—. ¿Los faunos…?

—No, no —dijo la chica y entonces se dobló por la mitad sujetándose el costado.

—¡Astrid! —gritó Ariadne y entonces me acordé de que esta era la chica con la que Ariadne había forjado una amistad especial—. ¿Es Eberhard? ¿Ha muerto? Ven, siéntate.

Retiró una silla, pero la muchacha negó con la cabeza.

—No hay tiempo —dijo, todavía resollando—. Eberhard vive… a duras penas. He venido a advertiros. Los habitantes del pueblo… se están reuniendo para echaros.

—¡Echarnos! —gritó Rose, no con tono indignado, sino más con exasperación, cansado—. Vaya, cómo no; no merecemos otra cosa.

—No me digas —musité con aire sombrío—. Aun así, el momento es del todo inoportuno. ¿Cuándo vendrán?

La muchacha me miró con los ojos como platos.

—¡Ahora! Llevo diez minutos de ventaja..., quizá veinte. Vendrán con Peter y el carromato y si no os marcháis por voluntad propia, recogerán vuestras pertenencias y os escoltarán al tren ellos mismos. No quieren haceros daño, pero como habéis puesto en peligro a nuestras hadas, no creen que...

—No creen que sea seguro para nosotros que permanezcamos entre ellos —terminé—. Sí, ya lo veo.

La chica se desplomó en la silla y Ariadne se sentó a su lado mientras le acariciaba el brazo para tranquilizarla y murmuraban entre ellas.

—Al menos, no traen horcas —dijo Rose con sequedad—. Me pasó una vez... Un puñado de granjeros de Northumberland creyeron que estaba molestando a los brownies de los túmulos.

—Wendell no debería moverse en su estado —dije—. Farris, a lo mejor podrías intentar razonar con los lugareños. Infórmales de que Wendell está enfermo... Quizá os dejen quedaros un día o dos más. Eso bastará, espero, para que yo concluya mis asuntos en el País de las Hadas.

Rose asintió despacio.

—¿Y si no me escuchan?

—Entonces tendréis que retiraros a Leonburg y esperarme allí. —Odiaba la idea de que arrastrasen a Wendell dando tumbos por ese camino montañoso serpenteante, pero no podía hacer nada. Me dirigí a de Grey, que permanecía en el umbral de la puerta de la cocina con Eichorn hombro con hombro, observando cómo se desarrollaba la escena con un vago interés.

—Partiremos hacia el Grünesauge de inmediato.

Astrid pareció asustada.

—Si intentáis esconderos, los demás se enfadarán.

—No me estoy escondiendo —informé—. Me marcharé. Simplemente tomaré un camino distinto.

La niebla pendía sobre las montañas como capas de seda, arremolinándose en las hondonadas y emborronando los picos escarpados de las crestas y los precipicios. Tuvimos que abrirnos paso a través de ella a pesar del peligro que suponía, y solo cuando se abrió entre los pliegues grises, unos cuantos metros bajo la primera luz de la mañana antes de que la niebla volviera a cerrarse, pude respirar con facilidad. Para entonces ya estaba tan familiarizada con ese camino que conducía al valle que era yo quien encabezaba la marcha, no Eichorn ni de Grey, cuyo recuerdo de la topografía del mundo de los mortales se había desdibujado sin remedio por los años que habían pasado en el País de las Hadas.

Tras dejar atrás la cabaña, la mirada escrutadora de de Grey había recaído sobre Shadow.

—¿La bestia ofrece alguna clase de protección contra las hadas? Tengo entendido que los perros pueden detectarlas en la distancia, aunque nunca los he utilizado en el campo.

—Shadow no está aquí para protegerme a mí —respondí—. Sino a vosotros. Regresará a la cabaña contigo y con Eichorn. Es una bestia sobrenatural, un grim, y puede protegeros de las hadas que quieran atraeros de nuevo a las Tierras Extrañas.

De Grey parpadeó.

—Gracias —dijo Eichorn, que sonó tan hueco como cabría esperar dado que los había amenazado para que colaborasen después de que él intentase apuñalarnos por la espalda. No me molesté en contestar.

De Grey, sin embargo, me observaba con un interés renovado. Su mirada es inquietante, ya que no hay ni una pizca de reciprocidad en ella... Simplemente te mira hasta que llega a sus propias conclusiones, sin importar que pueda incomodarte.

—¿Has domesticado a un grim?

—Por decirlo de alguna manera —dije, ya que no vi motivo alguno para decirle que Shadow me había escogido a mí, en vez de yo a él, después de haberle salvado la vida... Dudo de que ningún sabueso negro pueda domesticarse en el sentido convencional de la palabra. Tampoco vi la necesidad de mantener la conversación con ninguno de ellos. Seguí avanzando seguida de Ariadne.

No le había dirigido la palabra a mi sobrina desde que abandonamos la cabaña. No estaba del mejor humor, y eso se mezclaba con la incapacidad de la chica de percibir mi estado de ánimo. En ningún momento le había concedido permiso para acompañarme, solamente me había quedado sin tiempo para detenerla. Aun así, insistió en parlotear sobre lo preparada que estaba para ese viaje, lo amplios que eran sus conocimientos sobre los reinos de las hadas de Irlanda y los beneficios de sus ejercicios diarios, que le concedían una gran resistencia, claramente bajo la suposición de que por mi cabeza rondaban preocupaciones por su seguridad en vez de fantasías de empujarla por la puerta de un bogle más cercana.

—Si te quedas rezagada —le dije cuando al cabo del rato se detuvo para recuperar el aliento—, si me causas el más mínimo retraso o resultas ser un impedimento para esta expedición, dejaré que te devoren los *fuchszwerge*.

No pronunció una sola palabra más.

Atravesamos la niebla a paso rápido y nos cruzamos con algunas ovejas descarriadas que estaban pastando, pero ningún residente humano. Me detuve algunas veces para orientarme. En una de estas ocasiones, creí haber sentido que algo me tiraba del borde de la capa, pero lo ignoré asumiendo que se me había enganchado con la roca. Luego sentí que algo me aguijoneaba la espalda baja —¿una rama, quizá, sacudida por el viento?—, pero cuando me pasé la mano por ahí no encontré nada.

Un rato después, de Grey dijo con brusquedad:

—Emily. —Miraba fijamente un punto tras mi hombro derecho y su expresión era muy extraña. Agaché la mirada... y ahí estaba Poe, aferrándose a mí como un insecto, con sus dedos largos como agujas clavándose en mi hombrera.

Me sorprendí tanto que chillé, algo de lo que me arrepentí de inmediato; el pobre Poe bajó de un salto y corrió a esconderse tras un árbol.

—Lo siento —dije con el corazón martilleándome en el pecho—. No te esperaba, pequeño. ¿Cómo demonios has llegado hasta aquí?

Poe se asomó tras el árbol.

—Te di mi puerta —dijo, como si eso lo explicara todo. Quizá para él, sí.

Me agaché entre las setas venenosas. Estaba claro que Poe estaba asustado por su propia audacia por haberse aventurado tan lejos de su casa árbol; temblaba ligeramente, lo que hacía que su capucha forrada de piel le cayese sobre los ojos y su mirada iba de un lado a otro.

—Ven aquí —dije con suavidad y entonces Poe, en un abrir y cerrar de ojos, estaba agachado en la sombra que proyectaba mi rodilla. Parecía mucho más tranquilo ahí.

—¿Qué clase de criatura es esta? —inquirió de Grey—. ¿Una especie de espectro?

—Los académicos no utilizan esa palabra en la actualidad —dije. Supuse que no tenía sentido corregirla, pero eso no disminuyó la satisfacción que me dio—. La nomenclatura de las hadas se ha hecho mucho más eficiente desde vuestra época, aunque algunas palabras antiguas permanecen y se utilizan en términos generales. Él es uno de los brownies de los árboles de Ljosland. Wendell y yo lo conocimos el invierno pasado, cuando demostró ser de gran ayuda. Ahora tenemos la suerte de formar parte de su familia.

Poe se irguió un poco ante esto.

—El afortunado soy yo. Nunca había tenido una familia mortal… Siempre me escondía cuando el ruido de sus botas atravesaba el bosque. ¡Y ahora tengo a una mortal y a un príncipe de los altos como parte de mi *fjolskylda*! Es maravilloso. —Parecía bastante aterrorizado al recordarlo—. ¿Él no está aquí?

—Wendell está en la cabaña —le aseguré—. Por favor, dinos por qué has venido.

—Querías tener noticias del reino de mi señor —dijo—. ¡Tengo noticias!

—Eso es estupendo —dije, genuinamente emocionada. Había algo en que Poe estuviese ahí sentado, temblando de miedo y emoción, orgulloso, que me dieron ganas de abrazarlo.

—Sí... He hablado con muchas hadas que vienen de todas partes para maravillarse por mi árbol —explicó Poe innecesariamente; parecía disfrutar repitiendo este punto.

—Como es natural —dije.

Él asintió.

—He preguntado a todos los que conocí si tenían noticias de las tierras de verano —prosiguió y, entonces, añadió una palabra en *faie* que nunca había oído antes y que provocó que un escalofrío me recorriera la espalda. En líneas generales, podría traducirse como: «el lugar donde los árboles tienen ojos».

—Donde los Árboles Tienen Ojos —dije—. ¿Te refieres al reino de Wendell?

Poe asintió. Wendell nunca me había dicho el nombre en *faie* de su reino... Bueno, no imagino por qué. Es un apelativo bastante atractivo.

—Hablé con una hojalatero que estaba de viaje —continuó Poe— y me contó que la reina ha provocado un buen desastre. Ha conquistado a todos sus vecinos y ahora los altos luchan entre ellos. Todas las hadas de los árboles, de los ríos y los túmulos hacen todo lo que pueden para esconderse, pero da miedo con los altos luchando por todas partes, lanzándose a la carga con sus lobos y caballos.

Me sentí al borde del desmayo.

—Entonces la madrastra de Wendell controla... ¿Cuántos reinos irlandeses? ¿Tres?

—Cuatro —dijo Poe.

—Santo cielo —musité. ¡Más de la mitad de los reinos irlandeses! Eso la convertiría en la monarca de las hadas más poderosa de todas las islas británicas. No me extraña que quiera quitarse de en medio por derecho a su único rival al trono, con un reino problemático agitándose bajo ella. Seguro que no era solo por mí, como había supuesto Wendell. A lo mejor ella ni siquiera era consciente de mi existencia.

—A madre no le gustaría que fuese de un lado para otro así —dijo Poe enredando los dedos en mi capa; hice un gesto de dolor cuando una me hizo un rasguño en la piel—. Pero ¡no me importa! Es muy emocionante. —Se puso pálido y agarró mi capa con más fuerza—. ¡Aunque echo de menos mi árbol!

—Volverás pronto —dije—. Y que sepas que tienes mi eterna gratitud, y la de Wendell, quien no dudará en regalarte una nueva ampliación muy elegante para tu casa árbol.

—También tengo esto —añadió Poe—. De la Pálida... La vi mientras leía tu carta y luego se marchó muy rápido. Cuando regresó, trajo esto y lo dejó junto a la fuente termal.

Contuve el aliento. Con las manos temblorosas, acepté el pequeño papel abultado. Resultó ser una carta escrita con letra apresurada y salpicada de manchas doblada ocho veces. Entre uno de los pliegues había una brújula, a la que apenas miré, ya que en vez de eso fijé la atención en la carta.

*Querida Em:*

*Esto es porque sé que irás a su reino..., ¿verdad? A lo mejor ya estás en camino. Margret dice que no estás tan loca. Yo no pienso que lo estés, pero sé —¡y bien que lo sé!— lo resuelta que eres, amiga mía.*
*Margret heredó esto el día de su boda. Al parecer, los altos se lo regalaron a uno de sus ancestros. Nunca hemos conseguido hacerla funcionar..., pero algo me dice que puede que tú sí.*

*Por favor, ¡ten cuidado! Escríbenos en cuanto regreses.*

*Con mucho cariño,*
*Lilja*

Poe se estaba retorciendo las manos.

—¿He hecho bien al traértela?

—Sí, has hecho bien —dije en voz baja secándome la humedad de los ojos—. Muy bien, de hecho.

—¿Qué hace? —preguntó Ariadne mientras examinaba la brújula por encima de mi hombro.

Era un objeto simple, pequeño y elegante, tallado en madera de sauce con una única perla fijada al borde para señalar el norte. La aguja parecía ser una delicada esquirla de obsidiana, reluciente y afilada como un cuchillo. En cierta forma, me recordó a las ocultas: todo ángulos afilados y una belleza austera.

—Supongo que ya lo descubriremos. —Me guardé la brújula en el bolsillo y dirigí a Poe—: Solo tengo una pregunta más para ti, pequeño.

Rebusqué en mi bolsa y saqué el tarro de cristal donde había recogido la extraña sustancia que apareció tras la batalla con las diáfanas grises. Unos rescoldos de luz diminutos volaban de aquí para allá como polillas. Había sellado el tarro con un tapón de metal, que parecía contener bastante bien la sustancia.

«Magia vertida», lo llamó Wendell. Y también, incluso más curioso, «pelusas».

—¿Sabes qué es? —le pregunté a Poe.

Él le dio unos golpecitos al cristal con el dedo.

—Sí, sí... «Barreduras», lo llamamos. Magia que se queda atrás. El aire se llena de ella tras las batallas de los altos. —Se encogió de hombros.

Sentí que me desinflaba.

—Entonces... Entonces ¿no sirve para nada?

—No lo sé —dijo Poe—. Todas las hadas pequeñas se mantienen alejadas. Nos ocupamos de nuestros árboles.

Volví a guardar el tarro en la bolsa. ¡Bueno! Tal vez solo era un mero souvenir que había estado acarreando por toda Europa. Aun así, por algo citan mis trabajos sobre los patrones que se encuentran en las historias sobre hadas con tanta frecuencia. Así que me llevaré el tarro al reino de Wendell, por mucho que me sienta un poco tonta, porque sé de primera mano que, en las historias, son estos pequeños detalles fortuitos los que a menudo demuestran tener una utilidad inesperada.

—¿He sido de ayuda? —dijo Poe entrelazando los dedos.

—Mucho —le aseguré—. Pero ¿cómo volverás a casa? ¿Dónde está la puerta?

—Tú tienes la puerta —dijo algo exasperado, como si me estuviese haciendo la obtusa a propósito—. Los mortales tenéis una memoria horrible.

Y se desvaneció... en algún lugar detrás de mí, pensé, como si hubiera atravesado mi sombra.

—¿Cómo...? —empezó de Grey, luego se detuvo—. ¿Cómo funciona? ¿Tu conexión con el pequeño?

—Me dio una de las puertas de su casa —le conté—. Parece que eso me permite hacer las veces de portal... para Poe, quiero decir.

—Ya veo. —No fui capaz de interpretar su expresión—. Sí, yo formé una conexión similar con un duendecillo en el Distrito de los Lagos.

Lo dudaba. Puede que solo intentase entablar una conversación, pero en cualquier caso no respondí, y continuamos nuestra marcha. Unos momentos después, sentí otro tirón en la capa y descubrí que Poe había vuelto; llevaba una de sus hogazas bajo el brazo.

—Gracias —dije y la acepté con cuidado. La guardé en la bolsa (ya estaba bastante llena, pero dejar atrás el regalo de Poe estaba fuera de toda cuestión).

—Se mantendrá caliente —me informó despreocupado y luego desapareció una vez más.

Poco después, el Grünesauge quedó a la vista. Casi esperaba que de Grey se opusiera, ya que según Eichorn aquí fue donde la atacaron los faunos, la persiguieron hasta el pueblo y, al parecer, provocaron que escalase una montaña de paso, pero la mujer se limitó a decir con sequedad:

—No ha cambiado mucho desde nuestros tiempos, ¿verdad, querido? —A lo que Eichorn respondió con una risita.

—Está en el bosque, ¿no es aquí? —quise saber. Puesto que a pesar de los horrores que me aguardaban, el misterio del nexo todavía me reconcomía, un acertijo cuya respuesta parecía tener en la punta de la lengua. Intenté autoconvencerme de que no había fracasado en encontrarlo; simplemente lo había logrado dando un rodeo, aunque me temo que todavía me hiere el ego.

De Grey tan solo sacudió la cabeza y nos guio al valle a través del bosque y subiendo la pendiente de la ladera.

Habíamos buscado aquí, por supuesto. Habíamos examinado cada rincón del valle, además de unas cuantas pendientes precarias a las que había echado un ojo estos días atrás con una desesperación cada vez mayor. ¿Era posible que el nexo se hubiera movido? Aun así, me guardé las dudas para mí mientras de Grey nos conducía derrubios arriba. Ariadne se resbaló y cayó un metro o dos, lo que envió una lluvia de piedrecillas sobre el valle. Justo lo que necesitábamos: atraer la atención de los *fuchszwerge*.

Pensé que de Grey estaba siguiendo un camino diferente hasta que rodeó un montón de flores rojas con forma de taza cubiertas de rocío. Nos condujo por una cresta bastante pequeña y luego se detuvo de pronto para señalarnos una puerta encajada en el paisaje.

—Por el amor de Dios —dije.

La puerta del hada se había fusionado tanto con la ladera de la montaña que era casi invisible, aparte del pomo, extraño y cristalino, que destellaba a la luz del sol. Solo parecía un poco diferente que la última vez: la pintura se había vuelto más brillante para ir pareja a los contornos de la cuesta de la montaña bañada por el sol y había una flor roja más para terminar de difuminarse con la pradera.

—Pero —protestó Ariadne con el ceño fruncido por la confusión— no puede ser. El doctor Bambleby miró ahí.

—Entonces no miró a conciencia —dijo de Grey—. Hay otra puerta dentro.

—Wendell estuvo un poco distraído por el residente del lugar —intervine al recordar la lluvia de cerámica—. Una de las hadas de invierno, al parecer. No le gustó que lo despertásemos y nos hizo saber su descontento.

—Cuando vine yo, la casa estaba vacía —respondió de Grey—. Había unos platos antiguos sobre la mesa… No había más signos de estar habitado. Solo pude atisbar un poco a través de la puerta desde lejos; había demasiados faunos por aquí.

—Nosotros no vimos faunos cuando vinimos —murmuré. Reflexioné sobre ello. De Grey había visitado St. Liesl en invierno. A lo mejor el hada con la que nos topamos había estado deambulando por el campo por aquel entonces. Probablemente habría salido a cubrir de escarcha las ventanas de los habitantes del pueblo con su aliento, a afilar los témpanos de hielo o lo que fuera que hicieran las hadas de invierno para divertirse cuando el mundo entraba en su estación. Y puede que también fuera entonces cuando los faunos preferían viajar entre reinos, cuando no hubiera necesidad de temer molestar al guardián malhumorado de la puerta.

—¿Cómo funciona? —pegunté señalando la puerta pintada, que apenas era un poco más alta que mi bota.

—Solo hay que atravesarla —dijo de Grey.

Asentí pensativa. *Atravesarla.* Una nube ocultó el sol y la pintura se oscureció al mismo tiempo que el paisaje. Sentí un espasmo fantasmal en el dedo que me faltaba.

Me arrodille y, al instante, Shadow presionó la nariz contra mi cara. Le rodeé el lomo reconfortante con los brazos y lo atraje hacia mí.

—Cuida de él —murmuré contra su pelaje—. ¿Me entiendes? Permanece a su lado. Si yo no… Si él… Al menos, tendrá a alguien.

Creo que la bestia me entendió…, desde luego, volvió a mover la cola.

—Recuerda permanecer oculto —le indiqué. Rose ya me había prometido esconder a Shadow en caso de que alguno de los lugareños mostrase sed de venganza; no obstante, sabía que cargaría con esa preocupación durante todo el viaje. Le di un último beso en la cabeza y me incorporé.

No sentí la necesidad de despedirme de Eichorn y de Grey; Eichorn ya se había dado la vuelta y, por instinto, su mano buscaba la de de Grey para emprender el camino de vuelta a la cabaña. De Grey, sin embargo, me atravesaba con otra de sus miradas escrutadoras. Al parecer, tomó una decisión.

—Hablaremos bien de él —me dijo—. Antes de marcharnos. Nos inventaremos una historia…, diremos que los faunos encantaron a tu mascota y lo volvieron violento, como hechizan a sus propios perros. Soy una mentirosa bastante convincente. —Sorprendentemente, me dedicó una sonrisa fugaz genuina.

Me quedé sin palabras, solo pude quedarme mirándola. Al final, aunque no confiaba del todo en mi voz, dije en voz baja:

—Gracias.

Ella asintió.

—Llévate esto.

Parpadeé al ver el cuerno en su mano.

—¿Qué demonios voy a hacer con eso? No tengo ningún académico a quien aterrorizar por la noche.

Ella me dedicó un suspiro irritado.

—Hay veneno en la punta, testaruda. Funciona tanto en hadas como en mortales. ¿Crees que lo llevaba conmigo para darme un aire dramático?

—Más que cualquier otra cosa. —Pero hice una pausa; la coincidencia en sus palabras atrajo mi atención—. ¿Qué tipo de veneno?

—La mayoría de las hadas se asustaron con solo verlo —dijo—. Aquellas que no estaban… No me quedé el tiempo suficiente como para presenciar sus efectos.

Lo cavilé. De hecho, puede que se lo haya quitado de la mano de lo ansiosa que estaba.

—Yo… Gracias. Otra vez.

Ella me dedicó un leve asentimiento. Y con eso, ella y Eichorn nos dejaron. Shadow no se marchó con tanta facilidad, pero le hablé calmada y le recordé su deber para con Wendell, y él al final se alejó con la cola gacha. Se detenía cada pocos pasos para mirar por encima del lomo, claramente con la esperanza de que cambiase de opinión y lo llamase para que volviera. Era una imagen tan deprimente que tuve que darme la vuelta.

Me guardé el cuerno en la bolsa; ¡qué alijo tan ecléctico de tesoros de las hadas traía conmigo en el viaje! Un tarro de brasas, una brújula de un reino lejano y un cuerno. ¿Bastaría cualquiera de ellos para salvarme si se diera el caso? Seguro que Rose no lo aprobaría ni por un segundo.

—Iré yo primero —le informé a Ariadne. Y entonces, porque no soy de esas personas ceremoniosas, simplemente abrí la puerta y la crucé.

Creo que solo fui capaz de hacerlo porque he visto a Wendell hacerlo —en caso contrario, me habría encogido o reculado ante la imposibilidad y la puerta no me habría dejado pasar—. A Ariadne le costó más; no pudo pasar al primer intento y se limitó a quedarse mirando la puerta, parpadeando, con los ojos bizcos.

—No debes dudar —la informé—. Debes pasar como si fueras una de las hadas que sencillamente ignora la imposibilidad hasta que deja de serlo.

Me volteé para examinar los alrededores. Era una casucha pequeña y acogedora, de paredes de bajareque, el suelo de piedra totalmente limpio salvo por unas cuantas telarañas. La repisa de la chimenea estaba abarrotada de figuritas hechas de una especie de arcilla negra y grumosa. Había pájaros, peces, conejos, todos hechos con torpeza. *Bueno*, pensé, *supongo que hasta las hadas necesitan hobbies.* La cabeza me rozaba el techo, pero solo lo justo. Había una mesa de madera baja, también limpia, y un fregadero con unos cuantos platos apilados dentro, esperando a ser lavados. La estancia estaba iluminada por una linterna que habían dejado sobre la mesa y el fuego crepitante.

Me alivió no toparme de inmediato con el hada que se había ofendido con Wendell. Sin embargo, era evidente que todavía residía allí, ya que oí varios golpes amortiguados y crujidos, como si alguien se moviera en otra habitación.

—Silencio —le susurré a Ariadne, que por fin había pasado el umbral con un traspié.

Eché un vistazo por el lugar, pero la única puerta que vi no era una puerta como tal, sino una apertura a un pasillo que conducía, asumí, al interior de la casa del hada. No me gustaba la idea de continuar en esa dirección, ya que también era de donde provenían los crujidos así como la tos reumática.

—Examina los armarios —le susurré a Ariadne, que apretaba la bufanda mientras miraba de un lado a otro en una mezcla de terror y deleite—. Yo buscaré puertas ocultas.

Pasé el dedo por la repisa de la chimenea. Esto me acercó a las creaciones del hada, las figuritas. Eran bastante lamentables, pero a lo mejor no llevaba mucho tiempo haciéndolas. Ahora que me fijaba, había algo desagradable en la arcilla. Me llevó un momento más darme cuenta de que, de hecho, las figuritas no estaban hechas de ese material en absoluto. Eran dedos de las manos mezclados con algunos de los pies, todos pegados con alguna especie de pegamento. Apéndices humanos, ennegrecidos por la congelación, un proceso que había tenido la mala suerte de observar en una ocasión, cuando uno de mis alumnos se perdió por la noche durante una ola de frío en los Brecon Beacons. La colección del hadita se contaba por centenares por lo que podía ver.

Retrocedí tan rápido que Ariadne alzó la vista de un respingo. Le dediqué una sonrisa tensa, que como es natural solo consiguió alarmarla más, pero al menos mantuvo los ojos fijos en mí y no en la repisa.

Me volví hacia la puerta principal, que se había cerrado tras nosotras. Ahora parecía lo bastante alta para que pudiera pasar por ella agachando la cabeza solo un poco. Contuve la risa y le hice un gesto a Ariadne.

La puerta tenía seis pomos por dentro: el más alto era idéntico al del exterior, un cuadrado de cristal cubierto de hielo, y había cinco debajo de él colocados en una hilera irregular. Los dos siguientes eran de una especie de piedra negra, uno gélido y el otro mate y tan suave que resbalaba. El cuarto tenía el aspecto de un acuario en miniatura, un cilindro de un mar turquesa iluminado por la luz del sol. Los dos de abajo estaban hechos de madera. El primero era claro, tallado con un patrón floral elaborado. No supe decir si el segundo tenía una decoración similar, ya que estaba cubierto por un musgo húmedo entretejido con constelaciones de flores blancas diminutas casi por completo.

A Ariadne se le resbaló la mano con la que sujetaba la puerta del armario y esta se cerró de golpe. Nos quedamos paralizadas. Sin embargo, no hubo ningún cambio en los sonidos que provenían del pasillo, aparte de —a lo mejor me estaba imaginado cosas— un silencio breve.

Aunque no sabría adivinar qué pomo conducía al reino de Wendell, no pude resistirme a probar con el más bonito primero: el mar turquesa diminuto. Sin apenas atreverme a respirar, giré el pomo y la puerta se abrió con un suave suspiro.

Un viento marino inundó la casa del hada. Frente a mí se extendía una costa seca y rocosa salpicada por arboledas de árboles amarillentos. El mar turquesa era infinito y demasiado brillante, tan solo interrumpido por unas islas escarpadas aisladas. Justo detrás de la puerta había un olivo retorcido y un hito de guijarros blancos. En gran parte por ver si podía, alargué la mano y así uno; el sol cayó a plomo sobre mi brazo, una sensación de lo más curiosa, mientras que el resto de mi cuerpo solo sentía la calidez agradable del hogar alpino del hada.

Cerré la puerta.

—Grecia —murmuré—. Creo. Parece estar ubicada tanto en el mundo mortal o un lugar solapado, como la puerta de Poe. No tenía ni idea de que el nexo condujera aquí… No hay historias de faunos en Grecia. ¿Quizá no la usen mucho? —Toqué el segundo pomo más alto, el que estaba cubierto de hielo—. Esta debe de estar en Rusia. Al borde de las estepas. Esta… —Toqué el pomo de piedra de debajo—. Esta no lo sé… ¿Otra zona de Rusia, tal vez? ¿O será ese el pomo tallado?

—¿Cuál es de regreso a St. Liesl? —dijo Ariadne en tono preocupado.

—Aquí. —Giré el pomo cristalino y volví a abrir la puerta; de nuevo, contemplábamos la ladera de la montaña y el lago verde azulado del Grünesauge. Hasta podía distinguir tres puntos pequeños en la distancia avanzando por la cresta: de Grey, Eichorn y Shadow a la zaga. Era un alivio constatar que el paso del tiempo no se había acelerado todavía, pero claro, solo estábamos en la frontera del País de las Hadas.

—Dios —jadeó Ariadne y entonces se quedó en silencio mirando fijamente la puerta.

Le toqué el brazo, ya que conocía la expresión en su rostro.

—Respira despacio —le aconsejé—. También puedes intentar contar hasta diez… Ayuda, a mi parecer, tener algo que te ancle a lo mundano.

—¿Hay alguien ahí? —llamó una voz aguda y trémula desde alguna parte al final del pasillo—. ¿Eres tú, hermana?

Ariadne chilló. Cerré la puerta pero con las prisas dejé que diese un portazo. Entonces, una ráfaga de viento helado rugió en la estancia: el fuego se apagó con un soplido, la linterna se cayó al suelo y se rompió y nosotras nos quedamos a oscuras.

—¡Ladrones! —gimió la voz—. ¡Intrusos en mi hogar!

—¡Tía Emily! —gritó Ariadne—. ¡La puerta!

—¡Sí, lo sé! —Tanteé en la oscuridad para buscarla, maldiciendo mi curiosidad. Me golpeé la mano con el pomo de Grecia otra vez (estaba cálido y cubierto de granos de arena). La de Wendell era la última, cubierta de musgo.

¿Lo era? ¿Podría ser la puerta con el patrón de flores? ¿O la que estaba hecha de piedra suave? El estómago me dio un vuelco. Pensé en los dedos congelados y bien ordenados… ¿Eran imaginaciones mías o había oído el susurro de un movimiento en la repisa de la chimenea?

Un chillido horrible inundó la estancia y se escuchó el correteo de unos piececillos desnudos sobre la piedra que se acercaban cada vez más.

—¡Tía Emily! —seguía gritando Ariadne. Ahora ella también estaba palpando la puerta—. ¡Tía Emily!

Ahí… mi mano tocó el musgo húmedo por el rocío. Rezando con desesperación que mis suposiciones fueran correctas, abrí la puerta. Una luz tenue y azulada —del amanecer, pensé— se derramó por la estancia junto con el aroma a robles, pinos y vegetación húmeda. Empujé a Ariadne para que pasase primero y luego salté tras ella cerrando la puerta tras de mí con un pam que resonó al tiempo que otro grito sacudía la casa del hada.

No le presté atención a lo que me rodeaba en ese momento; agarré a Ariadne del brazo y la arrastré conmigo tras el refugio más cercano que vi, un menhir erosionado.

Aquí la parte externa del nexo, en lo que esperaba que fuese el reino de Wendell, era de la misma forma y tamaño que la que había en St. Liesl, salvo que ahora la pintura se asemejaba a la colina verde en la que estaba incrustada. El pomo no era cristalino, sino musgoso, igual que el sexto pomo al otro lado de la puerta.

Esperamos, con el corazón a toda velocidad, y nos asomamos por el borde de la piedra. Pero el hada no nos siguió —a lo mejor engañada por el aroma a sal que se había quedado impregnado en la entrada, nos había perseguido al paisaje griego—. Después de un momento, Ariadne quería abandonar nuestro escondite, pero yo volví a arrastrarla.

—No parecía tan terrible —protestó. El subidón de adrenalina parecía haberla dejado mareada y demasiado dispuesta como para ver el hecho de que habíamos escapado por los pelos como parte de una aventura divertida.

—Uno de los principios rectores de la driadología —dije— es este: no enfades a las hadas que coleccionan partes del cuerpo de los humanos.

Esperamos unos minutos más antes de considerar que era seguro. Luego me puse de pie y le di la espalda a la puerta.

Si antes había dudado de haber escogido la correcta, ya no lo hacía. Estábamos en el reino de Wendell. Allá donde mirase, cada tono, color y detalle me convencía.

¿Cómo? No sabría decirlo. Es cierto que el paisaje coincidía con los discursos nostálgicos que Wendell siempre andaba profiriendo sobre su hogar. Pero también había algo extrañamente familiar sobre el lugar, aunque no sabría decir qué —¿sería que mi cercanía con Wendell, de alguna manera, también me infundía cercanía con su reino?—. No veo la forma en que se trate de esto y, aun así, hay cierta familiaridad entre las hadas y los mundos naturales que habitan que se escapa a la comprensión de los mortales.

Estábamos sobre una colina verde y abarrotada de piedras claras. Debajo había un bosque, con las campanillas ondeando entre los árboles, un mar púrpura que se disolvía entre las sombras. Había un lago..., no, dos lagos, el segundo era una simple línea reluciente en la distancia. A nuestras espaldas, tras el nexo, al norte y extendiéndose hacia el horizonte, había montañas añiles y con capas sombrías, algunas negruzcas oscurecidas por el cielo tempestuoso sobre nosotras y otras grisáceas, suavizadas por los rayos del sol.

¿Debo decirlo? Era precioso, por supuesto que lo era. El bosque en particular, que emitía destellos plateados aquí y allá cuando el viento mecía las ramas, como si alguien hubiese trepado a las copas para colgar adornos. Y, aun así, tenía la sensación de que no lo veía en su totalidad, que las sombras aquí eran más densas, más oscuras, que las del reino de los mortales, y que muchos de los detalles estaban cubiertos por una bruma onírica. Incluso ahora, mientras escribo estas palabras —¡todavía estoy en el reino de Wendell!— descubro que el recuerdo de aquellas vistas intenta abandonar mi memoria como un pájaro volando a toda velocidad entre las ramas, de manera que solo capto un ligero atisbo. Puede que haya alguna especie de encantamiento imbuido en el lugar, o quizá simplemente es demasiado para que mis ojos mortales lo asimilen.

*Donde los árboles tienen ojos.* Me concedí un breve instante —uno muy pequeño— para perder el control y se me escapó un sollozo que acallé con rapidez. Dejé que el pánico me inundase, el peso de mi tarea se instaló sobre mis hombros. Y luego lo encerré todo.

—Parece que esta vez no voy a tener una visita guiada —murmuré—. Si tus queridas colinas y bosques liberan a sus bestias sobre mí, me convertiré en el fantasma más horripilante del mundo y te perseguiré toda la eternidad.

—¿Tía Emily? —Ariadne se acercó a mi lado.

Negué con la cabeza.

—Allí —dije señalando un camino estrecho que conducía hasta los árboles. Ariadne echó a andar, evidentemente tan deseosa como yo de abandonar este lugar expuesto y escondernos entre las sombras, pero la detuve.

—Vamos a ocultarnos primero —dije. Mientras ella me miraba con fijeza, me quité la capa.

—¿Podrías…? —empecé y luego me detuve; me sentía ridícula. Le estaba hablando a una capa—. ¿Podrías ayudarnos? Si puedes, por favor, ayúdame a no destacar… a camuflarme.

La capa no respondió, gracias a Dios. No tenía ni idea de qué trucos había tejido Wendell entre sus pliegues; si es que en algún momento había considerado que pudiera verme en esta necesidad. «Desapercibido» no es un criterio que le haya visto aplicar jamás en su propio armario.

Me puse la capa. Parecía impaciente por estar de nuevo en su sitio: se deslizó sobre mis hombros sin ninguna ayuda por mi parte, lo cual era nuevo. Me puse la capucha.

—¿Y bien? —le pregunté a Ariadne.

Ella entornó la mirada.

—No…, pero a lo mejor solo funciona con las hadas.

—Puede ser —dije—. Pídele lo mismo a tu bufanda y luego cúbrete el pelo con ella.

Lo siguiente que hice fue enseñarle a Ariadne la Palabra de Poder, no la de los botones sueltos, por supuesto, sino la Palabra que había utilizado con buenos resultados varias veces, la más reciente contra las diáfanas grises.

—No confíes en que te garantizará una invisibilidad completa —le advertí—. Y menos contra las hadas de la corte. Pero nos hará menos interesantes y, con suerte, eso bastará.

Y así procedimos a adentrarnos entre las sombras verdes del País de las Hadas, con la cabeza cubierta, entonando la Palabra mientras avanzábamos como una procesión de monjes extraña y reducida.

# 9 de octubre

De nuevo, la fecha es una conjetura. Hemos estado en el País de las Hadas un día entero, si es que se puede confiar en el paso del tiempo aquí, cosa que yo no. Tal vez haya pasado un mes en el reino de los mortales. Tal vez una hora. Solo me queda esperar que sea esto último. Más por conveniencia que por exactitud, seguiré contando los días según los experimento.

El agujero obvio en mi plan para secuestrar a la gata de Wendell —además de, bueno, todo— era que no conocía el camino a su corte, el castillo en el que había nacido y se había criado, del que posteriormente lo habían expulsado a los diecinueve años y donde ahora su madrastra se sentaba en el trono robado. Me ha hablado de él en varias ocasiones, pero nunca ha hecho referencias a su ubicación.

*Viven en las montañas al este de mi corte,* me había dicho sobre los faunos. Esa era mi única pista. Habíamos entrado por la puerta de los faunos en dichas montañas y, por tanto, si viajábamos al oeste, estaríamos avanzando en la dirección correcta. Supuse —esperaba— que en cuanto nos acercásemos, encontraríamos algunos postes o quizá unas vistas panorámicas.

Y así me dispuse a orientarme por el sol y las estrellas. Por desgracia, la brújula que Lilja me había prestado no era de ninguna ayuda. Parecía irremediablemente confusa por el reino de Wendell: a veces la aguja señalaba al oeste; otras, al sur, y así todo el rato. En cierto momento comencé a pensar que esta desorientación tenía un patrón y me pasé la siguiente hora o dos relativamente contenta mientras pensaba títulos para un artículo académico. ¿«La constancia de la estrella polar: efectos del País de las Hadas en los campos magnéticos»? Fue una distracción útil por el terror visceral del lugar, pero también hay una parte científica en mi mente que nunca termina de apagarse, ni siquiera en situaciones como esta.

En cuanto nos adentramos en la sombra fresca del bosque, se hizo evidente, de inmediato y para mi horror, por qué el reino de Wendell acabó con este nombre. Aun así, yo…

Tengo que dejar la pluma un momento. No creo que pueda escribir las palabras; solo de pensar en describir algo así, de dejar que mi mente se detenga en ellas durante más de un segundo, es demasiado. A lo mejor cuando regrese al mundo real y ponga distancia, las palabras vendrán con más facilidad. Por ahora, para mantener la cordura, déjame que en vez de eso me centre en las campanillas que alfombran el suelo del bosque; la luz del sol brumosa que atraviesa las nubes, desdibujando los contornos de las cosas y pintando el mundo con acuarelas. El destello ocasional de la plata de las copas de los árboles. Son adornos de verdad —trepé a uno de los robles para comprobarlo—, pero más grandes que las que los mortales ponemos en el árbol de Navidad; son esferas de plata delicada, huecas y ligeras como cáscaras de huevo. Tenían algo que me recordaron a las piedras de hadas y me apresuré a dejar que el adorno volviera a mecerse entre los árboles, entre los que sobrevolaba como una voluta de niebla, desestimando la noción de gravedad.

El camino que nos conducía al bosque al final nos llevó a una ruta más ancha y claramente más transitada. Como conducía más o menos en la dirección correcta, la seguimos un rato antes de llegar a un cruce de caminos, donde volvimos a tomar el camino hacia el oeste. Nos topamos con arroyos agradables y colinas expuestas coronadas de mariposas y alegres flores amarillas. También atravesamos arboledas tan densas que la luz no era capaz de colarse entre los árboles, como si la noche se hubiera rebelado y asentado de manera permanente. El aire en estas arboledas era tan húmedo que empalagaba y en algunos lugares parecía que la corteza de los troncos se movían… Hasta que me di cuenta de que se debía al lento avance de decenas de babosas. Eran unas criaturas curiosas, con la piel salpicada de amarillo que brillaba en la oscuridad. Antes de adentrarnos en estos lugares, acercaba a Ariadne a mí y la envolvía con parte de mi capa, que servicialmente se expandía para este propósito. No tengo ni idea de si era efectivo, pero nada nos amenazó —aunque a veces escuchábamos un susurro entre los arbustos, tan cerca que resultaba perturbador, que parecía seguir nuestro avance—. Y, por supuesto, estaban los ojos…

Aunque no hablaré de eso ahora.

Durante nuestra marcha diurna solo nos topamos con hadas de manera ocasional. La mayoría de sus movimientos se podían oír, pero no ver: una risa lejana, a menudo unida a las pisadas de caballos u otras bestias domésticas grandes, o de música sonando, aunque nunca una melodía que pudiera recordar más de un instante después de haberse desvanecido. Creo que había moradas localizadas justo al otro lado del camino, ya que de vez en cuando distinguía signos de huellas en el césped en los márgenes, o dos piedras blancas colocadas en paralelo con bastante espacio para que un caballo pasase entre ellas. A veces, un brownie curioso nos observaba desde una rama o un agujero en uno de los árboles, pero solo los vi de reojo: la marca de unos ojos negros húmedos y dedos largos, el sombrero de ese extraño color musgo.

Más tarde, oímos a alguien tararear más adelante y cuando pasamos una curva nos encontramos con otro viajero caminando despacio a un poco de distancia. Era un hada andrajosa solo un poco más bajita que yo, con una capucha manchada y muy grande sobre su cabeza, que tironeaba de un carromato que repiqueteaba con los baches del camino como si estuviese repleto de teteras de estaño.

Coloqué a Ariadne detrás de un árbol de inmediato, pero el viajero no se fijó en nosotras, aunque me resultó difícil de creer que no había oído nuestros andares torpes de mortales. Lo seguimos un rato, pero el viajero se movía mucho más despacio de lo que nosotras queríamos ir, así que nos obligamos a sobrepasarlo, rodeando el carromato mientras murmurábamos la Palabra. Lo único que pude distinguir del rostro del hada era una cortina larga de pelo oscuro que sobresalía bajo la capucha enredado con piñas. La criatura no hizo ni el amago de mirar en nuestra dirección, así que lo dejamos atrás, aunque el tarareo perduró horas, haciéndose eco con suavidad entre los árboles y distrayéndonos a las dos.

# 10 de octubre

Ariadne y yo hicimos guardia para dormir, por supuesto; una despertó a la otra a mitad de la noche. Solo un novato se dormiría en el País de las Hadas sin ningún tipo de alarma. La primera noche dormimos a la orilla de uno de los lagos, sobre la esterilla extendida sobre la arena (que demostró ser bastante cómoda), con el murmullo de las olas asegurando un sueño reparador si es que podías ignorar las curiosas lucecitas que bailaban sobre el agua, así como el gruñido reptiliano ocasional que provenía de algún lugar de las profundidades.

Ninguna de nosotras tenía hambre, pero conseguimos obligarnos a comer un poco del pan de Poe que, como siempre, estaba delicioso, sabía a mantequilla con una pizca de chocolate, y muy revitalizante. Después de terminarnos el agua que habíamos traído, nos vimos en la tesitura de beber de los riachuelos y los arroyos. Esto no me entusiasmaba, pero no había otra alternativa.*

—¿Qué estás haciendo? —me preguntó Ariadne cuando se dio la vuelta en la esterilla para observarme.

Algo —mis cargos de conciencia, sin duda— no podía evitar señalarme que no podría dormir en absoluto si no fuera por la compañía de Ariadne, o al menos no sin correr un riesgo significativo.

—Estaba conjeturando. —Había sacado el cuchillo y estaba serrando con cuidado el cuerno del fauno. Era extraño lo cálido que lo sentía en las

* En algunas historias, beber de los arroyos de las hadas tiene el mismo efecto sobre los mortales que el vino de estas.

manos, aunque me dije a mí misma que me lo estaba imaginando. Un rato después, le había cortado un trocito de la punta, dejando el cuerno todavía afilado.

Busqué una piedra plana y coloqué el fragmento sobre ella. Otra piedra redonda me sirvió como mortero y conseguí reducir el pedacito a un polvo fino —era de un marrón rojizo, seguro que sería bastante fácil que pasase desapercibido en una copa de vino—. ¿Podría rozar unos labios sin que lo detectasen? Me parecía probable, el polvo no tenía ningún tipo de olor.

¿Sería esto lo que envenenó a Wendell? En las historias, las hadas podían curarse al consumir ciertas plantas originarias de su reino, pero el caso contrario también era cierto. Tenía un veneno extraído de una criatura del propio reino de Wendell, y su madrastra podría haberlo obtenido con mucha facilidad.

Se lo conté a Ariadne y dijo:

—¿Podría ayudar esto al doctor Bambleby? Si descubrimos qué lo envenenó, a lo mejor podemos conseguir un antídoto.

—Quizá —contesté. Era una idea interesante, pero no sabía cómo resultaría en la práctica. ¿Podríamos examinar el cuerno machacado bajo un microscopio? ¿Llevárselos a un científico médico?

Contemplé el cuerno, su curva larga en forma de sacacorchos, la punta tan afilada que ni siquiera era visible a mis ojos mortales salvo a modo de la sombra más fina. Me sobrevino un deseo de lo más extraño de tocarla, como si fuera una rueca y yo la doncella desaventurada a la que habían hechizado.

# 11 de octubre

Anoche hizo frío y estuvo lloviendo, y ni Ariadne ni yo teníamos el más mínimo deseo de dormir a la intemperie. Sobre todo después de habernos pasado el día esquivando a hadas a caballo que habían venido de repente galopando por el camino a cada hora o dos. En cuanto oíamos el ruido de los cascos, apenas teníamos unos segundos para salir del camino y escondernos tras algún árbol o arbusto. Nunca conseguí verlas, ya que pasaron demasiado deprisa, solo una sombra borrosa y, a veces, un banderín colorido. Eran hadas de la corte, eso estaba claro, que montaban en bestias cuya forma se parecía a la de los caballos, aunque había algo en ellos que no encajaba... Nunca llegué a determinar qué era.

Justo fuera del camino, oculto a la vista por helechos altos, había un tejo enorme. El tronco era lo bastante ancho para que varios hombres lo rodeasen con los brazos y se abría en una docena de extremidades nudosas con un follaje tan frondoso que parecía negro. Sus ramas viejas y ralas se curvaban con aire protector sobre un terreno plano acolchado por el musgo.

—¡Qué práctico! —dijo Ariadne—. ¡Bloquea la lluvia por completo!

No me gustaba el aspecto de ese árbol ni por asomo, ni confiaba en la «practicidad» de las hadas, pero estaba demasiado cansada como para protestar. Había signos claros de que el lugar se había utilizado como campamento con anterioridad, como descubrimos por los anillos de piedra ennegrecidos colocados junto a un tocón suave que servía a modo de silla cómoda. Decidí —imprudentemente, al parecer— verlo como una señal favorable.

Como había tomado por costumbre, saqué el tarro de cristal de «pelusas» —o «barreduras», como Poe lo había llamado— y lo coloqué entre las dos como linterna. Las pequeñas ascuas me brindaban la luz suficiente para escribir, lo cual es un consuelo enorme. No sé qué sería de mí si no tuviera este diario para distraerme de los ruidos del País de las Hadas.

Yo hice la primera guardia, que transcurrió sin ningún contratiempo. Un jinete pasó con un gran estruendo una o dos veces, con su montura resoplando como un lobo todo el rato. Me pasé la mayor parte de esas horas pensando en Wendell. Durante el día, con la naturaleza agotadora de nuestro viaje y la amenaza constante de las hadas, soy capaz de evitar preocuparme por él, pero no experimento dicho respiro por las noches. ¿Se habrá despertado? ¿Está a salvo o lo habrá rastreado otra ronda de asesinos hasta los Alpes? En parte me reconforta saber que Shadow está con él; a menudo es ese único pensamiento, la imagen de la bestia grande y peluda enroscada a su lado, lo que me ayuda a quedarme dormida.

Tras despertar a Ariadne, decidí que igualmente me mantendría vigilante el resto de la noche; mis instintos no estaban del todo sobrepasados por el cansancio y mis sospechas sobre el árbol no habían hecho más que crecer con cada hora que pasaba. La maldita cosa estaba demasiado en silencio.

—Quédate cerca de mí —le ordené a Ariadne mientras ella bostezaba y se estiraba junto a las ascuas de nuestro fuego. Y entonces mis instintos me traicionaron y me quedé dormida.

Me puse en pie en el instante en que Ariadne empezó a gritar… Ni siquiera estoy segura de haber estado del todo despierta. La ingenua no había abandonado el refugio del árbol, pero se había alejado un metro o dos de mi lado para recoger ramas para el fuego, que ahora estaban desperdigadas en todas direcciones. La bufanda seguía doblada sobre el tocón, donde la había dejado para que se secase. Ariadne estaba de espaldas, pataleando y revolviéndose, con las manos sujetándose el pelo, por el que un hada sorprendentemente espantosa la arrastraba hacia las sombras.

Tal vez tenía el tamaño de un hombre bajito, con la piel oscura y resbaladiza y la cabeza redonda de una rana, y también se movía como una, con las extremidades separadas y acabadas en unos dedos enormes que se aferraban con fuerza a las raíces enormes del lecho del bosque. No pude verla bien en la oscuridad, pero lo que vi me bastó para identificar esa cosa como un deara, una bestia feérica que habita en los márgenes de los pantanos y los lagos del sur de Irlanda. Las deara no comen mortales —se cree que son vegetarianas—, pero nuestra presencia en su hábitat les resulta muy ofensivo, sobre todo si encendemos fogatas; si tienen la oportunidad, nos arrastrarán a la oscuridad y nos meterán la cabeza bajo el agua hasta que nos ahoguemos.

No lo dudé, ya que había previsto esta eventualidad y, por tanto, pude reaccionar por acto reflejo. Agarré el borde de mi capa y se lo eché a Ariadne, que no dejaba de retorcerse. La prenda se desplegó por sí sola, como había hecho durante el ataque de las hadas zorro, y los pliegues la envolvieron como una mortaja.

El hada chilló, un grito tan eterno que me llevé las manos a los oídos en un intento inútil de amortiguar el sonido. No sabría decir si fue de enfado o miedo, pero la criatura liberó a Ariadne y aplastó su cuerpo sinuoso contra el suelo en una reverencia obsequiosa al tiempo que retrocedía a rastras gimiendo. Cuando me acerqué un paso más, se alejó de mí y luego volvió a escabullirse en la oscuridad del bosque, aullando por todo el camino.

# 11 de octubre, por la tarde

Decidimos empezar pronto el día después de eso... El cielo acababa de empezar a aclararse y, de todas formas, era imposible que ninguna de las dos contemplase volver a dormirse. Tenía la cabeza en las nubes y casi se me quemaron las gachas.

—¿Qué pasa? —dijo Ariadne, y me di cuenta de que me había estado mirando preocupada. Aparte de unas cuantas magulladuras, había salido prácticamente ilesa y ahora que la conmoción había pasado, parecía que veía el ataque como un relato emocionante perfecto para la documentación académica y ya estaba tomando notas sobre el asunto. Una respuesta en absoluto sana a un intento de asesinato, por supuesto; jamás he estado más convencida de que tiene madera de driadóloga.

—La capa —dije—. El hada sabía que Wendell la había confeccionado. Su magia dejó un rastro, uno que las hadas comunes reconocen y temen... A lo mejor por eso nos han dejado en paz hasta ahora.

—¿Y?

—Y —dije— si las hadas comunes saben que somos amigas de su rey perdido, también lo sabrá la nobleza.

—Eso está bien —respondió Ariadne—. El pequeño dijo que la reina tiene enemigos. Si el doctor Bambleby tiene amigos entre las hadas de la corte, a lo mejor nos ayudan.

Negué con la cabeza.

—No presupongas que los amigos de Wendell serán nuestros amigos. Es más probable que nos vean como unos peones valiosos y que nos encierren en alguna jaula dorada para mantenernos a salvo. Las hadas de la corte tienden a subestimar a los mortales y son completamente impredecibles... Puede que crean en la importancia de nuestra misión o puede que no. Y, en cualquier caso, es igual de probable que nos topemos con alguno de los enemigos de Wendell.

Ariadne se mordió el labio.

—¿Qué podemos hacer? Necesitamos la capa.

No tenía respuesta para esto... Que necesitábamos la capa era tan indiscutible como el peligro en el que nos ponía.

Así que continuamos hacia el oeste, aunque cada vez me sentía más plagada de dudas. No solo en lo relativo a la capa, sino a nuestro rumbo: no parecía que estuviéramos llegando a ninguna parte. Las montañas quizá estaban algo más lejos, pero no veía nada que nos guiase, y desde luego no un castillo que tuviera la amabilidad de asomarse sobre las copas de los árboles.

Ariadne, a pesar de mis advertencias, tenía por costumbre lanzar exclamaciones sobre todo cada pocos minutos, ya fuera dos setas venenosas voluminosas y rojas que conformaban el contorno tosco de una puerta, los espejos plateados que resplandecían en los nudos en las arboledas sombrías o una tela de araña con pinzas de la ropa diminutas colgando de ella como si fuera para la colada. Al principio la ignoré, esperando que esto la hiciera permanecer en silencio, pero después de un rato me di cuenta de que su entusiasmo incansable y poco aconsejable por nuestra misión tenía el mismo efecto sobre mí que escribir en el diario, véase, que evitaba que rumiara sobre asuntos más sombríos.

En algún punto de la mañana me percaté de un patrón extraño en el paisaje sonoro natural del bosque. Había dejado de llover, pero las copas mantenían el plic, plic, plic constante y, aun así me pareció oír, enterrado tras ese sonido, el suave repiqueteo de unos pasos, como si alguien pequeño intentase igualar su ritmo al de las gotas de lluvia. No es algo en lo que la mayoría de los mortales se hubiesen fijado, pero yo tengo mucha práctica.

Al final, me detuve y le susurré a Ariadne:

—Nos están siguiendo.

A la chica le tembló la boca.

—¿El qué?

—No lo sé. Pero lleva tras nosotras varias horas.

Alguien soltó una risita a lo lejos. Ariadne se quedó paralizada. Escruté el camino, pero como era de esperar no había más movimiento que las hojas meciéndose y la luz del sol jugando entre las espirales de lluvia evaporada el suelo del bosque.

Pensé rápido.

—Aunque a lo mejor me equivoco —dije—. Puede que solo sean las hojas.

—¡Hojas! —repitió una vocecilla—. No, no, ¡soy yo! Os he estado siguiendo todo el tiempo, no solo varias horas.

Snowbell salió a rastras de una madriguera en la que no me había fijado antes. Ariadne profirió un sonido estrangulado y retrocedió un paso —sabía perfectamente qué recuerdos estaba reviviendo—. Oculté mi turbación y dije en un tono amable:

—Buenos días.

—Deseo ayudaros en vuestra misión —dijo la criatura con su voz aguda—. Porque estáis en una misión, ¿verdad?

Parpadeé al oír eso.

—Ya me has ayudado —contesté, esperando haber acertado al identificar al hada como Snowbell. Los *fuchszwerge* son idénticos a mi parecer—. Tu deuda con nosotros ya está saldada.

El hada sacudió la cola.

—No me puedes obligar a que me vaya —dijo con la voz de un niño rebelde y el camino pareció oscurecerse.

—Jamás se me ocurriría —dije rauda con un tono conciliador, ya que pensé que sabía de qué iba eso. Muchas de las hadas comunes (la mayoría brownies o tropas de hadas) se sienten intrigadas por los mortales y nuestros asuntos de la misma manera que demuestran falta de interés, y disfrutan implicándose en nuestras vidas. Que esta intromisión sea a menudo de una naturaleza perjudicial para los mortales en cuestión no viene al caso.

Después de mostrarme el camino a la puerta de Poe, ¿era posible que esta bestiecilla violenta le hubiera tomado el gusto a ser de ayuda?

—Desde luego que sería un honor tener la asistencia de un hada tan guapo y listo como tú —dije, tratando de ocultar la mueca en mi voz. Pero soy demasiado pragmática como para estar por encima de adular a las hadas comunes, incluso si se han cenado a uno de mis amigos hace poco.

Snowbell le restó importancia con un gesto, pero se irguió un poco más y se le erizó el pelaje del cuello.

—Encontré un camino a las tierras de invierno para ti —dijo con fanfarronería—. ¡Fue fácil! Simplemente miré por ahí y lo encontré. Pero, claro, no soy un mortal zoquete y torpe.

*Lo que hay que escuchar.*

—Por supuesto —dije—. Me impresionó muchísimo.

—¡Ja! —graznó—. ¡Fue fácil!

—¿Conoces bien este reino? —le pregunté.

—¡Claro! —dijo—. Solemos colarnos por la puerta cuando nadie mira. Es muy divertido.

—Intentamos llegar al castillo de la reina —dije.

—¿El castillo? —Snowbell frunció el ceño—. ¡Mmm! Entonces ¿por qué vais en esta dirección?

—¿A qué te refieres? —pregunté tras una pausa confusa—. ¿No se va por aquí a la corte de la reina?

—Estáis tomando los caminos largos —respondió—. Pocos viajan por aquí. Solo los exiliados y los ladrones. Hadas malas. Deberíais seguir los caminos cortos. Os llevará días, semanas, si continuáis por aquí.

—¿Los caminos cortos? —repetí. Ya me empezaba a doler la cabeza.

—A través de los túmulos. —Sonrió con suficiencia—. ¿No lo sabíais? ¡Qué estúpidos sois los mortales!

—Terriblemente estúpidos —convine—. Desde luego, tenemos mucha suerte de que nos hayas seguido.

—Me gustan las misiones —dijo el hada—. Pero nunca he formado parte de una.

—¡Con más razón! —Le hice una reverencia al hada—. Sería un honor si te unieras a la nuestra. ¿Verdad que sí, sobrina?

Ariadne había estado contemplando al hada zorro con una expresión vidriosa y repugnada. Tragó saliva y dijo:

—Un gran... honor.

—¿Nos mostrarás el camino a la corte real de Donde los Árboles Tienen Ojos? —inquirí—. ¿Debo pronunciar mi petición tres veces?

El hada temblaba de la emoción. Parecía estar haciendo un esfuerzo por controlarse, pero no lo conseguía del todo.

—Está bien —dijo con voz altanera a la vez que le brillaban los ojos.

Lo repetí. En cuanto la última palabra abandonó mis labios, el hada ya nos había adelantado a toda prisa y nos llamaba alegremente sobre su hombro.

—Vamos, vamos. ¡Es por aquí! Conozco el mejor camino para llegar.

Ariadne y yo tuvimos que correr por el camino para alcanzarlo; varios brownies se escondieron tras los árboles cuando doblamos una esquina de improvisto formando un alboroto, lo cual confirmó mis sospechas de que nos observaban más hadas de lo que habíamos supuesto. Snowbell se apresuró a tomar un sendero secundario a la izquierda, poco más que una línea de hierba y helechos aplastados. Para mi sorpresa, había un letrero de madera con la palabra «castillo» escrito en *faie* y luego, debajo, la misma palabra en irlandés, inglés y latín.

—Pero qué demonios —exclamé, demasiado enfurecida como para ser más elocuente.

—¿No los habéis visto? —Snowbell se detuvo y me echó un vistazo sobre el hombro—. Los letreros están por todas partes.

Por toda respuesta, solo fui capaz de soltar una retahíla de insultos.

—¿Por qué molestarse con las lenguas mortales? —dijo Ariadne—. ¿Acaso ellos... las hadas quieren que encontremos el camino a su corte?

—A los altos de este reino les gustan los mortales —contestó Snowbell—. Encierran a algunos y los adoptan como mascotas. A los aburridos se los dan de comer a los lobos o los utilizan como presas en sus cacerías. Aun así, otros trabajan en su corte como consejeros. Los altos suelen ser así de volubles y tontos —añadió con desdén—. Todo el mundo sabe que los mortales solo sirven para comérselos.

—Les gustamos —repitió Ariadne. Parecía tener náuseas otra vez y entendía por qué. Esta actitud errática hacia los mortales que había descrito Snowbell, por la que a algunos se les concede poder político mientras que otros se utilizan como pienso para los animales, era en cierta forma más perturbador que oír que estas hadas nos arrojarían a todos a los lobos directamente.

—La reina envía a sus guardianes a los bosques para dar caza a sus enemigos —dijo—. A veces también capturan a los mortales que se han perdido. —Se encogió de hombros—. No me gustan los guardianes de la reina.

A mí tampoco..., aunque no sabía nada sobre ellos, me arriesgaría a decir que cualquier hada capaz de asustar a Snowbell seguro que era una monstruosidad.

—A nosotras no nos han capturado —dije—. Ni siquiera los hemos visto.

—Pero ellos a vosotras, sí —afirmó Snowbell.

Me quedé petrificada.

—¿A qué te refieres?

—Os he seguido todo el camino —contestó—. Los vi observaros desde las copas de los árboles cuando entrasteis en el bosque. No sé por qué no os atacaron. Os vigilaron sin parar y luego alzaron el vuelo y me pareció que hablaron entre ellos.

Me obligué a controlar el pánico. Que no tuviera ni la más mínima idea de esto era inquietante, por lo menos. Aun así, las criaturas no habían salido volando directamente para alertar a la madrastra de Wendell... Ya era algo.

—Dime —dije—. ¿Esos guardianes eran leales al antiguo rey?

—Son leales a quien gobierne el reino —respondió Snowbell con tono desdeñoso, como si fuera lo más obvio del mundo.

Asentí con aire ausente. Claramente estas criaturas, fueran lo que fueran, habían reconocido mi capa. Y, aun así, no nos habían atacado. ¿Podría ser que su lealtad estaba dividida entre la reina actual y Wendell, su rey ausente pero legítimo?

Entonces me di cuenta de que mi capa estaba haciendo algo raro. Cuando me volví e intenté continuar por el camino hacia el castillo, sentí como si un niño la agarrase del borde y tirase de ella. No bastó para detenerme, pero era imposible de ignorar.

Ariadne la miró preocupada.

—No quiere que vayamos por aquí.

—Creo que tienes razón —dije—. Bueno, le pedí que nos ayudase a pasar desapercibidas... Si nos dirigimos al castillo de la reina, difícilmente lo conseguirá. Además, Wendell le ha puesto varios hechizos de protección que puede que también se activen por nuestros instintos suicidas. A lo mejor la capa es la culpable de que no viéramos los letreros. —De hecho, a la maldita capucha le había dado por cubrirme la cabeza varias veces a lo largo del día sin ningún motivo aparente.

—Debemos ir por aquí —le dije a la capa. Ya no me resultaba extraño hablarle; no creo que se pueda considerar una señal de cordura, pero hice lo que pude para no pensar demasiado en esto—. ¿Confías en mí?

Intenté imaginarme que le estaba hablando a Wendell; en cierto sentido, creo que eso era lo que hacía, o al menos a una imagen residual de él. Su magia estaba entretejida en la capa y los encantamientos de las hadas no son como las obras inanimadas de los humanos; a menudo, parecen tener personalidad y pueden contener una conexión lejana con su creador. La capa dejó de dar tirones molestos y me permitió seguir, aunque al mismo tiempo el cuello empezó a provocarme un picor evidente, como para recordarme que lo desaprobaba.

Snowbell nos condujo por el estrecho sendero hasta un túmulo cubierto de hierba. No tenía ninguna puerta, era simplemente un marco de tres piedras grandes que rodeaba un cuadrado de oscuridad.

Me detuve, mi inquietud tomó el control sobre mi sensación de urgencia. ¿Estaba la capa en lo cierto? ¿Sería una locura dejar que esta criaturilla feral nos guiase? Por alguna razón —¿un fragmento de una historia que recordaba a medias?— saqué la brújula y la sostuve frente a mí.

Para mi sorpresa, la aguja se ralentizó y luego detuvo sus giros exasperantes. Se movió un poco de un lado a otro y luego señaló, no a la puerta que se abría como en un bostezo, sino a Snowbell.

—Interesante —murmuré.

—¿El qué? —Ariadne también se había detenido. Ella tampoco parecía nada contenta con nuestro rumbo actual.

—No estoy segura —dije despacio—. Pero creo que deberíamos confiar en él.

Me volví hacia Snowbell.

—Si esto es un atajo —dije—, entonces estaríamos atravesando buena parte de Donde los Árboles Tienen Ojos.

—¡Mmm! —musitó Snowbell—. Supongo que sí. Las Minas Llorosas, para empezar...; tienen unas cataratas horribles donde los altos extraen la plata. El Abismo de la Mecha, que un boggart maleducado ha reclamado como suyo. También está la parte más oscura del bosque, las tierras de los ciervos con cabeza de bruja, que ellos llaman la Poesía. Y muchos otros peligros aparte.

Lo dijo con su voz altanera habitual, asumiendo que yo estaría más que agradecida. Y lo estaba, supongo; pero otra parte de mí lloraba al pensar que había encontrado el camino al Silva Lupi, un lugar de leyendas académicas, tan fascinante y terrible que era impresionante, para luego recorrerlo a toda prisa como quien compra apurada en el mercado.

—Me lo enseñarás —le murmuré a la capa—. Me lo enseñarás todo cuando vuelvas a estar bien.

Era tanto una promesa como una súplica. Seguí a Snowbell hacia el túmulo.

# ¿13? de octubre

Cada vez me resulta más difícil llevar la cuenta del paso del tiempo, igual que cuando estuve cautiva en la corte del rey de la nieve. Mi memoria se dispersa y se deshilacha. Me pregunto: ¿de verdad es producto de los encantamientos imbuidos en el País de las Hadas, diseñados para embotar las mentes humanas, como los académicos hemos especulado siempre? ¿O hay una explicación más inocente y, aun así, más espantosa: que en el País de las Hadas las cosas sobrepasan los límites del entendimiento humano así como el sistema primitivo de registro de datos que compone nuestra memoria mortal?

Bueno, basta ya de estas teorías... No estoy escribiendo un artículo para que lo evalúen mis compañeros. Al seguir con el diario intento, más que otra cosa, mantenerme en mis cabales.

Creo que el túmulo que atravesamos albergaba un pueblo de hadas. Se me quedó grabada la imagen de unas puertas construidas en los árboles iluminadas por farolillos, escaleras de plata que conducían a unas copas de hilos plateados bajo un cielo nocturno rutilante... Entonces ¿seguíamos en el túmulo? ¿De verdad era el cielo o un encantamiento? Y, desde luego, había muchas hadas, hadas de todas las formas, algunas con aspecto humanoide y otras que decididamente no lo tenían, aunque la memoria me falla en este punto en concreto, aparte de unos cuantos fragmentos de terror alojados en ella como astillas. Recuerdo la imagen de un zorro enorme con las piernas largas y la crin de un caballo que estaba atado a un palenque fuera de una... ¿taberna, puede ser? La música y las risas llegaban hasta el camino. No recuerdo que atrajésemos la atención, a lo mejor porque no éramos las únicas mortales que había allí. Recuerdo un grupo de niños humanos de aspecto salvaje corriendo por las calles angostas con un lobo blanco y a una mujer solitaria, con la ropa sucia, el pelo enredado y que le llegaba hasta las rodillas, aovillada sobre un umbral, sollozando.

Había otro túmulo tras ese, y también albergaba un pueblo iluminado por las estrellas, pero de este puedo hablar incluso menos. ¿Había fuegos artificiales? Por lo que recuerdo, hubo un sonido crepitante y una explosión de luces en el fuego; las hadas exclamaron de asombro. Pero también es posible que fuera alguna exhibición de magia, quizá un duelo. Pasamos una noche allí... Posiblemente dos.

Y entonces, de repente —no recuerdo los pasos que me condujeron allí, no cuando dejamos el segundo túmulo—, estaba contemplando el castillo de la madrastra de Wendell.

Durante un momento de confusión, parecía que había dos castillos, uno de los cuales estaba bocabajo, antes de darme cuenta de que este se encontraba situado a la orilla de un lago tan en calma y cristalino que reproducía cada detalle del mundo que había sobre él. Detrás se alzaba una colina boscosa que las nubes cubrían con un manto cambiante de sombras. El bosque emitía destellos aquí y allá; entre las hojas mecidas por el viento atisbé puentes hechos de plata suspendidos entre las copas. El castillo en sí mismo era tan magnífico como cabría esperar, una extensión de muros de piedra clara y unas almenas más largas que anchas, ya que solo había una orilla de tierra plana estrecha entre el lago y la ladera en pendiente de la colina sobre la que el castillo se plegaba sobre sí mismo como un gato.

Estábamos frente a él, al otro lado del lago, que estaba bordeado por un sendero salpicado de bancos cómodos en los que las hadas podían descansar y disfrutar de las vistas. Por suerte, no había nadie cerca, ya que apenas había amanecido y el horizonte oeste tras la colina mantenía un tono oscuro, violáceo, a pesar de que el sol salpicaba las piedras con su luz dorada y cálida.

Fue Ariadne quien los vio primero.

—Tía —gimió y me agarró de la manta.

Los parapetos del castillo, a simple vista, tenían una apariencia irregular. Al inspeccionarlos con más detenimiento, daba la impresión de que estaban decorados con una especie de gárgola, quizá para mantener alejados a los pájaros del bosque. Sin embargo, si me fijaba aún más...

—Supongo que esos serán los guardianes de la reina —dije y entonces sentí la necesidad de sentarme en uno de los bancos. Ariadne era presa de los espasmos, algo que le había visto hacer con mucho menos dramatismo cada vez que Shadow se comía una araña, algo que le encanta, por inquietante que resulte. Agradecí mucho tener el manto de sombras que proyectaban los árboles a nuestro alrededor.

Los guardianes eran búhos, más o menos..., menos, supongo. Eran, como poco, el doble de grandes que cualquier búho que haya visto, tenían un aspecto arcaico, parecido al de las arpías, todo nervio, con sarna y un puñado de plumas grises moteadas, encorvados sobre sus posaderos. Pero esto no era lo peor, sino que su mitad inferior acababa en seis extremidades, unas cosas largas como las patas de una araña que se extendían mucho más allá de la silueta central de sus cuerpos y con las que se sujetaban a las piedras como tenazas.

—¿Por qué arañas? —gimoteó Ariadne—. Odio las arañas. No podría haber sido cualquier otra cosa.

—Si confiamos en nuestro amigo —dije haciendo un gesto hacia Snowbell—, al menos unas cuantas de esas criaturas nos han seguido un tiempo sin atacarnos.

Snowbell asentía.

—Nunca los había visto hacer eso. Salvo cuando están muy llenos. Entonces rastrean a su presa hasta que les vuelve a entrar el apetito.

Ariadne profirió un sonido inarticulado.

—¿Cuántos guardianes tiene la reina? —pregunté.

—Diez o más —dijo Snowbell—. Diez es lo máximo que he visto de una vez.

Conté esas cosas con aspecto de búho en los parapetos. Ocho. Así que faltaban varios. ¿Estarían acechándonos en las copas de los árboles incluso ahora? ¿Caerían sobre nosotros como las arañas o nos alzarían en vuelo como los pájaros? No fui capaz de contener un estremecimiento.

Agarré la moneda en el bolsillo, más para buscar consuelo que otra cosa. Snowbell, mientras tanto, estaba bostezando; no es algo agradable de presenciar: sus grandes fauces con colmillos se abrieron como una bisagra y tenía una mancha inquietante de color rosado en las encías que rodeaban los dientes.

Me di la vuelta y examiné el bosque.

—Déjanos descansar aquí unas cuantas horas. Continuaré hacia el castillo sola, a plena luz del día.

—¡Hay criaturas en cada parapeto! —gritó Ariadne—. ¿Cómo demonios piensas colarte?

—No me colaré. Simplemente entraré andando.

El cuello de la capa había empezado a picarme en la nuca como si fuera de papel de lija. Lo ignoré.

Por su expresión, Ariadne parecía pensar que me había oído mal.

—¿Qué?

—Ya lo he hecho antes —dije—. Una vez en una corte de goblins en las Shetland. El año pasado paseé por una feria de invierno en Ljosland y conseguí salir con dos cautivas. No se puede esperar eludir la atención de las hadas de la corte en su reino; la única opción es el engaño. Fingir.

—Y… ¿quién fingirás ser? —dijo Ariadne despacio.

—Alguien que no sorprenderá a las hadas —respondí—. Yo misma.

# ¿? de octubre

Nunca me había sentido tan agotada. Aun así, debo escribir lo que ocurrió porque… ¿cómo si no iba a saberse? Los detalles ya se escapan de mi memoria como las semillas de un diente de león arrancadas por el viento. Es el precio de haber pasado demasiado tiempo en el País de las Hadas… Aun así, he mantenido la cordura.

O eso creo.

Antes de dejar el campamento que monté con Ariadne y Snowbell —un recoveco resguardado en una hondonada sobre la que un árbol caído formaba un refugio natural—, la envolví con mi capa. A mí ya no me sería de utilidad.

—Al menos llévate mi bufanda —me rogó ella.

—Es demasiado arriesgado —dije—. Wendell también la ha confeccionado, y sin duda los enemigos con los que cuenta entre las hadas de la corte lo sabrán.

—Tía Emily —protestó Ariadne. Estaba pálida y lloraba en silencio. Creo que no pegó ojo.

—Dependerá de ti ayudar a Wendell si yo no regreso —le dije—. Reúne tantas setas de las hadas comestibles como puedas (ya sabes cuáles son, diste esa clase), y también una selección de bayas. Consumir alimentos de su reino puede que lo cure.

Por supuesto, yo no lo creía y lo dije sobre todo para evitar que la mocosa me siguiera. No confiaba en que ella ni nadie pudiera entrar en la corte real del Silva Lupi y salir de una pieza. Yo era la única académica que conocía capaz de tal hazaña e incluso así, las probabilidades me parecían bastante desfavorables.

Por suerte, mis palabras tuvieron el efecto deseado. A Ariadne se le iluminó el rostro y Snowbell exclamó:

—¡Ah, bien! Entonces la misión no acaba cuando te coman.

—Me ocuparé de que el doctor Bambleby recupere su magia —me prometió Ariadne—. Tengo varias ideas de tés que pueden prepararse con la flora de este reino. Si no regresas, él y yo te rescataremos.

Pensé en el estado en el que estaba Wendell cuando me marché, las alas oscuras batiendo bajo su piel. Aun así, me limité a asentir.

Ella me colocó una mano en el brazo cuando me di la vuelta para irme.

—Pondré el resto del pan de Poe en tu bolsa.

Fue un detalle de lo más nimio y, aun así, casi logró destrozar mi compostura. Antes de que se me desbordasen las lágrimas, le acaricié la mejilla en agradecimiento e ignoré su expresión de sorpresa —creo que nunca la había tocado antes, al menos no de manera afectuosa— y me apresuré a alejarme.

Mientras caminaba, saqué un cuaderno de repuesto y un lápiz de la bolsa. No me esforcé en ocultarme, ni siquiera cuando llegué al límite de los terrenos del castillo, donde unos jardines en flor, con sus cenadores elegantes incluidos, comenzaron a reemplazar el bosque. Cada pocos momentos me detenía para bosquejar algo en el cuaderno. Esbocé una sonrisa obnubilada y moví el cuello para mirar en todas direcciones como una turista. Sabía que tenía que mantener el miedo a raya, que mi vida dependía de ello, pero era difícil, casi imposible, con esas criaturas mirándome. Y el castillo en sí era mucho más grande de lo que había supuesto desde la otra orilla del lago: no era un edificio tranquilo y ordenado, sino un laberinto de balcones y parapetos. Lo peor de todo: no veía por dónde entrar.

Varias de las hadas de la corte pasaron en tropel a mi lado con sus caballos —al menos tenían forma de caballo, no de otra cosa monstruosa, aunque eran demasiado largos y su impulso se parecía al de unas rocas gigantescas rodando colina abajo—. Hacían temblar el suelo al pasar, tanto que me caía al suelo. En una ocasión casi salgo rodando bajo sus cascos enormes y tuve que arrastrarme de rodillas e impulsarme con las manos. Objetivamente era aterrador, no solo porque casi me matan, sino porque sin darme cuenta había aplastado a varios caracoles con los dedos, que emitieron unos gritos de agonía diminutos y agudos.

En cuanto me aparté del camino, me escondí dentro de un sauce llorón y apoyé la cabeza entre las rodillas, temblando. El corazón no dejaba de martillearme y el miedo contenido hacía incluso más difícil despejar la neblina mental. El castillo me estaba afectando más de lo que había previsto, ya fuera por sus capas de encantamientos entrelazados o por mi incapacidad de darles un sentido.

Conté hasta diez varias veces mientras apretaba la moneda. Pensé en mi despacho en Cambridge y lo monté mentalmente pieza a pieza. La grandiosidad del escritorio de roble, con su superficie suave y cajones forrados de terciopelo, cada estantería ordenada con meticulosidad, la cama de Shadow en la esquina, la ventana con su vista pastoral del césped verde y el estanque. Me sentí un poco más yo misma después de este ejercicio y sabiendo que eso era todo lo que podía esperar en el País de las Hadas, volví a partir, triste, teniendo cuidado por dónde pisaba por si había caracoles.

Me acerqué al castillo y me adentré en la sombra alargada que proyectaba sobre la colina y los jardines; aun así, todavía no distinguía ninguna puerta. De alguna manera perdí el camino en el que estaba y vagué por los senderos del jardín durante un rato; de vez en cuando me enredaba con las glicinias crecidas. Había hadas descansando en los jardines, pero no me prestaron mucha atención —ya fuera porque mi disfraz era efectivo o porque, lo que pensaba que era más probable, simplemente no era una persona interesante a la que mirar. Tiene sus ventajas ser una académica bajita y de aspecto polvoriento.

Su falta de interés no era recíproca, te lo prometo. Era imposible no quedarse mirando a cada una de ellas, no solo porque mis encuentros con las hadas de la corte son tan escasos que podría contarlos con los dedos de una mano, sino porque son más encantadoras e inquietantes que ninguna otra hada que haya visto antes. Las hadas de Ljosland parecían conformadas por el paisaje hostil de su hogar, un patrón que parecía aplicarse a las hadas de la corte de este reino.

Tengo los recuerdos difusos, por mucho que intente sostenerlos como una mariposa en una vitrina de exposición. Lo mejor que puedo hacer es registrar las imágenes con las que me he quedado: una mujer con una cascada de rosas a modo de cabello, un hombre con hojas diminutas salpicándole el rostro como si fueran pecas. Varias hadas con la piel ligeramente pintada con espirales, como los anillos de los árboles, o en las sombras abigarradas de la corteza. Otra mujer que brillaba de un azul plateado al sol, como si no estuviera hecha de carne y hueso, sino de una colección de ondulaciones. Algunas tenían menos aspecto humano que otras, tanto era así que me pregunté: ¿la división entre las hadas de la corte y las comunes es menos rígida en este reino que en los otros? ¿O es que los académicos hemos sobreestimado su importancia con las prisas de establecer unas categorías ordenadas para las cosas?

Atisbé a varios de los guardias del castillo —supuse que eran guardias, ya que llevaban petos plateados y espadas que casi les llegaban a los hombros y porque parecían estar patrullando los terrenos con un patrón establecido—. Me mantuve alejada de ellos, pero me prestaron la misma poca atención que los demás.

Es posible que todavía siguiera allí, a la deriva con una fascinación impotente, si un mortal no me hubiese agarrado del codo para arrastrarme al borde del jardín, que también es donde mi memoria se volvió mucho menos borrosa.

—No puedes estar aquí —me dijo sosteniéndome la mirada con intensidad, pero tranquilo. Hablaba en inglés con un acento irlandés que no supe ubicar; tenía algo de anticuado... ¿Cuánto tiempo llevaba en el País de las Hadas? Su pelo era de un caoba brillante y su piel, como nata fresca, su constitución proporcionada estaba engalanada con sedas lujosas con bordados de plata y, en general, daba la impresión de ser un hombre con la salud idílica que solo la riqueza puede granjear y permitir.

—Seas quien seas, debes regresar. ¿Lo entiendes?

Le sonreí.

—He venido a investigar. Soy una académica. ¿No es maravilloso el País de las Hadas? Es la primera vez que vengo. Creo que escribiré un libro sobre ello.

Me soltó y dio un paso atrás con el ceño fruncido. No estaba del todo segura de que pensase que ya no tenía salvación, así que comencé a parlotear sobre los caminos y cruces —tomando prestado buena parte de los sinsentidos de Eichorn— hasta que me dejó. Me habría gustado hacerle algunas preguntas —era obvio que estaba bajo la protección de las hadas como para tener un aspecto tan cómodo aquí, por no mencionar que los encantamientos no le afectaban—, pero naturalmente no podía hacerlo sin delatarme.

Al final encontré la manera de entrar en el castillo, ya que lo siguiente que recuerdo es estar junto a un balcón, sujeta a la baranda de piedra, por donde se arrastraba otra de las babosas gruesas y moteadas. En cierto momento, como había fracasado en encontrar la verja o cualquier otra forma de entrada que tuviera el castillo, debí haber decidido entrar por medios poco convencionales. No veía nada más allá del balcón; la estancia estaba protegida por unas cortinas negras con un estampado de rosas.

De repente, trastabillé hacia atrás porque el balcón se oscureció y una figura se alzó imponente ante mí.

Era uno de los guardias, tan alto, delgado y hermoso como el resto, con el pelo negro que caía en cascada por debajo de la cintura, sujeto con una hebra de plata para retirárselo del rostro. Su piel oscura tenía un patrón en espiral similar como el de algunos otros, y sus pestañas eran verdes y con forma de helecho.

—¿Quién eres? —dijo mirándome con el ceño fruncido—. ¿Eres una de las mascotas de los pequeños? No te he visto en la corte.

Al instante supe que no podría haber tenido peor suerte. El hombre no estaba de humor por algún motivo —a lo mejor había discutido con otro guardia hacía poco— y por la suavidad de su voz y la manera en que me miraba de arriba abajo estaba dispuesto a despellejarme en el sitio y luego resolver el problema de mi identidad. Las súplicas no habrían surtido efecto sobre una de las hadas de la corte en ese estado, pero quizá podía apelar a su humor volátil.

—Soy profesora, señor —informé al hombre y le dediqué una sonrisa ensoñadora, como si no acabase de saltar con ligereza sobre el balcón para acercarse a mí con la espada desenvainada—. La profesora Eustacia Walters..., académica de driadología.

No le deseaba ningún mal a la profesora Walters, solo que el suyo fue el primer nombre que se me vino a la cabeza, seguramente porque me supone tantas molestias en Cambridge, con sus incesantes carraspeos y la costumbre que tiene de entrar en mi despacho cuando no estoy para tomar prestados mis libros, que rara vez devuelve. Continué:

—Estaba investigando a los faunos al sur de Irlanda cuando, de alguna manera, entré en vuestro reino... ¡Qué lugar tan fascinante es este! Va más allá de mis mayores sueños. Planeo escribir al menos una docena de artículos sobre el tema. Por favor, perdona mi intrusión; solo quería ver el interior del castillo.

—¡Una académica! —exclamó el hada. El rostro se le iluminó y la irritación se desvaneció como una sombra a la luz del sol. Casi lloré de felicidad—. ¡Qué bonito! Los académicos sois unas criaturitas encantadoras, con vuestros cuadernos y preguntas. —Se apoyó contra el balcón con indiferencia y apoyó la punta de la espada en el césped con los aires de un hombre que disfruta de una bienvenida distracción en un día tedioso—. Sí, hemos tenido académicos de vez en cuando... Los búhos de la reina devoraron al último, me temo. Se volvió bastante aburrido al final, como todos..., no paraba de despotricar y de tirarse del pelo, ¡hasta se olvidaba de bañarse cada dos por tres! Los mortales que no se asean son una compañía de lo más desagradable.

—Oh, cielos —dije preocupada, porque a pesar de que quería que pensase que estaba desconcertada por el encantamiento, no quería parecer tan confusa como el pobre académico sin higiene en cuestión. Dios..., ¿lo conocería? A bote pronto, se me ocurren al menos dos driadólogos que desaparecieron durante un trabajo de campo en Irlanda en la última década.

El hada se apresuró a añadir:

—No quiero que te preocupes, querida... No es un destino que alguien tan hermosa como tú tendrá que contemplar jamás.

Era mentira, por supuesto, pero fingí que eso me tranquilizaba y le dediqué una sonrisa de alivio que él me devolvió con el mismo consuelo. No soy muy buena actriz, pero las hadas de la corte no son difíciles de engañar; su orgullo y autosuficiencia rara vez admiten la posibilidad de que un mortal intente siquiera ser más listo que ellas.

—Señor —empecé dubitativa—. Me preguntaba... Estoy trabajando en un artículo sobre las hadas de la corte de Irlanda. Sería muy amable si me contaras una historia sobre ti.

—Claro, claro —dijo haciendo un ademán y dedicándome una sonrisa indulgente. Vi que mi petición le había henchido el ego, que incluso lo estaba deseando, y no pude evitar acordarme del pequeño Snowbell, la satisfacción petulante que sintió al confiar en él, e incluso en Poe, siempre dispuesto a presentarse ante mí con una hogaza de pan recién hecha.

El hada me contó una historia muy larga que giraba en torno a una expedición de caza en la que había participado recientemente mientras yo tomaba notas. No parecía que fuera a ninguna parte, que tan solo era una lista extensa de todas las pobres criaturas que había asesinado y cómo, y por primera vez me alegro de tener los recuerdos tan difusos. En cuanto terminó, se acercó para ver lo que había escrito, que era puro sinsentido: un conjunto de canciones de cuna y garabatos inútiles, a veces solo la palabra «PERDIDA» escrita una y otra vez, porque pensé que le daría un toque bonito. Le sonreí como si no viera nada fuera de lugar y él me devolvió la sonrisa con condescendencia. Luego me dio un apretón de manos.

—Encantado de conocerte —dijo—. Buena suerte con el artículo.

—Gracias, señor —respondí con una reverencia. Se marchó y me di la vuelta para verlo alejarse, sintiéndome bastante satisfecha conmigo misma.

Sin embargo, la sensación se evaporó cuando me volví hacia el balcón y descubrí que se había desvanecido. En su lugar había una ventana batiente oscura, con un marco de plata resplandeciente, y estaba atrancada.

—Oh, que te den —mascullé. Recorrí el marco con las manos, pero no pude localizar el pestillo. Le di una patada al castillo.

—¿Profesora Walters?

Me di la vuelta y me encontré al mortal pelirrojo que había conocido en el jardín observándome con curiosidad.

—Ah... Hola —dije, molesta por la interrupción, lo cual intenté ocultar simulando mi anterior aturdimiento con una buena disposición—. ¿Nos conocemos, señor? ¿Del bosque, quizá? Es un lugar maravilloso, el bosque, con tantos caminos, caminos de sombra y luz, caminos que parecen guiarte eternamente...

—Eres una actriz malísima —me dijo—. Puedes dejar de balbucear. Sé que no estás encantada.

Me quedé paralizada un breve instante antes de recobrar la compostura.

—Ni tú tampoco —señalé.

Se encogió de hombros para restarle importancia. Me sorprendió lo atractivo que era, no pude evitar fijarme... Bueno, así son la mayoría de los mortales que atraen la atención de las hadas; Wendell es más bien una aberración en ese sentido, con las manos grandes y finas de un músico.

—Voy a casarme con uno de los hermanos de la reina —dijo— y estoy bajo su protección. Hay unos cuantos de nosotros en una posición similar; nos consideran valiosos por un motivo u otro. Podemos vivir aquí sin volvernos locos. Aun así, eso no explica que tú... ¿o sí puede? A menos que seas algo así como la nueva amante de alguien de la nobleza.

—Puede que no esté tan cuerda como parece —dije despacio—. Solo que tengo más experiencia con las hadas que un mortal normal y corriente, y estoy mejor equipada para resistirme a caer presa de la locura que a menudo atrapa a aquellos que se adentran sin saberlo en el País de las Hadas.

Parecía un poco dudoso de esto, pero también intrigado.

—Me llamo Callum Thomas. Fui fabricante de arpas hace mucho tiempo..., un tiempo que ya no existe, creo. ¿Qué te trae por aquí, profesora?

Le escruté el rostro. No detecté malicia en él, pero ¿significaba eso algo? ¿Qué caprichos tendría su marido? ¿Y sus amigos entre las hadas? Si, a través de Callum, se enteraban de mis intenciones, las cosas podrían salirme muy mal.

Y, aun así, había algo en su mirada que me hizo responder con sinceridad:

—Estoy en una misión, no revelaré los detalles. Pero necesito entrar en el castillo y localizar los aposentos del antiguo rey.

—El antiguo rey —repitió Callum con voz pensativa. Me dio la extraña impresión de que estaba intentando no sonreír… ¿Se estaba burlando de mí?—. Me pregunto a quién te refieres, ya que hay más de una persona que se ajusta a esa descripción. De hecho, este reino cuenta con una plétora de reyes depuestos, y de reinas, además, cuyos legados se han olvidado casi por completo y están cubiertos de polvo.

Lo estudié.

—Algo me dice que sabes exactamente a quién me refiero.

Ahora no sonreía.

—Acompáñame —dijo.

No estaba segura de si era buena idea obedecer y, aun así, estaba claro que mi concentración mejoraba en presencia de uno de los míos… Quizá solo con eso me permitiría encontrar la manera de avanzar. Me condujo a través del jardín a un rinconcito tranquilo donde había un banco casi oculto por una cortina de fresno sobre el que un hada holgazaneaba con una copa de vino y un libro.

Era, a simple vista, más humano que la mayoría de los demás, pero eso era solo cuando lo miraba directamente; entonces era un hombre que rondaría los veinte, quizá, de pelo negro y piel pálida, a un nivel casi alarmante, con unos ojos negros enormes y labios rojos y arqueados. Pero si lo miraba por el rabillo del ojo, era una silueta formada de ramas y musgo o, más bien, una sombra, ya que sus ojos oscuros era la única parte que podía distinguir con claridad.

Sentí un estremecimiento de pánico recorrer mi cuerpo. El hada me recordaba al rey de la nieve de Ljosland; no tan antiguo, quizá, ni tan inhumano, pero había un patrón similar en sus movimientos y en cómo paseaba la mirada. Si era el hermano de la reina, ¿lo convertía eso en un enemigo de Wendell? Parecía posible y, aun así, las lealtades de las hadas pocas veces seguían unos patrones tan fijos. Sin embargo, era probable que se hubiera puesto de parte de la reina cuando exiliaron a Wendell y masacraron a su familia. Cuando me miró, incluso con esa expresión hastiada que tenía, sentí como si me hubieran arrebatado mi voluntad de un plumazo dejando un agradable vacío; creo que habría hecho cualquier cosa que me hubiera pedido, le habría contado cualquier cosa que deseara saber.

—No la encantes, querido —dijo Callum—. Dice que tiene una misión. Y creo que deberíamos ayudarla.

—¿Una misión? —preguntó el hada arrastrando las palabras. Cerró el libro—. Qué curioso.

—Quiere explorar el castillo —añadió Callum—. En concreto, los aposentos de nuestro antiguo rey.

Los dos intercambiaron una mirada que no supe interpretar. Entonces el hermano de la reina me prestó toda su atención, lo cual no me pareció preferible.

—Ya veo —dijo con un brillo de diversión en su oscura mirada. Era hermoso como cualquiera de los demás, pero no en una manera que me resultase atractiva..., todo lo contrario; quería correr en dirección contraria—. Bueno, ¿por qué no?

Llevo un buen rato sentada tratando de recordar qué ocurrió después, pero es un hueco en blanco en mi memoria, borrado tan a conciencia que ni siquiera quedan las imágenes difusas que tengo del jardín, por lo que solo me queda suponer que el hada me hechizó.

Y, aun así, está claro que me ayudó —o eso imaginé entonces—. Dado que ni siquiera puedo ubicar la puerta al castillo, no parece probable que mi siguiente recuerdo sea el de estar de pie en una habitación magnífica, mirando por los cristales de la ventana al jardín inconfundible, muy abajo, con el lago extendiéndose tras él.

Me asustó pensar que puede que estuviera en deuda con una criatura como esa. Casi deseé que me hubieran dejado vagar sin rumbo por los jardines.

Me di la vuelta y descubrí que estaba sola. Muy sola: la habitación estaba vacía salvo por una cama de roble enorme con dosel a la que habían quitado las sábanas. Tras el arco atisbé otra habitación más o menos igual de vacía. Los techos eran altos y espaciosos, y unas sombras misteriosas se movían en el suelo, como la luz que se filtra entre las copas de los árboles en el bosque. Hasta vacía, el lugar me recordaba al apartamento de Wendell en Cambridge en todo menos en la limpieza. Había una capa gruesa de polvo sobre cada superficie y signos evidentes de goteras con setas brotando en la esquina y olor a humedad. La ventana que había junto a la cama estaba rota y una especie de árbol alarmante de hojas negras y con bayas negras de aspecto letal se había abierto paso por ella, como si quisiera reclamar el lugar. La cama tenía machas oscuras donde las bayas habían caído y se habían podrido.

Me abracé al sentir un frío repentino. Intenté imaginar a Wendell aquí, deleitándose con las comodidades de un príncipe. Aunque solo podía pensar que aquí era donde había dormido la noche que asesinaron a su familia y le habían obligado a huir del País de las Hadas. Me había contado lo que pasó muy por encima, pero sabía que había escapado por la ventana.

La parte más extraña de aquella estampa, sin embargo, era la mesa en el centro de la habitación. Era larga, engalanada con paños de seda, con una silla acolchada similar a un trono en cada extremo. La mesa era la única parte de la estancia que estaba limpia y libre de polvo, como si alguien tuviese por costumbre venir aquí para sentarse y disfrutar de la decadencia del lugar. Además, la mesa estaba puesta: había un decantador de alguna clase de vino oscuro con dos vasos, una bandeja de carnes y quesos, dos hogazas de pan que desprendían un olor dulzón y semillas en la corteza y un bol de frutas.

Toqué una de las uvas y descubrí que seguía fresca, como si la acabasen de recoger del hielo hacía un mero instante. Retiré la mano, temblando. No tenía explicación para nada de esto, aunque se me ocurrieron varias posibilidades, ninguna de ellas agradable.

Permanecí junto al vino un momento. Luego alcé el decantador y lo coloqué frente a la luz antes de girarlo; el vino de las hadas siempre es más oscuro y tiene una densidad casi oleosa. No me lo bebí, por supuesto, aunque estaba sedienta. Me sentí inquieta y dejé la bebida en su sitio.

*Eso tendrá que bastar,* pensé. No tenía tiempo de sopesar todas las posibilidades, después de todo. Mis pensamientos seguían borrosos; ¿sería algún efecto secundario de lo que fuera que me hubiera hecho el hermano de la reina? ¿O simplemente era el resultado de haber pasado tanto tiempo en el País de las Hadas?

¿Seguía la gata de Wendell merodeando por esta parte del castillo? Me di cuenta de que no tenía forma de saberlo... Estaba actuando según mis suposiciones. A lo mejor la criatura había abandonado la esperanza de que Wendell regresara y se había escabullido al bosque, o lo había adoptado otro miembro del servicio de la reina. Nunca imaginaría que Shadow tirase la toalla por mí así, pero los gatos son criaturas volubles y egocéntricas.

Merodeé por las estancias un rato —digamos que una hora, por qué no; los hechos se me entremezclan— mientras investigaba armarios vacíos o echaba un vistazo bajo los pocos muebles que quedaban. No encontré ningún gato, aunque vi pruebas de que uno había vivido aquí en cierto momento: sobre un diván polvoriento arrastrado a una esquina había una capa fina de pelo negro. Sin embargo, también estaba buscando una prueba definitiva de que esta era, en efecto, la habitación de Wendell, y al fin la encontré.

Junto al diván había una mesa baja con un diseño simple pero simétrico, como el resto de los muebles, con una aguja de coser de plata clavada en la parte de abajo, como si alguien la hubiera dejado allí temporalmente en medio de un proyecto y luego se hubiera olvidado de ella.

—¡Orga! —la llamé en voz baja, alentada por el descubrimiento—. ¡Ven, gatita!

No sé si alguna vez me he sentido más fuera de lugar que persiguiendo a esa maldita gata. Al final, se me ocurrió una idea y saqué el tarro de pelusas de la bolsa. Esto era precisamente lo que había estado esperando: encontrar una función para el extraño artefacto de las hadas que había cargado hasta aquí desde Cambridge. Por desgracia, fue en ese mismo momento cuando descubrí que me faltaba el cuerno.

Maldije y rebusqué en la bolsa. Pero no estaba ahí. Debía de habérseme caído en algún punto, quizá cuando casi me aplastan los caballos feéricos.

Parecía un signo de mal agüero estar sin un medio con el que defenderme en la que seguramente era la parte más peligrosa de mi viaje, pero ¿qué podía hacer? Nada en absoluto. Seguí buscando. Mientras lo hacía, liberé las pelusas que brillaban con suavidad, esperando de que persuadieran al gato para que saliera. Era la magia de Wendell, después de todo. Por desgracia, mis pensamientos se siguen emborronando y creo que busqué en las mismas habitaciones y muebles una y otra vez, ya que a menudo olvidaba dónde había mirado. Sujeté la moneda, pero no podía hacer mucho para protegerme en el mismísimo corazón del País de las Hadas.

Cuando por fin la encontré, no creo que fuera por ninguna habilidad mía, sino más bien porque la criatura decidió que no le importaba que la encontrase. Durante la que era al menos mi tercer rastreo en la habitación soleada —empezaba a pensar que se trataba de un vestidor debido a la presencia de varios armarios grandes y vacíos que parecían como troncos huecos de árboles antiguos—, resultó que posé la mirada en el armario que estaba más cerca de la ventana. Te recuerdo que lo había registrado varias veces. Pero ahora, acomodado encima con una pata negra colgado perezosamente sobre el lateral, había un gato.

O, al menos, algo que se aproximaba a un gato. La postura era felina, al igual que los ojos dorados despreocupados, pero el animal no tenía una forma definida; parecía una colección de sombras que ondeaban con suavidad, o quizá las pinceladas distraídas de un impresionista que había visto un gato de lejos en una ocasión. La criatura pareció estirarse y, en ese momento, fui consciente de que había garras en alguna parte de esa mole tenebrosa, claro que las había.

Sin embargo, me faltó poco para llorar de alivio.

—¿Orga? —la llamé, algo incómoda. Creo que nunca le había hablado a un gato antes.

La bestia me miró detenidamente. Sus orejas —de nuevo, utilizo esta palabra solo a grandes rasgos; eran más bien como montículos de sombras— se agitaron. Saltó con facilidad desde lo alto del armario al suelo y luego se escabulló por una puerta que antes no estaba ahí.

Maldiciendo por lo bajo, saqué la jaula de la bolsa y la seguí. Esta «jaula» era, de hecho, una bolsa de arpillera que había tejido con varias bobinas de alambre metálico. No era elegante, pero no había dispuesto de mucho tiempo para confeccionar algo más complejo antes de marcharme al País de las Hadas. Si pudiera acercarme lo suficiente, podría soltarla sobre su cabeza.

La puerta conducía a un pasillo estrecho y luego a lo que parecía un armario de almacenaje repleto de estantes. Para mi sorpresa, había ropa apilada en varios montones en el suelo. Parecían el tipo de cosas que Wendell habría llevado puesto en el País de las Hadas —túnicas de seda, capas con volantes y prendas similares— y portaban el sello de sus impecables dotes de costura. También tenían la marca de unos dientes, como si la gata las hubiera arrastrado hasta aquí, así como una hendidura con la silueta del animal cubierta de pelo.

La gata estaba de pie junto a una puerta en el otro extremo del armario y me miraba por encima del lomo como si debiera seguirla. Tras la puerta llegaba el sonido de unas voces distantes; ¿me estaba conduciendo la bestia a una trampa? ¿O simplemente esperaba que le diera de comer? ¿Cómo demonios sabe alguien qué quieren los gatos?

—Vamos, Orga —volví a decir sosteniendo la jaula improvisada sin mucho optimismo. Quería volver a la alcoba, tanto porque no quería perderme otra vez y porque tenía en mente escapar por la ventana rota. Parecía que el árbol se podía trepar y salir por ahí implicaba que no tendría que deambular por el castillo, donde podía toparme con varios cortesanos de la reina.

La gata dejó escapar un gruñido bajo y arañó la puerta.

Maldita sea.

—Orga —dije en tono conciliador—, no podemos ir por ahí. Debes venir conmigo. Te llevaré con tu dueño. ¿Me entiendes? ¿Recuerdas a tu dueño?

El gato me dedicó lo que solo puedo describir como una mirada fulminante. Las voces tras la puerta aumentaron de volumen —escuché una risa aguda— y luego volvieron a desvanecerse.

En parte por curiosidad y en parte porque mi mente obnubilada acababa de recordar que estaba ahí, saqué la brújula del bolsillo. La aguja giró despacio una, dos, tres veces... y se detuvo de lleno en Orga.

—Dios —murmuré. Todavía oía el sonido de la conversación distante tras la puerta. La brújula debía de estar equivocada... No podía confiar en las inclinaciones caprichosas de un felino, no cuando había tanto en riesgo.

La gata soltó un maullido largo. Se dio la vuelta y empezó a arañar la puerta. Sus garras eran largas y terriblemente afiladas y el sonido parecía resonar por toda la habitación.

*¡Maldita gata!* Maldiciendo, agarré a la criatura por el cogote —se sentía como un gato, al menos, aunque mucho más escurridizo que cualquier bestia mortal— y la arrojé en el saco, lo que estaba segura de que acabaría con una muerte dolorosa en cuanto la liberase de nuevo. En efecto, la bestia siseó y se revolvió, sacando la pata cambiante por la estrecha apertura superior, que me vi obligada a cerrar con otra bobina de alambre, para intentar clavarme las zarpas en cualquier centímetro de mi cuerpo que alcanzase. Acabé con un feo arañazo en el brazo y otro en el dorso de la mano. Aun así, el alambre resistió y por mucho que la gata feérica maullase y se sacudiese, estaba claro que no podía escapar.

Embutí la jaula en la bolsa y salí corriendo con el felino desafortunado, y ahora decididamente asesino, botando y golpeándome las costillas. Regresé por el laberinto de estancias, que amablemente se abstuvieron de reorganizarse, hacia la habitación. Las protestas de Orga aumentaban de volumen mientras corría, ya que parecía dispuesta a abrirse paso a zarpazos tanto entre la jaula como en la bolsa. De alguna manera, consiguió sacar una pata por la solapa y me arañó la nuca con las garras. Chillé de dolor a la vez que un reguero de sangre me caía por la espalda. El monstruo empezó a tirarme del pelo y tuve que descolgarme la bolsa y colocármela bajo el brazo. Se parecía un poco a intentar sostener un saco de avispas.

No me fijé de inmediato que había algo que no cuadraba cuando irrumpí por la puerta de los aposentos. Sin embargo, la gata se quedó inmóvil y volvió a introducir la pata en la bolsa.

Una de las sillas en la mesa de banquetes estaba ahora ocupada. En ella se sentaba una mujer alta que pelaba una manzana con un cuchillo con aire ausente. No pareció sorprendida por mi aparición, sino que se limitó a mirarme con frialdad como si las dos tuviésemos una cita y yo hubiese llegado cinco minutos tarde. Tras ella, a ambos lados de la puerta, había cinco guardias hada. Esto señaló la identidad de la mujer, al igual que la túnica lujosa que se arremolinaba a sus pies y se arrastraba tras ella por el suelo, formada por capas de seda rígida y terciopelo bordado a rebosar de miles de cuentas de plata. Era la madrastra de Wendell, la reina.

También tenía sangre mortal.

Lo veía en las canas que salpicaban sus sienes y en las arrugas de la frente. Tenía los ojos grandes y oscuros y un rostro alargado y pálido, el mismo cabello ralo color rojizo dorado que el de sus cejas; era despampanante, quizá, aunque no era tan hermosa como las hadas de la corte en general.

La reina se llevó un trozo de manzana a la boca y masticó sin ningún tipo de prisa, observándome paralizada y sin palabras por el pánico.

—Eres la prometida de mi hijo —dijo al final—. ¿Cómo te llamas?

Su voz era entrecortada y precisa, ligeramente nasal, también a diferencia de las hadas y sus tonos melodiosos. Era, en otras palabras, una voz imperfecta..., una voz mortal. Sin embargo, había magia en sus palabras y antes de poder detenerme, dije:

—Emily.

—Emily —repitió. Se comió otro trozo de manzana—. Haz el favor y dime cómo has eludido a mis guardianes en el bosque.

Luché contra el encantamiento que impregnaba su voz, con el corazón latiéndome en la garganta, pero de nuevo descubrí que mis defensas habituales se habían visto sobrepasadas por esta mujer medio mortal. Dije:

—Me reconocieron... Me reconocieron por la capa que llevaba, la que Wendell, quiero decir, su hijastro, me confeccionó.

—Conozco el nombre que ha adoptado en el reino de los mortales —dijo sacudiendo una mano. Se puso de pie con elegancia a pesar de los metros de tela que arrastraba tras ella y se acercó al vino. Sirvió dos copas y me tendió una; luego se dirigió al plato de comida—. Come —me animó—. Bebe. Está claro que estás desnutrida… A menudo los mortales se olvidan de comer cuando están en el País de las Hadas. He dispuesto la mesa para dos. Siento haberme retrasado, pero confiaba en que te entretendrías durante mi ausencia. —Miró mi bolsa con un brillo de diversión.

Como dudé, me dedicó una sonrisa que tenía un toque de amargura.

—No te preocupes… No es vino de las hadas. Como tú, yo tampoco puedo beberlo.

No estaba segura de creerlo, ya que se parecía a todos los vinos de las hadas que había visto. Pero de nuevo, había cierta coacción en sus palabras y tomé un sorbo nerviosa, esbozando una mueca por el olor. Era floral en un sentido desagradable, agridulce, como si de verdad contuviera el jugo de unas flores machacadas.

—Entonces —continuó la reina con ese tono formal y las sedas susurraron cuando volvió a sentarse en la silla—, mis fieles guardianes no son tan leales después de todo.

—No sé nada al respecto —dije. ¿Por qué seguía hablando?—. Sospecho que simplemente no están seguros de qué fidelidad va primero: si su lealtad a quien ocupa el trono ahora mismo o a quien *debería* ocuparlo.

No pareció que esto la ofendiera, ya que se limitó a darle un sorbo al vino sin dejar de mirarme por encima del borde de la copa. No supe decir si había duda en ella o resentimiento. No era capaz de descifrar ni un ápice de su expresión. Era una de esas personas que mantenían sus pensamientos ocultos tras una fortaleza, ya fuera por elección o por necesidad.

—¿Cómo ha sabido quién era? —pregunté mientras luchaba contra el pánico que sentía. Esta era la mujer que había asesinado a la familia entera de Wendell.

Ella se encogió de hombros.

—Tengo hadas vigilándolo… tan cuidadosas que le ha pasado completamente desapercibido. Eso sí, nunca ha sido una criatura observadora en especial. También le pedí a los antiguos cazadores (a aquellos que sobrevivieron al embate de mi hijo) que me hablaran de ti. Vieron a tres mortales con él ese día y solo una parecía no tenerle miedo. Una ratoncita con el pelo ensortijado. —Sonrió—. Yo pienso en estas cosas cuando ellos no.

Ellos. No había duda de a quiénes se refería.

—¿No se considera… un hada? —No sé por qué lo pregunté. Sabía exactamente lo que necesitaba hacer: apaciguarla, adular su vanidad… Se dice que los mestizos son tan vanidosos como las hadas, e incluso más sensibles a los desprecios.

—Es evidente que no soy un hada —dijo—. Aunque mi madre era una de ellas, eso no impide que envejezca o que me entren unas ganas ineludibles de bailar cuando consumo su comida y su vino. Tampoco soy humana, como mi padre. Soy yo. Soy peculiar.

Me quedé atónita. Nunca había oído que un mestizo ascendiese al trono de una corte de hadas… Bueno, eso no es del todo cierto; es el tema central de algunas versiones del cuento del conde de Wenden,* pero este es el único ejemplo del que tengo constancia. Recordé lo que Wendell me había contado sobre la capacidad de su madrastra de manipular a aquellos que giraban en su órbita, un rasgo muy humano. Puede que las hadas tengan sus complots, pero pocas se molestan en manipular; no es algo que vaya con ellas, con lo caprichosas que son, sobre todo cuando solo tienen que hechizar a los demás para obtener lo que quieren. Como criatura de costumbres que soy, incluso en las circunstancias más inverosímiles, sentí un cosquilleo en los dedos queriendo buscar papel y pluma. Dudaba que encontrase jamás un tema de investigación más interesante que la mujer que tenía frente a mí.

—Acércate —dijo la reina y obedecí sin pensar. Sí, había encantamientos en sus órdenes, pero también tenían un deje autoritario humano que reconocí. Si el rey de Inglaterra me ordenase hablar (o, para el caso, el rector de Cambridge, un hombrecillo bajito pero imponente), me habría resultado más o menos igual de difícil desobedecerle. Hay algunos mortales que son bastante capaces de intimidar y dominar sin ayuda de la magia, en especial

---

* Véase, por ejemplo, *Cuentos de hadas y criaturas mágicas del Westcountry* (1608), de John Trelgar.

cuando están acostumbrados a hacerlo, cuando poseen cierta posición, heredada o ganada. Y la fuerza de la personalidad de esta mujer era inmensa; parecía poseer su propia gravedad, a la que me veía atraída sin remedio.

—Sí, eres bastante corriente —concluyó después de examinarme durante un instante. De cerca, pude oler su perfume: algo especiado y también muy humano—. Admito que me sorprende..., mi hijo siempre ha sido una criatura muy superficial. A lo mejor ha cambiado.

—¿Qué quiere de mí? —dije. Porque estaba claro que quería algo; una mujer con tan alta estima en cuanto a su propia inteligencia no se tomaría la molestia de organizar este encuentro solo para alardear.

Se terminó la manzana y un trozo de queso, luego se sirvió otra copa de vino; se tomó su tiempo para todo. Aproveché la oportunidad para calcular como quien no quiere la cosa la distancia hasta la ventana. Los guardias no me alcanzarían a tiempo y no creía que ella tampoco pudiera hacerlo por lo pesados que eran sus ropajes. Pero ¿podría eludir sus encantamientos? Mi mano se cerró en torno a la moneda del bolsillo.

—Nos necesitan —respondió al fin—. Ya deberías saberlo, estoy segura. Son unas criaturas inútiles. Incapaces de actuar con consistencia, algo que un reino necesita para prosperar. Antes de ascender al trono, el reino estaba sumido en el caos, al igual que sus vecinos.

—Por lo que he oído —intervine—, al expandir vuestras fronteras lo único que habéis hecho ha sido aumentar ese caos.

—Es temporal —dijo—. Al igual que el caos que siguió a la muerte de mi marido. Yo veo más allá del presente, algo que las hadas no hacen..., otro defecto que tienen. ¿Por qué piensas que he decidido asesinar a mi hijo? Sé que lleva un tiempo en esa universidad.

El cambio repentino de tema me hizo detenerme antes de responder.

—Porque tiene problemas para mantener el poder dadas sus conquistas recientes y quiere quitárselo de en medio por derecho.

Ella se rio.

—¡Problemas para mantener el poder! No estoy en un verdadero apuro. No por mi corte, y desde luego que tampoco por el cabeza hueca de mi hijo. Esperaba que pasase un siglo o más en el reino de los mortales antes de que supusiera una amenaza real para mí, si es que lo hacía alguna vez. No, Emily..., mi preocupación eras tú. Por los primeros rumores que oí de ti, de tu inteligencia y la gran estima que tienes por mi estúpido hijo, sabía que tú eras la verdadera amenaza. Los mortales siempre lo son, ¿no es así? No tienes más que leer las historias. El arrogante príncipe hada que puede convertir la paja en oro siempre acaba derrotado por la humilde hija del molinero, no por un rival poderoso de su misma talla.

Se me revolvió el estómago. Nunca me había sentido tan fuera de lugar conversando con una de las hadas, ni siquiera con el rey de la nieve de Ljosland. Wendell tenía razón, pero no me tranquilizaba saber que su madrastra me temía. Estoy acostumbrada a que las hadas me subestimen..., no hay nada más peligroso que lo contrario.

—Eres una mujer con talento —continuó—. Me gusta la gente con talento; de hecho, tengo mi propia colección de mortales, desde perfumistas hasta artistas y chefs. Tú podrías ser la joya de la corona, una mortal lo bastante lista como para encontrar la puerta a mi reino, perdida desde hace tanto tiempo... Así es como has llegado hasta aquí, ¿verdad?

Me mantuve impasible, pero debí de reaccionar de alguna manera, ya que asintió y prosiguió:

—Mi hijo no podría habérselas arreglado solo, y se trata de su reino. —Sorprendentemente, dejó escapar una carcajada genuina—. Bueno, te propongo esto: quédate aquí conmigo y ayúdame a darle muerte a mi hijo. No tiene nada de especial, Emily, lo prometo... Ah, es más hermoso que la mayoría, incluso entre las hadas, pero aparte de eso no lo echarás de menos. En cuanto hayas pasado tiempo con otras hadas de la nobleza, verás a qué me refiero. Si todavía deseas un marido, puedes escoger entre los nobles de mi corte.

El pulso me martilleaba mientras la observaba apartar la copa de vino. Parecía cansada..., o quizá eran imaginaciones mías. Me di cuenta de que había estado desmigando un trozo de pan sin darme cuenta y me obligué a parar. ¿Había comido algo de la mesa? No lo recordaba. Estaba perdiendo mi capacidad de concentración, lo que me asustaba aún más que la mujer que tenía delante.

—Supongo que la alternativa es la muerte —dije.

—Te daré bastante tiempo para que lo pienses antes de llegar a eso —contestó.

—Cuánta generosidad.

Ella sonrió.

—Quieres quedarte aquí. ¿No es cierto?

Una parte de mí rechazaba responder esta pregunta en cuestión, así que luché contra el impulso, pero, de nuevo, me sonsacó la verdad. Como luché contra ella, liberó mi respuesta, bien alto.

—*Sí.*

Su sonrisa se ensanchó.

—Lo sabía.

La miré fijamente, respiraba entre jadeos entrecortados. Sí, quería permanecer aquí, en el País de las Hadas, con Wendell. Sí, sabía que iba en contra de la razón y el sentido común —por lo general, dos de mis virtudes—. Las discusiones que había tenido con Rose no habían tenido sentido en ningún momento porque la verdad era que estaba de acuerdo con él. Por supuesto que no era una decisión lógica hacerse amiga de un monarca de las hadas, y mucho menos casarse con uno, sobre todo si reinaba sobre el Silva Lupi. Tampoco pensaba que Wendell fuese distinto de las otras hadas en especial, más amable, menos enigmático o, en cierto modo, más humano. Simplemente no me importaba. Lo quería y sospechaba que llegaría a amar este lugar hermoso y aterrador si tenía la oportunidad. *Quería* tener esa oportunidad. Deseaba el País de las Hadas, con todos sus secretos y puertas.

Si había algún peligro en mi decisión —y sabía que lo había—, que así fuera. Lo aceptaría si eso significaba conseguir esto.

La reina seguía observándome, pero ahora su expresión tenía un aire ausente, como si yo fuese un acertijo que se hubiera resuelto para su satisfacción.

—Sé que ahora rechazarás mi oferta —dijo—. Crees que todavía tienes una forma de escapar. Lo veo en tu rostro… ¿Qué es? ¿Tienes algo en esa bolsa? ¿Un arma, quizá?

Me quedé inmóvil, a pesar de que el corazón me latía a toda velocidad. Me aferré a mis pensamientos desperdigados; era como intentar cazar luciérnagas sin una red.

—No —dije—. Tenía un arma conmigo, pero... la perdí.

Por un brevísimo instante, pareció confusa. No puedo asegurarlo; mis recuerdos de estos momentos son pobres y, además, nunca se me ha dado bien interpretar a los demás. Pero, por supuesto, soy experta en las costumbres de las hadas. Y fuera lo que fuera ella, la mujer que tenía ante mí era indiscutiblemente un hada.

—¿Qué era? —dijo.

—Un cuerno —respondí—. El cuerno de un fauno.

Ella no se movió, aunque su rostro se relajó un tanto.

—Esa habría sido un arma temible, desde luego, en manos de alguien lo bastante valiente para blandirla. Una pena.

Asentí.

—Por suerte, fabriqué un poco de polvo con la punta, que guardé en el bolsillo antes de que usted entrara.

No fueron imaginaciones mías: la reina estaba visiblemente cansada, diría que incluso agotada. Había actuado rápido. Parecía estar haciendo un esfuerzo para concentrarse en mí.

Y entonces vi el momento en que lo comprendió.

Su mano se cerró en torno al fino mantel.

—Tú...

—Sí —dije—. Lo eché en el vino. Al menos, estoy bastante segura de que lo hice... Tendrá que perdonarme, pero mi memoria no funciona bien en el País de las Hadas. Por supuesto, no sabía que vendría hasta aquí para mofarse de mí..., pero pensé que era una posibilidad. Supongo que tiene razón: la capacidad de anticipación es una ventaja que los mortales tenemos sobre las hadas.

Ella se desplomó contra la silla con la boca abierta mientras tomaba aire de manera entrecortada. Había empezado a temblar ligeramente; me acordé de Wendell cuando se encontraba en el mismo estado. Después de todo, él había ingerido el mismo veneno que le había dado a su madrastra.

—Me pregunto qué efectos tendrá —dije y lo que me aceleraba el pulso ya no era el miedo, sino una oleada de furia repentina. Pensar en el sufrimiento que había soportado Wendell, todo por la ambición envenenada de esta mujer, la había despertado en mí. Ya no la veía como un tema de investigación, sino como una mera rival, y eso tan simple me resultó satisfactorio.

—Imagino que serán más intensos para alguien con el poder de Wendell —continué—. El veneno hace que le resulte difícil emplear su magia. Al final, hasta le costaba hablar. —Di un paso al frente de manera que mi cuerpo ocultase a la reina de la vista de los guardias—. Puede que yo no sea la hija de un molinero, pero usted tampoco es tan diferente de las hadas como piensa, alteza. —Alcé su copa de vino y le arrojé el resto de su contenido a la cara, salpicándole la boca y los ojos.

Pretendía que fuera dramático. Siempre he querido lanzarle vino a la cara a alguien. Pero nunca había tenido madera de teatrera; tenía mala puntería y buena parte del vino se derramó sobre las prendas de la reina. Y, aun así, esto provocó un efecto repugnante: el rojo le manchó el corpiño hasta el cuello, como la sangre de un tajo en la garganta.

La reina emitió un grito estrangulado y se agarró el escote del vestido. Los guardias no nos habían estado prestando mucha atención hasta el momento, pero ahora sí; tenían una expresión perpleja pintada en el rostro. Tenía la sensación de que nunca habían visto a la monarca delatada por su debilidad en ningún sentido. El más alto de los dos dio un paso al frente. Presa del pánico, me di media vuelta y salté por la ventana.

A lo mejor no debería decir que «salté»; la palabra implica una elegancia que no poseo. En lugar de eso, mejor diré que medio me tropecé, medio me caí, agarrándome a las ramas con torpeza mientras la gata me golpeaba la espalda. Antes había estado en silencio, pero ahora maullaba con los zarandeos y golpes que se llevaba la bolsa. Apenas lo noté; toda mi atención estaba puesta en bajar del árbol, que se retorcía como si estuviera decidido a tirarme de una sacudida. Llegué al suelo más rápido debido a sus esfuerzos, aunque con bastantes magulladuras y el hombro dolorido.

No debería haber podido escapar, pero si hay un defecto universal en los monarcas de las hadas es el exceso de confianza. Aun así, no contaba con que esto me protegiese mucho tiempo; era una ventaja, nada más.

Mientras atravesaba los jardines, esquivando a las hadas que se divertían, me di cuenta de que necesitaría ocultarme de alguna manera; varios guardias me miraban con los ojos entornados y una mujer hada se me acercó como para ofrecerme su ayuda. Sin duda, presentaba un aspecto patético con el vestido roto y con hojas y bayas enredadas en el pelo. Así que empecé a cantar un batiburrillo de nanas infantiles mientras corría, y las hadas retrocedieron; su compasión y sospechas dieron paso a la molestia por el ruido que estaba haciendo esa mortal loca. Era una Ofelia bastante horrible, pues canto espantosamente mal.

Liberé a Orga poco después; era eso o que me hiciera jirones la espalda a base de arañazos, ya que se las había arreglado para abrirse paso tanto por la bolsa como por mi vestido y parecía impaciente por seguir dando rienda suelta a su rencor en mi piel. Una vocecilla me susurró que dejar suelta a la bestia era una locura, pero había tomado una decisión: confiaría en Lilja y su regalo.

La brújula había señalado a la gata. Ya la había ignorado una vez; no volvería a hacerlo.

En cuanto sus patas tocaron el suelo, Orga salió corriendo hacia el bosque en sombras que excedía el jardín. Se detuvo bajo un banco de piedra y miró hacia atrás como si esperase que la siguiese.

—No —dije; se me quebró la voz por la desesperación—. Debemos llegar al otro lado del lago. Mis amigos nos están esperando.

Me sentía a punto de romperme; después de haber llegado tan lejos, de haber pasado por tanto, para que esta criatura me abandonase era más de lo que podía soportar. Empecé a balbucear algo sobre Wendell y lo mucho que la necesitaba; debería haberme sentido ridícula por suplicarle a una gata, pero no fue así. Orga no parecía conmovida. Después de observarme un rato, se dio la vuelta y se escabulló por un hueco estrecho entre dos rosales.

—¡No! —me lancé tras ella. Los arbustos me arañaron la piel y depositaron más hojas en mi pelo. Para mi sorpresa, ya no estaba en los jardines, sino de pie al borde del camino que había junto al lago justo antes de entrar en los terrenos del castillo. Orga estaba sentada a unos metros de distancia con la cola enroscada alrededor de las patas, mirándome con una expresión de condescendencia pero tolerante. Echó a trotar por el camino.

Solté un gemido de puro alivio. Fue entonces cuando escuché los gritos.

Resonaron por los jardines y el lago y, sospeché, en cada rincón del bosque y las colinas. Era un grito de rabia y pena.

Después de que murieran los primeros ecos, me llegó un susurro lejano, el sonido de una concurrencia que, por lo inexplicable que era, fue peor que los gritos. Orga echó a correr a grandes zancadas y la seguí a ciegas, abriéndome paso entre los matorrales y las ramas.

Me arriesgué a echar un vistazo a mis espaldas —lo que, como es natural, hizo que me tropezara con una raíz— y descubrí que había aparecido una línea oscura en el cielo, rota por las ramas que cubrían el sendero junto al lago.

Los guardianes.

Se estaban acercando al lugar donde me encontraba con una velocidad sobrenatural. Antes habían sido escépticos conmigo y me habían permitido atravesar su reino sin oponerse, pero ahora había atacado a su reina, quizá mortalmente, y era obvio que esto los había hecho decidirse.

Orga me maulló y, aunque ahora tenía el estómago revuelto por las náuseas, seguí corriendo mientras seguía el movimiento de su cola negra entre las sombras verdes. Algo agitó el aire a mi espalda —eso fue lo único que noté, una suave brisa— y de repente Orga se dio la vuelta y se arrojó sobre algo que había detrás de mí, tan rápido que pareció fundirse en una sombra. Cuando me volteé, la vi rodando por el lecho del bosque en un enredo de plumas y unas patas negras, largas y horripilantes; tenía las fauces cerrada en torno al cuello del guardián. La criatura se quedó quieta un segundo después tras soltar un último estertor húmedo mientras sus piernas se sacudían.

Orga había echado a correr de nuevo antes de que entendiera lo que había ocurrido. Intenté no mirar a la criatura, que de alguna manera era más siniestra que la muerte, pero mi memoria me trae la imagen de todas formas. De cerca, pude ver que las patas de la bestia estaban cubiertas de plumón.

Mis recuerdos sugieren que alcanzamos a Ariadne y Snowbell inmediatamente después, tal vez porque Orga nos condujo por otro de sus atajos, aunque es posible que hubiéramos pasado un rato corriendo, esquivando a los guardianes mientras avanzábamos.

—¡Tía Emily! —gritó Ariadne. La chica estaba llorando—. Hemos oído los gritos y pensé… Ay, no sé qué pensé, pero es un alivio…

—No hay tiempo —dije mientras los ruidos volvían a intensificarse. Esta vez venía acompañado por la llamada de los cuernos, lo cual supuse que implicaba que pronto también nos enfrentaríamos con perseguidores a pie. Ariadne me tendió la capa y me la puse, también justo a tiempo. Uno de los guardianes había salido de entre los árboles con las alas y las seis patas extendidas, pero se detuvo de repente con un ululato ronco. La capa y el recuerdo de Wendell que evocaba habían vuelto a detenerlo, pero dudaba de que esto persuadiera a la criatura durante mucho rato. Después de todo, había envenenado a su reina.

Snowbell dejó escapar un chillido de terror cuando otro guardián pasó volando junto a nosotros, aunque viró cuando Orga se lazó contra él con un bufido.

—¡Los guardianes de la reina nos están atacando! —gritó el hadita emocionado—. ¡Ay, menuda misión es esta!

Nos internamos en el camino, con Snowbell a la cabeza una vez más, ya que Orga no sabía por dónde se iba al nexo. En este punto, mi recuerdo del viaje vuelve a replegarse sobre sí mismo…. A lo mejor consiga rellenar los huecos con tiempo y esfuerzo, pero estoy tan cansada mientras escribo estas palabras que se me emborrona la vista. Orga, que nos seguía a nuestras espaldas como una sombra viva sin dejar de bufar, repelía a las criaturas una y otra vez y, entonces, por un momento pensé que los habíamos perdido cuando Snowbell nos condujo por uno de los túmulos: un «atajo» que quizá los guardianes no nos vieron tomar. Recuerdo que uno de ellos hundió las garras durante un breve instante en Snowbell y lo arañó desde el cuello hasta la cola, sobre lo que la bestiecilla procedió a jactarse con un entusiasmo sanguinario al que preferí no prestar mucha atención.

Salimos a otro túmulo —¿era un túmulo o solo una curva en el camino?— y uno de los guardianes nos estaba esperando. Este era más grande que los demás, una criatura robusta y anciana con ojos legañosos. Orga no parecía deseosa de saltar sobre él, pero se interpuso entre él y nosotros cuando extendió las alas; dudó frente a sus gruñidos cargados de ira el tiempo justo para que Snowbell nos guiara por un camino secundario, un simple sendero de ciervos, y... ¿Y qué? ¿Qué le ocurrió al guardián? Recuerdo a Orga corriendo tras nosotros de nuevo... ¿Esto fue antes o después? Ah, me duelen los ojos. Sin embargo, al final conseguimos salir del bosque... Sí, eso lo recuerdo con nitidez. Éramos libres y ahí estaba el nexo. El nexo...

# 09/10/1910

Bueno, acabo de meterte en la cama, pero esta vez haré yo guardia para asegurarme de que te quedas ahí y no vuelves a levantarte de un salto para seguir escribiendo como una histérica. De verdad, Em… Te encontré sentada en tu escritorio con el rostro enterrado en este diario roncando profundamente, y aun así casi tuve que arrancarte esta maldita cosa. ¿No te aconsejé que te vendría mejor recuperar las horas de sueño que recopilar de inmediato cada detalle de tu estancia en mi reino? Cuanto te despiertes, debemos hablar de esta costumbre obsesiva tuya de escribir en el diario. No es sano, y aunque a ninguno de tus conocidos les sorprendería que murieras de agotamiento —en concreto, con la pluma en la mano, desplomada sobre un libro—, te pido que tengas un poco de compasión con tu pobre prometido.

Sí. Te oí.

Espero que no te importe que me haya tomado la libertad de leer la entrada anterior —como estoy bastante aburrido, como suele ocurrirme cuando no puedo hablar contigo—, ni que la complete por ti. Al menos tendrás un puñado de páginas que sean legibles… ¡Tu letra, Em! Está tan emborronada y desordenada que tendrás que darle este libro a Shadow en vez de un hueso y apenas se notaría la diferencia en cuanto a la legibilidad.

En fin, he preparado una tetera y me he servido varios pastelitos de Julia, así que supongo que estoy bien preparado para la labor que tengo frente a mí. Me lo agradecerás cuando despiertes. Shadow está a los pies de tu cama viéndote dormir mientras el viento aúlla tras las ventanas con las cortinas echadas; una tormenta que, me alegra decir, es del todo natural y que, esta vez, no debería traer una panda de asesinos a nuestra puerta. Mi querida Orga está aquí, sobre mi regazo, durmiendo felizmente después de haberla mimado con los mejores cortes de carne de la cafetería y cantidades ingentes de nata. Rose hizo algunos comentarios mordaces sobre la naturaleza diabólica de los gatos feéricos, así como por lo indulgente que soy con ella (al parecer, cree que es un poco sensiblero) y, aun así, vi a ese viejo hipócrita darle a escondidas varios trozos de su plato cuando pensaba que no estaba mirando. Como Shadow, ella también ha adoptado un encantamiento aquí y ahora mismo parece de cabo a rabo un gato mortal y corriente, salvo por sus ojos, que brillan como monedas de oro.

Lo primero de todo, debo decir que para mí el mayor misterio en todo esto es qué motivo tuvo lord Taran para ayudarte. Así se llama el hermano de mi madrastra... Parte de él, en cualquier caso; no conozco el resto. Porque para mí está claro que te ayudaron, Em, aunque también es cierto que informaron a mi madrastra de tu presencia. ¿Acaso no te dieron la oportunidad de escapar, que probablemente hubieras tomado si hubieses escuchado a Orga y la hubieras seguido por esa puerta? Yo mismo la encanté para escabullirme por las noches durante mi adolescencia; conduce directamente a una escalera oculta que lleva al bosque en la parte trasera del castillo. El marido de Taran siempre me resultó una persona considerada; ¿habrá influido en él para intervenir por ti? ¿Fue simpatía por una compatriota mortal? ¿Ambición? Admito que no conozco a ninguno de los dos muy bien; me pasé la mayor parte de mi juventud revoloteando de fiesta en fiesta, después de todo, y ambos son mayores que yo y no les van mucho los eventos sociales.

Te imagino negando con la cabeza. Siento ser yo quien te lo diga, Em, pero no todos pasamos nuestra adolescencia postrándonos metafóricamente a los pies de Posidonio. Algunos nos divertimos. Aunque admito que en mi caso, fue demasiado.

Ariadne acaba de pasarse. La he animado a que se vaya a dormir, pero sigue viniendo para ver cómo estas. ¿Te has dado cuenta de que ha llegado a quererte mucho? Empezaba a pensar que nunca ocurriría; aunque la chica siempre te ha idolatrado, el amor le inspiraba demasiado miedo. En algún punto, mi querida dragona, dejó de preocuparse porque la achicharraras; a lo mejor te decepciona, pero ahí lo tienes.

De todas formas, ¿dónde lo dejaste? Ah, sí. Estabais huyendo de los guardianes.

No me enteré de esto hasta que me desperté, por supuesto, pero al parecer Rose había estado esperándote en el Grünesauge junto con esa amiga de Ariadne, Astrid Haas. Estuvisteis fuera un día, Em, en el mundo mortal. Un día y una noche. Eichorn y de Grey hablaron en nuestro favor frente a los lugareños y los convencieron para que nos quedásemos unos días más, así que no estamos en ninguna clase de peligro inmediato de que nos saquen a patadas de la cabaña. Fue muy considerado por su parte, supongo, aunque por Ariadne entiendo que antes no estaban muy por la labor de ayudarnos, así que quizá lo hicieron por culpabilidad. Por suerte, parece que Eberhard se está recuperando. Ya me he tomado la libertad de compensarlo de alguna forma. ¿Te acuerdas de ese estofado de setas insípido que sirvieron en el almuerzo en la cafetería? Bueno, no hay nada más fácil que conjurar un jardín de bejines, un hongo que crece en abundancia en los bosques más lejanos de mi reino. Son muy sabrosos, del todo seguros para el consumo humano, y los sombreros tienen el beneficio añadido de ofrecer una luminiscencia agradable por la noche. Su crecimiento puede llegar a ser impredecible, es cierto —algunos nunca serán más grandes que un chelín; otros, por alguna razón, alcanzan el tamaño de una vaca—, pero es mejor que el lujo sobre a que falte, ¿no te parece?

Bueno, Ariadne y tú salisteis corriendo del nexo esta mañana como si os persiguieran unos demonios monstruosos y, como es natural, Rose se alarmó mucho, pero ningún monstruo os siguió por la puerta..., no de inmediato, quiero decir. Así que él os guio de vuelta a la cabaña, magulladas y maltrechas, y Orga lo obligó a que la cargara en brazos.

Según Ariadne, Orga salió corriendo en cuando giraste la curva y la cabaña quedó a la vista; sin duda, debió de olerme en ese momento. Ya me movía un poco, aunque seguía muy débil; no sé cuánto me quedaba para entonces. Pero entonces las dos irrumpisteis por la puerta y apenas me dio tiempo a abrir la boca antes de que ella saltase.

No sobre mí, para ser exactos, aunque supongo que eso es lo que pareció. En vez de eso, saltó sobre el veneno que acechaba bajo mi piel. Llevaba en mi interior tanto tiempo que empezaba a adoptar la forma de unos pájaros negros feéricos; unas criaturas horrorosas, siempre merodeando en los lechos de muerte. Naturalmente estaban aterrorizados, pues Orga es una depredadora temible, la pesadilla de todos los pájaros, ratones y demás animalillos que han tenido la mala suerte de cruzarse en su camino.

Las criaturas abandonaron mi cuerpo y, de repente, la cabaña quedó inundada por el aleteo de unas alas, decenas de ellas, unido a los graznidos espantados de los pájaros mientras buscaban una ventana abierta. Pero por desgracia para ellos, ya era demasiado tarde y Orga los mató uno por uno meticulosamente. Creo que puede que uno o dos escaparan, aunque ni me molesto en preocuparme: ya no están dentro de mí, y eso es lo único que importa.

¿Eso ayuda, Em? Después de aquello parecías bastante perdida y no dejabas de pasear la mirada entre las plumas esparcidas por el suelo y yo. Por suerte, cuando me levanté y te alcé en brazos, pareció que perdiste el interés en el funcionamiento del veneno de las hadas y simplemente enterraste el rostro en mi cuello, lo cual aprecié. Puedo ayudarte a escribir un artículo sobre los pájaros negros más tarde, si quieres.

Conseguiste contarme un relato breve y confuso de los acontecimientos mientras te acariciaba el pelo: habías envenenado a mi madrastra, que ahora estaría muerta o muriéndose. ¡Ay, Em! Bendita criatura, no quería que tuvieras nada que ver con ella. Solo esperaba que me trajeses a Orga, una tarea bastante simple, dado que ella te habría reconocido como mi amiga por la capa que llevabas. Pero no puedes hacer nada a medias, ¿verdad?

Em, debo confesártelo... Estoy en deuda contigo. Creo que también estoy un poco asustado.

Me habría encantado abrazarte más tiempo, sobre todo porque parecía que estabas llorando —un despliegue de emociones nada propio de ti que creo que solo he presenciado una vez—, pero Ariadne y Rose parecían incómodos y Orga estaba creando un alboroto espantoso.

—Ven, querida —dije, y me agaché para alzarla. Supuse que solo estaba celosa, pero ella se me escurrió de entre los brazos hasta mi hombro, todavía maullando como una loca. Shadow, que la había estado observando con inquietud desde debajo de la mesa, de repente añadió su voz a la de ella, como si se hubiesen estado comunicando entre ellos.

—Nos han seguido —balbuceaste—. Pero seguro que no… no nos siguieron por el nexo, estoy segura…

—¿Quién os ha seguido? —dije, pero tu contacto con la realidad parecía tenue en ese momento y no dejabas de parlotear sobre el nexo y que habíais escapado por poco de ese estúpido brownie en albornoz (¿algo acerca de unos dedos?) que no me resultan de utilidad. Así que, sumido en un estado algo melancólico, abrí la puerta y salí, preguntándome qué clase de asesino habría mandado mi querida madrastra tras nosotros esta vez.

Dudo de que haga falta decirlo, pero no estaba de humor para una pelea entonces. Aunque el veneno hubiese abandonado mi cuerpo, todavía notaba sus efectos: me dolían los huesos del agotamiento y solo quería una taza de café y un buen desayuno copioso, no otra lucha de espadas con unos malditos bogles. ¿Por qué mis enemigos llegan siempre cuando estoy cansado y hambriento? ¿Por qué no puedo enfrentarme a los mercenarios de mi madrastra con el estómago lleno, después de una noche de sueño reparador en una cama cómoda? (Salvo por nuestro alojamiento actual, ¡cielo santo, los bultos de esos colchones!). Los asesinos son una raza monstruosa. O te atacan cuando estás en tu peor momento o deciden probar suerte en tu cumpleaños. Nunca he conocido una profesión más deshonrosa.

¿Dónde estaba? Ah, sí. Ariadne, que me había seguido afuera, empezó a gritar. Sacudí la cabeza, intentando despejar el mareo producto del cansancio, y los vi un segundo después.

O, más bien, lo vi. Razkarden, el antiguo líder de los guardianes de mi madrastra… que antes fueron mis guardianes, al menos el día que ocupé el trono, y los de mi padre antes de mí. ¿Se considera traición que las criaturas ofreciesen sus servicios a la asesina de mi padre? Pues no, ya que ellos no eran leales a mi padre y tampoco a mi madrastra. Son leales al trono. Quien lo ocupe es bastante irrelevante para ellos.

Los gritos de Razkarden resonaron por todo el valle y las montañas; seguramente lo escuchasen en los pueblos vecinos, así que ahí tienen otra cosa que recriminarnos los lugareños. Al principio me alegré mucho de verle. Es de mi reino y lo he echado de menos hasta el punto en que se puede extrañar una especie de gárgola sintiente como él.

Pero de inmediato me quedó claro que tenía uno de sus ataques de ira y la clara intención de despedazarte a ti y a cualquiera que se pusiera en su camino. Tras él, volando en una fila larga y oscura como una flecha, había al menos veinte guardianes más. Así que esta es nuestra teoría de por qué se retrasaron: sus planes no se habían frustrado por una simple puerta de hadas, sino que habían estado reuniendo a un buen número de ellos para atacar con todas sus fuerzas.

Empujé a Ariadne para intentar que volviese a entrar en la cabaña, pero claramente no había tiempo. Tú corriste para unirte a nosotros, a pesar de que te advertí a gritos que no lo hicieras, e intentaste arrastrar a Ariadne tú misma. Pero casi teníamos encima a Razkarden; sus alas enormes lo impulsaban sobrevolando el bosque más rápido que el viento de invierno. Así que os acerqué a las dos a mí e invoqué el Velo.

Había visto a mi padre hacerlo antes, pero nunca lo había intentado por mí mismo. Jamás había sentido la más mínima inclinación y tampoco lo deseaba en ese momento…, pero no quedaba otra.

Todos los monarcas de las hadas pueden invocar el Velo. O, al menos, una esquinita de él; un borde suelto, si lo prefieres. Se cree que pertenece a un antiguo reino de las hadas perdido hace mucho y muy desagradable. Algunos de los miembros más instruidos de mi corte creen que todas las hadas vivieron allí antaño, antes de que se dividiera y se construyesen reinos muchos más apacibles en los que morar, pero el Velo sigue aquí, en las grietas entre nuestros mundos. Cuando mi padre lo invocó, recuerdo que pareció desaparecer en una columna de oscuridad. Es decididamente aterrador para los enemigos, ya que todas las hadas temen el Velo.

Fue como si la noche hubiera caído en un abrir y cerrar de ojos, una noche plagada de estrellas centelleantes. El viento nos azotó —¡qué frío era!—. Se dice que el Velo está helado y repleto de monstruos al acecho que deberían de haber muerto hace mucho, y quizá lo deseen, pero son inmortales y no pueden abandonar sus dominios ni siquiera por esa vía. Unos aullidos de otro mundo inundaron el aire y no olí nada más que arena y polvo… seco, congelado, nauseabundo. El olor de civilizaciones antiguas corrompidas por algo interno.

Razkarden quedó atrapado en ese maldito lugar con nosotros y gritó —ahora, de terror, sin un ápice de bravuconería—. Podría haberlo dejado allí y lo sabía, ya que había invocado el Velo y solo yo podía disiparlo. Razkarden no tenía en absoluto poder sobre él.

Pero no soy vengativo, así que di un paso al frente en la oscuridad mientras él gritaba, suplicaba y aleteaba sobre nosotros en círculos, desesperado, y alargué el brazo hacia él. La criatura aceptó mi oferta de inmediato, cayó en picado hacia mí y aterrizó con tanta fuerza que casi me caigo. Envolvió dos de sus piernas en torno a mi hombro izquierdo y el resto sobre mi brazo extendido, temblando y emitiendo una especie de ululato ronco… casi como el de un búho mortal.

Disipé el Velo. Al hacerlo, creé una ráfaga violenta de viento y Ariadne cayó sobre la hierba de la ladera de la colina. Tú permaneciste recta, porque te habías sujetado a mí, pero me soltaste con un sonido estrangulado en cuanto te percataste de que Razkarden estaba aferrado a mis hombros. El antiguo guardián necesitaba un momento para tranquilizarse y se lo di; le acaricié las plumas de la frente mientras sus temblores cesaban.

Me duele un horror la muñeca. Qué tedioso es esto de escribir en el diario. Verás, por eso normalmente le dicto la mayoría de mis escritos formales a uno de mis alumnos. En cualquier caso, Razkarden y su bandada se marcharon y Rose y yo conseguimos llevaros a Ariadne y a ti a vuestras respectivas camas, ya que parecía que ninguna de las dos habíais dormido demasiado en días y estabais al borde del desmayo por agotamiento.

Regresé al nexo, no porque tuviese la intención de partir de inmediato para reclamar el trono —Dios, qué tedioso va a ser, teniendo en cuenta el caos que habrá seguido al envenenamiento de mi madrastra; no es un asunto que deba atender en mi estado actual y, sobre todo, no con el estómago vacío—, sino simplemente para echarle un vistazo a mi reino, al fin, después de todos estos años. Un soplo de bosque.

Por cierto, no sé qué tienen de perturbador los árboles de mi reino. Son completamente inofensivos si los dejas en paz, Em.

Pero cuando llegué al Grünesauge, vi que los guardianes estaban sobrevolando el valle en círculos en señal de alarma, y no me llevó mucho tiempo averiguar la causa. Ese maldito brownie nos había sellado la puerta de alguna manera; no fui capaz de encontrar señales de ella en la ladera. Bueno, supongo que no puedo culparlo mucho; no debe de ser agradable tener mortales paseándose por tu recibidor todo el rato, y también sospecho que los guardianes hicieron un estropicio espantoso cuando os siguieron.

Y aun así fue... decepcionante. Puede que haya hecho un pequeño agujero en la ladera del enfado.

Cuando regresé a la cabaña, te encontré como te describí: levantada, con el pelo hecho un completo desastre, dormida sobre el diario. Volví a meterte en la cama y te lavé las manchas de tinta de la mejilla. Confieso que, mientras escribía esto, me he contenido para no despertarte varias veces porque quiero oír la historia de tus propios labios de nuevo.

Cuánto te echaba de menos.

—¡Solo ha sido un día! —te escucho responder. Bueno, un día es demasiado.

¿Sabes? Rose me ha preguntado por qué tu hazaña no me ha sorprendido más. Él no te comprende como yo, Em, pero como ahora pareces considerarlo un amigo, le conté la verdad: en la medida en que estoy sorprendido, no podía saber que eres capaz de cualquier cosa.

# 12 de octubre

Estaba segura de que perderíamos el tren de la tarde. Dado que no tengo muchos efectos personales, me llevó menos de una hora hacer las maletas, pero como no podía ser de otra forma, Wendell tardó una eternidad en organizarse. Él y Ariadne fueron a la tienda dos veces a la caza de maletas adicionales, así como baúles para la ropa y envoltorios de seda. Luego tuvieron una conversación extensa sobre unas botellas Thermos para el trayecto a la estación, y en ese momento me ausenté para sentarme fuera bajo el sol otoñal con Shadow.

En cualquier caso, no puedo estar muy molesta con él, ya que el tren que sale de Leonburg en dirección oeste se retrasó unas horas y llegamos con tiempo de sobra. Estoy sentada en un banco junto a las vías, desde donde tengo unas bonitas vistas de las montañas de las que acabamos de bajar.

¡Maldito viento! No deja de revolverme las páginas y de burlarse de mí al entrever la letra de Wendell. Ya que insiste en escribir en mis diarios —vale, está bien, puede resultar útil cuando lo hace—, ¿no podía abstenerse de alardear? Me niego a aceptar que la letra de alguien, hada o no, sea tan ordenada como la suya sin que le implique mucho esfuerzo. Habría pensado que ha encantado mi diario, pero me ha jurado que no se atrevería. Al menos sabe dónde está el límite.

Esta mañana dormí hasta más tarde de lo que pretendía; el sol había salido antes de que me desperezara. Parece que me he adaptado a St. Liesl demasiado bien y que ahora sigo el horario de los habitantes del pueblo, del amanecer al anochecer. El lado de la cama de Wendell estaba vacío, lo cual me sorprendió. Es extremadamente raro que se levante antes que yo.

En cuanto abrí los ojos, mi visión se oscureció por una mata abundante de pelo negro, una nariz fría y húmeda y una lengua enorme. No me ofendió en absoluto —al contrario, más bien—, y dejé que Shadow me lamiera las mejillas antes de enterrar el rostro en su cuello.

—Pobrecito mío —murmuré—. Tranquilo... No tienes de qué preocuparte, ¡no pienso volver a dejarte!

Ha estado haciendo lo mismo cada mañana desde mi regreso, pero no puedo quejarme. Lo he echado tanto de menos como él a mí, y he prometido que jamás volveré a ir a ninguna parte a la que él no pueda acompañarme.

De alguna manera, sentí la presencia de Wendell. En efecto, cuando alcé la mirada, se había recostado contra el marco de la puerta y me observaba con una de sus sonrisas indescifrables.

—¿Desde cuándo eres madrugador? —pregunté.

—No lo soy —enfatizó. Entró en la habitación y se dejó caer en la cama despatarrado, apoyado contra la pared y sus piernas sobre las mías—. Solo que esos dos se estaban peleando otra vez y sentí que debía interrumpirlos.

—Otra vez no.

Para decirlo con suavidad, Shadow y Orga no han congeniado. No me sorprende en absoluto; a los gatos les aterra Shadow..., para nada merecido, siempre lo he pensado, dado que él apenas repara en su presencia. Orga parece ser el primer gato que ha asustado a Shadow y me da la impresión de que esto le produce un placer malévolo, ya que se esconde en sitios oscuros para saltar sobre él con las garras extendidas.

—En buena parte es culpa de ella, me temo —dijo Wendell—. Lo provoca.

—Es una acosadora —dije, molesta por cómo trataba a Shadow—. Es un monstruo despiadado y sanguinario.

—Y eso apenas es la punta del iceberg —convino Wendell con cariño.

Se inclinó sobre mí para darme un beso. Enredé los dedos en su pelo y me perdí un instante antes de que el ruido de los armarios al cerrarse y unas risas provenientes de la cocina me hicieran volver en mí.

—Debo decir —murmuró acariciándome el labio inferior con el pulgar—. Que estoy deseando regresar a Cambridge. A mi apartamento, quiero decir.

—Temporalmente —dije.

Él sonrió.

—Temporalmente.

Cuando bajamos, encontramos a Julia Haas, a su marido, Albert, y a sus cuatro hijas yendo de aquí para allá, claramente preparando un copioso festín de despedida... Salvo por Astrid, que estaba sentada junto al fuego con Ariadne enfrascada en una conversación animada sobre algo. Rose estaba haciendo café.

—Entonces ¿debería dejarte a ti la comanda? —inquirí cuando pasé por su lado.

Él me fulminó con la mirada.

—Solo me presenté voluntario para ayudar. Un gesto de buena fe.

—Qué considerado —dije manteniendo la cara seria—. El mío con extra de nata, por favor.

—Ten cuidado.

La puerta se abrió de golpe y entraron Roland Haas y sus dos hijos; uno de ellos traía un bebé en brazos. Me alarmé cuando vi que a estos los siguieron casi de inmediato una pareja que reconocí de la cafetería, y luego tres jóvenes que saludaron a voces a Ariadne.

—Los he invitado yo —me explicó mi sobrina en respuesta a mi expresión—. Bueno, dudo de que todos los habitantes del pueblo quieran despedirse, a algunos les alegrará vernos marchar, pero mira, ¡vienen más!

Ahora la cabaña estaba demasiado abarrotada como para acomodar a todo el mundo, así que Julia los echó a todos al jardín, donde montó una hoguera mientras su marido y sus hijas entraban y salían para llevarles a todos café. Entablé una conversación con Julia y Roland sobre una cueva de cristal en un valle cercano que no habíamos tenido tiempo de explorar, donde residen tres hadas cantoras que terminarán cualquier labor, por pequeña que sea, que dejes en su umbral, ya sea un trozo de punto sin terminar o un paño que necesite un blanqueamiento.

—Bueno, tenía muchas otras cosas de las que preocuparse, ¿no? —dijo Julia con amabilidad—. La próxima vez que venga, papá le enseñará el sitio.

—La primavera es una época maravillosa para visitar St. Liesl —me aseguró Roland y, antes de que supiera lo que estaba ocurriendo, prometí que volvería para entonces, en «mayo o junio, cuando los prados están en todo su esplendor», como dijo Roland.

Los lugareños ya sabían lo de Wendell, por supuesto; era inevitable dado el estado de la cabaña, que ahora está rodeada de un prado de campanillas y una buena cosecha de musgo irlandés brotando del techo. Por no mencionar que Julia y una de sus hijas presenciaron el encuentro de Wendell con Razkarden cuando venían a traernos el desayuno.

—¿Fue todo bien anoche? —preguntó Wendell.

—Ah, sí —dijo Julia y le dedicó una sonrisa cálida—. Todos llegaron a casa sanos y salvos. De hecho algunos bebieron un pelín más de la cuenta, pero no importa. ¡Nunca habíamos tenido una hoguera a medianoche en St. Liesl! Fui a una en el pueblo de mi hermana, al norte, pero para mucha gente, incluyendo a algunos de los leñadores ancianos, fue la primera.

Wendell había expulsado a los faunos de vuelta a su reino. Cómo regresarán allí con la puerta sellada en el Grünesauge, no lo sé, pero no parece preocupado. Ya no molestarán a los habitantes de St. Liesl y aunque aún hay bastantes hadas crueles en los alrededores para que los habitantes permanezcan en guardia —Snowbell y los de su especie entre ellas—, parece que los *krampushunde* eran los principales culpables tras la mayoría de las muertes y desapariciones que han plagado el pueblo durante generaciones. Por tanto, los lugareños ahora podrán dormir algo más tranquilos…, a pesar de que aún deben tener cuidado después del anochecer.

Julia le dio un apretón a Wendell en el brazo. La actitud tranquila de los habitantes hacia él es un poco desconcertante: no parecen nada impresionados por él o nerviosos ante su presencia, como pasaba con los lugareños de Hrafnsvik. Supongo que se debe a su linaje feérico. Desde luego, le están agradecidos, pero de una forma algo distraída, como quien le está agradecido al sol por hacer que sus cultivos crezcan más rápido.

—Ariadne —la llamé y ella interrumpió su conversación con otra de las chicas Haas—. ¿Podemos hablar?

—Claro, tía —respondió y me siguió hasta el banco en la linde del jardín. El haya ahora casi estaba desprovista de hojas; solo un puñado de ellas se aferraba a las ramas, estremeciéndose al viento.

—¿He hecho mal al invitar a los aldeanos? —dijo nerviosa—. Pensé que lo mejor sería mantener una buena relación..., puede que necesitemos volver, después de todo, para investigar más.

—Sí..., quiero decir, no, no has hecho mal en invitarlos —dije—. Lo has hecho bien. Solo me refería... —Hice una pausa, buscando las palabras—. Ariadne... Creo a veces he sido muy dura contigo. Has demostrado ser una asistente increíblemente capaz y me has sido de gran ayuda en el País de las Hadas. Espero que hayas aprendido algo de mí y que acudas a mí cada vez que necesites consejo. Puede que no siempre me acuerde de tener tacto, pero sí responderé a tus preguntas porque... porque te has convertido en alguien importante para mí.

Sentí que debería añadir una especie de conclusión, pero no había pensado en una cuando practiqué el discurso mentalmente el día anterior, así que caí sin darme cuenta en un silencio incómodo. Ariadne parecía aturdida. Bueno, creo que nunca le había dicho tantas palabras seguidas antes, aparte de darle instrucciones en cuanto a técnicas del trabajo de campo y qué no hacer. Entonces dijo con una especie de tono esperanzado:

—Gracias, tía Emily. Es decir, siempre pensé... No diría que lo dudaba, pero... Bueno. Gracias.

—Verás, no estoy acostumbrada a tener una asistente —me trabé un poco con la palabra, porque no me refería solo a una asistente, claro. Nunca he sido cercana con mi familia, ni con mi hermano, a quien su propósito de vida es incrementar el saldo de su cuenta bancaria, ni con mis padres, personas buenas y trabajadoras con la curiosidad científica de un par de ratones de campo. Sin embargo, Ariadne pareció comprenderlo y dibujó en su rostro una cálida sonrisa.

—¡No estoy acostumbrada a estas cosas! —dijo—. Pensé que estaría abocada a coser vestidos durante el resto de mi vida. Oh, me gustan los vestidos, pero no tanto. Esto es lo que me encanta y fue solo gracias a ti que me sentí lo bastante valiente como para decírselo a mi padre. Y ahora, aquí estoy... ¡He visto el País de las Hadas! Gracias, tía Emily.

Se inclinó hacia mí y me envolvió en un fuerte abrazo, luego me dio un beso en la mejilla antes de volver a reunirse con sus amigos.

*Había que hacerlo,* pensé, agradecida de que el momento hubiera pasado. Aun así, me sorprendí al recordarlo a lo largo del día, como quien toca distraída su joya preferida.

Me serví una taza de chocolate y me senté en el suelo para observar al grupo espontáneo. Rose se acercó un rato después y retomamos el debate que habíamos estado teniendo sobre la última teoría de Bertocchi, que había estado generando bastantes divergencias entre la comunidad driadológica. Creo que los dos estábamos un poco cansados de la compañía para entonces y nos alegró descansar un rato, sumidos en una biblioteca del intelecto metafórica. Acabamos la conversación aún enfrentados, pero de forma amistosa, y Rose se retiró para dormir la siesta.

Wendell, mientras tanto, estaba ocupado en la mesa de fuera, donde Eberhard se había sentado con su familia. Ambos estaban enfrascados en una conversación que implicaba una gran cantidad de ademanes elegantes y complicados, sin duda para prometerles todo tipo de regalos sin sentido para recompensar a Eberhard por sus heridas; este, por sus gestos y expresión, parecía intentar rechazarlos, aunque no con mucha convicción.

Sentí una punzada de inquietud, o quizá era otra oleada de culpa. Shadow se alejó con pesadez del lugar agradable al sol donde había estado dormitando y se tumbó a mi lado. Le rasqué el estómago hasta que volvió a quedarse adormilado.

Wendell se unió a mí un poco más tarde y se tumbó sobre la hierba con una postura relajada.

—Bueno, Em, ¿qué significa ese ceño fruncido en concreto?

Negué con la cabeza.

—Me ha perdonado con demasiada facilidad. Todos lo han hecho.

—¡Cielos! —exclamó Wendell—. Es mucho mejor así. El rencor es algo tedioso.

—Casi lo mato —dije—. Tendría que hacer falta algo más que un árbol frutal mágico o lo que sea que le hayas prometido para recuperar su afecto. Lo siento como… un engaño, en cierta forma.

—¿Te gustaría que te echasen del pueblo o que le arrojasen piedras a Shadow?

—No. —No sabía lo que quería. Solo sabía que la amabilidad de los habitantes del pueblo me inquietaba y me hacía sentir como si ya me hubiera desligado del mundo que conocía. ¿Y qué me aguardaba tras el horizonte?

Wendell ladeó la cabeza para observarme. No tenía la sensación de que comprendiera mi incomodidad, aunque desde luego que apreciaba el esfuerzo que estaba haciendo con los lugareños en mi defensa. A lo mejor era simplemente que él tenía más afinidad con ellos que yo.

—No te molestes —dije con sequedad—. No espero que comprendas lo que es tener la consciencia cargada de culpa. Te harías daño.

Eso lo hizo reír.

—Casi se me olvida —dijo—. Se te pasó esto. Debe de haber venido esta mañana mientras estábamos durmiendo… Estaba en la mesa del piso de abajo.

Me tendió una cestita cubierta con un paño. Cuando lo aparté, encontré una de las hogazas de pan de Poe. Eran inconfundibles: estaba tan impoluta como siempre, rellena con arándanos deshidratados y con una pizca de sal espolvoreada por encima. Inhalé el ahora dulce y fermentado, agradecida.

—Debo admitirlo, es impresionante lo que hizo el pequeño —añadió—. Darte su puerta… No estoy seguro de que yo supiera cómo hacerlo. Me ha sorprendido.

—Eso es porque los subestimas —dije—. A todas ellas. Las hadas comunes son más listas y mucho más resolutivas de lo que les concedes.

—Mmm —musitó y arrancó un pedazo de pan.

—Es cierto —protesté—. No puedes mirarlas por encima del hombro solo porque son pequeñas. Si no hubiera sido por los faunos, no habrías encontrado el camino a casa.

Permaneció en silencio un instante jugando distraído con el pan.

—Tienes razón.

Esto me dejó de piedra... Estaba preparada para un discurso o que lo desestimara despreocupado.

—La tengo.

—Sí, Poe ha sido de ayuda; los *fuchszwerge* también. ¿Y quién soy yo para menospreciar a las criaturas cuando soy tan bueno como ellos? Mi abuela estaría decepcionada.

Creo que la conmoción debió de reflejarse en mi rostro, porque se rio.

—No es probable que me olvide de mis defectos si te tengo a mi lado, Em.

—Eso es bueno. No te darías cuenta de otra forma, y te meterías en toda clase de problemas por ello.

Esperaba que se riese, pero en vez de eso, sus ojos verdes adoptaron una expresión seria y me tomó la mano.

—Nunca tengas miedo de decírmelo.

—¿Decirte qué?

Frunció el ceño.

—Hace tiempo mi padre fue un hombre humilde cuyas preocupaciones principales eran cuidar de sus hijos y mantener limpia la casa. Hay un motivo por el que se sintió atraído hacia mi madre, cuya madre pertenecía a su vez a los *oíche sidhe.* No tengo recuerdos de esto, pero mi hermana mayor me contaba historias... Lo conocí como un hombre que se alegraba por la forma en que Razkarden despedazaba a sus enemigos y que empezaba peleas tontas con los reinos vecinos solo por entretenerse con una guerra. Y en cuanto a mi madrastra, bueno, ella nos consintió a todos. En su caso, era su deseo por el trono lo que la envenenó. Compartirlo con mi padre no era suficiente..., lo quería para ella sola. Y ahí estaba tu antiguo pretendiente... ¡Menudo bicho raro! Parece que ese es el destino que recae sobre todos los monarcas del País de las Hadas, crecer tan mordaces y fríos como una noche invernal.

Le escruté el rostro. Me resultaba extraño oírle hablar así... Bueno, como todas las hadas, no está hecho para la autocrítica. Pero una risa tironeó de mis labios.

—¿Qué?

—Lo siento —dije—. Pero no creo que pueda asustarme alguien que no puede salir a la calle si su capa tiene una arruga.

Ahogó una risa y se dio la vuelta. Pero alargué el brazo y lo agarré de la mano, presionándola entre las mías, y cuando me miró, su rostro se relajó con una sonrisa.

—Estaré contigo —dije en voz baja—. No me iré a ninguna parte.

Incliné la cabeza para apoyarla sobre su hombro y contemplamos a Roland arrancarle unos acordes a su arpa.

—¿De qué estábamos hablando antes? —dije—. Sobre las hadas comunes...

—Ah, sí. Tenías algo que decir, ¿no? Lo intuía. Algo que no me gustará. Bueno, oigamos tus argumentos.

—No es un argumento —dije—. Solo una idea. Y puede que te guste más de lo que piensas.

# 29 de diciembre

Anoche llegamos tarde y esta mañana dormimos hasta tarde. La casa —sin duda alguna roza las dimensiones de una mansión, ya que Wendell ha anunciado que ha acabado con las «cabañas polvorientas» de una vez por todas— está situada en una colina sobre la orilla, donde las olas turquesas rompen contra la piedra caliza del color de las caracolas. No hay una playa *per se,* ya que es un rincón del país accidentado y que rara vez se visita, aunque hay un camino que baja hasta el agua, donde uno se puede zambullir desde las rocas. Wendell se ha desinflado un poco por esto, pero para mí la arena no tiene sentido, ya que solo se mete entre mis libros y hace que sea una pesadilla peinarle el pelaje a Shadow. En cualquier caso, no nos quedaremos mucho tiempo.

Es extraño volver a escribir. No sé por qué me vi incapaz de volver al diario hasta ahora. A lo mejor Wendell tenía razón y, de alguna manera, me exigí demasiado con el ansia de recopilar cada detalle de mi viaje a su reino antes de que los recuerdos se me escurrieran como un sueño enrevesado, repleto de escenas tan bellas como horribles, cosas que el País de las Hadas parece poseer a partes iguales.

Esta mañana me levanté antes de que Wendell se despertara y fui a sentarme a la orilla. Me quité los zapatos y sumergí los pies en el agua; era increíble lo caliente que estaba para ser invierno. Antes solo había visitado Grecia una vez, a la caza de historias de ninfas, y no conozco bien el país. Esto no ha sido un impedimento para localizar el nexo, ya que memoricé la forma de la línea de costa y las islas que atisbé tras la puerta del hada de invierno, y

Wendell y yo pudimos localizarlo con bastante facilidad tras unos días de examinar mapas, ya de regreso en Cambridge. Aunque es posible que la criatura haya sellado la entrada como hizo con la de Austria, Wendell dijo que no era probable, ya que al parecer, hacerlo es una tarea difícil y agotadora.

La casa que hemos alquilado no está a más de veinte minutos andando de la puerta, que sé que tiene un pomo de cristal relleno de agua de mar bañada por el sol.

Siento que hacer este viaje a finales de año es lo adecuado. Pronto será el segundo invierno seguido que paso en el País de las Hadas, pero esta vez seré consciente de cómo pasa el año viejo, ya que estaré bajo la protección de la magia de Wendell y, por tanto, no tendré que sufrir esa horrible neblina que me envolvió durante mis dos últimas visitas. Además, me ha prometido alterar el transcurso del tiempo en su reino para que vaya más o menos en sincronía con el mundo mortal. Por supuesto, me informó de esto completamente de pasada.

No sabemos con qué nos encontraremos en el reino de Wendell, claro está. No con exactitud. Cree que su madrastra ha muerto basándose en la cantidad de veneno que le eché al vino. Como mínimo, será incapaz de utilizar su magia, como le pasó a él.

Pero ¿qué significa eso? ¿Nos encontraremos con un mundo sumido en el caos? ¿Uno en el que algún hada haya cubierto el vacío de poder y haya ocupado el trono? Está por ver. En cualquier caso, creo que Wendell logrará reclamar el trono, no solo porque se trata de él y que sea aparentemente capaz de manipular el mismo espacio-tiempo (ese maldito «Velo» que invocó me provocó pesadillas durante una semana), sino porque también los tiene a ellos.

Una sombra voló por encima de mi cabeza. Supe sin necesidad de mirar, ya que hay un frío cortante inherente a sus sombras que no me creo capaz de imaginar, que se trataba de Razkarden. Patrulla la residencia de Wendell con frecuencia, sea cual sea, cambiando de apariencia para encajar con el entorno. Esta mañana se parece a un búho moteado cuyo color pardo se funde con la campiña cubierta de maleza. Los otros guardianes se han dispersado entre las colinas cercanas, a la espera.

Y eso no es todo.

No pude verlos en ese momento, gracias al cielo. Pero anoche conseguí vislumbrarlos, acechando en la oscuridad de la ladera de la colina. El brillo de unos ojos demasiado grandes, la sombra aún más oscura que proyectan sus cuernos afilados como cuchillos cuando la luz de las estrellas incide sobre ellos.

Wendell no sabe cómo encontraron el camino hasta aquí. Tampoco parece importarle; les ordenó venir y eso hicieron. Está claro que el conocimiento de los faunos de los caminos ocultos que conectan un reino de las hadas con otro y con las tierras humanas con las que colindan es incluso más profundo de lo que habíamos imaginado. Trajeron a sus perros, cuyos aullidos fantasmagóricos y agudos interrumpieron nuestra duermevela anoche.

Y aun así hay más… Hay una familia de trolls, casi una docena de ellos, enviados por Poe. Nunca había visto uno. Sobre todo suelen habitar regiones remotas y frías del norte de Europa y Rusia; los académicos que eligen a estas criaturas como el centro de su investigación son muy resistentes. Estos trolls quizá tienen un metro de altura y recordarían a un campesino medieval bien vestido si no fuera por sus rasgos protuberantes y tez grisáceas. Cada uno lleva una herramienta de alguna clase —¿una prueba más del énfasis cultural en la artesanía?—,* y varían desde martillos, palas y sierras hasta cestas y recolectores de nueces. Hablan muy poco, sobre todo murmuran entre ellos y luego se alejan hacia la maleza cuando intento entablar una conversación con ellos, pero, según Poe, lo que más les gusta a los trolls es explorar, vagar de un lado a otro y establecer pueblos temporales donde ofrecen sus servicios a los lugareños para luego empaquetarlo todo y ponerse en marcha de nuevo. Se alegraron de aliarse con Wendell a cambio de que les concediera el derecho de viajar a su reino cuando quisieran.

Y luego, por último pero no menos importante de nuestros aliados entre las hadas comunes, estaban los *fuchszwerge*. Cuando Snowbell les contó a los suyos su viaje al reino de Wendell, echaban chispas de celos y exigieron que se los invitase a la siguiente misión. Nos están esperando en el Grünesauge.

* Evelyn Dadd documentó sus observaciones de herrería en un pueblo de trolls en la región Kainuu de Finlandia en su edición más reciente (1909) de su libro de texto universitario *Introducción a la driadología: teoría, método y práctica.*

Cuando Wendell y yo entremos en la casa del hada de invierno —que ahora estará abandonada en las profundidades del frío—, primero abriremos la puerta sellada a St. Liesl y los dejaremos pasar. Y después nos encaminaremos al reino de Wendell todos juntos, un ejército compuesto por una miscelánea de pesadillas.

Recogí mis zapatos y regresé descalza hasta la casa. Era un edificio de piedra blanca reluciente con seis habitaciones y tres balcones, un alojamiento descomunal para que dos personas pasen la noche. En la cocina, encontré a Wendell despierto gastando bromas con nuestro cocinero *in situ*, que venía con el alquiler. Al menos, supuse que estaba bromeando; hablo menos de una docena de palabras de griego.

El cocinero, un individuo tranquilizador y rollizo con un rostro muy rojo que a menudo se secaba con el trapo de cocina, ya nos había preparado el desayuno. Consistía en una tortilla con tomates, frutas troceadas mezcladas con yogur y miel, una especie de pan plano especiado con verduras encima y, por supuesto, bastante café.

Wendell me dio un beso cuando entré, algo que por lo general no me gusta hacer delante de otras personas, pero estos últimos días está tan de buen humor que me sentía igual de alegre cuando estaba con él, así que no me importó. Nuestro cocinero nos dedicó una breve reverencia y se retiró a los aposentos del servicio.

—Bueno —dijo Wendell al cabo de un rato, en cuanto nos hubimos comido una buena parte de los platos; se reclinó en la silla y le dio un sorbo a otra taza de café—. Esta sí que es una manera civilizada de empezar a recuperar un reino.

—Dirías que esta es la manera civilizada de empezar cualquier empresa —respondí divertida—. O un día de holgazanear.

—Hace falta mucho tiempo ocioso después de que te hayan envenenado —dijo con un tono de queja—. No todos queremos irrumpir en la biblioteca para aterrorizar a los bibliotecarios y garabatear tres artículos o más inmediatamente después de una experiencia traumática.

Me limité a negar con la cabeza y tomé otra tostada. Parece que se ha recuperado por completo, aunque a veces se queja de que le duele la cabeza cuando utiliza su magia. Le llevó semanas recuperarse del veneno de su madrastra, lo cual fue un motivo más para regresar a Cambridge a pasar el resto del otoño, además de la necesidad de atar cabos sueltos.

Subí al piso de arriba y desperté a Shadow. Estaba durmiendo a los pies de la cama y se sentó con un ronquido y agitando la cola. Luego hice una maleta —muy ligera, solo un puñado de cosas, incluyendo mi diario y el boceto del libro de mapas—. Poco a poco he vuelto a trabajar en él y ahora está casi completo.

Las manos me tiemblan ligeramente. Como es natural, no quepo en mí de emoción por regresar al reino de Wendell. No, no he olvidado los horrores que sufrí allí y que casi provocaron que me sumiera en la locura. Desde luego, hay algo mal en mí.

Nos vamos a tomar un buen año sabático de Cambridge, los dos. Wendell no cree que regrese, ¿y por qué debería de hacerlo? Para él, la vida académica solo ha sido el medio para un fin, siendo este fin encontrar el camino de vuelta a su hogar. Pero sé que yo sí, aunque solo sea de vez en cuando. A lo mejor un semestre aquí, otro allí. Una académica titulada tiene mucha libertad, después de todo, y en cuanto el artículo que he escrito sobre mi viaje al Silva Lupi (bastante editado y condensado, claro) aparezca en el número del mes que viene de *Driadología moderna*, Cambridge estará aún más dispuesta a retenerme. Rose, que ha hecho las veces de coautor y, en realidad, se dignó a permitir que mi nombre apareciese primero en la publicación, está seguro de que formará un revuelo en la comunidad académica.

Y también... tendré que publicar mi libro de mapas.

Wendell estaba recostado con elegancia contra la ventana mientras contemplaba el mar cuando bajé las escaleras con Shadow pisándome los talones. Llevaba su capa más ligera, de un marrón intenso con botones de plata que resalta el verde de sus ojos oscuros. No lleva nada consigo..., aparte de Orga, por supuesto, que estaba sentada paciente junto a sus pies moviendo la cola.

—Bueno —dijo y me ofreció una mano con una sonrisa—. ¿Nos vamos?

La tomé y abandonamos la casa sin molestarnos en cerrar la puerta tras nosotros.

La historia de Emily Wilde
y Wendell Bambleby
continuará en el tercer libro.